THESE BROKEN STARS

Amie Kaufman und Meagan Spooner sind schon lange miteinander befreundet, obwohl Amie in Australien und Meagan in den USA lebt. Beide lieben Bücher und das Reisen. Das All haben sie bisher noch nicht erkundet, aber das kann nur noch eine Frage der Zeit sein.

AMIE KAUFMAN ~ MEAGAN SPOONER

# THESE BROKEN STARS

## LILAC UND TARVER

Aus dem Englischen von Stefanie Frida Lemke

CARLSEN

Außerdem von Amie Kaufman und Meagan Spooner im Carlsen Verlag lieferbar:

*These Broken Stars. Jubilee und Flynn* (Band 2)
*These Broken Stars. Sofia und Gideon* (Band 3)

FSC
www.fsc.org
MIX
Papier aus verantwortungsvollen Quellen
FSC® C083411

Veröffentlicht im Carlsen Verlag
März 2019

Originalverlag: Hyperion, an imprint of Disney Book Group
Originaltitel: »These Broken Stars«

Umschlagfotografien: shutterstock © stefanolunardi
Umschlaggestaltung und -typografie: formlabor
Corporate Design Taschenbuch: bell étage
Satz: Pinkuin Satz und Datentechnik, Berlin
ISBN 978-3-551-31774-2

Für Clint Spooner, Philip Kaufman und Brendan Cousins,
drei Männer, die in diesem sich ständig verändernden Universum
schon immer Fixsterne waren.

»Wann sind Sie Miss LaRoux zum ersten Mal begegnet?«

»Drei Tage vor dem Unglück.«

»Und wie kam es dazu?«

»Zum Unglück?«

»Dass Sie Miss LaRoux begegnet sind.«

»Warum sollte das eine Rolle spielen?«

»Major, alles spielt eine Rolle.«

# 1

# TARVER

Nichts an diesem Salon ist echt. Wenn das hier eine Party bei uns zu Hause wäre, würden in der Ecke richtige Musiker spielen. Der Raum würde von Kerzen und gedämpften Lichtern erleuchtet sein und die Tische wären aus echtem Holz. Die Leute würden einander zuhören, statt nur danach zu schauen, wer sie beobachtet.

Sogar die Luft riecht künstlich. Die Kerzen in den Wandleuchtern flackern, aber sie werden mit Strom betrieben. Tabletts mit Gläsern schlängeln sich durch die Gäste, als würden unsichtbare Kellner die Getränke servieren. Das Streichquartett ist bloß ein Hologramm – absolut perfekt und bei jedem Auftritt genau gleich.

Was gäbe ich nur für einen entspannten Abend mit meinen Kameraden. Doch leider bin ich hier in dieser nachgespielten Szene aus einem historischen Roman gefangen.

Und trotz des ganzen viktorianischen Zaubers – zurzeit der letzte Schrei – ist nicht zu übersehen, wo wir uns befinden. Draußen hinter den Bullaugen wirken die Sterne wie blasse weiße Linien, halb durchsichtig, unwirklich. Auf jemanden, der sich nicht durchs Universum bewegt, würde die *Icarus* genauso ausgeblichen und durchscheinend wirken, wie sie sich schneller als das Licht durch die Dimensionen des Hyperspace bewegt.

Als ich mich gegen das Bücherregal hinter mir lehne, fällt mir auf, dass zumindest etwas in diesem Raum doch echt ist – die Bücher. Ich fahre mit dem Finger über die rauen, uralten Ledereinbände, dann ziehe ich eins hervor. Gelesen werden die Bücher hier nicht; sie sind nur Dekoration. Ausgewählt wegen der prachtvollen Ledereinbände, nicht wegen des Inhalts. Niemand wird es merken, wenn eins fehlt. Und ich brauche mal ein bisschen Realität.

Für heute Abend habe ich meine Pflicht gleich erfüllt. Ich habe genug für die Kameras gelächelt, wie befohlen. Meine Vorgesetzten denken immer noch, wenn man Stabsoffiziere mit der Oberschicht zusammenbringt, würde eine Art Gemeinsamkeit entstehen, wo es keine gibt. Die Paparazzi, von denen die *Icarus* geradezu befallen ist, sollen sehen, wie ich, der Junge aus einfachen Verhältnissen, mit der Elite verkehre. Ich finde ja, die Fotografen haben in den zwei Wochen, seit ich an Bord bin, schon genug Bilder von mir mit einem Getränk in der Hand im Erste-Klasse-Salon gemacht, aber die scheinen das anders zu sehen.

Sie wollen eine nette »Vom Tellerwäscher zum Millionär«-Geschichte aus mir machen, obwohl ich nichts weiter vorzuweisen habe als die Orden an meiner Brust. Aber das reicht den Zeitungen. Das Militär steht gut da, die Reichen stehen gut da und die Armen haben etwas, wonach sie streben können. *Seht ihr?*, posaunen die Titelblätter. *Auch ihr könnt Ruhm und Reichtum erlangen. Wenn sogar aus diesem Hinterwäldler etwas geworden ist, könnt ihr das schon lange!*

Wäre das auf Patron nicht passiert, wäre ich jetzt gar nicht hier. Allerdings sehe ich unsere Heldentaten dort eher als tragisches Debakel. Aber mich fragt ja keiner nach meiner Meinung.

Ich beobachte das Treiben im Salon, die Grüppchen von Frauen in leuchtend bunten Ballkleidern, die Offiziere in Paradeuniformen wie meiner, die Männer in Frack und Zylinder. Das viele Hin und Her macht mich ganz unruhig – ich werde mich nie daran gewöhnen, egal wie oft ich mit diesen Leuten auf Tuchfühlung gehen muss.

Da betritt ein Mann den Salon, und erst nach einer Weile wird mir klar, warum mein Blick immer wieder zu ihm wandert. Er passt absolut nicht hier rein, auch wenn er sich größte Mühe gibt, nicht aufzufallen. Sein schwarzer Frack ist abgetragen und am Zylinder fehlt das glänzende Satinband, das gerade in Mode ist. Ich bin dazu ausgebildet, solche Kleinigkeiten zu bemerken, und in diesem Meer von chirurgisch optimierten Gesichtern sticht seines hervor. Er hat Falten um Augen und Mund, seine Haut ist wettergegerbt und von der Sonne gezeichnet. Er ist nervös, seine Haltung ist gebeugt, und er fasst immer wieder nach seinem Revers.

Mein Herzschlag beschleunigt sich. Ich war zu lange in den Kolonien, wo alles, was irgendwie seltsam ist, den Tod bedeuten kann. Ich löse mich vom Bücherregal und bahne mir einen Weg durch die Menge auf ihn zu, vorbei an zwei Frauen mit Monokeln, die sie ganz sicher nicht brauchen. Ich will wissen, warum er hier ist, aber ich kann mich nur langsam vorwärtsbewegen, schiebe mich mit quälender Geduld durch das Gedränge der Leute. Wenn ich jemanden anstoße, errege ich Aufmerksamkeit. Und wenn der Mann gefährlich ist, könnte jede noch so kleine Veränderung im Raum ihn aufschrecken.

Auf einmal wird mir eine Kamera vors Gesicht gehalten und ein gleißend heller Blitz blendet mich.

»Oh, Major Merendsen!« Drei Frauen um die Mitte zwanzig kommen von einem der Bullaugen auf mich zu. »Oh, Sie *müssen* sich einfach mit uns fotografieren lassen!«

Ihre aufgesetzte Art ist widerlich. Ich bin hier nicht mehr als ein dressierter Hund, der Männchen macht – die drei wissen das genauso gut wie ich, aber die Gelegenheit, mit einem echten Kriegshelden gesehen zu werden, können sie sich nicht entgehen lassen.

»Gern, ich bin sofort wieder da, wenn Sie mich –« Doch ehe ich den Satz beenden kann, haben sich alle drei mit geschürzten Lippen und gesenkten Lidern um mich herum aufgestellt. *Immer schön für die Kameras lächeln.* Um mich herum geht ein Blitzlichtgewitter los.

Ich spüre einen leichten Schmerz unter der Schädeldecke, der zu einem ordentlichen Kopfschmerz zu werden droht. Die Frauen drängen sich immer noch schnatternd um mich. Den Mann mit dem wettergegerbten Gesicht kann ich nicht mehr sehen.

Einer der Fotografen um mich sagt etwas, das ich nur undeutlich wahrnehme. Ich mache einen Schritt zur Seite, um an ihm vorbeizuschauen, aber von den vielen Blitzlichtern tanzen mir noch lauter rote und gelbe Flecken auf der Netzhaut. Blinzelnd sehe ich von der Bar zur Tür, zu den schwebenden Tabletts, zu den Sitznischen. Ich rufe mir in Erinnerung, wie er aussah, wie seine Kleidung fiel. Hätte er unter dem Frack etwas versteckt haben können? Ist er vielleicht bewaffnet?

»Major, haben Sie mich gehört?« Immer noch derselbe Fotograf.

»Ja?« *Nein, ich habe nicht zugehört.* Ich befreie mich von den Frauen, die immer noch wie Kletten an mir hängen, indem ich vorgebe, mit dem Mann reden zu wollen. Ich wünschte, ich könnte mich an ihm vorbeidrängen, oder besser noch, ihm sagen, wir befänden uns in Gefahr, und dann zusehen, wie er sich aus dem Staub macht.

»Ich sagte, es überrascht mich, dass sich Ihre Kumpels aus den unteren Decks nicht auch hier heraufstehlen wollen.«

*Im Ernst?* Wenn ich mich Abend für Abend auf den Weg in die erste Klasse mache, sehen mir die anderen Soldaten immer hinterher, als würde ich zu meiner eigenen Hinrichtung gehen. »Ach, wissen Sie –« Ich gebe mein Bestes, mir meine Verärgerung nicht anmerken zu lassen. »Ich bezweifle, dass die überhaupt wissen, was Champagner ist.« Ich setze ein falsches Lächeln auf, aber ich glaube kaum, dass es mir so gut gelingt wie allen anderen hier.

Der Fotograf lacht viel zu laut und wieder geht der Blitz los. Ich blinzle die Sterne weg, stolpere mich frei und recke den Hals, um zu sehen, wo der Einzige, der noch weniger hier hineinpasst als ich, abgeblieben ist. Aber der Mann mit der gebeugten Haltung und dem schäbigen Zylinder ist nirgends zu entdecken.

Vielleicht ist er ja gegangen? Aber so jemand macht sich nicht die Mühe, sich erst hier hereinzuschleichen, um dann einfach so wieder zu verschwinden. Vielleicht hat er sich inzwischen hingesetzt und versteckt sich unter den anderen Gästen. Ich sehe mir die Leute an den Tischen noch einmal genauer an.

Die Sitznischen sind brechend voll. Alle bis auf eine. Mein Blick fällt auf ein Mädchen, das ganz allein dasitzt und distanziert die Menge beobachtet. Ihre helle, makellose Haut verrät, dass sie eine von ihnen ist, aber ihr Blick gibt zu erkennen, dass sie etwas Besseres ist, über ihnen steht, unnahbar ist.

Sie trägt ein schulterfreies marineblaues Kleid, und die Farbe steht ihr tausendmal besser als jedem Marinesoldaten, dem ich bisher begegnet bin. Einen Augenblick lang bin ich ganz gefesselt von ihren nackten Schultern. Lange rote Haare. Eine kleine Stupsnase, die sie noch hübscher macht. Sie macht sie echt.

Hübsch ist nicht das richtige Wort. Sie ist umwerfend.

Ihr Gesicht kommt mir irgendwie bekannt vor, aber ehe ich weiter überlegen kann, woher, blickt sie zu mir herüber. Ich weiß ganz genau, dass ich mich von Mädchen wie ihr besser fernhalten sollte, daher verstehe ich nicht, warum ich sie weiter ansehe und dabei auch noch lächle.

Dann nehme ich aus den Augenwinkeln eine plötzliche Bewegung wahr. Es ist der nervöse Mann von eben, doch er lässt sich nicht mehr in der Menge treiben. Seine Haltung ist nicht mehr gebeugt. Den Blick auf etwas am anderen Ende des Salons gerichtet drängt er sich jetzt ziemlich schnell durch die Menge. Er hat ein Ziel – und es ist das Mädchen im blauen Kleid.

Ich verschwende keine Zeit damit, mich höflich durch die Leute zu schlängeln. Ich schubse zwei überraschte ältere Herren zur Seite und eile in Richtung der Sitznische, aber der seltsame Fremde ist schon da. Hastig beugt er sich vor und fängt an auf das Mädchen einzureden. Offenbar hat er es eilig, loszuwerden, was er zu sagen hat, bevor er als Eindringling erkannt und rausgeworfen wird. Das Mädchen schreckt zurück. Dann schließt sich die Menge vor mir und ich kann die beiden nicht mehr sehen.

Ich will schon meine Pistole ziehen, aber sie ist nicht da und leise fluchend fasse ich ins Leere. Es fühlt sich an, als würde mir eine Hand fehlen. Als ich einen Haken nach links schlage, werfe ich ein schwebendes Tablett um und alles, was darauf stand, segelt zu Boden. Die Leute weichen erschreckt zurück und endlich ist der Weg zum Tisch frei.

Der Mann hält das Mädchen beschwörend am Ellbogen. Sie versucht sich ihm zu entwinden, sieht sich um, als würde sie erwarten, dass ihr jemand zu Hilfe kommt. Da fällt ihr Blick auf mich.

Doch ehe ich die Sitznische erreiche, legt ein Mann mit der richtigen Art von Zylinder dem Fremden selbstgefällig eine Hand auf die Schulter. Er hat einen ebenso selbstgefälligen Freund dabei und zwei Offiziere, einen Mann und eine Frau. Ich kann ihnen ansehen, dass sie den schlecht gekleideten Mann, der hier augenscheinlich nicht hingehört, hinausbefördern wollen.

Der selbsternannte Beschützer des rothaarigen Mädchens reißt den Mann zurück, so dass dieser gegen die Offiziere stolpert, die ihn sofort an den Armen festhalten. Offensichtlich hat der Mann keine militärische Ausbildung, weder die vom Grundwehrdienst noch eine der amateurhaften Art, wie sie in den Kolonien üblich ist. Sonst würde er mit diesen albernen Schreibstubenhengsten problemlos fertig werden.

Die beiden Offiziere packen ihn im Nacken und drehen ihn zur Tür. Mit mehr Gewalt als nötig, wie ich finde, denn bisher scheint sein einziges Verbrechen darin zu bestehen, mit dem Mädchen im blauen

Kleid geredet zu haben, aber schließlich kümmern die beiden sich nun um ihn. Eine Sitznische entfernt bleibe ich stehen, um erst einmal zu Atem zu kommen.

Da reißt sich der Mann los und wendet sich wieder dem Mädchen zu. Inzwischen sind alle im Raum ganz still geworden, so dass seine raue Stimme gut zu hören ist. »Sie müssen mit Ihrem Vater darüber reden, bitte. Ohne moderne Technik sterben wir. Er muss den Kolonisten mehr –«

Weiter kommt er nicht, denn der männliche Offizier versetzt ihm einen solchen Schlag in die Magengrube, dass der Mann sich vor Schmerzen krümmt. Ich stürze wieder los und dränge mich an den immer mehr werdenden Schaulustigen vorbei.

Doch die Rothaarige ist schneller. Als sie aufspringt, zieht sie mehr Blicke auf sich, als es das Handgemenge zuvor vermochte. Wer auch immer sie ist, sie hat die Aufmerksamkeit aller sicher.

»Das reicht!«, ruft sie mit entschiedener Stimme, die keinen Widerspruch duldet. »Captain, Lieutenant, was erlauben Sie sich?«

Ich wusste, es hat seinen Grund, dass sie mir gefällt.

Ich trete weiter vor und stelle fasziniert fest, dass die Offiziere allein durch ihren Blick, der einen ganzen militärischen Zug niederstrecken könnte, auf der Stelle erstarrt sind. Einen kurzen Moment geschieht nichts. Dann registrieren mich die Offiziere und beäugen die Sterne und Streifen auf meinen Schultern. Vom Rang mal ganz abgesehen könnten wir nicht unterschiedlicher sein. Meine Orden stehen für Erfolge im Gefecht, ihre für langjährigen Dienst und bürokratische Effizienz. Ich habe meine Dienstgrade im Kampf erworben. Sie ihre hinterm Schreibtisch. Die hatten noch nie Blut an den Händen. Aber ausnahmsweise bin ich mal froh über meinen neuen Rang. Die beiden Offiziere nehmen widerwillig Haltung an – beide sind älter als ich und es ist klar, wie sehr es sie wurmt, vor einem Achtzehnjährigen salutieren zu müssen. Schon lustig, dass ich mit sechzehn bereits trinken, kämpfen und wählen durfte, aber ich selbst zwei Jahre später noch zu jung bin, um respektiert zu werden.

Die beiden halten den ungeladenen Gast immer noch fest. Sein Atem geht schnell und flach, als befürchte er, jeden Moment aus einer Luftschleuse geworfen zu werden.

Ich räuspere mich, um mit ruhiger, klarer Stimme zu sprechen. »Wenn es ein Problem gibt, bringe ich den Herrn gern hinaus.« *Und zwar ohne weitere Gewalt.*

Alle können hören, wie ich klinge: nach dem ungehobelten und unkultivierten Provinzjungen, der ich bin. Ich registriere vereinzeltes Lachen; der gesamte Salon ist jetzt auf unser kleines Drama konzentriert. Das Lachen ist gar nicht boshaft – nur amüsiert.

»Merendsen, ich bezweifle, dass dieser Kerl wegen eines Buchs hier ist.« Der selbstgefällige Typ mit Zylinder grinst mich schief an.

Da erst merke ich, dass ich immer noch das Buch aus dem Regal in der Hand halte. Genau – weil dieser Mann arm ist, kann er wahrscheinlich noch nicht einmal lesen.

»Er wollte sicherlich gerade gehen«, sagt das Mädchen und wirft dem Zylinder-Typen einen eisigen Blick zu. »Und Sie sicherlich auch.«

Auf so eine Abfuhr waren sie allesamt nicht gefasst, und ich nutze die Schrecksekunde, um den Offizieren ihren Gefangenen abzunehmen. Das Mädchen hat sie einfach so aus dem Salon verwiesen – wieder frage ich mich, woher ich sie kenne, wer sie *ist*, dass sie so eine Macht hat. Ich lasse den vieren den Vortritt, bevor ich meinen neuen Freund sanft, aber bestimmt zur Tür geleite.

»Ist noch alles heil?«, frage ich, als wir draußen sind. »Was ist denn in Sie gefahren, da reinzugehen, an so einen Ort? Ich dachte schon, Sie hätten vor, den Laden in die Luft zu jagen.«

Der Mann sieht mich lange an; sein Gesicht ist jetzt schon älter, als die meisten Leute da drinnen jemals aussehen werden.

Dann wendet er sich ohne ein weiteres Wort ab und geht mit hängenden Schultern davon. Wie viel von dieser Begegnung mit dem Mädchen im blauen Kleid wohl für ihn abhing?

In der Tür stehend beobachte ich, wie die Leute ihre Aufmerksamkeit wieder anderem zuwenden, jetzt wo das Spektakel vorbei ist. Langsam kommt wieder Leben in den Salon, die schwebenden Tabletts fliegen umher, die Gespräche werden lauter, perfekt einstudiertes Lachen erschallt hier und dort. Ich sollte eigentlich noch eine Stunde hierbleiben, aber vielleicht kann ich ja dieses eine Mal schon eher verschwinden.

Doch dann sehe ich wieder das Mädchen in der Sitznische – und sie beobachtet mich. Sie zieht sich ganz langsam einen Handschuh aus, einen Finger nach dem anderen. Ihr Blick ist dabei die ganze Zeit auf mich gerichtet.

Das Herz schlägt mir bis zum Hals. Mir ist bewusst, dass ich sie anglotze wie ein Idiot, aber ich weiß einfach nicht mehr, wie meine Beine funktionieren. Da formen sich ihre Lippen zu einem leichten Lächeln. Doch irgendwie wirkt *ihr* Lächeln nicht so, als würde sie sich über mich lustig machen, und schließlich schaffe ich es, mich in Bewegung zu setzen.

Als sie den Handschuh fallen lässt, beuge ich mich vor und hebe ihn auf.

Ich kann sie nicht fragen, ob alles in Ordnung ist – dafür ist sie viel zu beherrscht. Also lege ich den Handschuh auf den Tisch und sehe sie einfach nur an. Blaue Augen. Zu denen das Kleid gut passt. Ob Wimpern von Natur aus so lang werden können? Bei den vielen perfekten Gesichtern hier ist es schwer zu sagen, wer chirurgische Eingriffe hinter sich hat und wer nicht. Aber wenn sie etwas in der Richtung unternommen hätte, wäre die Entscheidung sicher auf eine klassische, gerade Nase gefallen. Nein, sie sieht echt aus.

»Warten Sie auf einen Drink?« Meine Stimme ist beinah ruhig.

»Auf meine Freundinnen«, sagt sie und senkt die unglaublichen

Wimpern, bevor sie zu mir hochblickt. »Captain?«, fragt sie, als wäre sie sich unsicher, was meinen Rang angeht.

»Major«, sage ich. Sie weiß ganz genau, was meine Abzeichen bedeuten. Ich habe ja gerade erst mitbekommen, wie sie die beiden anderen Offiziere mit Dienstgrad angesprochen hat. Solche wie sie, Mädchen aus der High Society, sie kennen sie alle. Für sie ist es ein Spiel. Ich gehöre vielleicht nicht dazu, aber eine Spielerin erkenne ich. »Ob das so schlau von Ihren Freundinnen war, Sie alleinzulassen? Jetzt müssen Sie sich mit mir herumschlagen.«

Dann lächelt sie, und als ich ihre Grübchen sehe, ist es um mich geschehen. Es liegt nicht nur an ihrem Aussehen – obwohl das allein schon ausreichen würde. Nein, trotz ihres Aussehens, trotz dessen, wo ich ihr begegnet bin, ist dieses Mädchen bereit, gegen den Strom zu schwimmen. Sie ist keine von diesen hohlen Marionetten. Es kommt mir vor, als wäre ich nach Tagen der Isolation endlich einem anderen Menschen begegnet.

»Wird es zu einem intergalaktischen Eklat kommen, wenn ich Ihnen Gesellschaft leiste, bis Ihre Freundinnen auftauchen?«

»Ganz und gar nicht.« Sie legt den Kopf etwas schief und deutet auf die andere Seite der Sitznische. Die Bank ist in einem Halbkreis geschwungen. »Aber ich sollte Sie vielleicht vorwarnen, dass es eine Weile dauern kann. Meine Freundinnen sind nicht gerade für ihre Pünktlichkeit bekannt.«

Lachend lege ich das Buch neben ihren Handschuh und nehme ihr gegenüber Platz. Das Kleid hat einen riesigen Rock, ganz nach der neuesten Mode, und als ich mich setze, streifen meine Beine den Stoff. Sie rückt nicht ab. »Sie hätten mich als Kadetten sehen sollen«, sage ich, als wäre das länger her als gerade mal ein Jahr. »Pünktlichkeit war so ziemlich das Einzige, wofür wir bekannt waren. Nie fragen, wie oder warum. Hauptsache, die Sache ist schnell erledigt.«

»Da haben wir etwas gemeinsam«, sagt sie. »Wir werden auch nicht gerade ermutigt, nach dem Warum zu fragen.« Keiner von uns beiden fragt, warum wir zusammensitzen.

»Ich habe das Gefühl, von mindestens einem halben Dutzend Kerlen beobachtet zu werden. Mache ich mir gerade Todfeinde? Noch mehr, als ich bereits habe?«

»Würde es Sie davon abhalten, sich mit mir zu unterhalten?«, fragt sie und zieht sich schließlich auch den zweiten Handschuh aus, den sie neben den anderen auf den Tisch legt.

»Nicht zwangsläufig«, antworte ich. »Aber es wäre gut zu wissen. Es gibt ziemlich viele dunkle Gänge auf diesem Schiff, wenn man Rivalen hat, die einem hinter jeder Ecke auflauern könnten.«

»Rivalen?«, fragt sie und hebt eine Augenbraue. Ich weiß, dass sie mit mir spielt, nur kenne ich die Regeln nicht und sie hat alle Karten auf der Hand. Aber es ist mir egal, dass ich verliere. Wenn sie will, ergebe ich mich sofort.

»Ich könnte mir vorstellen, dass es einige Herren gibt, die sich als solche verstehen«, sage ich schließlich. »Die dort drüben zum Beispiel sehen nicht aus, als wären sie besonders erfreut über mich.« Ich nicke in Richtung einer Gruppe von Typen in Fräcken und Zylindern. Zu Hause sind wir ein einfacheres Volk, da nimmt man den Hut ab, wenn man reinkommt.

»Dann machen wir es doch mal noch schlimmer«, sagt sie, ohne zu zögern. »Lesen Sie mir aus dem Buch vor und ich werde Ihnen wie gebannt zuhören. Sie können mir auch einen Drink bestellen, wenn Sie wollen.«

Ich sehe auf das Buch, das ich aus dem Regal gezogen habe. *Massentod: Eine Geschichte fehlgeschlagener Feldzüge.* Innerlich zusammenzuckend schiebe ich es beiseite. »Vielleicht bestelle ich Ihnen besser etwas zu trinken. Ich war eine ganze Weile nicht auf den hellen Lichtern, daher bin ich etwas eingerostet. Und über blutige Todesfälle zu reden ist bestimmt auch nicht die charmanteste Art.«

»Dann muss ich mich wohl mit Champagner zufriedengeben.« Als ich die Hand hebe, um eins der schwebenden Tabletts heranzuwinken, fährt sie fort: »Habe ich da eben eine Spur von Verachtung in Ihren Worten gehört, Major? Ich komme von diesen hellen Lichtern. Verachten Sie mich deswegen etwa?«

»Ich könnte Sie niemals wegen irgendetwas verachten.« Die Worte überspringen mein Gehirn einfach komplett. *Meuterei.*

Auf das Kompliment hin senkt sie immer noch lächelnd den Blick. »Sie sagen, Sie wären fernab der Zivilisation gewesen, Major, aber Ihre Schmeichelei verrät Sie. So lange kann es nicht gewesen sein.«

»Wir sind äußerst zivilisiert draußen an der Front«, entgegne ich gespielt beleidigt. »Wir müssen zwar ständig durch Schlamm robben und Kugeln ausweichen, aber ab und zu machen wir auch mal eine Pause und laden zum Tanz ein. Mein alter Ausbilder sagte immer, dass man nirgendwo so gut Quickstepp lernt wie auf einem Boden, der gerade unter einem nachgibt.«

»Das glaube ich gern«, sagt sie, als auf meine Bestellung hin summend ein Tablett auf unseren Tisch zukommt. Sie nimmt sich ein Glas Champagner und prostet mir leicht zu, bevor sie einen Schluck nimmt. »Verraten Sie mir Ihren Namen oder ist der unter Verschluss?«, fragt sie, als wüsste sie es nicht.

Ich nehme das zweite Glas und schicke das Tablett wieder weg. »Merendsen.« Auch wenn es nur gespielt ist, es ist schön, mal mit einer Person zu reden, die nicht von meinen außerordentlichen Heldentaten schwärmt und sofort mit mir fotografiert werden will. »Tarver Merendsen.« Sie guckt mich an, als würde sie mich nicht erkennen, dabei war ich wochenlang in allen Zeitungen und Holovids zu sehen.

»Major Merendsen.« Sie probiert den Namen aus, summt die *M*s, dann nickt sie zufrieden. Der Name genügt ihren Anforderungen, zumindest fürs Erste.

»Ich bin als Nächstes auf einem der hellen Lichter stationiert. Auf welchem davon sind Sie zu Hause?«

»Auf Corinth, natürlich«, sagt sie. Dem hellsten Planeten von allen. *Natürlich.* »Obwohl ich mehr Zeit auf Schiffen wie diesem verbringe als auf Corinth. Eigentlich ist die *Icarus* schon fast mein Zuhause.«

»Aber selbst Sie müssen von der *Icarus* beeindruckt sein. Das Schiff ist größer als jede Stadt, in der ich bisher war.«

»Die *Icarus* ist das größte Schiff von allen«, sagt sie, senkt den Blick und spielt mit dem Stiel der Champagnerflöte. Auch wenn sie es gut versteckt, es muss sie langweilen, über das Schiff zu reden. Das ist hier wahrscheinlich das Äquivalent zum Reden übers Wetter.

*Komm schon, Mann, reiß dich zusammen.* Ich räuspere mich. »Die Aussichtsdecks sind das Beste. Ich war ja schon auf vielen Planeten mit wenig Umgebungslicht, aber der Ausblick hier ist noch mal etwas ganz anderes.«

Sie begegnet kurz meinem Blick – dann formen sich ihre Lippen zu einem ganz leichten Lächeln. »Ich glaube, ich habe den Ausblick auf dieser Reise noch gar nicht richtig gewürdigt. Vielleicht können wir –« Doch dann schaut sie zur Tür und hält inne.

Ich hatte ganz vergessen, dass wir in einem Raum voller Menschen sind. Erst als sie wegsieht, stürzen die Musik und der Lärm von den vielen Unterhaltungen wieder auf mich ein. Ein Mädchen mit rotblonden Haaren – sicherlich eine Verwandte, obwohl *ihre* Nase gerade und perfekt ist – kommt mit einem kleinen Gefolge auf uns zu.

»Lil, da bist du ja«, sagt sie in scheltendem Ton und hält ihr einladend-auffordernd die Hand hin. Mich ignoriert sie natürlich. Das Gefolge versammelt sich hinter ihr.

»Anna«, sagt meine Tischgefährtin, die jetzt einen Namen hat. Lil. »Darf ich dir Major Merendsen vorstellen?«

»Hocherfreut«, antwortet Anna geringschätzig. Ich nehme das Buch und mein Glas. Ich weiß, wann es an der Zeit ist, zu gehen.

»Entschuldigen Sie, ich glaube, ich sitze auf Ihrem Platz«, sage ich. »Hat mich sehr gefreut.«

»Ebenso.« Lil ignoriert Annas Hand und blickt, den Stiel ihres Champagnerglases umklammernd, zu mir herüber. Der Gedanke, dass sie das Ende unserer Unterhaltung ein bisschen bedauern könnte, gefällt mir.

Dann erhebe ich mich und mit einer leichten Verbeugung, die nur Zivilisten vorbehalten ist, verabschiede ich mich und gehe. Als ich mich noch einmal umblicke, sieht mir das Mädchen im blauen Kleid hinterher.

»Und das nächste Mal sind Sie ihr wann begegnet?«

»Am Tag des Unglücks.«

»Und was waren zu diesem Zeitpunkt Ihre Absichten?«

»Ich hatte keinerlei Absichten.«

»Warum nicht?«

»Sie machen Witze, oder?«

»Major, wir sind nicht hier, um Sie zu amüsieren.«

»Ich wusste inzwischen, wer sie war. Und dass es vorbei war, bevor ich überhaupt Hallo gesagt hatte.«

# 2

~

# LILAC

»Weißt du, wer das *war*?« Anna deutet mit dem Kopf auf den Major, der gerade den Salon verlässt.

»Hmm.« Ich lasse mir nichts anmerken. Natürlich weiß ich es – er war wochenlang auf jedem Holoscreen zu sehen. Major Tarver Merendsen, Kriegsheld. Auf den Fotos ist er jedoch nicht besonders gut getroffen. Zum einen sieht er in echt viel jünger aus. Vor allem hat er auf den Fotos aber auch immer eine ganz ernste Miene.

Annas Begleitung für den Abend, ein junger Mann im Smoking, fragt, was wir trinken wollen. Ich kann mir die Namen von Annas Dates nie merken. Meistens stellt sie die Typen auch gar nicht erst vor, sondern drückt ihnen bloß ihre Handtasche und den Fächer in die Hand, bevor sie mit jemand anderem abzischt, um zu tanzen. Er geht mit Elana zur Bar und Swann folgt ihnen, nachdem sie mich mit einem langen Blick bedacht hat.

Ich werde nachher noch Ärger bekommen, weil ich meinem Bodyguard entwischt und einfach schon allein hierhergekommen bin, aber es hat sich gelohnt. Swann trägt ein Messer unter dem Rock, das man unter den Falten des Stoffes nur erahnen kann, wenn man weiß, dass es da ist, genauso wie die kleine Betäubungspistole in ihrer Handtasche. Es gibt Witze darüber, dass die LaRoux-Prinzessin niemals ohne ihre kichernden Freundinnen irgendwo hingeht – dass die Hälfte von ihnen aus hundert Metern Entfernung jemanden erschießen könnte, weiß allerdings keiner. Noch nicht einmal die Präsidentenfamilie hat solche Bodyguards.

Eigentlich sollte ich ihnen von dem seltsamen Mann von vorhin erzählen, aber dann würde Swann mich sofort aus dem Salon scheuchen und ich müsste den restlichen Abend in meinem Zimmer verbringen, während sie überprüft, ob der Mann mit dem billigen Hut mir auch wirklich nichts antun wollte. Doch ich wusste gleich, dass er ungefährlich ist. Es war ja nicht das erste Mal, dass mich jemand gebeten hat, bei meinem Vater Fürsprache für ihn zu halten. All seine Kolonien wollen mehr, als er ihnen geben kann, und es ist kein Geheimnis, dass der mächtigste Mann des Universums seiner Tochter jeden Wunsch erfüllt.

Aber Swann müsste mich wirklich nicht vor diesem Mann verstecken. Als er vom Major hinausgeführt wurde, konnte ich schon an seiner Körperhaltung erkennen, dass er es nicht noch einmal probieren wird.

»Ich hoffe, du weißt, was du tust, Lil.« Überrascht blicke ich auf. Sie redet immer noch von Major Merendsen.

»Lass mich doch auch mal meinen Spaß haben.« Ich schütte den Rest Champagner in mich hinein und Anna muss grinsen.

Doch sie setzt sofort wieder eine strenge Miene auf, die eigentlich eher zu Swann passen würde. »Onkel Roderick würde ziemlich sauer sein, wenn er das wüsste«, schimpft sie, während sie sich neben mich in die Sitznische gleiten lässt, so dass ich gezwungen bin, ein Stück zu rücken. »Egal wie viele Orden der Major erkämpft hat – er ist und bleibt der Sohn eines Lehrers.«

Dafür dass Anna mehr Nächte in einem anderen als ihrem eigenen Zimmer verbringt, ist sie ganz schön prüde, wenn es um mich geht. Ich frage mich, was mein Vater ihr wohl dafür versprochen hat, auf dieser Reise ein Auge auf mich zu haben – oder was er ihr angedroht hat, sollte sie versagen.

Ich weiß, sie versucht bloß, mich zu beschützen. Und da ist sie mir lieber als meine Bodyguards, die keinen Grund haben, irgendetwas zu beschönigen, wenn sie meinem Vater Bericht erstatten. Anna ist einer der wenigen Menschen, die wissen, wozu Monsieur LaRoux in Bezug auf mich fähig ist. Sie hat mitbekommen, was mit Männern passiert, die mich auch nur falsch ansehen. Es gibt natürlich Gerüchte. Die meisten Typen sind schlau genug, sich von mir fernzuhalten, aber Anna *weiß*, wie es wirklich ist. Und trotz ihrer ständigen Ermahnungen bin ich froh, dass sie bei mir ist.

Trotzdem lässt es mir keine Ruhe. »Eine kurze Unterhaltung«, murmele ich. »Das war alles, Anna. Müssen wir das jedes Mal von neuem durchkauen?«

Anna lehnt sich an mich, hakt den Arm bei mir unter und legt den Kopf auf meine Schulter. Als wir noch klein waren, war das meine Geste – aber wir sind gewachsen und jetzt bin ich größer als sie. »Ich will dir nur helfen«, sagt sie. »Du weißt doch, wie Onkel Roderick ist. Du bist nun mal sein Ein und Alles. Ist es denn so schlimm, dass dein Vater dich liebt?«

Seufzend lege ich den Kopf auf ihren. »Wenn ich mich ohne ihn nicht einmal ein bisschen amüsieren kann, wozu verreise ich dann überhaupt allein?«

»Major Merendsen sieht zugegebenermaßen schon zum Anbeißen aus«, gesteht Anna leise. »Hast du gesehen, wie perfekt die Uniform an ihm saß? Für dich ist er natürlich nichts, aber vielleicht sollte ich mal seine Zimmernummer in Erfahrung bringen.«

Der Magen zieht sich mir leicht zusammen. Eifersucht? Bestimmt nicht. Dann muss es die Bewegung des Schiffes sein. Obwohl das Reisen mit Überlichtgeschwindigkeit so ruhig vonstattengeht, dass es sich anfühlt, als bewegten wir uns gar nicht.

Anna hebt den Kopf, sieht mich an und lacht. Es ist ein charmantes, gut einstudiertes glockenhelles Lachen. »Oh, schau mich nicht so an,

Lil. Das war doch nur ein Scherz. Triff ihn einfach nicht wieder, sonst muss ich es deinem Vater sagen. Ich will es nicht, aber ich kann es ihm auch nicht einfach verschweigen.«

Elana, Swann und der namenlose Smokingträger kehren mit einem schwebenden Tablett voller Drinks und Kanapees zurück. Die Mädchen haben Anna genug Zeit gelassen, mich zu schelten, und strahlen über das ganze Gesicht, als sie sich zu uns setzen. Anna schickt den Smokingträger noch einmal zur Bar, weil sich in ihrem Drink ein Rührstäbchen mit Ananas statt mit Kirschen befindet, und sie und die anderen Mädchen kichern drauflos, während sie dem Smokingträger hinterhersehen. Es ist offensichtlich, warum Anna ihn ausgesucht hat – er macht dem Major ganz schön Konkurrenz, wenn es darum geht, einen Anzug perfekt auszufüllen.

Anna erzählt gerade von seinen enthusiastischen Bemühungen, ihr den Hof zu machen, sehr zur Erheiterung von Elana und Swann. Manchmal ist diese Art der Unterhaltung alles, was ich will – eine einfache, leichte und noch nicht einmal ansatzweise gefährliche Unterhaltung. Jetzt stehe nicht mehr ich im Mittelpunkt, sondern Anna, und ich muss nichts weiter tun, als zu lächeln und an den richtigen Stellen zu lachen. Normalerweise würde ich vor Lachen inzwischen schon fast am Boden liegen. Doch heute Abend fühlt sich das Ganze irgendwie leer an, und es fällt mir schwer, mich fallenzulassen.

Immer wieder blicke ich zur Tür, die schon Dutzende Male auf- und wieder zugegangen ist, aber nie war es Tarver Merendsen, der hereinkam. Er kennt die Regeln bestimmt genauso gut wie ich, und es gibt nicht eine Person an Bord, die nicht wüsste, wer ich bin. Dass er überhaupt mit mir geredet hat, ist schon ein Wunder. Auch wenn mein Vater es als etwas ganz Besonderes darstellt, mich zu meinem Geburtstag allein nach New Paris reisen zu lassen, ist er in Wahrheit doch auf die eine oder andere Weise immer anwesend.

Einen kleinen Trost gibt es allerdings. Wenigstens ist der Major aus freien Stücken gegangen und ich musste ihn nicht vor meinen Freundinnen abservieren. Doch auf einem Schiff mit über fünfzigtausend Passagieren ist die Wahrscheinlichkeit, Tarver Merendsen mit seinem schiefen Lächeln und der gefährlich schönen Stimme noch einmal zu begegnen, leider ziemlich gering.

Die nächsten zwei Abende gehen Anna und ich nach dem Essen nicht in den Salon, sondern gleich aufs Promenadendeck. Wir flanieren Arm in Arm und besprechen Annas Klatsch und Tratsch. Anna hat die Suite direkt neben meiner und sie wird auch noch die ganze Nacht an meinem Fußende liegend weiterreden. Ihr scheint der Schlafmangel nichts auszumachen, aber ich wache morgens immer mit tiefen Augenringen auf, die auf meiner hellen Haut wie blaue Flecken wirken. Doch das nehme ich gern in Kauf, denn außer auf diesen Reisen können Anna und ich nie so viel Zeit zusammen verbringen. Hier können wir sein wie Schwestern.

Wir flanieren also. Swann ist natürlich wie immer dabei – ich kann ja kaum aus dem Bett aufstehen, ohne dass sie mir gleich am Ellbogen hängt –, aber sollte sie uns zuhören, behält sie ihre Meinung auf jeden Fall für sich.

Anna hat den Major zwar nicht mehr erwähnt, aber ich muss trotzdem ständig an ihn denken. Die meisten Leute aus den unteren Schichten tun so, als wären sie mir ebenbürtig, wenn sie mit mir sprechen. Sie scharwenzeln um mich herum und benehmen sich so übertrieben, dass es wehtut. Aber der Major war ehrlich, natürlich, und sein Lächeln wirkte überhaupt nicht gekünstelt. Er schien meine Gesellschaft wirklich zu genießen.

Wir betreten die große künstliche Rasenfläche am Heck des Schiffes, als die Lichter, ganz auf die Uhrzeit des Schiffes abgestimmt, langsam vom Sonnenuntergang zur Dämmerung übergehen. In den Aussichtsfenstern wechselt das Bild von einem sonnigen Himmel mit

Wolken über Gold, Orange und Pink, bis schließlich ein Sternenhimmel prächtiger als auf jedem Planeten zu sehen ist. Zu Hause auf Corinth gibt es keine Sterne, nur das schwachrosa Leuchten der von der Atmosphäre reflektierten Stadtlichter und die Feuerwerke, die in holografischen Bildern gegen die Wolken geworfen werden.

Ich höre Anna nur mit halbem Ohr zu, während ich das Schauspiel hinter den Fenstern beobachte. Da bleibt sie auf einmal so abrupt stehen, dass ich stolpere. Zum Glück kann ich mich gerade noch fangen. Mit dem Gesicht voran auf dem künstlichen Rasen zu landen würde mich eine Woche lang in die Schlagzeilen bringen.

Doch Anna beachtet mich gar nicht. Ihr Blick ist auf etwas – oder vielmehr jemanden – etwas weiter entfernt gerichtet. Mir rutscht das Herz in die violetten Satinschuhe.

Major Merendsen.

Ob er uns gesehen hat? Er unterhält sich mit einem anderen Offizier und hört ihm mit gesenktem Kopf zu – vielleicht ist er abgelenkt genug, dass er mich gar nicht bemerkt. Ich wende den Blick ab, hoffe, dass er mich nicht erkennt. Hätte ich doch nur keine roten Haare, damit muss ich ja auffallen! Und warum wollte ich unbedingt das smaragdfarbene Kleid anziehen? Wenn ich gekleidet wäre wie die anderen Mädchen, wäre ich vielleicht eher zu übersehen.

Mein Vater würde ihn garantiert in die tiefste Provinz versetzen lassen, sollte Anna ihm erzählen, dass ich mit dem berüchtigten Major Merendsen, Lehrerssohn, Stipendiat, klassenloser Kriegsheld, verkehre. Und der Major könnte schon von Glück sagen, wenn er mit einer Versetzung davonkommt.

»Himmel, er kommt tatsächlich her«, murmelt mir Anna mit aufgesetztem Lächeln ins Ohr. »Was in aller Welt denkt er sich dabei? Ich meine, leidet er an irgendeiner Geistes-«

»Guten Abend, Major«, unterbreche ich ihre Flut von Beleidigungen gerade noch rechtzeitig, bevor er sie hören kann. Hoffe ich.

Der andere Offizier wartet respektvoll in einiger Entfernung und mein Herz rutscht noch tiefer. Anna kennt die Regeln, also entschuldigen sie und Swann sich und gehen mit dem Vorwand, aus dem Fenster schauen zu wollen, ein Stück vor. Als sie am Major vorbei sind, dreht Anna sich mit besorgter Miene noch einmal nach mir um.

*Tu es nicht*, scheint ihr Blick zu sagen. *Lass ihn ziehen.* Ich meine zwar auch einen Funken Mitgefühl darin zu erkennen, aber das ändert nichts an der Botschaft.

Noch in Hörweite bleiben die beiden stehen und vermitteln damit nur die Illusion von Privatsphäre. Swann lehnt sich an die Reling und blickt zu uns herüber. Doch sie sieht eher belustigt als besorgt aus. Sie mag zwar knallhart sein, wenn ich mich in Gefahr befinde, aber sie ist trotzdem noch eine von den anderen, kichert über den Klatsch und Tratsch und die Irrungen und Wirrungen der Gesellschaft. Anna ist an die wechselnden Bodyguards gewöhnt und nimmt sie so bereitwillig in unseren Kreis auf wie jede andere unserer Freundinnen. Mit Swann hat mein Vater eine gute Wahl getroffen.

»Guten Abend«, sagt Major Merendsen. Hinter ihm flüstert Anna Swann etwas zu, die daraufhin laut zu kichern anfängt. Doch der Major lässt sich davon nicht beirren, er lächelt bloß ein bisschen. »Entschuldigen Sie, ich wollte den Abend mit Ihren Freundinnen nicht stören. Ich konnte sie nur vorgestern gar nicht mehr fragen, ob wir mal zusammen auf die Aussichtsdecks gehen wollen. Sie sagten, Sie waren dort noch nicht oft.«

Anna starrt mich mit ihren grünen Augen an. Ihr Blick ist nicht mehr mitfühlend, sondern nur noch warnend. Dass nicht einmal meine beste Freundin meine Geheimnisse für sich behält, ist eine Tatsache, der ich gerade lieber keine Beachtung schenken würde. Besonders, da das Traurige daran ist, dass ich es ihr gar nicht zum Vorwurf machen kann. Es gibt niemanden, der sich der Macht meines Vaters erwehren könnte. Nicht Anna – und auch nicht ich.

Und ganz sicher nicht Tarver Merendsen. Wie hochmütig ist dieser Typ eigentlich? Vielleicht denkt er ja, es lohnt sich. Männer tun doch alles für die Aufmerksamkeit eines reichen Mädchens. Wenn er nicht von sich aus aufgibt, tja – ich mache das nicht zum ersten Mal. Da hilft nur die absolute, vernichtende Niederlage. Ich muss den Moment sorgfältig wählen, um den größten Effekt zu erzielen.

»Sie erinnern sich daran.« Ich schaffe ein Lächeln, fühle, wie es sich wie eine widerliche Grimasse auf meinem Gesicht ausbreitet, und wende meine Aufmerksamkeit wieder dem Major zu. »Ich glaube, meine Freundinnen werden es mir verzeihen, wenn ich mich ihnen einen Abend entziehe.«

Anna hinter dem Major erstarrt. Sie sieht richtig verängstigt aus. Ich würde ihr gern sagen, dass sie doch erst einmal abwarten soll, dass sie nicht gleich in Panik ausbrechen muss. Aber das würde mich verraten.

Sein Gesichtsausdruck verändert sich leicht, das vorsichtige Lächeln wird breiter und seine Anspannung lässt nach. Es trifft mich wie der Schlag, als mir klar wird, dass er nervös war. Dass er mich tatsächlich, wirklich fragen wollte. Seine Augen, die den gleichen Braunton wie seine Haare haben, sind direkt auf meine gerichtet. Oh Gott, wenn er doch nur nicht so gut aussehen würde. Mit alten, dicken Männern ist es viel leichter.

»Haben Sie heute Abend noch etwas vor? Wie wäre es mit jetzt?«

»Sie verschwenden keine Zeit, was?«

Grinsend verschränkt er die Arme hinterm Rücken. »Das lernen wir mit als Erstes beim Militär. Schnell zu handeln und hinterher darüber nachzudenken.«

Das ist mal eine Abwechslung zu den Kreisen, in denen ich verkehre, mit den überlegten Spielen und berechnenden Versprechern. Anna formt die Lippen, als wollte sie mir etwas sagen, aber ich bekomme nur noch das Ende mit. Irgendetwas mit *sofort*.

»Hören Sie, Major –«

»Tarver«, korrigiert er mich. »Und Sie sind mir gegenüber immer noch im Vorteil, Miss …?«

Ich brauche ein paar Sekunden, um zu begreifen, was er meint. Gespannt beobachtet er mich mit erhobenen Augenbrauen.

Dann kapiere ich es. *Er weiß nicht, wer ich bin.*

Einen langen Augenblick sehe ich ihn einfach nur an. Ich kann mich gar nicht mehr daran erinnern, wann ich das letzte Mal mit jemandem geredet habe, der nicht wusste, wer ich bin. Eigentlich kann ich mich an kein einziges Mal erinnern. Sicherlich war es früher so, als ich noch klein war, bevor ich der Liebling der Medien wurde. Aber das kommt mir vor wie ein Film, den ich vor einer Ewigkeit gesehen habe.

Ich wünschte, ich könnte das Ganze anhalten, diesen Moment auskosten. Es genießen, mit jemandem zu sprechen, der mich nicht als Lilac LaRoux, Erbin von LaRoux Industries, reichstes Mädchen des Universums sieht. Doch ich kann es nicht aufhalten. Ich kann es nicht zulassen, dass dieser törichte Soldat ein zweites Mal mit mir zusammen gesehen wird. Irgendjemand wird es meinem Vater erzählen, und ob nun unwissend oder nicht, das hat Major Merendsen nicht verdient.

Ich habe es schon oft genug getan. Warum fällt es mir denn jetzt so schwer, die richtigen Worte zu finden, um ihn zu vernichten? »Ich muss Ihnen neulich den falschen Eindruck vermittelt haben«, sage ich leichthin und setze ein amüsiertes Lächeln auf. »Ich gebe mir immer solche Mühe, höflich zu sein, wenn ich zu Tode gelangweilt bin, aber manchmal erziele ich damit wohl die falsche Wirkung.«

Zuerst ist ihm kaum eine Reaktion anzumerken, aber dann sehe ich, wie das Strahlen seine Augen verlässt, seine eben noch lächelnden Lippen sich zu einer dünnen Linie formen. Ich verspüre eine irrationale Wut ihm gegenüber, dass er überhaupt so dumm war, mich anzusprechen.

*Du hast ihn zuerst angelächelt*, sagt eine leise Stimme in mir. *Und du hast ihn deinen Handschuh aufheben und dir einen Drink bestellen lassen und ihn aufgefordert, sich zu dir zu setzen.* Anna und Swann hinter ihm können sich vor Lachen kaum halten und ich merke, wie sich meine Wut in etwas anderes verwandelt.

*Beende es, jetzt. Bring ihn dazu, dass er geht. Bevor deine Fassade anfängt zu bröckeln.*

»Haben Sie mich nicht verstanden?« Ich werfe die Haare zurück. Sollte mir meine Abscheu vor mir selbst anzusehen sein, kann ich nur hoffen, dass er es als Abscheu vor ihm interpretiert. »Das liegt wohl daran, dass Sie etwas langsam sind. Was bei Ihrer … Herkunft ja kein Wunder ist.«

Er sagt nichts. Sein Gesicht ist absolut ausdruckslos. Er sieht mich nur an und die Sekunden ziehen sich in die Länge. Dann macht er einen Schritt zurück und verbeugt sich. »Ich werde Ihre Zeit nicht weiter in Anspruch nehmen. Wenn Sie mich bitte entschuldigen?«

»Aber natürlich, Major.« Ich warte nicht erst ab, bis er geht, sondern rausche an ihm vorbei zu Anna und Swann, die ich in der Bewegung gleich mitreiße. Ich will nichts lieber, als mich noch einmal umzublicken, um zu sehen, ob Major Merendsen immer noch da steht, wo ich ihm den Vernichtungsschlag verpasst habe, ob er wütend davonstürmt, ob er mir folgt, ob er mit dem Offizier spricht, mit dem er vorher zusammenstand. Doch weil ich mich nicht umblicken kann, stelle ich mir ein Dutzend Möglichkeiten vor – ich erwarte, jeden Moment seine Hand an meinem Ellbogen zu spüren oder ihn aus den Augenwinkeln an den Fahrstühlen stehen zu sehen, die vom Promenadendeck wegführen.

»Ach, das war *genial*, Lil«, keucht Anna, die immer noch lacht. »Hat er dich ernsthaft gefragt, ob du mit ihm aufs Aussichtsdeck gehst? Um die Sterne anzusehen? Oh Gott, was für ein Klischee!«

Die Vibrationen des Reisens mit Überlichtgeschwindigkeit, die normalerweise gar nicht wahrnehmbar sind, bereiten mir Kopfschmerzen.

Er wusste nicht, wer ich bin. Er war nicht hinter meinem Geld her, ihn interessierten nicht die Geschäftsbeziehungen meines Vaters. Er wollte nichts weiter, als den Abend mit mir zu verbringen.

Annas hysterisches Lachen geht mir auf einmal ziemlich auf die Nerven. Auch wenn es geholfen hat, den Major zu vertreiben, auch wenn sie mein Zögern bemerkt und verstanden hat, auch wenn sie nur ihr Bestes tut, um mich davor zu bewahren, dass noch einmal etwas Undenkbares passiert – es ändert nichts daran, dass ich dem armen Kerl geradezu eine Ohrfeige verpassen musste und sie sich jetzt über ihn lustig macht.

»Wenn du eifersüchtig bist, such dir doch deinen Smokingträger der Woche und amüsier dich mit dem«, fahre ich sie an.

Ich lasse Anna und Swann mit offenen Mündern stehen und stürme auf den nächsten Fahrstuhl zu. Darin warten bereits zwei Techniker in blinkenden, mit Schaltsystemen versehenen Anzügen darauf, dass die Türen sich schließen. Als ich mich zu ihnen geselle, flüstert einer dem anderen etwas zu, woraufhin sie, eine Entschuldigung murmelnd, hastig wieder aussteigen und mich allein lassen.

Während die Fahrstuhltüren zugleiten, reime ich mir die Worte des Technikers zusammen. Ich war schon oft genug in einer solchen Situation, dass ich, ohne ihn verstanden zu haben, ganz genau weiß, was er gesagt hat.

*Oh, Mist. Das ist LaRoux' Tochter. Wenn uns jemand mit ihr hier drin erwischt, sind wir tot, Mann.*

Ich lehne mich gegen die Kunstholzvertäfelung und blicke auf das Symbol auf den Fahrstuhltüren. Der griechische Buchstabe Lambda, für LaRoux Industries. Die Firma meines Vaters.

Lilac Rose LaRoux. Unberührbar. Todbringend.

Meine Eltern hätten mich besser Efeu oder Fingerhut oder Belladonna nennen sollen.

»Das nächste Mal sind Sie ihr also begegnet,
als sich der Zwischenfall ereignete?«
»Das ist korrekt.«
»Und haben Sie versucht herauszufinden, was los war?«
»Sie sind nicht beim Militär, Sie verstehen nicht, wie wir operieren. Wir hinterfragen nichts. Ich habe einfach die Anweisungen befolgt.«
»Und was für Anweisungen waren das?«
»Wir haben die Pflicht, Zivilisten zu beschützen.«
»Es gab also keinen speziellen Befehl,
der Ihrem Handeln zu Grunde lag?«
»Jetzt werden Sie aber kleinlich.«
»Wir sind präzise, Major. Und wären Ihnen sehr verbunden,
wenn Sie es auch wären.«

# 3

# TARVER

Mit einem Schlag entweicht mir die Luft aus der Lunge, als ich auf die Übungsmatte pralle. Der andere Typ fällt auf mich, denn ich halte ihn immer noch am T-Shirt fest. Ich atme ruckartig ein, drehe mich über die Seite und setze mich auf ihn.

Ich kann es nicht *fassen*, dass ich mich heute Abend dermaßen zum Idioten gemacht habe. Jeder im Universum kennt Lilac LaRoux. Hätte ich doch mal eine der lausigen Nachrichtensendungen oder eine von diesen verdammten Klatsch-Shows geguckt, dann hätte ich gewusst, wie sie aussieht. Ich bin garantiert der Einzige, der es bisher nicht wusste.

Normalerweise würde man mich noch nicht einmal mit einem Pistolenlauf im Nacken in die Nähe eines derart reichen und privilegierten Mädchens bekommen. Was habe ich mir nur dabei *gedacht*? Überhaupt nichts habe ich gedacht. Ich habe nur auf ihre Grübchen und die roten Haare und –

Der Typ unter mir will mich an der Schulter packen, aber ich drücke sie schnell nach hinten, so dass er sie nicht zu fassen bekommt. Ich setze ein Knie auf seine Brust und hole aus. Meine Faust ist schon auf halbem Weg zu seinem Gesicht, als er sie schnappt und mir derart den Arm verdreht, dass ich mich zurückwerfen muss, um mich loszureißen. Der Typ kommt mir grinsend hinterher.

»Ist das alles, was du kannst, Kleiner? Gib dir mehr Mühe«, keucht er.

Das bekomme ich ständig gesagt. *Ist das alles, was du kannst? Gib dir mehr Mühe.* Du bist zu arm. Du bist zu dumm. Du weißt ja nicht einmal, welches verdammte Besteck das richtige ist. Du musst reden wie wir. Du musst denken wie wir.

Ihr könnt mich alle mal.

Von den vielen Leuten in Tarnklamotten um uns herum ist ein Gewirr aus Schreien und Flüchen in mindestens einem Dutzend verschiedener Sprachen zu hören. Der einzige Offizier hier unten ist der Sergeant, der das Kampftraining beaufsichtigt, und unsere Ausdrucksweise interessiert ihn nicht. Na ja – der einzige Offizier abgesehen von mir. Aber das wissen die anderen nicht. Nur oben erkennen mich alle aus ihren Magazinen und Zeitungen und Holovids.

Trotzdem wette ich, dass alle hier Lilac LaRoux erkannt hätten.

Ich muss die ganze Zeit an sie denken. Ob sie es wohl *lustig* fand, vor ihren Freundinnen so mit mir zu spielen?

Als ich auf einmal zuschlage, überrascht es uns beide. Es knirscht und dann rollt der andere Typ sich weg, die Hand vorm Gesicht. Blut quillt zwischen seinen Fingern hervor. Ich hole tief Luft, doch ehe ich mich bewegen kann, hält der Sergeant die Hand zwischen uns. Er zeigt mir die Handfläche – der Kampf ist zu Ende.

Heftig atmend lehne ich mich zurück auf die Ellbogen und sehe zu, wie er dem Typ auf die Beine hilft und ihn dann einem seiner Kumpels übergibt, der ihn ins Krankenzimmer bringt. Dann wendet sich der Sergeant wieder mir zu. Er verschränkt die Arme vor der breiten Brust und sieht mich von oben herab an.

»Junge, noch so eine Nummer und du kommst mir hier nicht mehr auf die Matten, verstanden? Wenn du dir noch einmal so was leistest, rede ich mit deinem befehlshabenden Offizier.«

Hier unten tragen alle einfache Tarnklamotten, kakifarbene T-Shirts und Hosen, und ohne meine Uniform mit den Sternen und Streifen kann ich so tun, als wäre ich ein einfacher Soldat. Hier unten bin ich nur achtzehn, kein Offizier, kein Kriegsheld. Der Sergeant kommt nicht einen Moment auf die Idee, dass ich Major sein könnte. So ist es mir auch lieber. An manchen Tagen wünschte ich, es wäre tatsächlich so. Dass ich meine Streifen in der normalen Ausbildung hätte erkämpfen können, statt draußen auf dem Schlachtfeld, wo einen ein Fehler mehr kostet als einen Vermerk in den Akten.

»Ja, Sergeant«, antworte ich immer noch aus der Puste, während ich vorsichtig aufstehe. Ich will noch länger hierbleiben.

Das Militärquartier ist schlicht und funktionell, das Metallgerippe des Schiffes ist zu sehen, aber hier unten fühle ich mich eher zu Hause. Von den vielen schwitzenden Körpern ist die Luft ganz feucht und die Klimaanlage läuft pausenlos, ohne groß etwas zu bewirken. Die Jungs und Mädels hier sind auf dem Weg zu einer der Kolonien, um den jüngsten Aufstand niederzuschlagen. Nähme man mir meine Orden und die Beförderung durch meine Verdienste auf dem Schlachtfeld weg, würde auch ich hier unten untergebracht sein und demnächst auf terraformierte Wunder und wütende Rebellen treffen. Schön wär's.

Der Sergeant taxiert mich noch einen Moment, dann dreht er den Kopf und brüllt wie auf dem Paradeplatz: »Corporal Adams, vortreten! Sie sind die Nächste.«

Sie ist ein paar Jahre älter als ich, einige Zentimeter kleiner und hat kurze, abstehende blonde Haare. Sie grinst mich kurz an, als sie die Arme ausschüttelt und sich bereitmacht, und ich atme tief ein und gehe in Abwehrhaltung. Ich werde hier unten bleiben, bis ich müde genug bin, um zu schlafen.

Sie ist ziemlich schnell, verlagert geschickt ihr Gewicht, während wir einander umkreisen. Das ist ein Mädchen ganz nach meinem Geschmack, flink und direkt, keine Spur von dem intrigenhaften Verhalten auf dem Oberdeck. Ihre Bewegungen erinnern mich an eine Zeile aus einem Gedicht von meiner Mutter. *Flüchtiges Silberlicht und wirbelnder Staub.*

Wieder lächelt sie und eine Sekunde lang sehe ich Lilac LaRoux' Lächeln und ihre blauen Augen.

Doch als Nächstes blicke ich auf das Metallgestänge an der Decke. Corporal Adams drückt mir ihren nackten Fuß an die Kehle und es ist vorbei. Ich hebe vorsichtig die Hände, überlege kurz, sie am Fußknöchel zu packen, aber zeige ihr stattdessen die Handflächen. Sie hat mich erwischt. Ich hätte mich besser konzentrieren sollen.

Sie nimmt ihren Fuß von mir, hält mir die Hand hin und ich lasse mich von ihr hochziehen.

Jetzt macht mich Miss LaRoux also auch schon beim Kampftraining fertig. *Gibt es eigentlich irgendeinen Bereich meines Lebens, den dieses Mädchen nicht durcheinanderbringt?*

Ich verschränke die Hände hinterm Kopf und strecke mich, bis die Dehnung an meinen brennenden Muskeln zieht. Der Sergeant kommandiert die Unteroffizierin zur nächsten Matte und kommt auf mich zu.

»Junge, ich weiß nicht, was dich gerade beschäftigt, aber vielleicht bist du am Schießstand besser aufgehoben«, fängt er an.

Ich will aber nicht schießen. Ich will jemanden, den ich angreifen kann, hier, von Angesicht zu Angesicht. »Sergeant, bitte, ich –«

Der Boden unter mir ruckt und schwankt, und wir stolpern beide rückwärts. Einen kurzen Augenblick lang denke ich, jemand hätte mich von hinten angegriffen, doch es ist das Schiff, das unter uns erzittert.

Ich stelle mich breitbeiniger hin, für den Fall, dass es noch eine Erschütterung gibt. Die *Icarus* war in den Wochen, seit ich mich auf dem Schiff befinde, immer absolut stabil. Auf einmal ist es unheimlich ruhig in der Halle, alle blicken nach oben und warten auf Informationen aus den Lautsprechern.

Doch nichts durchbricht die Stille. Ich wechsele einen Blick mit dem Sergeant. Er schüttelt langsam den Kopf und zuckt leicht mit den Schultern. Wo bleibt die Durchsage?

Oben wird es mehr Informationen geben. Den Reichen sagt man bestimmt, was los ist. Das wird dort erwartet. Schnell salutiere ich und springe in meine Stiefel.

Als ich durch die Türen der stillen Trainingshalle trete, kommt mir das Geflecht von Gängen dahinter wie eine andere Welt vor. Oben ist alles luxuriös und weitläufig, doch hier unten wird kein Cent zu viel ausgegeben.

Die Gänge verlaufen über- und untereinander wie Fäden in einem Spinnennetz und sind bevölkert von Technikern, deren Anzüge im Takt der Musik um uns herum blinken, Emigranten auf dem Weg in neue Kolonien, Touristen, die die billigste Art, zum nächsten Planeten zu reisen, gewählt haben, Leuten, die den langen Weg auf sich nehmen, um ihre Familie zu besuchen. Links von mir schnappe ich ein paar besorgte Worte auf Spanisch auf, irgendwo in der Nähe flucht jemand auf Irisch. Ein paar Missionare, die den noch nicht erleuchteten Rebellen auf den neuen Planeten Trost und Unterstützung zukommen lassen wollen, beobachten das rege Treiben, als hätten sie den sicheren Boden ihres Heimatplaneten zum ersten Mal im Leben verlassen. In dem Durcheinander ist nicht ein einziger Zylinder oder ein einziges Korsett zu sehen.

Schritte scheppern über das Metallgerüst, Stimmen in einem Dutzend Variationen des Standard, vermischt mit niederen Sprachen, sind zu hören. Alle wollen wissen, was hier vor sich geht, aber niemand weiß es.

Auf grell leuchtenden Bildschirmen flackern Werbesendungen. Sie bedecken Wände und Decken, Wörter und Musik und Jingles plärren aus den Lautsprechern. Während ich mich durch die Menge zur Treppe kämpfe, erscheint vor mir ein Hologramm – eine Frau in pinkem

Catsuit breitet die Arme aus, um mich in einen Club auf dem Achterdeck einzuladen. Ich gehe einfach durch sie hindurch.

Mein Magen krampft sich zusammen, als wäre ich spacekrank. Und ich bin nicht der Einzige, dem es nicht gut geht – eine Menge andere Leute sind ziemlich blass im Gesicht.

Ich kann nicht spacekrank sein. Ich bin bereits auf Schiffen durchs Universum geschickt worden, die so schlecht austariert waren, dass man über das Tuckern kaum die eigene Stimme gehört hat, und immer habe ich mein Inneres bei mir behalten. Ich muss es in der Trainingshalle etwas übertrieben haben.

Der Metallboden unter mir vibriert von den Hunderten von Schritten, aber darunter ist noch etwas anderes – ein Zittern, das sich einfach nicht richtig anfühlt. Auf einmal frieren die Bilder auf den Bildschirmen ein, die Jingles und Hintergrundkommentare verstummen und stattdessen kommt aus den Lautsprechern auf den Gängen eine angenehme, sachliche Frauenstimme.

*»Ich bitte alle Passagiere um Aufmerksamkeit. In einigen Minuten werden die Hyperspace-Motoren der* Icarus *gewartet. Es handelt sich um eine Routinekontrolle, bei der einige kleinere Vibrationen auftreten können. Vielen Dank für Ihr Verständnis. Wir werden diese Routinekontrolle so schnell wie möglich abschließen.«*

Sie klingt ganz ruhig, aber ich würde das Wort *Routinekontrolle* nicht zweimal in einer Durchsage verwenden, es sei denn, die Leute sollen nicht mitbekommen, dass es sich eben nicht um eine solche handelt. In den zwei Jahren, die ich jetzt schon durch den Weltraum reise, habe ich es erst einmal erlebt, dass bei einem Schiff während der Fahrt die Motoren überprüft werden mussten. Das war vor ungefähr sechs Monaten, in der Nähe von Avon. Als wir schließlich landeten, konnten wir von Glück sagen, dass das Schiff noch nicht in seine Einzelteile zerlegt worden war.

Aber das hier ist die *Icarus*. Das modernste Schiff, das jemals aus einem orbitalen Dock hervorgegangen ist, mit der neuesten, ausgefeiltesten Technik und von dem einzigen Unternehmen in der Galaxie gebaut, das groß genug ist, ohne die Mitarbeit anderer Unternehmen ganze Planeten zu terraformieren. Und Roderick LaRoux hat sich beim Bau der *Icarus* garantiert nicht auf sein Glück verlassen.

Ich renne den Gang hinunter, ignoriere meine nach dem Training schweren Beine und laufe die nächste Treppe hoch – zur Sicherheit mit einer Hand am Treppengeländer. Was eine gute Entscheidung war, denn die nächste der »kleineren« Vibrationen setzt ein, als ich die Treppe gerade zur Hälfte hinter mir habe.

Diesmal bebt das Schiff so gewaltig, dass eine Welle durch den Boden unter mir geht. Ich kann die Fortbewegung der Welle anhand der Zivilisten beobachten, die schreiend und mit weichen Knien nach den Geländern greifen.

Die Leute werden panisch. Ich dränge mich durch eine Lücke und renne auch die nächste Treppe empor. Oben angekommen presse ich die Handfläche auf die ID-Kontrollplatte und geräuschlos öffnet sich die Tür.

Ich eile über die mit prachtvollem Teppich ausgelegten Flure meines Decks. Lilac LaRoux' Decks. Es ist voller als sonst und immer mehr Leute kommen aus ihren Kabinen, als würde es draußen auf den Fluren eine Art kollektive Weisheit zu entdecken geben. Unter anderen Umständen würde ich stehen bleiben, um die Frauen zu bewundern, die ihre unbegrenzten Budgets für Nachtwäsche zur Schau stellen, aber jetzt bin ich in Eile.

Ich biege gerade um die Ecke zu meiner Kabine, als drei scharfe Alarmtöne die sanfte Musik auf den Fluren unterbrechen. Dieselbe Frauenstimme wie eben erklingt, aber diesmal ist sie ganz hoch vor Angst und angespannt durch das Bemühen, sich die Angst nicht anmerken zu lassen.

*»Ladies und Gentlemen, ich bitte um Ihre Aufmerksamkeit. Es ist ein*

*Problem mit den Hyperspace-Motoren aufgetreten und die* Icarus *hat durch die dimensionale Verdrängung schweren Schaden erlitten. Wir versuchen das Schiff im Hyperspace zu halten, aber in der Zwischenzeit möchten wir Sie bitten, den Leuchtstreifen auf dem Boden zu folgen und sich sofort zu Ihren jeweiligen Rettungskapseln zu begeben.«*

Die Leute rennen wild durcheinander los. Es ist klar, dass die meisten von ihnen ihre jeweilige Rettungskapsel nicht einmal dann erkennen würden, sollte sie herangerollt kommen, sich vorstellen und zum Tanz auffordern. Ich dagegen gehöre zu denen, die immer sobald wie möglich die Sicherheitsinformationen lesen. Das gewöhnt man sich schnell an, wenn man erst einmal eine Evakuierung mitgemacht hat, die keine Übung war, und davon hatte ich mehr als eine.

Wir vom Militär reisen immer mit einem Notfallrucksack. Darin sind nur die Sachen, die man im Falle einer Evakuierung braucht, Überlebensnotwendiges. Davon ist hier im tiefsten Weltraum natürlich nichts brauchbar und dieses Schiff ist nirgendwo anders unterwegs. Es wurde im Orbit gebaut. Setzte man es der Schwerkraft aus, würde es wie ein Wal auf dem Trockenen von seinem eigenen Gewicht erdrückt werden. Trotzdem mache ich kehrt, bevor ich noch darüber nachdenken kann.

Durch die mir entgegenkommende panische Menschenmenge kämpfe ich mich zu meiner Kabine durch. Dort angekommen lege ich die Handfläche über den Türöffner, die Tür geht auf, und hastig nehme ich den Rucksack vom Haken an der Innenseite. Es ist ein einfacher, ziemlich kleiner Rucksack aus meiner Kadettenzeit. Ich zögere kurz, dann nehme ich noch die Jacke.

Ich muss erst drei Flure nach rechts, dann nach links und weiter geradeaus, aber da die Leute immer mehr und immer lauter und unruhiger werden, wird es eine Weile dauern. Auf dem ersten Flur komme ich an der Tür zum Aussichtsdeck vorbei. Ich werfe einen flüchtigen Blick hindurch.

Ich kenne die Aussicht, wie sie normalerweise ist – und zwar anders als jetzt. Die Sterne hinter den Fenstern verschwimmen, dann gibt es einen Ruck und auf einmal sind sie ganz klar.

Es sind keine langen, elegant geschwungenen Linien, wie sie im dimensionalen Hyperspace eigentlich zu sehen sind. Einen Augenblick lang sind es klare, weiße, winzige Lichtpunkte, dann sind sie wieder verschwommen. So etwas habe ich noch nie gesehen – offenbar versucht die *Icarus* immer wieder, zurück in den Hyperspace zu gelangen, schafft es aber nicht. Ich weiß nicht, was passiert, wenn sie zu früh hinausgerissen wird, aber ich bin mir sicher, dass es nichts Gutes sein wird.

Dann ist auf einmal etwas riesiges Metallisches am Rand des Aussichtsfensters zu sehen und im nächsten Moment ist es auch schon wieder weg. Ich recke den Hals, um noch einen Blick darauf zu werfen. Es ist anscheinend so gigantisch, dass es ein eigenes Gravitationsfeld hat, stark genug, um die *Icarus* aus ihrer Flugbahn zu ziehen.

Ich arbeite mich weiter durch die Menge zu meiner Rettungskapsel. Das Gedränge ist viel zu dicht, also schlängele ich mich zur Seite durch und schiebe mich am Geländer entlang. Auf diesen Nebengängen ist das Geländer das Einzige, was einen vor dem Fall in mindestens ein Dutzend Etagen Tiefe bewahrt. Als ich um eine Ecke biege, stoße ich mit einer Person zusammen, die etwas kleiner ist als ich, und instinktiv strecke ich die Arme aus, damit sie nicht stürzt.

»Entschuldigung?!«, sagt sie mit atemloser Stimme. »Passen Sie doch auf, wo Sie langlaufen, Sir!«

Nein. *Verdammt noch mal, nein.*

Ich blicke in ein Paar blauer Augen, mit denen sie mich erst überrascht, dann wütend anstarrt, bevor sie mich mit aller Kraft wegschubst und selbst zurück gegen das Geländer taumelt.

Mit Mühe bekomme ich die Zähne auseinander. »Guten Abend, Miss LaRoux.« *Scheren Sie sich zum Teufel*, sagt mein Ton.

Trotz der Situation – der schreienden Menge, dem Gedränge, dem plärrenden Alarm – nehme ich mir einen Moment Zeit, die Bestürzung auf den Gesichtern von Miss LaRoux und ihren Begleiterinnen über mein plötzliches Wiederauftauchen zu genießen. Da stürzt plötzlich eine Welle von Leuten aus einem Seitengang auf uns zu.

Ich werde angerempelt und gerate aus dem Gleichgewicht, aber die Menge ist so dicht, dass ich nicht falle. Ich treibe mit wie in einem wild tobenden Fluss und erst nach einer Weile habe ich wieder festen Boden unter den Füßen. Ich kann gerade noch sehen, wie Miss LaRoux' Freundinnen ein ganzes Stück weiter vorne den Flur entlanggerissen werden. Eine von ihnen versucht, gegen die Menschenmasse anzukämpfen und in meine Richtung zurückzukommen, dabei ruft sie immer wieder irgendetwas und stößt ständig gegen die Leute. Ist sie etwa im Kampf ausgebildet und hat nicht nur ein hübsches Gesicht wie die anderen? Doch noch nicht einmal sie kommt gegen die Menge an. Die anderen sind schon fast verschwunden.

Ich sehe eine von ihnen schreien – ihr Mund ist weit aufgerissen, hören kann ich sie nicht – und da erst fällt mir auf, dass Miss LaRoux nicht bei ihnen ist. Ich dränge mich wieder zum Geländer durch und versuche ihre leuchtend roten Haare irgendwo auszumachen.

In dieser panischen Menge könnte man niedergetrampelt werden. Eingepfercht zwischen der Wand auf der einen und dem Geländer auf der anderen Seite rennen die Leute immer wilder und schneller, wie Tiere durch eine Schlucht. Teilweise werden die Leute einfach von der Menge mitgerissen und gegen die Wand geschleudert. Doch Miss LaRoux sehe ich nicht mehr. Ich will schon aufgeben und einfach mit dem Strom mitschwimmen, als ein spitzer Schrei das Chaos durchdringt.

Ich drehe mich nach dem Schrei um und sehe gerade noch, wie ein grünes Kleid und rote Haare um ein blasses Gesicht über das Geländer fliegen, als ein Mann, doppelt so groß und breit wie sie, hektisch den Gang hinunterrast.

Ich handle, bevor ich noch darüber nachdenken kann. Ich schwinge mich ihr nach übers Geländer, greife dabei um, so dass ich im Fallen die Richtung ändere und hoffentlich auf dem Gang eine Etage tiefer lande, und lasse los.

»Sie wussten also, welche Rettungskapsel Ihre war?«

»Ja.«

»Wusste sie es auch?«

»Welche meine war?«

»Welche ihre eigene war, Major. Bitte kooperieren Sie mit uns.«

»Ich denke schon. Ich weiß es nicht.«

»Aber keiner von Ihnen beiden ist am vorgesehenen Ort angekommen.«

»Einige der Passagiere sind mit der Evakuierungssituation nicht besonders gut klargekommen.«

# 4

# LILAC

Ein schneidender Schmerz schießt mir durch die Schultern, ich beiße mir auf die Zungenspitze und schmecke Blut – aber immerhin falle ich nicht mehr. Ich bin auf ein Geländer geprallt und mit den Armen daran hängengeblieben. Meine Atmung versagt, die Kräfte verlassen mich. Auf der anderen Seite des Geländers wogt die Menschenmenge an mir vorbei, niemand schenkt mir Beachtung. Als ich versuche einzuatmen, sehe ich Sterne. Ich brauche Luft, sonst kann ich mich nicht länger halten.

Ich kann nicht tiefer als ein oder zwei Etagen gefallen sein, sonst hätte ich mich sicherlich nicht fangen können, ohne mir die Schultern auszurenken. Unter mir erstreckt sich eine Tiefe, die meinen Körper dermaßen zerschmettern würde, dass kein Chirurg mich wieder zusammenflicken könnte.

Als sich meine Lunge schließlich doch mit Luft füllt, stoße ich einen heiseren Schrei aus, aber niemand hört mich. Ich nehme die an mir vorbeirauschenden Leute nur als verschwommenes Etwas aus Farben und Geräuschen wahr, aus dem Geruch von Schweiß und Angst, aus Hüften und Ellbogen, die mich im Gesicht und an den Armen treffen. Die Masse ist viel zu panisch, um dem am Geländer hängenden Mädchen, das um sein Leben kämpft, auszuweichen – geschweige denn mir zu helfen. »Swann!«, rufe ich, während ich versuche, in dem

Chaos einzelne Gesichter auszumachen, aber es bewegt sich alles viel zu schnell.

Und dann knurrt jemand die Leute an, sich von mir fernzuhalten. Nicht Swann. Eine tiefe, männliche Stimme.

Starke Hände schlingen sich um meine Arme, ziehen mich über das Geländer auf den Gang. Dann werde ich durch die Menge gezogen, mit dem Strom, und da ist ein Körper zwischen mir und den schreienden Leuten, die um ihr Leben rennen. Meine Füße berühren noch nicht einmal den Boden.

Als er mich in einen ruhigen Seitengang zieht und mich absetzt, sehe ich in ein Paar brauner Augen, die mich ernst und eindringlich anblicken. Dann erkenne ich ihn.

»Major«, keuche ich.

»Geht es Ihnen gut? Sind Sie verletzt?«

*Meine Schultern sind zertrümmert. Meine Zunge blutet. Ich kann nicht atmen.* Ich schnappe nach Luft und kämpfe gegen die in mir aufsteigende Übelkeit an. »Mir geht's gut.«

Major Merendsen lehnt mich wie einen Wäschesack gegen die Wand und geht zum Anfang des Ganges, wo die Massen vorbeiströmen. Ein Mann in Abendgarderobe fällt hin, als er von jemandem hinter ihm angerempelt wird, und noch bevor der Major ihm helfen kann, ist er verschwunden.

Das ist keine Menschenmenge, es ist ein Tumult. Und zwar ein tödlicher. Swann weiß sich in dem Chaos vielleicht zu helfen, aber – »Anna!«, rufe ich plötzlich und stoße mich von der Wand ab. Ich stürze auf die Leute zu. Ich muss sie finden.

Der Major packt mich mit eisernem Griff am Arm. Ich schlage ihm auf die Hand, doch er zieht mich nur weiter zurück, und als er mich loslässt, stolpere ich rückwärts. »Sind Sie wahnsinnig?«, japst er.

»Ich muss sie finden.« Ich wische mir das Blut von der Zungenspitze. Jetzt erkenne ich, wo wir uns befinden – auf einem der vielen

Wartungsgänge, die die privaten Bereiche des Schiffs durchkreuzen. »Sie sind irgendwo da draußen … Ich muss sicherstellen, dass es –«

Major Merendsen stellt sich zwischen mich und den Strom der zu den Rettungskapseln eilenden Menschen. Da fängt das Schiff wieder an zu schlingern, der Boden unter uns bebt und wir werden gegen die Wand geworfen. Die Sirenen gehen los, so dass wir brüllen müssen, um uns bei dem Lärm zu verständigen.

»Sie können jetzt nichts für sie tun«, ruft er, als er das Gleichgewicht wiedergefunden hat. »Sie sind zwei Etagen weiter oben und inzwischen einen halben Kilometer entfernt. Können Sie laufen?«

Ich atme tief durch die Nase ein. »Ja.«

»Dann sollten wir los. Halten Sie sich zwischen mir und dem Geländer. Ich passe auf, dass Sie nicht niedergetrampelt werden, aber Sie müssen sich Mühe geben, die Füße unter sich zu behalten.«

Er dreht sich zum Gehen und strafft die Schultern.

»Nein!«, ich stolpere ihm hinterher und greife nach seinem Arm. »Nicht da lang.«

Ungeduldig holt er Luft, aber er bleibt stehen. »Wir müssen zu einer der Rettungskapseln. Lange wird das Schiff nicht mehr halten, wenn die Erschütterungen so weitergehen.«

Ich habe immer noch Probleme mit der Atmung und brauche einen Moment, bis ich antworten kann. »Ich kenne mich auf dem Schiff aus«, keuche ich. »Ganz in der Nähe sind Kapseln für die Besatzung.«

Er blickt mich an, und obwohl ich weiß, dass er gerade mit sich kämpft, ist ihm davon nichts anzusehen. »Dann los.«

Der Bediensteten-Flur ist menschenleer, nur die Notbeleuchtung an den Wänden deutet darauf hin, dass es ein Problem gibt. Die Besatzungsmitglieder sind wohl noch auf ihren Posten, um den Passagieren in die Kapseln zu helfen, bevor sie sich zu ihren eigenen aufmachen. Oder sie schaffen es nicht mehr, hierherzugelangen, jetzt da alle Vortäuschung von Zivilisation vorbei ist.

Der Major folgt mir schweigend, aber ich spüre seine Anspannung. Wahrscheinlich denkt er, ich könnte ihn genauso gut in den Tod führen. Unter normalen Umständen würde er mir bestimmt nirgendwohin folgen. Aber er kennt dieses Schiff nicht so gut wie ich. Er hat nicht wie ich seine halbe Kindheit im Skelett des Schiffes verbracht, als es sich noch im Bau befand.

Wir durchqueren ein Labyrinth von Gängen, bis wir bei einer Tür mit der Aufschrift *Zutritt für Unbefugte verboten* ankommen. Die Angeln quietschten, als ich sie aufstoße – offenbar ist sie länger nicht benutzt worden. Meine Schultern schmerzen noch immer, aber ich kann die Arme einsetzen – vielleicht ist doch gar nicht alles zertrümmert. Wir betreten eine Anlegestelle mit einer Rettungskapsel mit fünf Plätzen, die Tür steht offen und wartet auf die Flüchtenden.

»Vielen Dank für die Begleitung, Major«, sage ich kurz angebunden, während ich über die Schwelle steige und mich dann zu ihm umdrehe. Er ist direkt hinter mir und muss abrupt stehen bleiben, um nicht in mich hineinzulaufen. Ich würde am liebsten in Tränen ausbrechen, ihm dafür danken, was er getan hat, aber wenn ich das tue, höre ich nie wieder auf zu weinen. Und er weiß nicht, was es bedeuten würde, wenn er in derselben Kapsel wie ich erwischt würde. Mein Vater würde niemals glauben, dass es dafür eine harmlose Erklärung gibt.

»Wie bitte?«

»Ein Stück weiter den Gang hinunter ist die nächste Kapsel. Es sind keine fünf Minuten bis dahin.«

Der Soldat runzelt die Stirn. »Miss LaRoux, die Kapsel hat fünf Plätze und ich beabsichtige, einen davon in Anspruch zu nehmen. Wir haben vielleicht keine fünf Minuten mehr. Irgendetwas scheint dieses Schiff früher als planmäßig aus dem Hyperspace zu ziehen.«

Einen Augenblick lang bin ich vor Angst wie erstarrt. Als die Tochter meines Vaters weiß ich besser als jeder andere, was passiert, wenn das Gefüge zwischen den Dimensionen gestört wird. Ich hole tief Luft und mache einen Schritt zurück, damit ich den Hals nicht so recken muss, wenn ich ihn ansehe. »Major, wenn man Sie allein mit mir in einer Kapsel auffindet, wenn die Rettungsschiffe ankommen –«

»Das Risiko muss ich wohl eingehen«, antwortet er mit zusammengebissenen Zähnen. Er will sich genauso wenig mit mir die Kapsel teilen. Aber das Schiff macht schon wieder einen schrecklichen Ruck, so dass ich auf einen der Sitze fliege. Der Major stützt sich am Türrahmen der Kapsel ab. Irgendwo in der Ferne ist ein entsetzliches metallisches Quietschen zu hören.

»Na gut!« Ich ziehe mich am Sicherheitsgurt des Sitzes hoch. Das hier ist keine bequeme Erste-Klasse-Kapsel. Das hier ist die Minimalausstattung für die Schiffsmechaniker. Als ich wieder aufstehe, rutscht einer meiner Pierre-Delacour-Pumps mit dem Absatz durch den Gitterboden.

Der Seidenabsatz ist hin, zweitausend Galaktische Dollar für die Katz. Ich starre auf den Boden, versuche ruhig zu atmen. Meine Schuhe sind jetzt doch wohl egal, oder? Trotzdem kann ich nicht aufhören, daran zu denken, kann nirgendwo anders hinsehen als auf den ruinierten Schuh. Meine Gedanken packen dieses kleine Detail und lassen es nicht mehr los.

Der Major hält die Handfläche vor das Lesegerät an der Tür und zischend geht sie hinter ihm zu. Er drückt den Startknopf für den Countdown, der uns gerade genug Zeit lässt, uns anzuschnallen. An der Decke gehen drei blendend helle Lichter an. Der Major stampft mit seinen Stiefeln über den Metallboden, setzt sich auf den Sitz gegenüber meinem und schnallt sich an. Schließlich reiße ich den Absatz aus dem Gitter und setze mich wieder.

Zum ersten Mal, seit der Alarm losging, atme ich tief durch. Ich bin in Sicherheit. Vorläufig. Ich versuche, nicht daran zu denken, dass die vielen schreienden Menschen es unmöglich alle in die Rettungskapseln geschafft haben können.

Der Autostart wird die Kapsel gleich von der *Icarus* wegschleudern und in ein oder zwei Stunden wird uns ein Rettungsschiff einsammeln. Ich muss bloß die nächsten zwei Stunden überstehen, in denen ich niemanden außer Major Merendsen zur Gesellschaft habe.

Sein Gesichtsausdruck ist leer, verschlossen. Warum hat er sich überhaupt die Mühe gemacht, mir das Leben zu retten, wenn er mich so sehr hasst? Ich wünschte, ich könnte mich für das, was ich auf dem Promenadendeck zu ihm gesagt habe, entschuldigen. Ihm erklären, dass, was ich sage und was ich meine, nie das Gleiche sind, weil es nicht so sein darf. Meine Kehle ist wie zugeschnürt, mein Mund trocken. Ich hätte ihm im Salon niemals einen zweiten Blick zuwerfen dürfen.

»Wie viel müssten wir Ihnen zahlen, damit Sie diese Geschichte *nicht* weitererzählen, wenn wir erst einmal eingesammelt worden sind?« Ich fummele am Sicherheitsgurt herum. Es ist kein eleganter, bequemer Beckengurt wie in den Passagierkapseln – das hier ist ein Fünfpunktgurt, der mir an den nackten Schultern scheuert.

Schnaubend dreht der Major den Kopf zur Seite und blickt aus dem kleinen Bullauge, hinter dem vereinzelte Sterne zu sehen sind, die immer wieder verschwimmen und schlingern wie das Schiff. »Wie kommen Sie darauf, dass ich es jemals irgendjemandem erzählen wollte?«

Uns beiden zuliebe beschließe ich, ihm von nun an mit eisigem Schweigen zu begegnen, bis das hier vorbei ist. Wenn wir nicht miteinander reden, wird er auch nichts berichten können.

Während der Countdown weiter fortschreitet, rauscht mir das Blut in den Ohren, weil ich mich derart über den Major ärgere. Noch fünfundvierzig Sekunden. Vierzig. Fünfunddreißig. Ich sehe zu, wie die

Zahl über der Tür immer kleiner wird, versuche meinen Magen zu beruhigen. Eine LaRoux zeigt keine Schwäche.

Ohne Vorwarnung werden wir auf unsere Sitze gepresst, als die Kapsel von einem plötzlichen Ruck erfasst wird. Gleißend heiße Energie schießt durch die Metallkapsel. Ich schmecke Blut, dann höre ich ein Geräusch wie einen Donnerschlag und alles ist schwarz. Die Lichter, der Countdown, die Notbeleuchtung … alles weg. Bis auf das Leuchten der Sterne hinter dem Bullauge befinden wir uns in vollkommener Dunkelheit.

Sterne, die nicht länger langgezogen sind. Die *Icarus* wurde aus dem Hyperspace gerissen.

Ein paar Augenblicke lang ist absolut nichts zu hören, noch nicht einmal mehr das Hintergrundbrummen der Maschinen und des Lebenserhaltungssystems, und wir sehen uns mit einer erdrückenden Stille konfrontiert, die wohl keiner von uns beiden bisher so erlebt hat, seit wir an Bord des Schiffes gekommen sind.

Der Major fängt an zu fluchen und ich höre, wie er an seinem Gurt herumfummelt. Ich verstehe seine Ungeduld. Ohne Strom werden wir den Sauerstoff in der Kapsel aufgebraucht haben, bevor überhaupt irgendjemand da draußen mitbekommt, dass die *Icarus* in Schwierigkeiten geraten ist. Aber das ist gerade nicht unser dringendstes Problem.

»Nicht!«, bringe ich hervor. Mein Hals ist ganz trocken, meine Stimme heiser. »Es könnte noch einen Stoß geben.«

»Einen Stoß?« Er klingt verwirrt.

»Beim interdimensionalen Reisen sind riesige Mengen Energie im Spiel, Major. Wenn es einen weiteren Stromstoß gibt und Sie gerade auf dem Metallboden stehen, könnte Sie das umbringen.«

Das lässt ihn stutzen. »Woher wissen Sie –«

»Das ist doch egal.« Ich schließe die Augen und versuche mich aufs Atmen zu konzentrieren. Und dann geht auf einmal die Notbeleuchtung wieder an. Es ist nicht viel Licht, aber es reicht. Und es bedeutet, dass das Lebenserhaltungssystem wieder läuft.

Das Gesicht des Majors ist angespannt. Er erwidert meinen Blick und einen Moment lang sehen wir uns einfach nur an, ohne etwas zu sagen.

Plötzlich geht ein metallenes Kreischen durch das Schiff, das die Kapsel erzittern lässt. Wir sind immer noch an die *Icarus* angedockt. Besorgt sehen wir zur Countdown-Anzeige – immer noch tot. Wir stecken fest. Ich blicke zum Major, dann auf den Gitterboden. Wenn es einen weiteren Stromstoß gibt, während ich darauf stehe, werde ich sterben – aber wenn es noch einen Stromstoß gibt, während wir weiter an das Schiff angedockt sind, kann dabei genauso gut die Kapsel zerstört werden.

*Tu es einfach. Denk nicht länger nach.*

Ich schnalle mich ab und stehe auf. Der Major protestiert, aber ich ignoriere ihn und begebe mich zum Schaltkasten neben der Tür. Ich weiß nicht, was mit der *Icarus* los ist, aber ich weiß, dass wir auf keinen Fall weiter an das Schiff angedockt sein dürfen, wenn noch einmal so ein Stromstoß durchs Schiff geht wie der letzte. Ich muss nur die Zündung in Gang bekommen, mich wieder anschnallen, und dann sind wir in Sicherheit, bis das Rettungsschiff auftaucht.

*Du schaffst das. Denk einfach an Simon und alles, was er dir gezeigt hat …* Ich hole tief Luft und öffne den Schaltkasten.

So viel zum Thema, dem Major keinen Stoff für die Klatschblätter zu liefern. Die würden einen ganzen Monat lang durchdrehen, wenn sie nur ein Foto von mir bis zu den Ellbogen im Schaltkasten bekämen. Kein Mann, keine Frau und kein Kind meiner Gesellschaftsschicht würde sich so sehen lassen.

Aber es würde auch niemand meiner Schicht wissen, was zu tun ist. Niemand außer mir.

Ich greife nach dem Bündel bunter Kabel hinter dem Bedienfeld, ziehe sie hervor und sehe sie mir genauer an. Sie sind eindeutig irgendwie codiert, aber da ich dieses spezielle System nicht kenne, muss ich sie alle einzeln verfolgen, um die zwei, die ich brauche, in dem Gewirr auszumachen.

»Kann ich irgendwie helfen?« Die Frage klingt angestrengt, aber höflich, sie verrät nichts.

Ich zucke leicht zusammen, so konzentriert war ich bei der Sache. »Wenn Sie an der Front als Elektriker tätig waren? Was ich allerdings bezweifle. Soviel ich gehört habe, gibt es da draußen ja noch nicht einmal Glühbirnen.«

Ich höre ein leises Geräusch hinter mir, ein gedämpftes Ausatmen. *Lacht* er etwa über mich?

Ich blicke über die Schulter und schnell sieht er an die Decke. Da es keinen Drahtschneider gibt, nehme ich die Fingernägel. Das ist ein Vorteil, den Simon nie hatte – er konnte die Kabel nicht mit bloßen Händen von der Gummi-Isolierung befreien. Und er hätte sich niemals getraut, bei einem geschlossenen Stromkreis die Zähne zu benutzen.

Der Major hinter mir ist still, und als ich einen zweiten Blick über die Schulter riskiere, sieht er immer noch an die Decke. Mein Ärger verblasst langsam. Er hat mir immerhin das Leben gerettet, ohne zu wissen, ob er hinterher noch genug Zeit haben würde, zu einer Rettungskapsel zu gelangen.

Ich sollte nicht mit ihm reden. Ich sollte zusehen, dass es für uns beide nichts zu erzählen gibt, wenn wir zurückkehren. Ich sollte zusehen, dass er weiterhin denkt, ich sei die schlimmste Person, der er jemals begegnet ist. Aber als ich das grün und das weiß ummantelte Kabel jeweils ein Stück bloßgelegt habe, will sich aus irgendeinem Grund ein Gesprächsanfang aus mir herauskämpfen. Ich hatte eigentlich vor, es versöhnlich klingen zu lassen, aber trotz meines guten Vorsatzes kommt es genauso ätzend rüber wie zuvor.

»Schließt man so nicht an der Front ein Hover–«

Ich halte die zwei Kabel aneinander und sofort zünden die Triebwerke und katapultieren die Kapsel vom Schiff. Für den Bruchteil einer Sekunde sehe ich noch die Wand auf mich zurasen, dann wird alles schwarz.

»Was glaubten Sie zu der Zeit, was passierte?«
»Ich wusste es nicht. Es gab keine Kommunikationsvorrichtungen in der Kapsel.«
»Sie haben noch nicht einmal geraten?«
»Beim Militär werden wir dazu ausgebildet, mit verlässlichen Informationen zu arbeiten.«
»Aber Sie hatten keine?«
»Nein.«
»Was hatten Sie vor?«
»Abwarten und hoffen. Mehr konnte ich ja nicht tun.«
»Abwarten, was als Nächstes passiert?«
»Ganz genau.«

# 5

# TARVER

Die Kapsel schwankt immer noch, stabilisiert sich jedoch langsam, während sie sich immer weiter vom Schiff entfernt. Wir drehen uns nicht mehr, also wage ich es, mich abzuschnallen. Die Schwerkraft hat sich bereits auf die Hälfte reduziert, und da sie bald ganz aufgehoben sein wird, klemme ich einen Fuß unter einen der Haltebügel am Boden, dann knie ich mich neben Miss LaRoux. Sie windet sich stöhnend am Boden und beklagt sich schon, bevor sie überhaupt wieder bei vollem Bewusstsein ist. Irgendwie verwundert mich das nicht.

Das Kleid bietet einen verführerischen Einblick in ihr Dekolleté, aber ich kann sie mich praktisch schon angiften hören – es wäre ja nicht das erste Mal. Also greife ich ihr unter die Arme, ziehe sie hoch und setze sie wieder auf ihren Platz. Während ich ihre Arme durch den Gurt führe und ihn festziehe, fällt sie mir, unverständliche Worte murmelnd, immer wieder entgegen.

Dafür dass ich dem Drang widerstehe, den Gurt noch fester zu ziehen, sollte ich eigentlich noch einen verdammten Orden erhalten. Ich überprüfe den Sitz des Brustgurts, dann beuge ich mich hinunter, um ihre Fesseln in die dafür vorgesehenen gepolsterten Plastinklemmen zu stecken. Ich bin viel zu nah an Miss LaRoux' Beinen. Und wie zum Teufel kann sie mit diesen Dingern an den Füßen überhaupt laufen?

Die Kapsel gerät wieder ins Schlingern und ich muss schwer schlucken, als ich meinen Notfallrucksack in einem der Aufbewahrungsfächer verstaue und den Deckel zuknalle. Dann werfe ich mich wieder ihr gegenüber auf meinen Sitz, schnalle mich an und presse die Fersen zurück in die Klemmen. In meiner Eile drücke ich zu fest – die linke Klemme zerbricht mit einem Knacks, die rechte hält. Das letzte bisschen Schwerkraft verflüchtigt sich und so muss ich das freie Bein aktiv nach unten drücken, damit es nicht immer wieder abhebt.

Erstaunt betrachte ich ihren nach vorn gefallenen Kopf. *Wo hast du das gelernt?* Ich habe noch nie im Leben von einem Kind reicher Eltern gehört, das Ahnung von Elektrizität gehabt hätte – geschweige denn davon, wie man eine hochmoderne Rettungskapsel kurzschließt. Sie muss dieses Wissen so gut versteckt halten, dass nicht einmal die gnadenlosen Paparazzi diese Seite von ihr entdeckt haben.

Als die Stabilisierungsraketen zünden und wir hart in die Sitze gedrückt werden, stöhnt sie wieder. Die Kapsel vibriert und die durch das Bullauge hinter Miss LaRoux sichtbaren Sternkonstellationen werden zu beständigen Punkten. Vor den Sternen ist die Silhouette der *Icarus* erkennbar. Und das Schiff dreht sich.

»Was haben Sie getan?« Dornröschen ist erwacht und starrt mich mit dem nicht zugeschwollenen Auge wütend an. In ein paar Stunden wird sie ein entzückendes Veilchen haben.

»Ich habe Ihren Sicherheitsgurt angelegt, Miss LaRoux«, sage ich. Sie blickt noch missmutiger drein, sieht fast richtig entrüstet aus, und ich spüre, wie meine Wut in gleichem Maße hochkocht. »Keine Sorge, ich habe Sie nirgendwo berührt, wo es sich nicht geziemt.« Bisher habe ich es geschafft, mich neutral zu verhalten, aber jetzt höre ich genau wie sie den Unterton in meinen Worten. *Und ich würde es auch für Geld nicht tun.*

Ihr Blick wird eisig und sie antwortet mit nichts als kaltem Schweigen. Über ihre Schulter hinweg sehe ich immer noch die *Icarus* rotieren. Ich stelle mir vor, wie jetzt der Blick aus dem Fenster des Aussichtsdecks ist, wie die Sterne abwechselnd verwischen und wieder klar zu sehen sind und wie die Bücher im schwankenden Erste-Klasse-Salon aus den Regalen purzeln und Stühle und Tische durcheinanderfallen.

Die *Icarus* ist ins Schleudern geraten, obwohl eigentlich nichts im Universum in der Lage sein sollte, sie aus dem Gleichgewicht zu bringen, und in dem kleinen Ausschnitt hinter dem Bullauge kann ich nicht eine einzige weitere vom Schiff losgelöste Rettungskapsel im All erkennen. Sind die anderen außer Sichtweite? Plötzlich taucht wieder etwas Riesengroßes auf – das gleiche Objekt wie vorhin –, es ist glänzend und hell. Ich frage mich, wo das Licht herkommt. Dann dreht sich die Kapsel und ich sehe nichts als Sterne in der Dunkelheit.

Ich betrachte den Gitterboden, die freiliegenden Leiterplatten mit den daraufgelöteten Bauelementen an der Decke. Die normalen Rettungskapseln sehen garantiert anders aus. Die werden gemütlich und luxuriös sein. Aber ich bin froh, in dieser einfachen, funktionellen Kapsel zu sein. Wieder geht ein Ruck durch die Kapsel, obwohl die Sensoren und Triebwerke uns eigentlich sanft durchs All gleiten lassen sollten. Anscheinend stört irgendetwas ihre Programmierung.

Ich sehe zu Miss LaRoux und kurz begegnen sich unsere Blicke. Sie wirkt zugleich müde, genervt und genauso überzeugt wie ich, dass irgendetwas nicht stimmt. Aber keiner von uns beiden bricht das Schweigen, um Überlegungen zu äußern, was hier vor sich gehen könnte.

Ihre Haare lösen sich aus den aufwendig drapierten Schlingen und Locken, und in der Schwerelosigkeit breiten sie sich um ihr Gesicht herum aus, als wäre sie unter Wasser. Sogar mit dem langsam entstehenden blauen Auge sieht sie wunderschön aus.

Doch der friedvolle Moment hält nicht lange an, denn auf einmal wird die Kapsel von einem heftigen Beben erschüttert. Die Vibrationen sind inzwischen so stark, dass das Metall anfängt zu wummern und ich bis in die Fußsohlen durchgeschüttelt werde. Durch das Bullauge sehe ich ein Leuchten und dann schließt sich, offenbar durch irgendeinen Messwert von außen gesteuert, die Blende.

Dieses Leuchten. Jetzt weiß ich, woher das Licht kam. Ich weiß, was die Kapsel erschüttert hat. Was die Ursache dafür ist, dass sie sich dreht und windet und sich nicht an ihre eigentliche Bestimmung hält, so lange im All zu treiben, bis man uns rettet.

Es ist ein Planet. Das Leuchten kommt von der Atmosphäre des Planeten, die das Licht eines Sterns reflektiert. Und die Schwerkraft des Planeten zieht die Kapsel an und stört ihr Leitsystem. Wir landen – das heißt, wenn wir im Ganzen unten ankommen. Wenn wir *Glück* haben, landen wir.

Miss LaRoux bewegt die Lippen, aber ich kann sie nicht verstehen – das Wummern ist zu laut, wird zu einem Donnern und Dröhnen, während die Luft in der Kapsel immer heißer wird. Ich muss schreien, damit sie mich hört.

»Pressen Sie die Zunge an den Gaumen!«, rufe ich ihr zu und sie guckt mich an, als spräche ich Alt-Chinesisch. »Entspannen Sie den Kiefer. Sonst zertrümmern Sie Ihre Zähne oder beißen sich auf die Zunge. Wir stürzen ab.« Jetzt versteht sie mich und sie ist clever genug zu nicken, statt eine Antwort zu brüllen. Ich schließe die Augen und versuche, *versuche* mich zu entspannen.

Die Schwerkraft in der Kapsel lässt kurz nach, dann setzt sie wieder mit voller Wucht ein, so dass der Gurt mir in die Brust schneidet und mir die Luft aus der Lunge presst. Ich gebe einen heiseren Schrei von mir, den noch nicht einmal ich selbst hören kann.

Die Luft draußen muss glühend heiß sein, als wir die Atmosphäre durchbrechen. Wir sind jetzt der Schwerkraft des Planeten ausgesetzt, die aber dadurch wieder aufgehoben wird, dass wir durch die Beschleunigung des Falls gegen die Sicherheitsgurte nach oben gedrückt werden. Miss LaRoux wirft mir einen kurzen Blick zu, aber wir sind beide zu schockiert, zu aufgewühlt, um etwas zu sagen.

Ich habe nur diesen Bruchteil einer Sekunde, in dem ich registriere, dass sie still ist und nicht wie verrückt schreit, wie ich erwartet hätte. Dann gibt es einen heftigen Ruck und mein Kopf knallt so hart gegen das Polster dahinter, dass meine Zähne aufeinanderschlagen. Erst als ich mir beinah den Daumen ausrenke, merke ich, dass ich mich an meinem Brustgurt festgekrallt habe.

Der Fallschirm wurde ausgelöst. Wir schweben.

Angespannt warten wir in der sich hinziehenden Stille, dass die Kapsel auf den Boden aufsetzt. Bleibt nur zu hoffen, dass der Aufprall durch den Fallschirm genug gedämpft wird und wir nicht auf dem Planeten zerschmettert werden.

Es gibt einen ohrenbetäubenden Krach und irgendetwas kratzt über die Außenseite der Kapsel, und dann hängen wir kopfüber. Der Deckel vom Aufbewahrungsfach springt auf und mein Rucksack fliegt heraus. Ich bete zu wem auch immer, dass er uns nicht trifft.

Ein erneuter Ruck geht durch die Kapsel und sie fängt an sich mehrfach zu überschlagen. Immer wieder werde ich in meinem Gurt vor- und zurückgeworfen. Es will gar kein Ende nehmen. Als die Kapsel endlich zum Stillstand kommt, brauche ich mehrere hektische Atemzüge, um zu merken, dass wir uns nicht mehr bewegen. Ich habe keine Ahnung, was oben und was unten ist, aber ich hänge nicht im Gurt, also muss die Kapsel wohl richtig herum liegengeblieben sein. Mein Körper fühlt sich an, als wäre ich von einer wilden Meute überrannt worden. Langsam setzt mein Denkvermögen wieder ein und ich versuche zu begreifen, was gerade passiert ist. Irgendwie sind wir gelandet. Unglaublich. Im Moment ist mir sogar egal wo. Ich lebe.

Oder vielleicht bin ich auch tot – ich bin in der Hölle gelandet und die Hölle ist eine Rettungskapsel mit Lilac LaRoux.

Zuerst bringt keiner von uns beiden etwas hervor, aber in der Kapsel ist es alles andere als still. Ich höre meinen eigenen Atem, heiser und rau. Ihr Atem kommt in kleinen Stößen – vielleicht versucht sie nicht zu weinen. Das Metallgehäuse der Kapsel klickt hörbar, als es abkühlt, doch allmählich wird das Klicken langsamer und leiser.

Mir tut alles weh. Ich bewege die Finger und Zehen, strecke mich in meinem Gurt. Kein ernsthafter Schaden. Obwohl Miss LaRoux den Kopf hängen lässt und ihr Gesicht von den roten Haaren verdeckt ist, kann ich an ihrem Atem hören, dass sie lebt und bei Bewusstsein ist. Dann bewegt sie die Hand und tastet nach dem Verschluss vom Gurt.

»Stopp«, sage ich und sie erstarrt. Mir fällt auf, wie ich klingen muss – als würde ich ihr Befehle erteilen. Ich suche nach etwas höflicheren Worten. Es hat keinen Zweck, sie herumzukommandieren. Sie würde sowieso nicht auf mich hören. »Es muss ja nicht sein, dass wir beide durch die Gegend fliegen, sollte die Kapsel sich erneut überschlagen. Bleiben Sie erst einmal, wo Sie sind, Miss LaRoux.« Ich löse meinen Gurt, lasse die Schultern kreisen und stehe vorsichtig auf.

Sie sieht zu mir hoch und einen Moment lang vergesse ich, was sie getan hat, und empfinde Mitleid für sie. Ihr Gesichtsausdruck erinnert mich an die erschöpften, leeren Gesichter, die ich auf dem Schlachtfeld gesehen habe.

Vor zwei Jahren war ich selbst noch ein junger Rekrut. Und vor einem Jahr war ich zum ersten Mal auf dem Feld. Ich sah wahrscheinlich genauso aus, als ich vor Schreck erstarrte, bis mein Sergeant mich am Arm riss und hinter eine Mauer zog. Ein Laser brannte ein Loch dorthin, wo mein Kopf noch einen Moment zuvor gewesen war.

Die Sache ist, obwohl manche der jungen Leute, die so reagieren, in die Luft fliegen, werden aus anderen gute Soldaten.

Sie hat Blut am Hals, wo die Ohrstecker sich ihr in die Haut gebohrt haben, und sie ist so blass, dass ich weiß, was kommt, bevor sie es ausspricht.

»Ich glaube, ich muss mich übergeben«, flüstert sie mit erstickter Stimme, bevor sie die Lippen wieder aufeinanderpresst. Ich fasse nach den Haltegriffen an der Decke, stelle mich breitbeinig hin und verlagere das Gewicht von einem Fuß auf den anderen. Die Kapsel bewegt sich nicht, was wohl bedeutet, dass sie fest verkeilt ist.

»In Ordnung«, sage ich im gleichen sanften Ton, der bei mir funktioniert hat, als ich zum ersten Mal vor Schock wie erstarrt war. Ich knie mich vor sie und helfe ihr mit dem Gurt. »In Ordnung, wir haben es gleich. Atmen Sie durch die Nase.« Zappelnd und wimmernd befreit sie sich vom Gurt, dann lässt sie sich auf dem Gitterboden auf die Knie fallen. Das wird Spuren hinterlassen.

Ich klappe die Sitzfläche des Reservesitzes hoch und wie vermutet befindet sich darunter ein Stauraum. Ich nehme die Werkzeugkiste heraus und stelle sie beiseite. Sie versteht und umklammert die Ränder des aufgeklappten Sitzes, während sie sich würgend darüber krümmt. Ich wende mich ab und beginne, alle Fächer und Stauräume, die überall in diesem Ding eingebaut sind, zu öffnen. Es gibt einen Wassertank, in Silberpapier verpackte Notfallriegel, ein Erste-Hilfe-Set mit einem roten Kreuz darauf und die Werkzeugkiste. Ich finde einen leicht schmuddeligen Lappen, und als Miss LaRoux den Kopf hebt, halte ich ihn ihr hin. Sie wirft einen zweifelnden Blick darauf – zum Glück ist sie immer noch ruhig –, nimmt ihn aber schließlich und tupft sich mit der saubersten Ecke den Mund ab.

Wir sind auf einem unbekannten Planeten bruchgelandet, Miss LaRoux hat ein blaues Auge, ihr Mageninhalt befindet sich im Stauraum unterm Reservesitz, und sie meint immer noch so tun zu müssen, als stünde sie über alldem.

Sie hustet und räuspert sich. »Was meinen Sie, wie lange wird es dauern, bis die Shuttles uns finden?«

Sie denkt offenbar, die *Icarus* wäre noch intakt – dass sie gerade repariert wird, während wir uns hier unterhalten. Dass eins der Außenschiffe uns jeden Moment einsammeln kommt und das hier bloß ein kurzer Albtraum ist. Mein Ärger nimmt ein wenig ab, als ich überlege, ihr zu erzählen, was ich gesehen habe. Wie die *Icarus* in die

Atmosphäre dieses Planeten eingetaucht ist und immer wieder versucht hat, einen bereits verlorenen Kampf gegen die Schwerkraft zu bestehen.

Nein, wenn ich ihr das erzähle, wird sie bloß hysterisch, so wie es alle Leute würden, denen ich im Erste-Klasse-Salon begegnet bin. Manche Dinge sollte ich besser für mich behalten.

»Eins nach dem anderen«, sage ich also stattdessen und sehe mich nach etwas um, in das ich ihr etwas Wasser abfüllen kann. Das funktioniert mit den Rekruten auch – ihnen in festem, geschäftsmäßigem Ton, optimistisch, aber nicht zu freundlich, eine Aufgabe zu stellen, auf die sie sich konzentrieren können. »Wir sollten erst einmal herausfinden, wo wir überhaupt sind.«

Während ich das sage, gehen die Blenden an den Fenstern wieder hoch, und als ich hinausblicke, wird mir etwas leichter ums Herz. Bäume. »Wir haben Glück. Sieht aus, als wäre dieser Planet terraformiert worden. Die Kapsel hat offenbar Sensoren, die die Luftqualität draußen überprüfen.«

»Die hat sie«, bestätigt sie. »Aber der Stromstoß hat sie zerstört. Wir brauchen sie aber auch gar nicht. Die Luft ist gut.«

»Da bin ich aber froh, dass Sie sich so sicher sind, Miss LaRoux«, entgegne ich, bevor ich die Worte zurückhalten kann. »Mir wäre es trotzdem lieber, ein Messinstrument würde mir das bestätigen. Nicht dass ich Ihrer umfangreichen Ausbildung nicht trauen würde.«

Sie kneift die Augen zu Schlitzen zusammen, und wenn Blicke töten könnten, dann wäre toxische Umgebungsluft jetzt mein geringstes Problem.

»Wir atmen die Luft bereits«, sagt sie und deutet auf den Boden.

Ich gehe in die Hocke, um mir genauer anzusehen, was sie meint. Einen Moment lang höre ich auf zu atmen, die Lunge krampft sich mir zusammen. Man sieht es nur in Bodennähe, aber die Kapsel ist auf einer Seite wie von einem riesigen Dosenöffner aufgeschlitzt. Die

Tatsache, dass bisher niemand von uns beiden erstickt ist, hilft nichts, ich muss mich trotzdem buchstäblich dazu zwingen einzuatmen.

»Sieh mal einer an. Das muss wohl bei der Landung passiert sein«, höre ich auf einmal meine Stimme. Sie klingt ruhig. Gut. »Die Terraformierung ist also sicher schon weit fortgeschritten. Und das bedeutet –«

»Kolonien«, flüstert sie und schließt erleichtert die Augen.

Ich kann es ihr nicht verübeln. Es liegt mir schon auf der Zunge zu sagen, dass sie dann ja bald bessere Gesellschaft als meine finden wird, aber ich bin ebenso erleichtert. Die Unternehmen, denen dieser Planet gehört, werden über die ganze Oberfläche verteilt Kolonien haben. Was bedeutet, dass sich irgendwo auf diesem Planeten, vielleicht sogar ganz in der Nähe, die Leute fragen, was zum Teufel hier eigentlich los ist. Wahrscheinlich werden sie bewaffnet hier auftauchen, weil sie eine Entführung oder einen Angriff vermuten, aber ich glaube nicht, dass es schwer sein wird, sie davon zu überzeugen, dass wir Überlebende eines Absturzes sind. Ich hätte allerdings lieber etwas anders an als meine Tarnklamotten. Die meisten Siedler in den abgelegenen Kolonien mögen Soldaten nicht besonders.

»Bleiben Sie sitzen«, sage ich, stehe auf und fülle die Feldflasche aus meinem Rucksack mit Wasser aus dem Tank auf. »Ich werde mal den Kopf rausstecken und gucken, ob das Antennenarray noch intakt ist.«

Sie sieht mich mit hochgezogenen Augenbrauen an und verzieht den Mund zu einem kleinen Lächeln, das irgendwie immer noch überheblich rüberkommt, trotz ihrer wirren Haare, dem Blut an ihrem Hals und dem blauen Auge. Mir stellen sich die Nackenhaare auf, denn dieses Lächeln ruft mir jeden einzelnen Moment in Erinnerung, in dem ich herablassend behandelt wurde.

»Major«, sagt sie sehr langsam, als wäre ich ein kleines Kind. »Wir müssen nichts weiter tun, als zu warten. Auch wenn die Antennen nicht mehr da sind, werden die Kolonisten den Absturz bemerkt haben. Und die Leute meines Vaters sind wahrscheinlich schon auf dem Weg hierher.«

Ich wünschte, ich könnte auch so überzeugt davon sein, dass hier jemand angeflogen kommt, um mich zu retten, aber darauf habe ich mich in der Vergangenheit auch nicht verlassen können. Allerdings bin ich auch nicht Roderick LaRoux' einziges Kind.

Ich sehe kurz zu, wie sie ihr Kleid kunstvoll zurechtzupft und dann die Hände im Schoß faltet, und gehe zur Tür. Ich muss mich mit meinem ganzen Körpergewicht dagegenstemmen, um die Tür aus ihrem verzogenen Rahmen zu rammen. Mit einem Kreischen gibt die Tür schließlich nach. Wenn man gemein sein wollte, könnte man sagen, es klingt wie Miss LaRoux, wenn sie unzufrieden ist.

Draußen ist alles still. Die kühle Luft tut gut – sie ist nicht dünn und sauerstoffarm wie auf einigen der erst seit kurzem kolonisierten Planeten. Ich glaube, tatsächlich habe ich noch nie so reine Luft geatmet, noch nicht einmal zu Hause. Den Gedanken schiebe ich schnell beiseite. Ich darf mich nicht von Gedanken an zu Hause, an meine Eltern ablenken lassen. Ich bin hier mit dem reichsten Mädchen der Galaxie gestrandet, und ich muss dafür sorgen, dass wir gut zu sehen sind, wenn ihr Daddy kommt, um uns zu retten.

Ich höre kein Vogelzwitschern oder Rascheln, das auf irgendwelche Tiere hindeuten würden. Allerdings hat unsere Kapsel auch eine lange Furche in den uns umgebenden Wald geschlagen. Über fast einen Kilometer Länge sind die Bäume umgeknickt oder entwurzelt. Vielleicht hat sich die Tierwelt bloß auf Bäumen und in Erdlöchern versteckt, um dort das Ende der Welt abzuwarten.

Die hochgewachsenen, geraden Bäume haben unten kaum Zweige, das Laub ist dunkelgrün und hat einen unverwechselbar frischen Geruch. Solche Bäume habe ich schon vorher gesehen. Ich kenne ihren Fachausdruck nicht, aber wir nennen sie Pfahlbäume. Es sind die ersten Bäume, die während der Terraformierung gepflanzt werden, sobald der ganze Bio-Müll eine Grunderdschicht gebildet hat. Die Bäume wachsen schnell und mit den langen, geraden Stämmen geben sie gutes Baumaterial ab. Erst später werden die Zier- und fruchttragenden Bäume gepflanzt. Vielleicht ist das der erste Hinweis darauf, wo wir uns befinden. Da ich nur Pfahlbäume und sonst nicht viel sehe, sind wir wahrscheinlich auf einem neueren Planeten, trotz der guten Luft.

Aber die Bäume sind groß genug, dass das Ökosystem schon eine ganze Weile bestehen muss. Eigentlich sind sie sogar riesig, höher als jeder Pfahlbaum, den ich bisher gesehen habe, bestimmt anderthalb mal so hoch. Ihre dünnen, in den Himmel ragenden Spitzen biegen sich unter dem Gewicht der Zweige. Wie konnten sie derart in die Höhe wachsen? Die Terraformierer hätten doch längst alle möglichen anderen Arten pflanzen müssen, von denen die Pfahlbäume aus dem Ökosystem verdrängt worden wären.

Meine Hoffnung, was das Antennenarray angeht, hat sich mit einem Blick erledigt. Abgesehen davon, dass es wahrscheinlich sowieso schon vom Stromstoß vernichtet wurde oder beim Eindringen in die Atmosphäre des Planeten verbrannt ist, liegt es jetzt wohl auch noch in seine Einzelteile zerlegt irgendwo auf der Schneise unserer Zerstörung. Vielleicht hat meine schlecht gelaunte Erbin ja Recht und ihr Vater taucht jeden Moment hier auf, nur wird unsere Kapsel höchstwahrscheinlich wie eins von zehntausend anderen über den Planeten verteilten Trümmerstücken aussehen. Wir müssen eine größere Absturzstelle finden, etwas Auffälligeres, wo das Rettungsschiff auf jeden Fall landen wird.

Ich betrachte die Bäume. Wie gewöhnliche Pfahlbäume werden sie nach oben hin dünner, ich kann also nicht weit genug hinaufklettern, um in die Ferne zu blicken. Miss LaRoux ist natürlich leichter und könnte es schaffen, aber ich muss schon allein beim Gedanken daran grinsen. *Na los, Miss LaRoux. Ihr Abendkleid wird farblich gut zu den Bäumen passen. Der Naturgöttin-Look ist auf Corinth gerade total angesagt, glauben Sie mir.* Ob sie überhaupt schon mal echte Blätter gesehen hat?

Und wie ich so mitten in dieser Katastrophe stehe, mir vom Gerüttel während des Absturzes alles wehtut, ich aber grinse wie ein Idiot, da merke ich, dass mir das alles irgendwie gefällt. Nachdem ich wochenlang auf dem Schiff gefangen war, mit Orden behangen und den ganzen Tag von Leuten umgeben, die über ihren Krieg lieber gar nicht so genau Bescheid wissen wollen, fühlt sich das hier auf einmal wie zu Hause an.

Ein ganzes Stück weiter, in Richtung Westen würde ich sagen, weil die Sonne dort zu sinken scheint, ist ein Hügel. Wenn wir Glück haben, hat man von dort etwas Aussicht. Es wird allerdings ein bisschen dauern, den Hügel zu erreichen, und als ich die zerstörte Kapsel wieder betrete, lässt mich meine plötzlich gute Laune etwas Mitleid für das Mädchen darin empfinden. Ich bin vielleicht wieder in meiner Welt, aber sie wurde komplett aus ihrer herausgerissen. Und ich weiß gut genug, wie sich das anfühlt.

»Die Antennen sind weg«, sage ich.

Ich erwarte schon fast Tränen, doch stattdessen nickt sie bloß, als hätte sie das bereits gewusst. »Sie hätten uns ohnehin nicht geholfen. Fast alle Schaltsysteme sind beim Stromstoß durchgebrannt.«

Ich würde sie gern fragen, woher sie das weiß, wo sie gelernt hat, eine Kapsel kurzzuschließen, doch stattdessen frage ich: »Was war das? Mit dem Stromstoß?«

Zögernd blickt sie durch das Bullauge auf die Bäume. »Die *Icarus* ist unplanmäßig aus dem Hyperspace geraten. Irgendetwas ist passiert, ich weiß nicht was. Haben Sie in der Schule nichts über Hyperspace-Sprünge gelernt?« Ich höre die Verachtung in ihrer Stimme, aber sie lässt mir keine Zeit zu antworten. Was mir nur recht ist, denn alles, was ich über den Hyperspace weiß, ist, dass man durch ihn von A nach B kommt, ohne zweihundert Jahre zu brauchen.

»Die Schiffe springen durch die Dimensionen und falten dabei den Raum zusammen – da sind gewaltige Mengen Energie involviert.« Sie sieht mich an, als versuchte sie herauszufinden, ob ich ihr folgen kann. »Wenn ein Schiff den Hyperspace verlässt, gibt es normalerweise eine lange Abfolge von Schritten, die verhindern, dass es zu einem Rückstoß kommt. Was auch immer passiert ist, die *Icarus* wurde jedenfalls zu früh aus dem Hyperspace gezogen.«

Eigentlich nicht sonderlich erstaunlich, dass die Tochter von Roderick LaRoux, dem Ingenieur der größten und besten Hyperspace-Flotte der gesamten Galaxie, das alles weiß. Aber es fällt mir schwer, ihr oberflächliches Lachen und ihre verletzenden Bemerkungen mit der Vorstellung zu vereinbaren, dass sie im Physikunterricht auch nur zwei Sekunden aufgepasst hat.

Ich wusste jedenfalls nicht, dass man sich beim Reisen via Hyperspace solchen Gefahren aussetzt. Aber ich habe auch noch nie davon gehört, dass so etwas passiert wäre. Jemals.

Ich überlege, was es bedeutet, was sie gerade gesagt hat. »Dann können wir also irgendwo in der Galaxie gelandet sein, wenn wir zu früh aus dem Hyperspace geflogen sind?« Keine Möglichkeit zur Kommunikation. Kein Hinweis darauf, wo wir uns befinden. Es wird immer besser.

»Die *Icarus* hat Notstrom«, sagt Miss LaRoux gelassen. »Sie wird ein Notsignal gesendet haben.«

*Angenommen, nach dem Stromstoß war auf der* Icarus *überhaupt noch jemand am Leben.* Aber das sage ich nicht laut. Soll sie besser denken, dass das hier bald vorbei ist. Es muss so schon hart genug für sie sein. »Da ist eine Anhöhe im Westen. Ich will da hinauf, um mir einen Überblick zu verschaffen, in welche Richtung wir am besten gehen. Ich denke, ich werde zurück sein, bevor es dunkel wird. Hier sind Notfallriegel, falls Sie Hunger bekommen, solange ich weg bin.«

»Nicht nötig, Major«, sagt sie, steht auf und verzieht das Gesicht, als einer ihrer Absätze durch den Gitterboden rutscht. »Ich komme mit. Wenn Sie glauben, Sie können mich so einfach loswerden, haben Sie sich getäuscht.«

Und so schnell kann es gehen, dass ich auf einmal kein bisschen Mitleid mehr für sie empfinde.

*Sie loswerden?* Wenn mein Pflichtgefühl oder mein Gewissen das nur zulassen würden. Die Galaxie wäre besser dran, wenn man mich fragt. Und wer wüsste schon, dass wir überhaupt in der gleichen Kapsel waren?

Ich wüsste es. Und das würde reichen.

»Ich weiß nicht, ob Ihre Schuhe –«, versuche ich einzuwenden, bevor sie mich unterbricht.

»Die Schuhe sind überhaupt kein Problem, Major.« Sie rauscht durch die Kapsel, wobei sie es erstaunlicherweise schafft, nicht noch einmal mit den Absätzen im Gitter steckenzubleiben. Dann steigt sie mit hoch erhobenem Kopf, durchgedrückten Schultern und lächerlich eleganten Bewegungen die Stufen hinab – als würde sie die Treppe zu einem Ballsaal hinuntergehen. Ich lasse sie ihr neues Königreich begutachten, während ich meinen Rucksack durchwühle. Er beinhaltet die Notfallausrüstung, die wir alle immer dabeihaben, und ich war noch nie dankbarer, ihn die letzten zwei Jahre überall hin mitgeschleppt zu haben.

Meiner enthält das Übliche – eine Speicherkarte mit meinen verschlüsselten Daten, eine Taschenlampe, die Feldflasche mit Wasserfilter, Streichhölzer, eine Rasierklinge und noch zwei persönliche Dinge: ein Foto von zu Hause und mein Notizbuch. Auf der *Icarus* hatte ich außerdem meine Gleidel darin verstaut, weil es unschicklich gewesen wäre, sichtbar eine Waffe zu tragen.

Ich hole die Pistole hervor, lege die Hand um den Griff und überprüfe schnell die Ladung, um sicherzugehen, dass die kinetische Batterie wie vorgesehen funktioniert. Wenigstens muss ich mir keine

Sorgen machen, dass sie sich entlädt, solange wir hier sind. Ich stecke sie zurück ins Holster und befestige es am Gürtel, dann nehme ich noch ein paar Notfallriegel aus dem Fach unter der Decke. Nachdem ich die Feldflasche vom Boden aufgehoben habe, wo Miss LaRoux sie stehengelassen hat, verlasse ich die Kapsel und ziehe die Tür kräftig hinter mir zu. Muss ja nicht sein, dass irgendwelche Tiere die Gelegenheit wahrnehmen, sich für unsere Invasion zu rächen, indem sie sich unsere Vorräte einverleiben.

Der Marsch den Hügel hinauf ist eine verdammte Qual.

Dabei ist es eigentlich kein schwieriger Marsch, obwohl das Unterholz ziemlich dicht ist und wir ständig über umgestürzte Bäume klettern müssen, deren raue Rinde mir an den Klamotten reißt und die Haut zerkratzt. Es ist zwar warm genug, dass mir der Schweiß den Rücken hinunterläuft, aber die Luft ist auf eine Art beißend kalt, dass sie mir in der Lunge wehtut. Die Pflanzen kommen mir alle bekannt vor – und doch sind sie irgendwie anders, wenn auch nur ein bisschen. Überall sind Löcher und Mulden, die nur darauf warten, dass ich mir die Knöchel verstauche, und ständig bleiben stachelige Pflanzen mit ihren Widerhaken an meiner Kleidung hängen und piksen mir in die Arme.

Doch das eigentliche Problem ist ein anderes.

Das Problem ist Miss LaRoux, die versucht, mit ihren Absatzschuhen hinter mir herzukommen. Ich wünschte, sie wäre in der Kapsel geblieben. Ohne sie wäre ich viel schneller. Aber jedes Mal, wenn ich mich zu ihr umdrehe und sie frage, ob sie umkehren will, blickt sie mich eisig mit zusammengekniffenen Lippen an. Sie ist ein Sturkopf.

Ich halte ihr immer wieder die Hand hin, um ihr über Hindernisse zu helfen, aber langsam komme ich an den Punkt, wo ich nicht mehr so genau weiß, ob ich, sollte Miss LaRoux in ein Loch fallen, sie herausfischen würde. Sie sieht jedes Mal meine Hand an, als könnte sie sich irgendetwas einfangen, wenn sie meine Haut berührt. Anscheinend will sie es so aussehen lassen, als wäre dieser Marsch nichts weiter als ein Spaziergang über eine Blumenwiese. Aber nachdem sie ein paarmal beinah gestürzt ist, nimmt sie gelegentlich doch meine Hand, wenn es sich gar nicht anders vermeiden lässt. Sie sieht immer noch blass aus, und trotz ihres entschlossenen Gesichtsausdrucks passe ich auf, dass ich nah genug bei ihr bleibe, um sie auffangen zu können, sollte sie sich doch entscheiden, in Ohnmacht zu fallen.

Schließlich gebe ich auf. »Wollen Sie eine Pause machen?« Unauffällig überprüfe ich den Stand der Sonne über dem Hügel. Nach Sonnenuntergang will ich nicht mehr hier draußen sein. Es ist so schon schwer genug, diese Göre mit mir durch den Wald zu schleppen und aufzupassen, dass sie sich nichts bricht. Da muss es nicht auch noch dunkel sein.

Sie überlegt kurz, dann nickt sie und richtet sich die Haare. »Wo soll ich mich hinsetzen?«

*Hinsetzen? Oh, auf diese bequeme Chaiselongue, die ich extra für Euch in meinem Rucksack mit hierhergetragen habe, Eure Hoheit. Das hätte ich beinah vergessen.*

Ich presse die Lippen aufeinander, um zu verhindern, dass ich es laut ausspreche. Als Miss LaRoux bemerkt, dass ich mir eine Antwort verkneife, verfinstert sich ihre Miene. Aber wenn ich sie so ansehe … Aus den Löchern, die ihr die Ohrringe in die Haut gebohrt haben, sickert immer noch Blut. Zusätzlich zum blauen Auge schwillt ihr jetzt die Nase an, mit der sie offenbar auch gegen die Wand geprallt ist, als sie die Kapsel kurzgeschlossen hat. Ihre Lippen sind spröde und aufgeplatzt. Es ist ein Wunder, dass sie noch nicht total zusammengebrochen ist – wie ich es eigentlich von jemandem wie ihr erwartet hätte.

Also ziehe ich die Jacke aus und lege sie über einen umgestürzten Baumstamm. Sie rafft ihr Kleid und lässt sich darauf nieder. Dann nimmt sie die Feldflasche entgegen und trinkt einen kleinen Schluck.

Als ich die Flasche zurücknehme und zum Trinken ansetze, wendet sie den Blick ab. Ich gehe den Rand der Lichtung ab und bleibe immer wieder stehen, um zu lauschen. Jetzt ist das Rascheln von kleinen Tieren im Unterholz doch wahrzunehmen, und ich kann nur hoffen, dass sie es nicht hört – und erst recht nicht sieht, was diese Geräusche verursacht.

Dass ich Tiere hören kann, ist eine weitere Information, die ich den bisher gesammelten hinzufügen kann. Die Tiere wären nicht hier, befände der Planet sich nicht bereits im letzten Stadium der Terraformierung. Doch eigentlich müssten hier auch Kolonien sein und unzählige Raumschiffe und Flugzeuge durch die Luft fliegen. Warum also höre ich nichts als das Rascheln im Unterholz, das Flüstern des Winds in den Blättern und Miss LaRoux, die so leise wie möglich versucht, wieder zu Atem zu kommen?

Ich will gerade vorschlagen, dass sie den Weg, den wir gekommen sind, schon mal allein wieder zurückgeht, als sie sich von selbst erhebt und die Jacke liegenlässt, so dass ich sie aufheben muss. Ich hätte ihr ja zugetraut, dass sie ohne ein weiteres Wort in Richtung der Kapsel davonstapft, aber stattdessen gibt sie mir tatsächlich ein Zeichen, ihr vorauszugehen, und zwar weiter in die Richtung, in die wir bisher unterwegs waren. Mit entschlossenem Gesichtsausdruck geht sie los, und als sie meine Hand nimmt, um in ihren lächerlichen Schuhen über einen umgefallenen Baum zu klettern, muss ich mir eingestehen, dass sie zäher ist, als sie aussieht.

Was eine Erleichterung ist – die Vorstellung, auf sie aufpassen zu müssen, belastet mich derart, dass meine Schultern schon ganz verkrampft sind und ich Magenschmerzen habe. Denn egal wie lästig sie mir ist, sie ist weit weg von zu Hause. Wenn sie das hier übersteht, dann nur durch meine Hilfe. Manchmal habe ich das Gefühl, ich verbringe mein ganzes Leben damit, andere Leute zu beschützen.

Als wir schließlich am Fuß des Hügels ankommen, kann sie ihr

Keuchen nicht mehr unterdrücken, obwohl sie immer noch versucht so zu tun, als wäre das hier nicht großartig anstrengend. Aber wir können uns keine weitere Pause erlauben, wenn wir vor Einbruch der Dunkelheit wieder bei der Kapsel sein wollen. Wir klettern die Steigung empor, und als ich nach ihrer Hand greife, um sie ein Stück hochzuziehen, macht sie sich nicht einmal mehr die Mühe, mich empört anzublicken. Inzwischen ist sie zu erschöpft, um dafür ihre Energie zu verschwenden.

Der Hügel stellt sich als ziemlich felsig heraus. Wir klettern den Hang hinauf und oben angekommen sehen wir, dass die andere Seite noch steiler abfällt. Die Hügelkuppe bietet genau die Aussicht, die wir brauchen. Wir bleiben nebeneinander stehen und lassen den Blick schweifen.

Ich wünschte, ich wäre allein hergekommen.

Ihr Keuchen wird von einem Geräusch unterbrochen, das halb Schluchzen, halb wortloses Klagen ist. Mit offenem Mund steht sie da und starrt in die Ferne, genau wie ich. Keiner von uns beiden begreift, was wir da sehen. Es ist gut möglich, dass so etwas noch nie jemand gesehen hat.

Ich wage es, sie mit dem Vornamen anzusprechen. »Lilac. Lilac, sehen Sie nicht hin.« Leise und sanft versuche ich die Rekrutin auf dem Schlachtfeld zu überreden, den Fuß zu heben, einen Schritt zu machen, sich fortzubewegen. »Sehen Sie mich an, gucken Sie nicht hin, kommen Sie.« Aber sie kann den Blick genauso wenig abwenden wie ich, und beide blicken wir wie versteinert in die Ferne.

Vor uns fallen in langen, langsamen Bögen brennende Trümmerstücke vom Himmel, wie ein Meteoritenschauer oder uns entgegenkommende Raketengeschosse. Das ist allerdings noch das kleinere Schauspiel.

Die *Icarus* stürzt ab. Wie ein gigantisches Tier dreht und windet sie sich am Himmel und ich stelle mir vor, wie sie ächzt, während ihre

Motoren immer noch gegen die Schwerkraft ankämpfen. Ein paar Augenblicke lang schwebt sie so in der Luft und wirft einen Schatten auf einen der blass am Nachmittagshimmel stehenden Monde des Planeten. Doch was als Nächstes kommt, ist unvermeidlich und ich ertappe mich dabei, wie ich den Arm um das Mädchen neben mir lege, als sich das Schiff nicht mehr halten kann und schließlich stirbt.

In schrägem Sturzflug trifft die *Icarus* auf eine Bergkette hinter der Ebene. Trümmerteile so groß wie Wolkenkratzer fliegen umher und eine Seite des Schiffes reißt auf, als die Reibung zu groß wird. Kleinere in Flammen stehende Teile jagen wie Sternschnuppen durch die Luft. Mit Entsetzen wird mir klar, dass es Rettungskapseln sind. Kapseln, die es nicht geschafft haben, sich vom Schiff zu lösen, bevor es zu spät war – Kapseln, die keine Miss LaRoux an Bord hatten, um sie von den Anlegestellen zu befreien.

Die *Icarus* prallt an der Bergkette noch einmal ab wie ein Stein, der übers Wasser springt, bevor sie dahinter verschwindet. Dann erscheint sie nicht wieder.

Auf einmal ist alles still. Dampf und schwarze Rauchwolken steigen hinter den Bergen auf und fassungslos blicken wir auf diese unglaubliche Szene.

»Sie waren schon vorher in Situationen,
in denen es ums Überleben ging.«
»Korrekt.«
»Aber niemals in solch einer?«
»Ich hatte noch nie eine Debütantin im Schlepptau,
falls Sie das meinen.«
»Ich meinte, dass Sie zu dem Zeitpunkt nicht wussten,
wo Sie sich befanden.«
»Darüber habe ich mir keine Gedanken gemacht.«
»Worüber denn, Major?«
»Ich habe überlegt, wo das Rettungsschiff wohl landen würde
und wie wir dahin gelangen konnten.«
»Und das war alles?«
»Was hätte denn sonst noch sein sollen?«
»Das wüssten wir gern von Ihnen.«

# 6

# LILAC

Er führt mich vom Steilhang weg. Seine Finger sind um mein Handgelenk geschlungen, fünf einzelne Kontaktpunkte, rau und heiß und viel zu fest. Ich glaube, meine Augen sind geschlossen. Aber ob sie es nun sind oder nicht, das Einzige, was ich sehe, ist der Absturz der *Icarus*, ein Feuerstrom am Himmel, riesige Rauchwolken und Dampf. Die Bilder haben sich in meine Netzhaut gebrannt, ich kann nichts anderes mehr sehen. Er könnte uns beide jetzt auch von der Klippe stürzen und ich würde es nicht merken, bevor wir unten aufschlagen.

Während ich ihm so hinterherstolpere, verdrehen sich ständig meine Füße, weil ich mit den Absätzen auf dem unebenen Boden keinen Halt finde und immer wieder in der Erde versinke. Warum können Frauen sich für solche Gelegenheiten nicht passend anziehen? Wanderstiefel zum Abendkleid wären doch mal ein Statement.

Unwillkürlich muss ich lachen und er bleibt kurz stehen und sieht mich an, bevor er den Griff um meinen Arm wieder verstärkt.

»Nur noch ein kleines Stück, Miss LaRoux. Sie machen das sehr gut.«

Ich mache eigentlich überhaupt nichts. Ich könnte auch genauso gut eine Stoffpuppe sein. Wird mit passenden Schuhen geliefert. Das Rückgrat ist separat erhältlich.

Ich habe keine Ahnung, wo wir sind oder wie weit wir uns von der

Kapsel entfernt haben. Als mir ein Zweig ins Gesicht schlägt, muss ich die Augen wieder schließen. Das Schiff ist immer noch da, ein Bild aus übereinandergelagerten optischen Nachwirkungen. Das Sonnenlicht fällt jetzt fast horizontal durch die Bäume, und Schatten und rot durch meine Augenlider schimmerndes Licht wechseln sich ab. Wie lange standen wir dort oben?

Das Schiff meines Vaters ist nur noch eine Ruine. Ich habe zugesehen, wie es vom Himmel fiel. Wie viele Menschen wohl mit dem Schiff abgestürzt sind? Wie viele haben es nicht geschafft, ihre Kapseln zu starten?

Auf einmal funktionieren meine Beine nicht mehr, und als er versucht mich weiterzuziehen, reißt er mir beinah den Arm aus. Irgendein abgetrennter Teil meines Gehirns registriert, dass mir das später wehtun wird. Er zieht noch einmal und ich kann ein Aufstöhnen nicht mehr unterdrücken. Da scheint er endlich zu begreifen, dass er mich ohne meine Mitarbeit nicht weiter durch den Wald zerren kann.

Er lässt mich los und ich sinke auf die Knie und schaffe es gerade noch, mich mit den Unterarmen abzufangen, bevor ich mit dem Gesicht in den halb verrotteten Dreck auf dem Waldboden falle. Es riecht nach Kaffee und Leder und Müll – kein bisschen wie die süße, homogene Erde in den Holo-Gärten auf Corinth. So viel dazu, dass ich das hier mit Würde durchstehen wollte. Dass ich ihn glauben machen wollte, ich würde nicht die Nerven verlieren.

Er gewährt mir eine kurze Verschnaufpause. Mein Atem geht so heftig, dass ich Blätter und Dreck aufwirbele. Als er sich neben mich hockt, zucke ich zusammen.

»Lilac.« Die Sanftheit seiner Stimme ist eindrucksvoller, als jeder gebellte Befehl von ihm sein könnte. Ich hebe den Kopf und blicke direkt in seine braunen Augen. So wie er mich ansieht, ist ihm der Absturz der *Icarus* offenbar genauso nahegegangen.

»Kommen Sie. Es wird bald dunkel. Wir sollten vorher zurück bei der Kapsel sein. Sie machen das wirklich gut und es ist nur noch ein kleines Stück.«

Ich wünschte, er würde sich weiterhin wie ein Idiot verhalten. Mit Abneigung kann ich besser umgehen als mit Mitleid. »Ich kann nicht«, keuche ich und spüre, wie etwas Festes und Kaltes in mir aufbricht. »Das ist zu viel für mich, Major. Ich gehöre einfach nicht hierher!«

Er hebt die Augenbrauen und seine Miene wirkt schon weniger verbissen. Als er die Stirn wieder entspannt, ist eine seltsame Wärme in seinem Blick. Ein wenig schafft er es dadurch, mich aus meinem Nebel aus Kummer und Verweigerung zu reißen. Doch im nächsten Moment ruiniert er es auch schon wieder.

»Versuchen Sie einfach, sich auf den Beinen zu halten. Meint Ihr, Ihr schafft das, Eure Hoheit?«

*Viel besser.* »Machen Sie sich nicht über mich lustig«, fahre ich ihn an.

»Das würde nur ein Schwachkopf tun, Miss LaRoux.« Die Wärme ist fort und mit einer geschmeidigen Bewegung steht er auf.

Er entfernt sich ein paar Schritte und betrachtet den Wald um uns, als würde er darin etwas wiedererkennen. Er ist hier zu Hause. Er kann diesen Ort lesen, so wie ich die kleinen Veränderungen in einer Menschenmenge lesen kann, das Hin und Her der Paare und Gespräche, wie die Leute um mich herum ihre langsamen Rotationen vollführen wie die Sterne am Himmel. Bekannt. Erfasst. Vertraut.

Der Wald ist nichts davon. Für mich ist er bloß ein Schleier aus Grün und Gold und Grau, jeder Baum sieht aus wie der nächste, ich kann daraus nichts in Erfahrung bringen. Ich war zwar vorher schon mal in der Natur, allerdings musste man da nur den Schalter des holografischen Projektors betätigen, um einen perfekt gestalteten und gepflegten Terrassengarten in einen sonnigen Wald voller Singvögel zu verwandeln. Ein leichter Duft lag über allem und die Bäume waren mit Blumen behangen. Die Erde war fruchtbar und immer gleich, ich habe nie Flecken auf den Kleidern gehabt und der Boden war weich genug, um darauf zu schlafen.

Als ich noch klein war, ist mein Vater mit mir oft zum Picknicken in diesen Wald gegangen. Ich habe dann so getan, als wäre der Wald mit seinem ausladenden Blätterdach meine Villa und ich die Gastgeberin, die meinem Vater Tee in unsichtbaren Tassen servierte und ihn in die unbedeutenden Geheimnisse meines Lebens einweihte. Er spielte, ohne zu zögern, ganz ernst mit. Wenn es langsam dunkel wurde, tat ich so, als würde ich auf seinem Schoß einschlafen, denn dann nahm er mich auf den Arm und trug mich nach Hause.

Aber dieser Wald hier ist dicht und fremd und voller dunkler Schatten, und im Boden sind Steine, und wenn ich mich an einem Baumstamm abstützen will, zerkratzt mir die Borke die Handfläche. Das kann doch nicht echt sein – es ist ein Albtraum.

Doch der Major nickt vor sich hin, als hätte er den nächsten Schritt in einem für mich unsichtbaren Handbuch gelesen. Auf einmal werde ich von einem heftigen Neidgefühl erfasst. Ich befinde mich noch immer auf allen vieren, und meine Arme fangen zu zittern an.

»Ich weiß nicht, wie viel Strom die Kapsel noch hat«, sagt er. »Wir sollten besser so wenig wie möglich verbrauchen und das Licht auslassen. Ich werde Ihnen einen Schlafplatz herrichten und morgen finde ich heraus, ob es irgendeine Möglichkeit gibt, ein Signal zu senden, das die Rettungsschiffe empfangen können.«

Er könnte auch genauso gut mit sich selbst reden, so wenig Beachtung schenkt er mir. »Ich würde sagen, heute Abend machen wir Inventur, essen etwas und ruhen uns aus. Ich verspreche Ihnen, die Kapsel ist nicht mehr weit weg. Können Sie aufstehen?«

Ich komme hoch auf die Knie. Jetzt, da wir nicht mehr laufen, haben sich meine Knöchel versteift und ich muss mir auf die Unterlippe beißen, um vor Schmerzen nicht laut aufzuschluchzen. Ich habe mir beim Tanzen schon ein- oder zweimal den Knöchel verstaucht und dabei gelächelt, als wäre alles in Ordnung, aber das war nie so wie jetzt. Allerdings musste ich da auch nichts weiter tun als einen Sanitäter rufen, und dann war der Schmerz auch bald schon wieder vorbei.

Als er mir die Hand hinhält, schlage ich sie weg.

»Natürlich kann ich aufstehen.« Der Schmerz lässt meine Worte abgehackt und wütend klingen. Seine Miene verschließt sich wieder und er wendet sich zum Gehen.

Er hatte Recht. Nach ein paar Minuten ist tatsächlich die Kapsel durch die Bäume zu erkennen. Von dieser Seite aus sind die Spuren unserer Bruchlandung überhaupt nicht auszumachen – die umgeknickten Bäume und die tiefe Furche, die die Kapsel hinterlassen hat, als sie dorthin geschlittert ist, wo sie jetzt liegt. Ich sehe nichts als Bäume, höre nur das Rascheln der Blätter. Sogar der Gestank nach verbranntem Plastin und korrodiertem Metall wird vom satten Geruch nach Grün und Feuchtigkeit und Erde überlagert.

Ich schaffe es, den Kopf so weit zu heben, dass ich an den Himmel blicken kann. Nicht ein einziges Rettungsschiff ist in Sicht – noch nicht einmal ein Raumschiff oder ein Flugzeug von einer Kolonie. Bis auf einen blasssilbernen Mond über uns und einen zweiten Mond, der gerade hinter den Bäumen auftaucht, ist der Himmel leer. Ich schirme die Augen ab und suche nach dem Leuchtfeuer, das anzeigen sollte, dass wir ein Signal senden. Doch da ist nichts außer weit verstreutem, verbogenem Metall. So viel von der Kapsel ist zerstört – wie kommt es, dass wir überlebt haben?

*Wie kann sonst irgendjemand überlebt haben?* Ich unterdrücke den Gedanken, verschließe ihn. Das hier wird in ein paar Stunden alles vorbei sein – ein so berühmtes und angesehenes Schiff wie die *Icarus* kann nicht abstürzen, ohne dass über die ganze Galaxie verteilt Tausende Alarme ausgelöst werden.

Der Major ist ohne ein Wort in der Kapsel verschwunden, aber er ist nur ein paar Schritte entfernt und so kann ich mich meiner Trauer noch nicht hingeben.

Ich darf nicht an Anna denken – wie sie auf einmal all ihre übliche Selbstsicherheit verlor, als sie von der panischen Menge den Gang hinuntergezogen wurde. Vielleicht hat sie es in eine Kapsel geschafft. Vielleicht gab es einen Mechaniker, der ihre Kapsel rechtzeitig losschicken konnte.

Ich darf nicht daran denken, dass wir kein Signallicht haben, kein Leuchtfeuer, nichts, das unseren Rettern sagen könnte, wo sie uns finden. Mein Vater wird mich holen, auf jeden Fall. Er wird Himmel und Erde und den Weltraum selbst in Bewegung setzen, um mich zu finden. Dann werde ich diesen Soldaten nie wiedersehen und mich nie wieder so unfähig fühlen müssen.

Als ich über die Türschwelle in die Kapsel steige, kramt der Major schon wieder in seinem Rucksack. Als könnte er die Ankunft der Rettungsschiffe dadurch beschleunigen, dass er Inventur macht.

Wie kann er einfach nur da stehen und diesen blöden Rucksack durchwühlen? Ich würde ihn am liebsten schütteln, ihn anschreien, dass unser Rettungsschiff nicht im Rucksack ist, dass nichts auf wundersame Weise darin auftauchen wird, was die *Icarus* wieder zurück an den Himmel bringt, wo sie hingehört.

»Und nun?« Ich schaffe es sogar, einigermaßen freundlich zu klingen. »Sie wissen doch immer, was der nächste Schritt ist. Was machen wir jetzt?«

Er sieht mich nicht an, sondern überprüft weiter den Inhalt seines Rucksacks, was mich wahnsinnig macht – und als er endlich den Kopf hebt, guckt er auch nur kurz zu mir herüber. »Jetzt werden wir erst einmal schlafen. Und wenn wir kein Signal senden, sollten wir morgen losziehen und uns einen besseren Platz suchen, wo wir gesehen werden können. Vielleicht beim Schiffswrack, wenn wir auf dem Weg dahin nicht an einer Kolonie vorbeikommen.«

Beim Wrack? Der Typ ist verrückt. Das Wrack ist Tage von hier entfernt. »Losziehen? Ohne mich. Ich gehe nirgendwohin. Man wird unsere Absturzstelle sehen. Wenn wir von hier verschwinden, wird mein Vater überhaupt nicht wissen, wo er nach uns suchen soll.« Und er *wird* mich suchen kommen.

Zweifelnd, beinah unverschämt blickt er mich an. »Sie können ja gern auf Ihren weißen Ritter warten, Mylady, aber ich werde nicht einfach hier rumsitzen, während unsere Vorräte zur Neige gehen.«

*Mylady?* Weiß er eigentlich, wie wütend er mich mit seiner falschen Höflichkeit macht? Ich meine, so nervig ist doch niemand aus Versehen, oder? Ich halte an meinem Ärger fest, versuche ihn nicht abklingen zu lassen, während ich den Major weiter anstarre. Die Wut gibt mir Sicherheit. Ich kann es mir nicht erlauben, irgendetwas anderes zuzulassen.

Meine Wut ist ein Schutzschild, ohne sie würde ich zerfallen.

Ich frage mich, ob er das ahnt. Auf dem Schiff war er in einer für ihn ungewohnten Umgebung, da war er unbeholfen, geradezu vorsichtig. Doch hier ist er in seinem Element. Alles, was er tut, hat einen Zweck. Vielleicht ärgert er mich ja absichtlich, damit ich mich nicht aufgebe.

Vielleicht ist er aber auch einfach ein Idiot.

Innerlich kochend beobachte ich, wie er noch einmal den Inhalt seines Rucksacks und danach die Stauräume in der Kapsel durchgeht. Dann legt er eine reflektierende Rettungsdecke und eine weichere Decke aus der Kapsel übereinander und blickt mich erwartungsvoll an.

Als er meine Verwirrung sieht, verkrampft sich sein Kiefer.

»So entsetzlich der Gedanke für Sie auch sein mag, aber wir werden die Nacht zusammen verbringen müssen. Machen Sie sich schon mal darauf gefasst.«

Da wird mir auf einmal klar, dass der Haufen Decken ein Schlafplatz sein soll. Und zwar nur einer. Die Worte sind ausgesprochen, bevor ich sie zurückhalten kann. »Auf keinen Fall.« Meine Stimme hat den gleichen eisigen Ton wie die meines Vaters – wenigstens kann ich das von ihm Gelernte mal anwenden. »Wenn Sie mir etwas Wasser dalassen, können Sie die restlichen Vorräte gern mitnehmen und da draußen im Wald schlafen, wo Sie sich ja so wohlfühlen.«

Ich beobachte ihn aufmerksam. Als er die Hände langsam zu Fäusten ballt, durchströmt mich ein seltsames Gefühl der Befriedigung. Wenn er mich absichtlich in Rage bringt, dann werde ich mein Bestes geben, es ihm gleichzutun. »Bei der Gelegenheit können Sie sich auch gleich auf die Kapsel stellen und die Rettungsschiffe heranwinken, falls sie in der Nacht kommen sollten.«

Er wirft den Rucksack hin und ich zucke zusammen. Doch seine Stimme ist ganz ruhig und kontrolliert. »Miss LaRoux«, sagte er sanft. »Bei allem Respekt, aber ich werde nicht draußen schlafen, wenn es hier drinnen ausreichend Platz für zwei gibt.«

Meine Genugtuung, ihn aufgebracht zu haben, lässt schon wieder nach. Wenn die Rettungsschiffe in der Nacht kommen sollten, wird Merendsens Status als Kriegsheld im Angesicht des Zorns meines Vaters nicht lange anhalten.

Ich hole tief Luft und versuche zurückzurudern. Vielleicht war Wut doch nicht der beste Weg. »Major, die Umstände sind vielleicht etwas außergewöhnlich, aber es besteht kein Grund –«

»Die Umstände sind mir völlig egal!« Seine verärgerte Miene verschafft mir trotz allem wieder eine gewisse Befriedigung. Es gibt also doch etwas, was ich in dieser gottverlassenen Wildnis gut kann. »Es wird kalt heute Nacht und auch hier drinnen wird es wärmer sein, wenn wir zu zweit sind. Ich bin genauso müde wie Sie und ich werde nicht die ganze Nacht aufbleiben und Wache schieben. Außerdem habe ich keine große Lust, mich auffressen zu lassen.«

»Auffressen?«

»Da waren Spuren«, sagt er knapp. »Im Wald, ein Stück weiter. Ziemlich große.«

Er versucht doch nur, mir Angst zu machen. Ich habe keine Spuren gesehen und er hat mir auch keine gezeigt. Außerdem würden bei der Terraformierung niemals so große Raubtiere in die Ökosysteme gebracht werden, dass sie Menschen gefährlich werden könnten. Ich beiße die Zähne zusammen.

Und auch wenn er die Wahrheit sagen sollte, von Raubtieren angefallen zu werden wäre immer noch ungefährlicher als mit mir zusammen unter einer Decke gefunden zu werden. »Major Merendsen, glauben Sie mir, wenn mein Vater uns –«

»Dann müssen Sie eben eine Möglichkeit finden, es ihm zu erklären. Solange ich bei klarem Verstand bin, werde ich nicht da draußen schlafen. Sie können das Bett haben, ich komme auch mit einem von diesen Sitzen klar. Schlafen Sie oder lassen Sie es bleiben, aber wenn wir morgen losziehen, erwarte ich von Ihnen, dass Sie ein ordentliches Tempo an den Tag legen. Gute Nacht.«

Das ist ein Befehl: *Gute Nacht, Soldatin, sonst setzt es was.* Ohne ein weiteres Wort zieht er den Gurt seines Rucksacks straff, setzt sich hin und streckt die langen Beine vor sich aus. Das Kinn auf der Brust, schließt er die Augen, macht die Taschenlampe aus und lässt mich damit im Dunkeln zurück. Das einzige Geräusch ist sein Atem, der sofort langsamer wird.

Es ist leichter, wütend auf ihn zu sein, wenn ich ihm nicht ins Gesicht sehe, weil mich das nur ablenken würde. Wie kann er nur so schroff zu mir sein? Versteht er denn nicht, dass ich ihn nur davor bewahren will, seinen Rang zu verlieren – oder Schlimmeres? Am liebsten würde ich ihn wecken und weiter darauf beharren. Ich wünschte, ich wäre mutig genug, draußen zu schlafen, aber ob es nun gelogen war oder nicht, sein Gerede von großen Tierspuren reicht, mich davon abzuhalten hinauszugehen.

Ich atme tief durch und versuche nachzudenken. Mein Vater wird vielleicht mit sich reden lassen – er wird es sicher verstehen. Besonders, da es ziemlich offensichtlich ist, dass der Major nichts mit mir zu tun haben will. Wahrscheinlich wird nicht gleich die Welt untergehen, wenn er über Nacht hierbleibt.

Und ein winzig kleiner Teil von mir muss auch zugeben, dass ich ihn lieber hier neben mir habe, für den Fall, dass in der Nacht doch irgendetwas kommt.

Ich rutsche zwischen die beiden Decken und verziehe das Gesicht, als ich die Alufolie von der Rettungsdecke an der Haut spüre. Es ist unwesentlich besser, als auf dem nackten Boden zu liegen. Das Metallgitter schneidet mir in die Hüften und so langsam glaube ich, der Major hat mit seinem Schlafplatz eine kluge Wahl getroffen. Doch ich werde mich hüten, es ihm nachzumachen, also rolle ich mich unter der Decke zusammen und lege mir den Arm als Kissen unter den Kopf.

Vielleicht kann ich mit den Überbleibseln des Antennenarrays ja noch etwas ausrichten. Irgendeine Art von Signal senden, um den Leuten mitzuteilen, dass wir hier sind. Wenn ich dem Major beweisen kann, dass wir ein Signal senden, wird er mich vielleicht nicht über diesen Albtraum von einem Planeten zerren.

Ich bin schon beinah eingeschlafen, als das Gesicht meiner Cousine vor meinem geistigen Auge auftaucht. Die Kehle zieht sich mir so plötzlich zusammen, als würde ich von unsichtbaren Händen gewürgt. Sie hat nur getan, wozu sie von meinem Vater gezwungen wurde; sie war trotzdem meine beste, meine einzige Freundin. Ich hätte noch einmal umkehren müssen, hätte versuchen müssen, sie im Chaos zu finden, hätte sie mitnehmen müssen. Doch ich habe sie zurückgelassen.

Meine Lippen formen im Dunkeln die Worte. *Ich habe sie sterben lassen.*

Ich denke an Elana und mit welcher Hingabe sie den von mir gesetzten Trends hinterhergelaufen ist. Ich denke an Swann und ihre raue Stimme, als sie versuchte sich durch die Menge zu mir zurückzukämpfen, als die *Icarus* begann zu zerfallen. Ob sie funktionierende Rettungskapseln gefunden haben? Oder hat Swann zu lange nach mir gesucht und ist mitsamt dem brennenden Schiff meines Vaters abgestürzt?

Es wäre nicht das erste Mal, dass ich schuld an jemandes Tod bin, aber das macht es kein bisschen erträglicher.

Mein Vater ist Lichtjahre entfernt, vielleicht erfährt er gerade in diesem Moment, was mit der *Icarus* passiert ist. Und ohne mich hat er niemanden. Meine Mutter ist gestorben, als ich noch klein war, und seitdem waren mein Vater und ich nie für länger als ein paar Wochen getrennt – und nie ohne die Möglichkeit, auf Knopfdruck miteinander zu sprechen.

Und jetzt bin ich auf einem fremden Planeten gestrandet, mit einem Soldaten, der mich und alles, was mir etwas bedeutet, verachtet.

Zum ersten Mal in meinem Leben bin ich allein.

Ich weine heimlich unter der Decke, werfe mich in meiner behelfsmäßigen Schlafstätte hin und her, so dass die Rettungsdecke laut knistert. Ich erwarte schon, von ihm ermahnt zu werden, mich nicht wie eine Prinzessin aufzuführen, aber er sagt nichts und sein Atem ist gleichmäßig. Er hört mich noch nicht einmal. Schließlich lasse ich den Tränen einfach freien Lauf.

»Zu dem Zeitpunkt dachten Sie also,
Sie würden bald gerettet werden?«
»Ich war in Begleitung von Miss LaRoux. Ich bin davon ausgegangen,
dass ihre Rettung höchste Priorität hätte.«
»Was hielten Sie von Ihrer Begleitung?«
»Es war eine andere Erfahrung,
als was ich in der Armee gewohnt bin.«
»Das sagt nicht viel aus, Major Merendsen.«
»Ich hatte keine Zeit, mir eine Meinung zu bilden.
Die Situation war nicht gerade ideal.«
»Für Sie oder für Miss LaRoux?«
»Für uns beide. Können Sie sich irgendjemanden vorstellen,
der gern an unserer Stelle gewesen wäre?«
»Wir stellen hier die Fragen, Major.«

# 7

# TARVER

Ich bin kurz davor, die Taschenlampe anzumachen und das Erste-Hilfe-Set zu suchen, um ihr etwas zur Beruhigung zu geben, als sie endlich aufhört zu weinen. Endlich schlafe ich ein.

Irgendwann nach Mitternacht wache ich wieder auf. Ich sitze ganz still, lasse mich durch meine Sinne informieren. Ich fühle kaltes Metall und wie sich harte Kanten in meine Haut drücken. Ich nehme den in der Luft hängenden Geruch von geschmolzenem Plastin wahr. Ich höre ein Tier draußen krächzen und näher, in der Kapsel, wie sich jemand leise bewegt.

Die Erinnerungen steigen langsam in mir auf und breiten sich in meinem Körper aus, fahren mir in die Arme, so dass sich meine Finger um die Armlehnen anspannen. Ich habe die Augen noch immer geschlossen, und während ich meine Gedanken sortiere, höre ich wieder etwas. Dann huscht ein Lichtstrahl über meine Augenlider. Sie hat die Taschenlampe.

Verdammt, muss sie denn gar nicht schlafen? Verstohlen öffne ich ein Auge. Sie ist wieder am Schaltkasten und fummelt an den Drähten herum. Im Licht der Taschenlampe, das von hinten auf sie fällt, sieht sie anders aus. Ich sehe weder ihre schicke Frisur noch die Reste ihres Make-ups. Das Veilchen ist im Schatten verborgen. Sie wirkt klarer, reiner, jünger. Eher wie jemand, mit dem ich reden könnte.

Was meine Eltern wohl von ihr halten würden? Ihre Gesichter tauchen aus meinen Erinnerungen auf und mir schnürt sich die Kehle zu. Wenn die *Icarus* den Kontakt mit LaRoux Industries verloren hat, als sie aus dem Hyperspace gerissen wurde, werden meine Eltern noch nichts von dem Absturz wissen. Vielleicht denken sie, das Schiff ist einfach vermisst. *Mir geht's gut*, denke ich und wünschte, ich könnte diesen Gedanken direkt zu ihnen beamen. Dabei weiß ich noch nicht einmal, in welche Richtung ich ihn schicken sollte – dieser Planet könnte überall in der Galaxie sein.

Ich beobachte, wie sie geschickt ein Kabel einschnappen lässt. Genauso geschickt, wie sie die Kabel mit den Fingernägeln freigelegt hat, um die Kapsel kurzzuschließen. Hätte sie das nicht getan, wären wir verloren gewesen. Ich muss an die anderen Rettungskapseln denken, die sich in Flammen stehend von der abstürzenden *Icarus* lösten.

Lilac LaRoux hat mir zweifellos das Leben gerettet. Das ist gar nicht so leicht zu verdauen.

Ich räuspere mich, um sie vorzuwarnen, bevor ich sie anspreche. »Miss LaRoux?«

Sie reißt den Kopf hoch. »Ja, Major?« Ihr Ton ist höflich, als wäre sie auf einer Gartenparty und ich eine nervige Tante, die sie einfach nicht in Ruhe lassen will.

*Wenn ich einfach die Klappe halte, fängt sie sich vielleicht einen Stromschlag ein.* »Kann ich irgendwie helfen?«

Sie schnaubt spöttisch. »Ich wüsste nicht, wie, es sei denn, Sie wissen, wie man das Kommunikationsrelais überbrückt. Ich muss es irgendwie mit der Hauptleiterplatte verbinden. Vielleicht kann ich die Kapsel selbst als Antenne benutzen. Sie ist schließlich aus Metall.«

Wir schweigen einen Moment. Sie weiß genauso gut wie ich, dass ich absolut null Ahnung habe, was die Hauptleiterplatte ist.

Triumphierend registriert sie mein Schweigen und lächelt mich herablassend an. »Wenn ich ein Signal hereinbekomme, kann ich Sie *dann* vielleicht überzeugen, dass es besser ist, hier zu warten, als durch unbekanntes Terrain zu ziehen?«

Ich atme tief durch die Nase ein und lasse den Kopf zurückfallen, und sie wendet sich wieder ihrer Arbeit zu. Aus den Augenwinkeln beobachte ich sie, gleichermaßen fasziniert von ihrer überraschenden Fachkenntnis wie vom Anblick der LaRoux-Erbin, die gedankenverloren vor dem Schaltkasten kauert und sich die Taschenlampe zwischen die Zähne steckt, damit sie die Hände frei hat.

Auf einmal sehe ich sie wieder als das Mädchen aus dem Salon vor mir, das den Mann, der es angesprochen hatte, in Schutz genommen hat, statt ihn seinen Lakaien zu überlassen. Wo versteckt sich dieses Mädchen sonst? Der Magen zieht sich mir zusammen, als mir klar wird, dass der Mann, der ja der Grund dafür war, dass ich überhaupt mit Lilac LaRoux ins Gespräch gekommen bin, jetzt wahrscheinlich tot ist. Hat irgendjemand sonst überlebt? Haben sich überhaupt irgendwelche der anderen Rettungskapseln gelöst, bevor die *Icarus* in die Atmosphäre dieses Planeten eingedrungen ist?

Irgendwann, zwischen einem Lidschlag und dem nächsten, schlafe ich ein.

»Wie hat Miss LaRoux die Situation eingeschätzt?«

»Ich habe sie nicht danach gefragt.«

»Was würden Sie denn sagen, wie Miss LaRoux mit alldem zurechtgekommen ist?«

»Besser als erwartet.«

# 8

# LILAC

Als ich aufwache, liege ich zusammengerollt, eine Decke um mich geschlungen, an einer Wand und mein Kopf schmerzt. Eine Weile liege ich einfach nur da und versuche mich zu erinnern, was ich die Nacht zuvor getrieben habe, obwohl ich mich vor der Erinnerung fürchte, denn mir ist klar, dass der Kater meine geringste Sorge sein wird. Dann reißt mich der Geruch nach geschmolzenem Plastin endgültig aus dem schlaftrunkenen Zustand und ich wünschte, es wäre tatsächlich ein Kater, der mich plagt – und nicht die Nachwirkungen davon, dass ich mit einem Raumschiff aneinandergeraten bin.

Ich werfe einen Blick auf das kaputte Kommunikations-Array, das ich in der Nacht zu retten versucht habe. Die Kabel sind durchgebrannt und geschmolzen und die gesamte Hauptplatine ist vom Kurzschluss versengt. Noch nicht einmal ein ganzes Team von Elektrikern könnte noch irgendetwas damit anfangen, geschweige denn ich.

Statt daran herumzufummeln, hätte ich besser einfach schlafen sollen.

Der Morgen ist still, was mir Angst einjagt. Ich hatte bisher immer Geräusche um mich herum, sogar in unserem Landhaus. Das Surren der Luftfilter und das mechanische Klicken des Holo-Projektors, der den Rosengarten in ein Narzissenmeer verwandelte. Das geschäftige Treiben von Bediensteten, Simon, der nachts Kieselsteine an mein

Fenster warf. Mein Vater, der am Frühstückstisch via Holowire seinen Stellvertretern auf Corinth Anweisungen gab und mir dabei Grimassen schnitt, um mich zum Lachen zu bringen.

Hier kommen die einzigen Geräusche von irgendwelchen Vögeln und weit oben in den Bäumen flüsternden Blättern.

Der Major wird weiterhin zum Schiffswrack wollen, und so versuche ich, mich innerlich schon mal darauf vorzubereiten und etwas Mut oder Kraft oder wenigstens ein bisschen Würde aufzubringen. Vor mir liegt ein ganzer Tag, an dem er mich antreiben und mir alle fünf Minuten sagen wird, dass ich weitergehen muss, dass ich schneller gehen muss. Ein ganzer Tag, den ich ihn ausbremsen werde.

Auf einmal bekomme ich einen Riesenschreck. Ich setze mich auf, bevor ich mir des Gefühls richtig bewusst werde – und trotzdem weiß ich bereits, wo es herkommt. Der Sitz, auf dem der Major geschlafen hat, ist leer und sein Rucksack ist weg.

Ich werde von Panik erfasst. Ich will nach ihm rufen, aber die Angst schnürt mir den Hals zu. Ja, ich war auch schon allein, als er noch da war, aber er wusste über ein paar Dinge Bescheid, die ich wahrscheinlich niemals lernen werde – den Wald, wie man sich darin fortbewegen muss, wie man hier überlebt.

Doch mit meinen wütenden Blicken und giftigen Kommentaren habe ich ihn jetzt vertrieben. Ich komme auf die Beine und schwanke zur Tür, stoße sie auf und halte mich am Rahmen fest. Die Dämmerung hat gerade erst eingesetzt und ich kann nur ein paar Meter weit sehen. Im dunklen Wald ist kein Muster zu erkennen – jeder Baum ist gleich, das Unterholz wächst überall. Es gibt keine Wege, keine Blumen. Außer einem sich leicht im Wind wiegenden Ast ist nichts zu sehen.

Auf einmal fällt mir jedes Stirnrunzeln von ihm, jedes verärgerte Zucken seines Mundes wieder ein. *Tarver*, schreie ich in Gedanken. *Komm zurück. Es tut mir leid.*

Der Schmerz meiner verdrehten Knöchel, der wenige Schlaf, die Angst – mir wird alles zu viel und ich lasse mich schwer gegen den Türrahmen fallen, während ich noch immer hinaus in das Gewirr von Blättern und Zweigen sehe.

Und dann höre ich außer dem Rumsen meines fallenden Körpers noch etwas anderes. Das Knacken eines Zweiges durchbricht die Stille und ich bin in höchster Alarmbereitschaft, als sich im Schatten der Bäume plötzlich etwas bewegt. Ich erstarre. Keuchend ringe ich nach Luft.

*Spuren*, hat er gesagt. *Ziemlich große.*

Ich habe nur einen kurzen Augenblick Zeit, mir auszumalen, was für ein Tier sogar einem Kriegshelden einen Schrecken einjagen könnte, als der Verursacher des Geräuschs auch schon aus dem Wald auftaucht.

Mit erhobenen Augenbrauen kommt Major Merendsen auf mich zu. Offenbar ist mir die Panik anzusehen, auch wenn ich versuche meine Gesichtszüge schnell wieder unter Kontrolle zu bekommen. Belustigt verzieht er den Mund. »Tut mir leid, Sie zu enttäuschen, aber von ein paar verächtlichen Blicken lasse ich mich nicht vertreiben.«

Meine ganze Angst und Hilflosigkeit und Erleichterung verwandeln sich in glühend rote Beschämung. Diesmal hält mich nichts davon ab, ihm gehörig die Meinung zu sagen. »Bilden Sie sich bloß nichts ein, Major.« Ich klinge wie Anna und augenblicklich fühle ich mich ihm überlegen. Doch beim Gedanken an Anna schnürt sich mir auch gleich wieder die Kehle zu. »Wo Sie abbleiben, interessiert mich nicht im Geringsten. Trotzdem, was denken Sie sich dabei, sich einfach so draußen rumzutreiben? Was hätte nicht alles hier reinkommen können! Ich hätte –« Mir fällt nichts weiter ein. Eigentlich bin ich auch gar nicht wütend auf ihn. Aber es hilft, zu schreien.

Major Merendsen sieht mich gelassen an, dann lässt er den Rucksack von seiner Schulter gleiten, stellt ihn ab und fängt an sich ausgiebig zu strecken. Während ich ihm dabei zusehe, ebbt meine Wut langsam ab und ich schäme mich nur noch. Nach ein paar Sekunden muss ich den Blick abwenden. Das Shirt dehnt sich über seiner Brust und ich würde eigentlich gern länger hinsehen, aber er soll auf keinen Fall merken, wie ich ihn anstarre. Also gucke ich auf die Furche, die unsere Kapsel beim Absturz hinterlassen hat.

»Frühstück, Miss LaRoux?«, fragt er ausdruckslos.

Ich könnte ihn ohrfeigen. Oh Gott, ich könnte ihm um den Hals fallen – er hat mich nicht sitzengelassen. Wäre ich zu Hause, würde ich wortlos aus dem Zimmer stapfen, um irgendwo anders in Ruhe meine Fassung wiederzugewinnen. Aber wäre ich zu Hause, hätte ich auch keinen Grund, erleichtert über die Anwesenheit von jemandem zu sein, den ich am liebsten nie wiedersehen würde. *Wäre ich zu Hause* … Ich schließe die Augen und versuche, mich zusammenzureißen.

Ich höre seine Schritte auf dem weichen, mit Blättern bedeckten Waldboden. Als er an mir vorbeigeht, kann ich ihn fast riechen, da ist noch ein anderer, herber Geruch neben dem intensiven Grün des Waldes, das mir so fremd ist.

»Wenn Sie keinen Hunger haben«, fügt er hinzu, »würde ich vorschlagen, dass wir losgehen.«

»Was war zu dem Zeitpunkt Ihr Eindruck vom Planeten?«
»Er war offensichtlich in einer fortgeschrittenen Phase
der Terraformierung. Wir haben damit gerechnet,
dass jeden Moment die Rettungsteams ankommen.«
»Was hat Sie so sicher gemacht, dass sie kommen würden?«
»Warum sollte man die Ressourcen aufbringen und einen Planeten
terraformieren, wenn man keinen Profit aus Kolonien schlagen will?
Wir waren uns sicher, dass die Siedler den Absturz der *Icarus*
gesehen hatten und jemand kommen würde,
um die Absturzstelle zu untersuchen.«
»Was waren zu dem Zeitpunkt Ihre Hauptsorgen?«
»Tja, Miss LaRoux wollte auf eine Party und ich –«
»Major, Sie scheinen die Ernsthaftigkeit
der Situation nicht ganz zu erkennen.«
»Natürlich tue ich das. Was zum Teufel denken Sie,
was unsere Hauptsorgen waren?«

# 9

# TARVER

Als wir uns schließlich auf den Weg machen, fällt die Sonne schon zwischen den Bäumen hindurch. Mir tut alles weh. Ich bin voller blauer Flecken von den unzähligen Malen, die ich in meinen Gurt geworfen wurde, als die Kapsel ihren Sturzflug antrat. Ich habe alles in den Rucksack gestopft, was ich an Nützlichem in der Kapsel finden konnte – alle Notfallriegel, die Decke, das völlig unzureichende Erste-Hilfe-Set, ein paar Kabel, einen Mechaniker-Anzug, den ich mich noch nicht getraut habe, Miss LaRoux als Ersatz für ihr absolut unpraktisches Kleid vorzuschlagen. Meine silberne Fotoschatulle, das ziemlich mitgenommene Notizbuch voller halb fertiger Gedichte. Die Feldflasche mit dem eingebauten Wasserfilter, den wir jetzt wirklich dringend brauchen. Auf Gedeih und Verderb gehen wir durch den Wald und folgen einem Bach.

Ich zumindest gehe. Sie humpelt hinter mir her und stützt sich hin und wieder an den Bäumen ab, wenn sie denkt, ich würde es nicht sehen. Sie hält immer noch daran fest, dass letztendlich alles gut geht, dass dies alles nur eine schreckliche Unannehmlichkeit ist und ihr normales Leben jeden Moment weitergehen wird. Gott bewahre, dass sie auch nur für fünf Minuten mal ihr Gehabe ablegt. Wenn sie einfach meine verdammte Hilfe annehmen würde, wären wir viel schneller.

Bei diesem Tempo müssen wir uns jedenfalls keine Sorgen darum machen, woher die großen Pfotenabdrücke kamen – auch wenn ich wirklich gern wüsste, was für ein Tier sie hinterlassen hat –, oder darum, uns zu verletzen oder zu verhungern. Wir werden an Altersschwäche sterben, bevor wir auch nur einen Kilometer vorangekommen sind.

Dabei müssen wir uns beeilen, und die Gewissheit pocht in mir wie ein Puls. Wenn wir keine Kolonie finden, müssen wir so schnell wie möglich zum Wrack gelangen.

Unsere Kapsel wird nur eins von Tausenden im Wald verteilten Wrackteilen sein und nichts wird darauf hindeuten, dass es Überlebende gibt. Und auch wenn die Kapsel als solche erkannt wird, gibt es nichts, was sie von den anderen unterscheidet, die noch mit der *Icarus* verbunden waren, als das Schiff abstürzte. Nichts, was sagen würde: *Wir leben noch, kommt uns holen.* Wir können noch nicht einmal Rauchzeichen geben, weil überall brennende Trümmerteile wie eine endlose Reihe von Scheiterhaufen schwarze Rauchsäulen in den Himmel schicken.

Der einzige Ort, an dem wir auf jeden Fall gefunden werden, ist beim Wrack. Dort werden die Rettungsteams landen, dort werden sie nach Überlebenden suchen und die Leichen bergen. Dort werden sie ihre Basis errichten.

Wir haben einige Tage Fußmarsch vor uns. Ich glaube, sie begreift gar nicht, wie weit es tatsächlich ist. Doch wenn sie wüsste, dass wir vielleicht eine Woche oder länger brauchen, würde ich sie garantiert gar nicht dazu bekommen, sich fortzubewegen. Und wir können es uns nicht leisten, auch nur eine Sekunde zu vertrödeln. Wenn beim Wrack andere Überlebende gefunden werden und wir zu langsam sind, könnte es sein, dass die Rettungsteams schon wieder aufbrechen, bevor wir überhaupt angekommen sind. Ohne Miss LaRoux wäre ich eindeutig schneller, aber ich bin mir nicht sicher, ob sie so lange überleben würde, bis ich mit den Rettungsteams bei der Kapsel wäre.

Nur durch eine anstrengende Kombination aus regelmäßigen Pausen und gegenseitigen Herabwürdigungen schaffen wir es, die nächsten Stunden vorwärtszukommen. Ich könnte mir vormachen, dass ich sie immer wieder kränke, damit sie wieder aufspringt, um es mir heimzuzahlen – aber in Wirklichkeit *will* ich sie vor den Kopf stoßen. Dass sie dadurch in Bewegung bleibt, ist ein positiver Nebeneffekt. Ich glaube schon fast, dass wir endlich etwas vorankommen, als ich auf einmal ein besonders lautes Keuchen hinter mir höre.

Ich bleibe stehen und blicke weiter geradeaus. Es sieht vor uns genauso aus wie hinter uns, und hinter uns genauso wie zu den Seiten. Unebener Boden, Unterholz mit Kletten und Dornen, heruntergefallenes Laub und hohe, gerade in der Reihe stehende Bäume, als wären sie mit einem Laservisier geplant worden. Ich atme ein, ich atme aus, dann drehe ich mich um.

Sie ist mal wieder stehen geblieben und lehnt an einem Baum. Ich weiß, dass sie ziemlich zu kämpfen hat, aber muss sie denn *alle* fünfzehn Minuten anhalten? Ich will schon etwas sagen, eine neue Methode ausprobieren, sie anzustacheln, aber dann sehe ich ihr Gesicht – das nicht vor Wut verzerrt ist, sondern vor Schmerzen.

»Was machen die Schuhe?«, frage ich.

Sie schluckt und schafft es, sich so weit zusammenzureißen, dass sie mir einen finsteren Blick zuwerfen kann. »Meine Schuhe sind völlig in Ordnung.«

Sie trägt immer noch die Schuhe mit den Absätzen, mit denen sie durch den Gitterboden in der Kapsel gerutscht ist, daher weiß ich, dass sie lügt. Und sie weiß, dass ich es weiß.

»Also«, antworte ich in dem ruhigen Ton, der sie wahnsinnig macht. Ich wünschte, ich hätte eine so noble Gesinnung, dass ich keine Freude daran empfinden würde, aber mit meinem Mangel an Noblesse habe ich mich schon lange abgefunden. »So wie ich es sehe, gibt es zwei Möglichkeiten. Entweder schaue ich mir Ihre Füße mal an und flicke sie etwas zusammen, damit Sie ordentlich darauf laufen können, oder Sie machen so weiter, ertragen unendliche Schmerzen, bekommen Blasen, dann fängt es irgendwann an zu bluten, Sie ziehen sich eine Infektion zu und verlieren vielleicht nur einen Zeh, vielleicht aber auch Ihr Leben. Jedenfalls werden Sie immer langsamer werden und keiner von uns beiden wird jemals eine Kolonie oder das Wrack erreichen, ehe wir verhungert sind. Welche Möglichkeit ist Ihnen lieber, Miss LaRoux?«

Erschaudernd wendet sie den Blick ab und schlingt sich die Arme um den Körper. »Haben Sie das auf Patron auch so gemacht? Die Leute mit Ihren anschaulichen Drohungen terrorisiert?«

*Himmel.* Sie tut geradezu so, als hätte ich vorgeschlagen, sie zu erschießen, dabei habe ich nur die Wahrheit gesagt. »Sie können mich ja für einen ungehobelten Klotz halten, Miss LaRoux, aber es funktioniert.« Ich deute auf einen umgestürzten Baum und widerwillig setzt sie sich hin.

Ihre Füße sind eine Katastrophe, ich muss mich zusammenreißen, um nicht laut zu fluchen. Die Riemen haben die Haut aufgescheuert und die Zehen sind voller Blasen. Die Haut glänzt rot und es wird nicht mehr lange dauern, bis sie zu bluten anfängt. Beide Fußknöchel sind geschwollen.

Sie starrt geradeaus, als wäre es ihr peinlich, ihre eigenen Füße anzusehen. Zum Glück, denn was als Nächstes kommt, wird ihr sicher nicht gefallen. Sanft löse ich die Riemen aus den Schnallen, öffne die Schuhe und ziehe sie ihr aus. Ich drehe die Schuhe hin und her – was für feine Dinger, wahrscheinlich hat ein einziger davon ein ganzes Monatsgehalt gekostet – und breche die Absätze ab.

Als sie schließlich doch hinunterblickt, um nachzusehen, was ich da tue, schnappt sie nach Luft und schlägt sich die Hand vor den Mund. Aber was für eine verdrehte Wahrnehmung sie auch immer hat, selbst ihr muss klar sein, dass die Schuhe ihren Dienst getan haben.

Sie schweigt, während ich das Erste-Hilfe-Set plündere und vorsichtig die schlimmsten Stellen an ihren Füßen versorge. Als ich damit fertig bin, stelle ich die Riemen weiter ein und schnalle ihr die jetzt flachen Schuhe, so gut es geht, an die geschwollenen Füße.

Ich halte ihr die Hände hin und sie lässt sich von mir hochziehen. Ohne Ächzen oder Wimmern stellt sie sich hin. Ich weiß nicht, ob ich es mit so schlimm zugerichteten Füßen überhaupt so weit geschafft hätte. Lilac LaRoux hat unseren bisherigen Marsch mit mehr Entschlossenheit zurückgelegt, als ich in den letzten zwei Jahren bei manch einem Rekruten feststellen konnte, auch wenn sie es mehr aus Trotz als aus irgendeinem anderen Grund zu tun scheint.

Ich drücke ihr die Hände. »So, ist das nicht besser? Wenn Sie nach Hause kommen, werden alle Mädels auf Corinth Absatzschuhe ohne Absätze haben wollen. Sie werden damit garantiert einen neuen Trend setzen.«

Und wider alle Erwartungen blitzt auf einmal, wie die Sonne, wenn sie hinter den Wolken hervorbricht, eine winzige Andeutung eines Lächelns auf.

»Hatten Sie noch etwas anderes vor,
außer zum Wrack zu gelangen?«
»Das klingt ja geradezu, als wäre ich
absichtlich auf dem Planeten gelandet.«
»Und warum hätten Sie das tun sollen?«
»Genau das meine ich. Wir wollten nichts anderes,
als von da wegzukommen.«
»Nun denn. Was ist dann passiert?«

# 10

# LILAC

Ich bin zu sehr außer Atem, um gleichzeitig reden und laufen zu können. Doch Major Merendsen geht immer schneller, so dass mir gar nichts anderes übrigbleibt, als keuchend hinter ihm herzustolpern, und ich überhaupt nicht dazu komme, mich zu beklagen. Als ich zum fünften oder sechsten Mal an einer Baumwurzel hängenbleibe, gebe ich es auf, weiter gegen die Schwerkraft anzukämpfen. Mit mehr Wucht, als mir lieb ist, falle ich der Länge nach hin, aber ich bin viel zu müde, als dass es mir wirklich etwas ausmachen würde.

Ich höre, wie er stehen bleibt. Dann ist es lange, lange still, bis er schließlich etwas sagt. »Machen wir eine Pause. Ruhen Sie Ihre Füße aus und trinken Sie etwas. In fünfzehn Minuten gehen wir weiter.«

Irgendwoher bringe ich die Kraft auf, mich auf die Arme zu stützen. Meine Beine sind schwer wie Blei, und trotz des Verbands scheuern die Riemchen meiner Schuhe bei jeder Bewegung auf der wunden Haut. Wie lange es wohl dauern wird, bis die Blasen und Schwielen an meinen Füßen verschwinden, wenn wir erst einmal gerettet sind? Bis ich wieder richtige Schuhe tragen kann, ohne meine Narben zur Schau zu stellen?

Major Merendsen steht ein Stück weiter, kein bisschen außer Atem. Muss er es mir so unter die Nase reiben, wie leicht ihm das hier fällt? Aber die Befriedigung, mich zu bemitleiden, werde ich ihm nicht gönnen. Ich werde ihm schon zeigen, wie viel eine LaRoux ertragen kann.

Wahrscheinlich sind zu diesem Zeitpunkt gerade Rettungsschiffe zur Absturzstelle unserer Kapsel unterwegs, aber wegen dicses Idioten sind wir jetzt mitten im Wald statt irgendwo, wo man uns sehen könnte.

Eine leise Stimme in meinem Hinterkopf weist mich vorsichtig darauf hin, dass er viel besser hierauf vorbereitet ist als ich – dass er viel mehr weiß. Aber ich bin es leid, schwach zu sein. Ich bin es leid, mich von ihm führen zu lassen. Ich bin es leid, dass dieser Soldat über jeden Schritt von mir bestimmt. Ich bin *Lilac LaRoux*.

»Major, wir müssen unseren Plan noch einmal überdenken.« Ich bemühe mich, meine Stimme ruhig zu halten, aber es gelingt mir nicht besonders. »Die *Icarus* ist hinter einer Bergkette abgestürzt. Wir werden es niemals bis dorthin schaffen. Ich weiß, dass Sie so etwas auf Patron schon einmal gemacht haben, aber da hatten Sie auch ein ganzes Bataillon an Soldaten und Kundschaftern dabei. Und nur weil es einmal gut gegangen ist, heißt das noch lange nicht, dass es in diesem Fall auch die richtige Lösung ist. Wir können doch auch versuchen, die Kapsel besser sichtbar zu machen.«

»Egal was wir tun, es gibt keine Garantien«, antwortet er und lehnt meinen Vorschlag kopfschüttelnd ab. »Aber wir können mit *Sicherheit* davon ausgehen, dass es beim Wrack Rettungsschiffe geben wird.«

»*Falls* wir es bis dahin schaffen«, fahre ich ihn an. »Wir müssen umkehren. Das ist unsere größte Hoffnung.«

»Ich ziehe es vor, meine eigene Hoffnung zu hegen«, erwidert er, fährt herum und sieht mich von oben bis unten an, als wäre ich irgendwie unzulänglich. »Hören Sie, ich kann Ihren Hintern nicht für Sie durch den Wald schleppen. Sie müssen schon mitarbeiten.«

»Ich wäre Ihnen sehr dankbar, wenn Sie meinen Hintern da rauslassen würden«, antworte ich und werfe ihm einen finsteren Blick zu. »Sie sind nicht der Herr und Gebieter auf diesem Planeten, und Sie sind auch nicht mein Herr und Gebieter. Meine Meinung zählt ja wohl genauso viel wie Ihre!«

»Sollen wir jetzt etwa jeden einzelnen Schritt, den wir gehen, vorher ausdiskutieren?«, ruft er frustriert. So weit habe ich ihn also schon, aber ich verspüre keine Genugtuung – ich bin selbst viel zu wütend. Dieser dumme, arrogante *Junge*. Wie alt ist er überhaupt? Er kann nicht mehr als ein paar Jahre älter sein als ich, und trotzdem tut er so, als hätte er eine unglaubliche Erfahrung, nur weil er ein *einziges* Mal einen kleinen Außenposten befreit hat. Er hat überhaupt nichts weiter vorzuweisen außer den Orden an seiner Brust.

»Seien Sie doch vernünftig, Major!«

»Wenn Sie das, was Sie vorhaben, vernünftig nennen? Verdammt noch mal, nein!«

»Nein!«, rufe ich verbittert. »Das sagen Sie doch immer – nein, wir können nicht schon wieder eine Pause machen, nein, wir müssen weiter den Berg hinauf, nein, Sie können das gefilterte Wasser nicht zum Baden benutzen.«

Regungslos stehen wir da und warten darauf, dass der andere nachgibt.

»Miss LaRoux«, sagt er schließlich, »ich gebe mein Bestes, Sie zu beschützen, wenn Sie mich lassen. Das verlangt meine Pflicht. Aber ich werde nicht hier herumsitzen und für Sie sterben, weil wir auf Hilfe warten, die vielleicht niemals kommen wird. Und ich werde bestimmt nicht darum betteln, Sie beschützen zu dürfen, zusätzlich zu allem anderen, was Sie mir hier auftischen. Wenn Sie sich weigern mit mir zu kommen, in Ordnung. Ich gehe weiter und Sie können mitkommen oder es bleibenlassen, wie es Ihnen beliebt. Also, kommen Sie mit?«

»Nein.« Es juckt mich in den Fingern, ihn zu ohrfeigen, aber ich reiße mich zusammen und bleibe mit erhobenem Haupt stehen. »Lassen Sie mir die Hälfte der Vorräte da und eine Decke, in der ich sie transportieren kann, und ich werde Sie nicht länger aufhalten. Sie sind von Ihrer Pflicht befreit«, füge ich gehässig hinzu.

»Von mir aus«, schnaubt er. Er schmeißt den Rucksack hin und packt ihn, ohne zu zögern, aus. Auf einer Decke teilt er die Sachen gerecht auf – den restlichen Inhalt des Erste-Hilfe-Sets, die Notfallriegel, die aus der Kapsel mitgenommenen Kabel. Dann stopft er die Hälfte der Sachen, plus eine kleine Silberschatulle, einen scheußlichen Overall aus der Kapsel und ein Notizbuch, das ich gerade zum ersten Mal sehe, zurück in den Rucksack und lässt den Rest auf der Decke liegen. Am liebsten würde ich ihm sagen, er soll die Notfallriegel behalten, wo sie ihm doch so gut schmecken.

Er richtet sich auf und sieht mich geringschätzig an. »Dann viel Glück.«

Er wartet darauf, dass ich klein beigebe. Dabei wissen wir natürlich beide, dass er mich in dieser gottverlassenen Wildnis nicht allein zurücklassen wird – fragt sich nur, wer es zuerst einräumen wird. Er ist vielleicht ein Idiot, aber immerhin ein ritterlicher Idiot, und er wird mich nicht sterben lassen, nur um zu beweisen, dass er Recht hatte. Ich weiß es, er weiß es – und während wir uns so über die Decke hinweg anstarren, fängt die Sache an, mir Spaß zu machen. Dieses Spiel kann ich gut.

»Ihnen auch viel Glück«, erwidere ich gnädig. Schließlich kann ich es mir jetzt leisten, gnädig zu sein, nicht wahr? Ich beuge mich hinunter und nehme die Decke an den Ecken zusammen. Etwas unbeholfen werfe ich sie mir über die Schulter und stolpere dabei mit meinen geschundenen Füßen fast über den Saum des Kleids, aber eine LaRoux lässt sich von so etwas nicht davon abhalten, ein Statement zu machen. Mein Vater hätte sich schon vor Stunden durch den Wald davongemacht, mit hoch erhobenem Kopf. Er hätte mit dieser Situation umzugehen gewusst.

Seltsame Geräusche dringen von überall aus dem furchtbaren,

unordentlichen Wald um uns herum an mein Ohr. Kurz glaube ich Stimmen zu hören, hoch und panisch. Der Major scheint sie nicht zu bemerken – er fühlt sich inmitten von so viel Erde offensichtlich sehr wohl. Er steht einfach nur stirnrunzelnd da, bis ich mich wegdrehe und losgehe.

Ich hoffe, ich schaffe es noch vor Sonnenuntergang zurück zur Kapsel. Doch falls nicht, wird er mich wahrscheinlich ohnehin vorher noch einholen. Ich kann ihn zwar noch nicht hören, aber ich darf mich jetzt nicht nach ihm umblicken. Es ist auch egal – er wird mir schon irgendwann hinterherkommen, da bin ich mir sicher. Ich stelle mir vor, wie er mir nachblickt, und wünschte, ich könnte seinen Gesichtsausdruck sehen.

Wie lange er wohl durchhält?

»Die Situation war ungewohnt für Miss LaRoux.«

»Ja, allerdings hatte ich bereits einige Erfahrung mit Zivilisten an der Front.«

»Ach ja. Die Geheimdienst- und Forschungsteams auf Patron.«

»Genau.«

»Wie haben Sie ihren Zustand während des Marsches eingeschätzt?«

»Ich fand, sie hat sich gut geschlagen.«

»Es gab keinerlei Unstimmigkeiten?«

»Nein, wir sind gut miteinander ausgekommen.«

# 11

# TARVER

Ich gehe extra langsam, breche unterwegs Zweige ab und wirbele das Laub auf, damit auch ein Mädchen der High Society nachvollziehen kann, welchen Weg ich eingeschlagen habe. Ich darf nicht zu schnell gehen, sonst wird sie mich nie einholen. Am liebsten würde ich mich auf einen Baumstamm setzen und auf sie warten. Vielleicht ein bisschen in meinem Notizbuch schreiben, etwas essen. Und mich dann über ihre Miene freuen, wenn sie mit eingezogenem Schwanz um die Ecke biegt.

Es war ja abzusehen, dass dieser kleine Aufstand kommen würde. Trotzdem hätte sie damit ruhig noch warten können, bis wir aus dem Wald und in der Ebene sind, wo ich ein Auge auf sie hätte haben können, aber das wäre wohl zu viel verlangt gewesen.

Diese Arroganz, diese pure – wie alt ist sie, sechzehn? Erstaunlich, dass sie mit so jungen Jahren bereits dieses ganze militärische Überlebenstraining absolviert hat, in dessen Genuss ich erst durch den Eintritt in die Armee gekommen bin.

Ich bin vielleicht seit zehn Minuten unterwegs, als ich sie schließlich höre. Aber nicht direkt hinter mir, wo ich sie inzwischen erwartet hätte. Sie muss auf der Lichtung geblieben sein oder sich sogar davon entfernt haben, denn es klingt, als wäre sie ungefähr einen halben Kilometer weit weg.

Sie schreit.

Ich renne los, stürze durchs Unterholz, bevor ich überhaupt weiß, was ich tue. Auf einmal liegt die Gleidel in meiner Hand, ohne dass ich sie bewusst aus dem Holster gezogen hätte. Mit der Zeit entwickelt man Automatismen. Wie mein Ausbilder immer sagte: *Lernen Sie schnell, oder Sie lernen es nie.*

Der Rucksack schlägt mir gegen den Rücken, Zweige peitschen mir ins Gesicht und reißen an meinen Klamotten, und der Matsch neben dem Wasserlauf spritzt mir an den Beinen hoch. Ich vergesse alle Vorsicht, es geht jetzt nur darum, schnell bei ihr zu sein.

Ich platze auf die Lichtung. Und da ist es – ein riesiges Tier, eine Art Wildkatze, kräftige Muskeln unter dem gelbbraunen Fell, die Zähne gebleckt. So etwas habe ich noch nie im Leben gesehen – auf keinem einzigen Planeten. Lange Reißzähne und dunkle, intelligent dreinblickende Augen. Das Tier ist eindeutig schwerer als ich und wird Lilac mit einem Biss erledigt haben.

Es steht aufrecht auf den Hinterbeinen, die Vordertatzen an einem Baumstamm, über dessen Rinde es immer wieder mit tiefem Knurren die Krallen zieht und dabei breite Kerben hinterlässt. Lilac sitzt schreiend auf dem Baum – keine Ahnung, wie sie es dort hinaufgeschafft hat. Ich hebe die Gleidel und umschließe sie mit beiden Händen. Ich ziele, atme ein, warte, bis ich ganz ruhig bin. Die Pistole in meiner Hand springt und zittert, als das Kreischen des Lasers sich mit dem Jaulen des Tiers vermischt.

Das Tier fällt auf den Boden und wirbelt zuckend und fauchend Laub und trockene Erde auf. Als es sich nicht mehr rührt, habe ich bis zehn gezählt. Die Lichtung ist von dem entsetzlichen Geruch von verbranntem Haar und Fleisch erfüllt. Oben im Baum ebbt Lilacs Schreien zu einem rauen Keuchen ab. Ich zähle noch bis dreißig, während ich die Riesenkatze weiter im Auge behalte.

Dann gehe ich mit der Gleidel in der Hand langsam über die Lichtung auf das Tier zu. Ich höre ein erleichtertes Seufzen aus dem Baum, und mir wird klar, dass sie mich bis vor einer Sekunde nicht sehen konnte. Doch ich darf jetzt nicht zu ihr hinaufschauen.

»Bleiben Sie, wo Sie sind«, rufe ich. »Wenn es sein Gehirn da hat, wo es hingehört, ist es tot. Sind Sie verletzt?«

Ich bekomme keine Antwort, aber da sie bislang nicht vom Baum gefallen ist, gehe ich davon aus, dass es ihr gut geht.

Sicherheitshalber gebe ich noch einen Schuss in den Kopf des Tiers ab und wieder kreischt die Gleidel. Ich warte kurz, stoße das Tier vorsichtig mit dem Fuß an und gehe schließlich näher heran, um es mir genauer anzusehen. Die Augen sind glasig, der Brustkorb bewegt sich nicht. Tot.

Was ist das bloß für ein seltsam terraformierter Planet, wo so ein Tier herumläuft? Es gibt absolut keinen Grund, an einem Ort wie diesem ein so großes Raubtier anzusiedeln. Die Katzen hier sollten eigentlich maximal ein Viertel so groß sein, und ihre Aufgabe im Ökosystem besteht darin, kleine Nagetiere zu fangen und nicht High-Society-Mädchen die Bäume hochzujagen. Das Tier hat die gleichen Streifen im Gesicht wie gewöhnliche Katzen, aber es ist ein Menschenfresser.

Wie ist es hierhergekommen? Ich betrachte das Tier noch eine Weile, dann gebe ich es auf – es ist tot und das allein zählt. Als ich hochsehe, hockt Lilac, kreideweiß im Gesicht, auf dem untersten Ast und klammert sich am Stamm fest. Mit weit aufgerissenen blauen Augen sieht sie zu mir herab. Sie weint noch nicht einmal, was mir verrät, wie groß ihre Angst gewesen sein muss.

*Was Sie nicht sagen, Miss LaRoux, ich bin selbst ziemlich aufgewühlt.* Auf einmal überkommt mich eine solche Erleichterung, dass die Hand, in der ich die Pistole halte, zu zittern anfängt.

Ich muss mich zusammenreißen, sie nicht vom Baum zu ziehen. Ich könnte sie schütteln. Ich könnte sie küssen. Aber ich darf weder das eine noch das andere zulassen. Ich fasse es nicht, dass ich so dumm war, sie allein losziehen zu lassen, nachdem ich diese Spuren gesehen hatte. Ich muss mich jetzt geschickt anstellen, den nächsten Schritt vorsichtig angehen. Ich schlucke und räuspere mich, um meine Stimme ruhig klingen zu lassen.

»Das war ja eine ganz schöne Kletterei. Soll ich Ihnen runterhelfen?«

Sie ignoriert meine Frage, was mich noch mehr darin bestätigt, dass sie unverletzt ist. Es würde mir eher Sorgen bereiten, wenn sie mein Angebot annähme. Sie lässt sich seitlich am Stamm herunterrutschen, dann hält sie sich noch ein paar Sekunden an einem Ast fest, bevor sie sich fallen lässt und geräuschvoll auf dem Boden landet. Schnell setzt sie sich auf und hastet rückwärtskrabbelnd von dem toten Tier weg.

Ich kenne diesen Moment nur zu gut, im Krieg habe ich so etwas oft genug beobachtet. Verdammt, ich habe es sogar selbst erlebt. Ich könnte ihr jetzt unter die Nase reiben, dass ich Recht hatte – dass ich ihr das Leben gerettet habe und sie mich braucht, um zu überleben. Aber wozu? Sie weiß es. Ich werde sie nicht zwingen, zurückgekrochen zu kommen. Ich bin derjenige, der Erfahrung mit lebensbedrohlichen Situationen hat. Ich hätte es gar nicht erst so weit kommen lassen dürfen.

»Gehen wir«, sage ich und höre sie immer noch keuchen. »Wir können noch ein Stück vorankommen, bevor wir das Lager für die Nacht aufschlagen müssen.«

Ich würde gern ihre Hände nehmen und sie halten, bis sie sich wieder sicher fühlt. Aber das darf ich nicht. Wenn ich es tue, fängt sie an zu weinen und hört nicht wieder auf. Sie muss stark bleiben. Das ist das Beste, was ich für sie tun kann. Also frage ich: »Sind Sie bereit?«

Sie nickt, steht auf und klopft sich noch nicht einmal die Hände ab. Es tut mir in der Seele weh, sie so zu sehen, aber ich muss dieses Mädchen verdammt noch mal zum Schiffswrack bekommen. Wenn wir erst einmal gerettet worden sind, kann sie mich gern für den Rest ihres Lebens hassen – aber zumindest wird sie dann noch am Leben sein und mich hassen *können*.

Wir lassen die Riesenkatze liegen und gehen langsam Lilacs Weg zurück, um die Decke mit den Vorräten wieder einzusammeln. Der Strecke nach zu urteilen hätte sie mich irgendwann eingeholt, wenn sie weitergelaufen wäre. Das Tier hat sie in meine Richtung gejagt – wäre es die andere Richtung gewesen, hätte ich es vielleicht nicht mehr rechtzeitig geschafft.

Ich hoffe, Lilac ist das nicht bewusst. Dass es bloß ein Zufall war, der ihr das Leben gerettet hat. Sie ist so schon schreckhaft genug und blickt sich ständig um, als würde sie irgendetwas hören oder sehen. Dass da nichts ist, scheint sie nicht zu beruhigen. Ich hoffe, sie stellt sich nicht vor, was sonst noch für unglaubliche Tiere hinter den Bäumen lauern könnten.

Und ich hoffe sehr, dass zu der toten Riesenkatze keine zweite gehört.

Als wir schließlich an einem Bach unser Lager aufschlagen, schätze ich, dass wir durch die ganzen Pausen vielleicht gerade mal zehn Kilometer geschafft haben. Wenn wir Glück haben, sind wir zur Hälfte durch den Wald. Dann müssen wir noch durch die Ebene und die Bergkette bezwingen.

Lilac liegt auf der Decke, die ich für sie hingelegt habe, die Arme zu beiden Seiten ausgebreitet, und blickt durch eine Lücke im Blätterdach auf den langsam dunkler werdenden Himmel. Ich frage mich, was sie dort sieht. Ich kenne die Sterne hier nicht, dabei habe ich die Sternbilder aller Kolonien auswendig gelernt. Das ist meine einzige Hoffnung – dass die Rettungsteams vielleicht deswegen so lange brauchen, weil die *Icarus* nicht an ihrem vorgesehenen Ort war, als sie abgestürzt ist.

Ich schüttele den Kopf und versuche, das unheimliche Gefühl, dass irgendetwas nicht stimmt, zu verdrängen. Wir werden gerettet werden. Dieser Planet ist terraformiert, wie seltsam er auch wirken mag. Irgendwo *müssen* doch Leute sein und der Absturz von einem Schiff wie der *Icarus* kann schließlich nicht unbemerkt geblieben sein.

Seit dem Zwischenfall mit der Riesenkatze hat Lilac nichts mehr gesagt, und aller Logik zum Trotz fehlt mir der Klang ihrer Stimme, auch wenn Lilac mich bisher eigentlich meist beschimpft hat. Aber zumindest war es irgendwie belebend, wütend auf sie zu sein – diese neue stille Hoffnungslosigkeit ist ansteckend.

»Das ist wohl nicht die Fünf-Sterne-Unterkunft, an die Sie sonst gewöhnt sind«, sage ich in dem heiteren Tonfall, der sie unglaublich wütend macht. Sie rührt sich noch nicht einmal – nichts. Ich hole die Feldflasche, die ich vorhin zum Wasserfiltern an den Bach gestellt habe. »Ich gebe Ihnen einen Bewertungsbogen, wenn das hier vorbei ist. Dann können Sie sich beschweren.«

Sie dreht sich auf die Seite und stützt sich auf den Ellbogen. Einen langen Moment sieht sie mich matt an, dann sagt sie: »Ich hoffe, Sie machen uns zwei Schlafstätten, Major.« Ihre Stimme ist müde, aber es schwingt immer noch eine leichte Bissigkeit darin mit.

Ich unterdrücke den kurzen, verrückten Impuls zu lächeln, senke den Blick und teile das gesammelte Laub in zwei Haufen. Viel zu schnell verfällt sie wieder in Schweigen. Und ohne dass sie mir auf die Nerven geht, wandern meine Gedanken an Orte, von denen sie sich besser fernhalten sollten.

Ich darf nicht zu lange an zu Hause denken. Ich darf mir nicht vorstellen, wie meine Mutter vom Absturz der *Icarus* erfährt, wie mein Vater nach Worten sucht.

Ich weiß noch, wie kummergetränkt die Luft war, nachdem man uns über Alec informiert hatte, wie wir drei tagelang nur die nötigsten Worte gesprochen haben. Meine Mutter schrieb einen ganzen Monat lang kein einziges Gedicht und mein Vater starrte verständnislos auf das viele Essen, das Nachbarn uns vorbeibrachten. Ich schwänzte die Schule und ging jeden Tag hinaus, um mein Leben an gefährlichen Felswänden aufs Spiel zu setzen und mich durch überwucherte Wälder zu schlagen, bis ich nicht mehr konnte und nicht mehr wusste, wo ich war. Aber ich war nie erschöpft genug, dass ich nachts hätte schlafen können.

Allmählich lernten wir, über ihn zu reden, manchmal sogar ohne Kummer. Mom begann wieder zu schreiben, aber ihre Gedichte hatten sich verändert. Dad fing wieder an zu unterrichten und auch ich kehrte in die Schule zurück.

Voller Ungeduld wartete ich auf meinen sechzehnten Geburtstag, damit ich endlich in die Armee eintreten konnte. Als ob ich dadurch, dass ich eine Uniform bekam und tat, was meinem Bruder verwehrt worden war, nämlich die Schützengräben zu überleben, ihn irgendwie zurückholen konnte.

Ich weiß immer noch nicht, ob er an das, was er tat, glaubte – ob er glaubte, etwas zu verändern, indem er alle paar Monate in einer neuen Kolonie einen Aufstand niederschlug, oder ob er dachte, dass die Aufständischen vielleicht im Recht waren – was ich manchmal tue. Oder ob er einfach seinen Spaß daran hatte und herumkommen wollte. Als er von zu Hause fortging, war ich noch zu jung, um ihn nach seinen Beweggründen zu fragen, und als er erst einmal weg war, schrieben wir einander nur über triviale, alltägliche Dinge. Über den Tod spricht man nicht, wenn er hinter einem geliebten Menschen lauert. Man will schließlich nicht seine Aufmerksamkeit erregen.

Meine Eltern und ich stritten uns heftig, als ich ihnen erzählte, was ich vorhatte, und auch wenn wir eine Art Frieden ausgehandelt haben, weiß ich, dass sie trotzdem jede Woche auf eine Nachricht von mir warten, auf die Worte, die ihnen zeigen, dass ich noch am Leben bin.

Ich muss nach Hause.

Ich darf nicht auf die Stimme in mir hören, die mich darauf hinweisen will, dass ich es vielleicht nicht zurück schaffen werde.

Ich kann ihnen das nicht noch einmal antun.

»Zu dem Zeitpunkt hatten Sie also die Ebene erreicht?«

»Nein, wir haben im Wald übernachtet. Wir sind die ersten paar Tage nicht
besonders schnell vorangekommen.
Kann ich etwas zu essen bekommen?«

»Alles zu seiner Zeit, Major. Wie war
der Gefühlszustand von Miss LaRoux?«

»Nach wie vor stabil.«

# 12

# LILAC

Er weiß ganz genau, dass ich es nicht mag, wenn er auf »Erkundungstour« geht. Bestimmt macht er es nur, um mich zu ärgern. Wahrscheinlich denkt er dabei die ganze Zeit, wie viel schöner es wäre, ohne mich hier zu sein, oder wünscht sich sogar, das Tier gestern hätte mich gefressen.

Ich sitze in einem Flecken Nachmittagssonne auf einer der über dem widerlichen Waldboden ausgebreiteten Decken. Nicht, dass es überhaupt noch einen Unterschied machen würde, denn ich trage ohnehin schon den halben Wald an meinem Kleid mit mir herum. Der Saum hängt in Fetzen herunter und der Rock ist voller Matschflecken. Meine Haare und mein Gesicht sehen wahrscheinlich genauso furchtbar aus, aber da der Major so gut wie nie auch nur in meine Richtung blickt und mich sonst keiner sieht, kann ich damit leben.

Ich weiß, dass er zurückkommen wird – er ist bisher immer zurückgekommen –, aber trotzdem regt sich ein leichtes Angstgefühl in meinem Unterbewusstsein. Was ist, wenn er nicht wiederkommt? Was ist, wenn er in eine Schlucht stürzt und sich den Kopf aufschlägt? Was ist, wenn mein letzter Affront einer zu viel war?

Der Wald ist voller Geräusche und Bewegungen, auf die ich mir keinen Reim machen kann, ein Flackern, das ich nur aus den Augenwinkeln wahrnehme, aber schon wieder verschwunden ist, bevor ich richtig hinsehen kann. Dem Major scheinen diese Dinge nicht aufzufallen – oder falls doch, beunruhigen sie ihn jedenfalls nicht. Aber mir kommt es vor, als würde der Wald überall um uns herum flüstern und mir unverständliche Dinge zuraunen. Manchmal meine ich sogar, Stimmen zu hören, auch wenn der Verstand mir sagt, dass ich mir das bloß einbilde, weil ich in dieser fremden Welt nach etwas Vertrautem suche. Ich bin es gewohnt, ständig Leute um mich zu haben, und mein Unterbewusstsein verwandelt die Geräusche der Wildnis in etwas für mich Beruhigendes.

Obwohl nichts hieran beruhigend ist.

Mein Vater würde mir jetzt sagen, ich solle mich zusammenreißen. Dass ich vor nichts und niemandem aufgeben dürfe. Er würde mir sagen, dass ich meine Macht wiedererlangen müsse.

Bei dem Gedanken muss ich lächeln, wenn auch nur schwach. Die einzige Macht, die ich in dieser furchtbaren Wildnis habe, ist Major Merendsen auf die Nerven zu gehen. Seine Besserwisserei zu untergraben und damit in unserem endlosen Kampf Punkte zu gewinnen.

Dann stelle ich mir Anna neben mir vor. Ich spüre sie ganz nah und echt, und die Kehle schnürt sich mir zu. *Du entscheidest, was du andere von dir sehen lässt*, würde sie sagen.

Doch Major Merendsens Meinung über mich steht wohl schon fest – und wenn er sich Jahre später an diese Eskapade erinnert, hoffe ich nur, dass er *Miststück* denkt und nicht *Schwächling*.

Als ich Blätter rascheln und Zweige knacken höre, weiß ich, dass er zurückkehrt. Er macht jetzt absichtlich immer ein bisschen Krach, nachdem ich ihm das erste Mal, als er sich lautlos herangeschlichen hatte, vor Schreck aufgeschrien und ihm die Feldflasche ins Gesicht geworfen habe. Ich spüre, wie sich mein Herzschlag beschleunigt, während ich mir überlege, wie ich am besten einen Streit anfange.

Doch als ich gerade loslegen will, sehe ich seinen Gesichtsausdruck.

Der Major sieht mich nicht an, aber als er sich neben mich kauert, ist da eine Verletzlichkeit in seinem Blick, die mich allen Streit vergessen lässt. Er fährt sich durch die dunklen Haare und presst die Lippen aufeinander. Dann hockt er reglos mit hängenden Schultern da.

Ich hatte Unrecht – es gibt doch etwas in diesem fremden Wald, das ich lesen kann.

Ich habe Angst, ihn danach zu fragen, aber mein Mund formt die Worte bereits. »Haben Sie etwas gefunden?«

Er antwortet nicht sofort, sondern richtet sich nur auf und nimmt mir die Feldflasche ab, um mir dann mit einer Kopfbewegung anzudeuten, dass ich von der Decke gehen soll. Er packt sie ein, und erst als er damit fertig ist und ich schon eine ganze Weile unbeholfen mit den Armen um mich geschlungen in der Gegend rumstehe, fängt er an zu reden.

»Ja, habe ich. Wir müssen eine Weile pausieren, damit ich mich darum kümmern kann. Und ich will, dass Sie in meiner Nähe bleiben, damit ich Sie höre, wenn etwas ist. Sie müssen dieses eine Mal einfach tun, was ich Ihnen sage, geht das, Lilac?«

Eigentlich ist mein erster Impuls, ihm wegen seiner arroganten Art, mir Befehle zu erteilen, die Hölle heißzumachen. Aber er wirkt so traurig, so müde, dass der Gedanke nur ganz kurz in mir aufflackert und ich ihn gleich wieder verwerfe. Ausdruckslos sieht er mich an.

Ich nicke und die Anspannung in seinen Schultern lässt etwas nach.

»Gut. Ich werde einen Platz in der Nähe suchen, wo Sie weiter Ihre Füße schonen können. Oder Sie helfen mir, Steine zu sammeln, wie Sie wollen.«

»Steine? Wofür?«

Er wendet sich ab und schultert den Rucksack. »Ich habe eine abgestürzte Rettungskapsel gefunden.«

Ich wollte ihm gerade folgen, aber dann bleibe ich wie angewurzelt stehen. »Sie haben *was*?« Auf einmal werde ich von solch einer

Freude erfüllt, dass es mich beinah in die Knie zwingt. Die Erleichterung und Hoffnung, die ich plötzlich wieder verspüre, lassen mich seine Niedergeschlagenheit gar nicht mehr wahrnehmen – andere Menschen, das bedeutet das Ende dieser seltsamen Zweisamkeit! Die Worte sprudeln nur so aus mir heraus: »Wie viele sind es? War es eine Erste-Klasse-Kapsel? Kennen Sie jemanden der Insassen? Funktioniert das Notsignal?«

Er schüttelt den Kopf und schließt die Hände fester um die Riemen des Rucksacks. »Nein«, antwortet er auf meine Flut von Fragen. »Da ist niemand mehr.«

»Vielleicht können wir sie noch einholen!«, rufe ich, hebe den Rocksaum aus dem Dreck und laufe los. »Sie sind bestimmt auch auf dem Weg zum Schiff.«

»Nein«, sagt er wieder.

»Major, Sie können die anderen ja ignorieren, wenn Sie wollen, aber ich werde sie finden.«

»Da ist niemand, den wir einholen können«, sagt er mit leicht gereizter Stimme.

»Und woher wollen Sie das wissen?«

»Weil niemand überlebt hat!«, fährt er mich an und dreht sich schließlich zu mir um, so dass ich ihm die Intensität seiner durchlebten Gefühle ansehen kann, die enttäuschte Hoffnung und die darauffolgende Ernüchterung. Langsam holt er Luft, ganz ähnlich, wie er es sonst tut, wenn er sich durch meine Sticheleien nicht beeindrucken lassen will. Doch als er jetzt wieder ausatmet, ist er nur noch niedergeschlagen.

»Sie sind alle tot, Lilac.«

Meine Hände sind schon ganz trocken, die Haut droht jeden Moment einzureißen. Seit Stunden grabe ich Steine aus, trage sie zu einem Haufen am Rand der Lichtung, und nun bin ich erschöpft und schwitze trotz der kühlen Luft. Ich hätte niemals gedacht, dass es möglich ist, sich auf so viele Arten gleichzeitig miserabel zu fühlen.

Immer wieder blicke ich durch die Bäume zum Himmel, als ob jeden Moment ein Rettungsschiff vorbeifliegen könnte, aber der Himmel bleibt leer, klar und blau. Mein Vater wird mich holen kommen. Seit ich acht war, hat es immer nur ihn und mich gegeben. Er hat niemanden außer mir, genauso wie ich nur ihn habe. Und wenn er erst einmal hier ist, wird meine aufgesprungene, trockene Haut nur noch eine unangenehme Erinnerung sein.

Major Merendsen will nicht, dass ich die Absturzstelle sehe, und hat mir praktisch untersagt, über den Rand der Lichtung hinauszugehen. Das hat er gemeint, als er mich gebeten hat, zu tun, was er sagt – ich soll die Leichen nicht sehen.

Ich habe protestiert und gesagt, dass es ja keinen großen Unterschied zu dem machen könne, was ich schon in den ganzen Krankenhaus-Serien im Holovid gesehen habe. Dass das viele Blut bei Operationen am offenen Herzen oder beim Einsetzen künstlicher Gelenke mich ja wohl auf den Anblick einer abgestürzten Rettungskapsel vorbereitet haben sollten und ich mittlerweile immun gegen solch schockierende Bilder sei. Doch selbst in meinen Ohren klang das nicht besonders überzeugend, und ich verstand es da auch noch nicht wirklich. Inzwischen tue ich es. Es ist etwas anderes.

Der Major hat mich gedrängt, mich auszuruhen, er wollte, dass ich mich hinsetze und meine geschundenen Füße fürs Laufen schone. Doch wenn ich sitze, denke ich nach, und das macht es meiner Fantasie noch leichter, schreckliche Bilder vor meinem geistigen Auge heraufzubeschwören.

Also sammle ich Steine, damit wir sie später auf die Gräber legen können, während Tarver die Gruben aushebt.

Er ist bisher zweimal zurückgekommen, um nach mir zu sehen und aus der Feldflasche zu trinken, mit vor Staub und Schweiß verschmiertem Gesicht und Händen so rot und malträtiert wie meine Füße. Ich habe ihn noch nie so müde erlebt – durch den Wald zu marschieren ist für ihn offenbar kein bisschen anstrengender als ein Spaziergang auf dem Promenadendeck –, und ihn so schmutzig und außer Atem zu sehen ist irgendwie ernüchternd. Major Merendsen ist doch auch nur ein Mensch.

Wenn er kommt, um eine Pause zu machen, reiche ich ihm die Feldflasche und warte schweigend, bis er sich genug erholt hat, um weiterzuarbeiten.

Es ist bereits spät am Nachmittag, als er schließlich mit seinem Rucksack und einer Schaufel in den Händen zurückkehrt. Die Schaufel besteht aus einem Stock und einem daran befestigten Trümmerstück. Er wirft Schaufel und Rucksack neben den Steinhaufen und deutet mir an, mich hinzusetzen.

Als meine Haut den Laubboden berührt, läuft es mir kalt den Rücken herunter, aber ich mag auch nicht nach einer Decke verlangen. »Tun Sie mir bitte den Gefallen und ziehen Sie die hier an«, sagt er, öffnet den Rucksack und holt ein Paar Stiefel hervor.

Ich schrecke zurück, bevor ich überhaupt richtig verstanden habe, was er von mir will. »Nein. Tarver, nein. Das kann ich nicht.«

Er reibt sich die Augen und verteilt dabei den Dreck auf seiner Stirn. »Lassen Sie uns deswegen bitte nicht streiten. Sie werden es mit diesen Ungetümen unmöglich bis zum Wrack schaffen.« Er blickt auf meine unter mehreren Schichten Klebeband verborgenen Füße, die immer noch in den Ruinen meiner Delacours stecken.

Doch hier geht es nicht um praktischen Nutzen. Beim Anblick der Stiefel stellen sich die Nackenhaare auf. Ich schließe die Augen. »Bitte«, flüstere ich. »Ich kann nicht die Schuhe einer Toten anziehen. Bitte, tun Sie mir das nicht an.« Mir ist schwindelig und übel, obwohl ich überhaupt nichts gegessen habe.

Ich bin schon darauf gefasst, wieder eine sarkastische Bemerkung zu ernten, die mich zum Handeln antreiben soll, bevor sich mein Gehirn einschaltet, so als wäre ich eine seiner Soldatinnen. Doch dann spüre ich eine leichte, überraschend sanfte Berührung am Kinn und erstaunt öffne ich die Augen.

»Wenn sie es könnten, würden diese Leute uns sagen, dass wir nehmen sollen, was wir gebrauchen können«, sagt Tarver leise. Er hockt neben mir und stützt sich mit einer Hand am Boden ab, während er mich mit der anderen zwingt, den Kopf oben zu behalten. »Sie können mit den Sachen nichts mehr anfangen. Aber wir können es. Ich weiß nicht, wie Sie es geschafft haben, ohne vernünftige Schuhe überhaupt so weit zu kommen, aber zumindest können wir das jetzt ändern. Ich glaube, dass Rettung unterwegs ist, aber wir müssen auch da sein, wo man uns finden kann. Ich werde Sie nicht zurücklassen, das heißt aber auch, dass Sie sich Mühe geben müssen, mit mir mitzuhalten.«

Das Schwindelgefühl ist vorbei, ich bin nur noch unendlich erschöpft und müde, doch wenigstens habe ich nicht mehr das Gefühl, mich übergeben zu müssen. »Ich versuch's ja.«

Sein plötzliches Lächeln überrascht mich genauso wie die sanfte Aufforderung eben, den Kopf zu heben. »Glauben Sie mir, das weiß ich. Und jetzt probieren Sie die Stiefel mal an.«

Kein Wunder, dass er es geschafft hat, die letzten Leute des Geheimdienst-Außenpostens auf Patron in Sicherheit zu bringen. Es gibt nicht einen Menschen auf den zentralen Planeten, der nicht von seinen Heldengeschichten gehört hätte, aber niemand glaubt wirklich, was von jenseits der Grenze berichtet wird. Doch auf einmal sehe ich in dem Mann vor mir die Qualitäten von *dem* Major Merendsen, Kriegsheld. Er könnte wahrscheinlich Wasser bergauf fließen lassen, wenn er wollte.

Er hilft mir, meine Füße aus den Klumpen von Klebeband und kaputten Schuhen freizuschneiden und die Stiefel zuzuschnüren (davon, dass ich auch die Socken einer Toten tragen müsste, hatte er nichts gesagt), und dann trinken wir etwas Wasser aus der Feldflasche, bevor wir die von mir gesammelten Steine zur Absturzstelle tragen. Es gibt einen einzigen langen Grabhügel und keinerlei Anzeichen dafür, wie viele Menschen darunter liegen, und ich frage auch nicht nach, als wir die Steine darüber verteilen. Die Kapsel brauche ich mir gar nicht näher anzusehen, um zu wissen, dass das Notsignal nicht mehr funktioniert. Sie ist auf einer Seite komplett zerstört, die Leitungen liegen bloß und sind versengt, wo die Kapsel beim Eintreten in die Atmosphäre von der *Icarus* losgerissen wurde. Die Insassen waren wahrscheinlich bereits tot, bevor die Kapsel sich überhaupt vom Schiff gelöst hat. Es ist eine Kapsel für die erste Klasse; ich habe keine Ahnung, woher die Stiefel kommen. Vielleicht sind in dem Chaos Soldaten mit hineingeraten.

Ob Anna unter den Insassen war? Ob Tarver sie erkannt hätte? Vielleicht sehen wir für ihn alle gleich aus. Doch auch wenn er sie erkannt hätte – würde er es mir erzählen?

»Kann ich noch etwas sagen?«, frage ich sehr zu meiner eigenen Überraschung.

Blinzelnd sieht er zu mir herüber und richtet sich auf, nachdem er noch einen Stein zurechtgerückt hat. »Klar.«

»Ich meine … allein. Zu ihnen.« Ich deute mit dem Kopf aufs Grab.

»Oh, natürlich«, sagt er und blickt auf die aufgewühlte Erde mit den Steinen darauf. »Ich warte am Rand der Lichtung auf Sie.«

Ich höre zu, wie seine Schritte sich entfernen, und sehe auf die Steine, die ich gesammelt und aufs Grab gelegt habe. Wie immer lausche ich nach dem Geräusch von Motoren, dem Heulen eines vorüberfliegenden Jets, dem Brummen eines Hovercraft. Aber nie höre ich etwas. Es ist absolut ruhig. Eine Welt der Stille, die nur durch meine und Tarvers Schritte und das Flüstern des Waldes durchbrochen wird.

Ich weiß natürlich, dass er keinen Grund hat, mich anzulügen. Trotzdem ist es schwer, mir vorzustellen, dass unter dem langen

Hügel tatsächlich Menschen liegen, aus Fleisch und Knochen. Der Himmel ist genauso leer wie sonst auch – die Welt ist still. Ich nehme den Wind wahr, das Seufzen der Blätter, das entfernte Zwitschern eines Vogels. Die Stille der unberührten Wildnis. Wie lange es wohl dauern wird, bis dieses Grab von Gras und Bäumen bewachsen ist? Bis gar nicht mehr zu erkennen ist, dass hier Menschen begraben liegen?

Wie lange wird es wohl dauern, bis auch wir von der Wildnis verschluckt werden?

»Ich weiß nicht, wer ihr seid«, flüstere ich, und auf einmal ist mein Blick von Tränen verschleiert. »Ich wünschte, ich wüsste es. Ich wünschte, ich könnte so tun, als wäre dies alles nicht wahr. Ich wünschte, mein Vater würde angeflogen kommen und uns alle einsammeln, und es würde wieder weitergehen wie vorher. Ich wünschte, das hier wäre nur ein schrecklicher Albtraum.«

Ich hocke mich hin und lege eine Hand auf die Steine, warm von der in die Lichtung fallenden Sonne. Ihre Oberfläche ist rau und glatt zugleich, unregelmäßig, aber beruhigend. Ganz anders als die perfekt arrangierten, blank polierten Steine in unseren Gärten. Ich habe Hunger und bin müde, der Schweiß rinnt mir den Rücken hinab. Tränen tropfen von meinem Kinn auf die grauen Steine und hinterlassen ungleichmäßige dunkle Flecken.

»Ich hätte viel mehr Leute in der Wartungskapsel unterbringen können. Vielleicht euch. Es tut mir leid.«

Schließlich richte ich mich wieder auf und blicke mich um. Tarver steht am Rand der Lichtung und stellt den Riemen des Rucksacks neu ein. Von hier aus kommt mir der Weg zur *Icarus* endlos weit vor – noch nicht einmal die Berge sind zu sehen, geschweige denn die Ebene oder der Rest des Waldes, der noch zwischen uns und unserer einzigen Chance auf Rettung liegt. Vielleicht wäre es besser gewesen, mit den anderen in dieser Kapsel zu sterben. Vielleicht wäre es leichter gewesen, als langsam hier draußen zu sterben, allein mit diesem Mann, der mich nicht leiden kann, weit entfernt von dem einzigen Menschen, der sich um mich sorgt. Angst breitet sich in mir aus, eisig und unerträglich.

Tarver hebt den Kopf, als könne er meinen Blick spüren. Sollte er irgendetwas von meinen Worten gehört haben, lässt er sich jedenfalls nichts anmerken. Er schultert bloß den Rucksack und deutet mir mit einer Kopfbewegung an, dass wir losgehen sollten.

Ich schlucke und sehe noch ein letztes Mal auf das frische Grab. »Vielleicht seid ihr diejenigen, die Glück gehabt haben.«

Wir gehen.

Während ich Tarver durch den Wald folge, nehme ich meine Füße nur noch als dumpfen Schmerz wahr. Manchmal reicht er mir die Hand, um mir über Baumstämme oder Steine zu helfen, oder er hebt mich über einen Bach, der unseren Weg kreuzt. Hin und wieder weist er mich an, aus der Feldflasche zu trinken. Ich tue es, denn was bleibt mir anderes übrig? Der Tag zieht sich endlos hin, ein Albtraum, aus dem ich nicht erwache. Noch nicht einmal mehr die Geräusche des Waldes können mich schrecken. Ich sehe nur noch den Boden vor meinen Füßen. Ich kann nicht umdrehen, denn da ist nichts, immer nur der nächste Schritt und der danach und der danach.

Früher habe ich gedacht, mein Name würde mich immer beschützen. Dass diese zwei Worte – *Lilac LaRoux* – das einzige Passwort wären, das ich jemals brauchen würde, egal wo ich lande.

Ich war mir so sicher, dass mein Vater mich retten kommen würde, doch jetzt fällt es mir schwer, eine solche Gewissheit zu verspüren. Diese Wildnis wartet nur darauf, mich zu verschlingen; es würde überhaupt nichts nützen, dagegen anzukämpfen. Es gibt keine Regeln, die ich erlernen könnte, keine Punkte zu gewinnen, nichts zu beweisen. Das hier ist die Hölle, wie ich sie mir nie hätte vorstellen können.

Und ich glaube, ich werde hier sterben.

»Als Sie in der Nacht kampierten, ist nichts Besonderes passiert?«

»Wenn Sie mir verraten, an was genau Sie dabei denken,
kann ich Ihre Frage sicher beantworten.«

»Sie sagen also, dass nichts Ungewöhnliches passiert ist?«

»Überhaupt nichts.«

# 13

# TARVER

Als ich aufwache, ist das Lagerfeuer schon weit heruntergebrannt. Ich reiße die Augen auf, und wie üblich muss ich mich erst einmal orientieren, mich daran erinnern, wo ich überhaupt bin.

Diesmal dauert es nicht lange. Wir haben unser Lager am Waldrand aufgeschlagen, bevor die Ebene beginnt. Für die Nacht habe ich ein großes Feuer errichtet. Das Ungeheuer, das Lilac beinah umgebracht hätte, ist für mich immer noch sehr präsent.

Ich drehe mich auf den Rücken, und da sehe ich, wie Lilac wie ein Geist in der Nacht über mir steht und die Sicht auf die unbekannten Sterne blockiert. Irgendetwas muss sie veranlasst haben, auf meine Seite des Feuers herüberzukommen – sie besteht immer noch auf getrennte Schlafplätze. Schnell greife ich nach der Gleidel.

»Miss LaRoux?«, frage ich leise und behutsam. Ich will ihr schließlich keine Angst einjagen, nachher tritt sie mich noch. Vorausgesetzt, sie ist überhaupt echt, wie sie da so gespensterhaft über mir steht. Selbst als Geist wäre sie ein ziemlicher Hingucker.

»Major, da ist jemand«, flüstert sie. »Hören Sie das? Da ist eine Frau, die weint.«

Ein Schauder durchfährt mich, und verwundert, von dem Geräusch nicht aufgewacht zu sein, neige ich den Kopf. Doch ich höre nichts. Als ich mich aufsetze, fällt mir auf, dass ich immer noch meine Stiefel trage, und dann erinnere ich mich, dass ich gestern Abend beschlossen habe, darin zu schlafen.

»Da ist es wieder, Major«, sagt sie bestimmt, aber nach wie vor leise.

»Ich höre nichts«, flüstere ich und strecke die müden Glieder.

Sie reißt die Augen auf, als könne sie nicht glauben, dass ich die Wahrheit sage.

»Aus welcher Richtung?«

Ohne zu zögern, zeigt sie in Richtung der Ebene, und ich stehe auf und nehme den Rucksack. Das ist einer der ältesten Tricks überhaupt – Leute vom Feuer weglocken, um dann ihre Sachen zu klauen. Ich habe das selbst schon mehr als einmal gemacht, draußen auf den Grenzplaneten, wo ich den jüngsten Aufstand der Kolonisten niederschlagen sollte. Wenn sich jemand im Wald versteckt und nicht direkt zu uns kommt, ist erst einmal Misstrauen angesagt.

Ich lege mir einen Finger an die Lippen, signalisiere ihr, leise zu sein. Sie nickt und dann folgt sie mir, als ich mich vom Feuer entferne.

Nachdem wir ein kleines Stück gegangen sind, bleibe ich im Schatten eines Baumes stehen und blicke mich nach ihr um. Miss LaRoux ist vollkommen konzentriert. So sehr, dass sie offenbar noch nicht einmal merkt, dass sie barfuß ist. Ich sehe sie fragend an. *Und jetzt? Hören Sie etwas?*

Sie schüttelt den Kopf und runzelt die Stirn. »Sie hat aufgehört«, flüstert sie. »Es klang, als wäre sie verwundet, Major. Vielleicht ist sie in Ohnmacht gefallen.«

Ich will schon antworten – *oder es ist eine Falle* –, aber Miss LaRoux hat sich entschieden, die Sache selbst in die Hand zu nehmen.

»Hallo«, ruft sie und tritt hinter dem Baum hervor. »Sind Sie –«

Weiter kommt sie nicht. Ganze drei Worte bringt sie heraus, denn ich bin so perplex, dass ich einen Moment brauche, um mich zu rühren. Doch dann bin ich mit einem Satz hinter ihr, halte ihr den Mund zu und ziehe sie, enger als ich sollte, an mich. Sie gibt noch einen erstickten Laut von sich, dann hält sie verängstigt und angespannt inne. Wie Statuen stehen wir da und lauschen angestrengt. Ich halte sie weiter fest, und trotz der Gefahr bin ich mir auf einmal ihrer Nähe bewusst, spüre ihren Körper an meinem.

Im Wald ist nichts zu hören. Kein Knacken eines Zweiges, kein Blätterrascheln.

Zaghaft zieht sie an meiner Hand, um mir zu sagen, dass ich sie loslassen soll. Ich löse die Hand von ihrem Mund, und während Lilac ausatmet, senke ich den Kopf und flüstere ihr ins Ohr. »Hören Sie sie immer noch?«

Sie schüttelt den Kopf, dann lehnt sie sich zurück, und als sie antwortet, streicht ihr Atem über meine Haut. »Nichts. Was ist, wenn sie in Ohnmacht gefallen ist? Vielleicht ist sie verletzt, vielleicht –«

Ich weiß, was sie eigentlich meint. Es könnte eine ihrer Freundinnen sein. Es könnte eins von diesen Mädchen sein, die mich kaum eines Blickes gewürdigt haben. Wenn diese Person, die sie zu hören meint, überhaupt existiert. Ich kann mir eigentlich nicht vorstellen, dass ich an einem Ort wie diesem, wo all meine Zellen in ständiger Alarmbereitschaft sind, nicht davon aufgewacht wäre, was Lilac aus dem Schlaf gerissen hat. Wahrscheinlicher ist doch, dass sie aus einem Traum hochgeschreckt ist. Trotzdem gibt es nur eine Möglichkeit, das festzustellen.

»Bleiben Sie hier«, flüstere ich und meine Wange streicht über ihre. Ihre Haut ist noch ganz warm vom Schlaf und so viel weicher als meine. Etwas derart Unkultiviertes wie einen unrasierten Mann hat sie garantiert noch nie erlebt. Doch sie nickt bloß in stillem Einverständnis. Sie zittert und da fällt mir auf, dass sie ihre Decke gar nicht mitgenommen hat. Also ziehe ich meine Jacke aus und lege sie ihr um die Schultern, dann lässt sie sich in den Schatten des Baums sinken, um dort auf mich zu warten.

Es ist nicht die schlimmste Nacht meines Lebens. Diese Auszeichnung wird auf ewig eine ganz bestimmte Nacht auf Avon tragen. Der ganze Zug, inklusive mir, war noch so unerfahren, dass uns quasi Blätter hinter den Ohren wuchsen, und in jener Nacht sorgte eine Rebellengruppe mit einem zu großen Vorrat an Pulslasern für unsere Unterhaltung. Was bei nassem Untergrund keine schöne Sache ist. Das Ganze wurde noch davon gekrönt, dass ich die Verabredung mit meiner Freundin, die ich damals auf Avon hatte, verpasste.

Trotzdem steht auf der Liste meiner schlimmsten Nächte diese ziemlich weit oben.

Es ist so gut wie unmöglich, sich geräuschlos durchs Unterholz zu schleichen. Ständig verfangen sich dornige Zweige an meiner Hose und unter dem Laub versteckte trockene Äste zerbrechen unter meinem Gewicht. Auf anderen Planeten würde ich mich viel selbstsicherer bewegen, aber hier muss ich ständig damit rechnen, dass ich mich verletzen könnte, weil alles irgendwie ein bisschen anders ist, als ich es gewohnt bin. Und so arbeite ich mich mit frustrierender Langsamkeit Zentimeter für Zentimeter vor. Immer wieder stellen sich mir die Nackenhaare auf. Allein der Tatsache, dass ich so etwas grundsätzlich nicht ignoriere, verdanke ich, dass ich noch am Leben bin.

Während der ersten Stunde meiner Suche komme ich dreimal an Lilac vorbei. Sie sitzt zusammengekauert mit unter der Jacke versteckten Beinen unter dem Baum und schwört, sie kann die Stimme immer noch hören. Ich blicke auf die vom Mondlicht erleuchtete Ebene, wo die Stimme sich angeblich hinbewegen soll. Nur dass dort nichts zu sehen ist und auch das kleinste Lebewesen beim Licht von zwei Monden einen Schatten werfen würde.

Als ich das vierte Mal bei Lilac ankomme, schüttelt sie den Kopf – sie hört die Stimme nicht mehr. Sie erscheint mir so klein in meiner Jacke, aber ich sehe ihr an, dass sie versucht, tapfer zu wirken. Sie will nicht, dass ich zu suchen aufhöre.

Ich deute ihr an, sitzen zu bleiben, und als sie nickt, gehe ich erneut los. Es wird Zeit, eine andere Herangehensweise auszuprobieren. Ich gehe fünfzig sorgfältig abgemessene Schritte, dann lehne ich mich mit dem Rücken an einen Baum, die Gleidel zum Abfeuern bereit. »Ist da jemand? Wir sind friedlich gesinnt.« Meine Stimme muss über einen Kilometer weit zu hören sein. Reglos warte ich ab, doch ich höre nichts als meinen Herzschlag, während die Sekunden verstreichen.

Also setze ich meine Suche fort. Eine weitere Stunde kämpfe ich mich durchs Unterholz und an glatten Baumstämmen vorbei, bis ich mir schließlich eingestehen muss, dass, falls da irgendwo eine Frau ist, ich sie heute Nacht jedenfalls nicht mehr finden werde.

Ich gehe zurück zu Lilac, die wie durch ein Wunder doch noch an den Baum gelehnt eingeschlafen ist. Sie hat stundenlang gezittert; die Belastung muss sie letztendlich vollkommen erschöpft haben. Als ich mich neben sie hocke, schreckt sie auf und sieht mich entschuldigend an – es könnte jedenfalls entschuldigend sein, ich glaube es einfach mal. Ich brauche ihr nicht zu erklären, dass wir uns vom Lagerfeuer erst einmal fernhalten müssen, weil es für jemanden mit finsteren Absichten immer noch wie ein Signalfeuer in der Dunkelheit leuchtet.

Die Gleidel in der Hand lasse ich mich neben Lilac sinken. Sie ist schon wieder halb eingeschlafen und lehnt den Kopf an meine Schulter. Sieht ganz so aus, als wäre ich von der anderen Seite des Lagerfeuers befördert worden, zumindest für heute Nacht. Ich lege den Arm um sie, und mit ihrem kleinen, warmen und lebendigen Körper an meinem lehne ich den Kopf zurück an den Baumstamm.

Ich beiße mir von innen auf die Wange, um nicht einzuschlafen, und unterdrücke das Bedürfnis, den Kopf an ihren zu schmiegen. Und so warte ich auf den Morgen.

»Dann sind Sie also durch die Ebene gegangen?«

»Das ist korrekt.«

»Was haben Sie zu diesem Zeitpunkt gedacht?«

»Es war offensichtlich, dass wir wohl keine anderen Überlebenden treffen würden, aber ich blieb trotzdem wachsam. Ich dachte, falls es außer uns noch andere geben sollte, würden die Miss LaRoux gegenüber wahrscheinlich nicht so freundlich gesinnt sein.«

»Wieso das?«

»Ihr Vater hat das verunglückte Schiff gebaut. Und die Terraform-Unternehmen sind bei den Kolonisten auch nicht besonders beliebt. Außerdem wissen Sie doch genauso gut wie ich, dass die zentralen Planeten Truppen aussenden, um die Unternehmensinteressen durchzusetzen. Die Kolonisten hassen uns.«

»Hatten Sie noch andere Gedanken?«

»Ich habe mich langsam gefragt, warum wir immer noch keine Rettungsschiffe gesehen hatten.«

»Haben Sie das Miss LaRoux gegenüber erwähnt?«

»Nein.«

# 14

# LILAC

»Beschreiben Sie noch mal, was Sie gehört haben«, sagt er zum achtzehnten Mal, nachdem wir eine weitere seiner immer größer werdenden Runden um unser Nachtlager gedreht und nichts gefunden haben. Im Morgenlicht fällt es mir schwer, mit Gewissheit zu sagen, dass die Stimme von letzter Nacht echt war.

»Es war eine Frau, die weinte. Sie klang verzweifelt, verängstigt, vielleicht war sie verletzt, ich weiß es nicht. Sie klang –« Doch dann verstumme ich und presse die Lippen aufeinander.

»Sie klang?«, bohrt er nach und lehnt sich an einen Baum.

»Sie klang wie ich«, beende ich den Satz. Ausgesprochen wirken die Worte noch schlimmer, als ich dachte.

Schweigend lässt er den Blick durch den Wald schweifen. »Gut«, sagt er nach einer Weile, stößt sich vom Baum ab und hebt den Rucksack auf. »Wenn hier jemand war –«

Er macht eine Pause, als erwarte er, dass ich ihn unterbreche. Und ich will es auch, ich will darauf beharren, dass ich gehört habe, was ich gehört habe, aber etwas hält mich zurück. Ich habe das Recht, ihm zu widersprechen, verloren, wenn ich es denn jemals hatte. Ohne ihn würde ich hier draußen sterben.

Als ich nichts erwidere, fährt er fort. »Auf jeden Fall ist sie jetzt weg. Wir müssen weiter. Was machen Ihre Füße?«

Vielleicht habe ich es mir nur eingebildet. Das Eingeständnis, auch wenn es nur mir selbst gegenüber ist, verursacht eine unangenehme Anspannung zwischen meinen Schultern. Aber ich habe ohnehin keine Wahl. Wenn er entschieden hat, dass es an der Zeit ist weiterzuziehen, dann werde ich mit ihm gehen müssen. Das Schlimmste ist, dass er Recht hat. Es gibt keinerlei Anzeichen dafür, dass irgendjemand außer uns hier war, keine zertrampelte Erde, noch nicht einmal ein zerbrochener Zweig, der darauf hindeuten würde, dass jemand vorbeigekommen ist.

»Meinen Füßen geht es gut«, murmele ich trotz des Pochens in den Blasen an beiden Fersen, das sich jetzt wieder bemerkbar macht.

»Wenn wir erst einmal draußen in der Ebene sind, können wir unser Lager aufschlagen. Nach der unruhigen Nacht werden wir heute wahrscheinlich beide nicht besonders viel Durchhaltevermögen haben.«

Er meint wohl, *ich* werde nicht viel Durchhaltevermögen haben. Ich will schon etwas Garstiges erwidern, doch dann fällt mir das Knurren einer Riesenkatze auf Jagd wieder ein, der Geruch von Blut und verbranntem Fell, und ich beiße die Zähne zusammen und schließe die Augen.

Die Stimme hat sich in Richtung der Ebene bewegt, in die Richtung, die auch Tarver ansteuern will. Vielleicht finden wir die Person ja, wenn wir einfach weiter zum Wrack gehen.

»In Ordnung.«

Tarver antwortet mit einem Schweigen, das lang genug ist, dass ich schließlich doch die Augen öffnen muss. Er beobachtet mich mit seltsamer Miene und ich weiß nicht, wie ich sie interpretieren soll – irgendwie sieht er auch nicht wirklich mich an. Da fällt mir auf, dass ich immer noch seine Jacke trage, die er mir in der Nacht um die Schultern gelegt hat.

Als ich sie ausziehen will, was gar nicht so einfach ist, weil meine Hände von den Ärmeln verschluckt werden, erwacht er aus seiner Trance. »Nein«, sagt er ganz unvermittelt. »Behalten Sie sie an.«

Dann dreht er sich um und geht in der Gewissheit, dass ich ihm folgen werde, los.

Was bleibt mir auch anderes übrig?

Doch eine kleine, ungefragte Stimme in meinem Kopf flüstert: *Würdest du denn wirklich etwas anderes wollen?*

Das Tempo kommt mir heute weniger anstrengend vor. Vielleicht ist er nachsichtiger mit mir, aber ich vermute, ich gewöhne mich einfach ans Laufen.

In der Ebene kommen wir relativ zügig voran und machen bloß eine Pause, um beide einen Notfallriegel hinunterzuwürgen. Ich würge ihn jedenfalls hinunter; Tarver haut rein, als wäre es ein Steak.

Nach weiteren etwa anderthalb Stunden Marsch bleibt er wieder stehen und blickt sich in alle Richtungen um. Der Wald hinter uns ist nur noch ein graugrüner Streifen auf einem Kamm, der in die endlose goldene Weite der Ebene hinabfällt. Noch nie zuvor habe ich etwas so Unermessliches gesehen, so eine ungeheuer große leere Fläche. Der Wasserlauf, dem wir gefolgt sind, fächert sich in ein Netz silbriger Bäche auf, kleine Vertiefungen in der Landschaft. Sie sind so schmal, dass wir hinüberspringen können, aber auch tief genug, dass Tarver die Feldflasche darin auffüllen und den Wasserfilter seine Arbeit tun lassen kann. Der Wind bläst in Wellen über die in der Ebene wachsenden Gräser, und das Bild erinnert mich an die Meere, die ich im Holovid gesehen habe. Am fernen Ende von alldem erheben sich die Berge, die zwischen uns und der *Icarus* liegen.

Wir sehen jedoch keinerlei Anzeichen von Leben. Es dröhnen keine Rettungsschiffe über uns hinweg, keine Flugobjekte von Kolonien durchkreuzen den Himmel, so wie die Bäche die Ebene teilen. Ich verstehe nicht, warum es hier keine Kolonien gibt. Wo sind die Menschen? Doch wir verlieren kein Wort darüber, auch wenn es Tarver genauso wenig entgangen sein wird wie mir.

Er schlägt unser Lager früher auf als gestern Abend und ich brauche eine Weile, um zu begreifen, warum – er hat diesmal keine Grube für ein Feuer ausgehoben, denn in der Ebene gibt es kein Holz. Warum habe ich da nicht schon eher dran gedacht? Letzte Nacht bin ich fast erfroren, bis ich mich an ihn gelehnt habe. Doch nachdem ich ihn heute Morgen so entschieden von mir gestoßen habe, kann ich wohl kaum darauf zählen, wieder in den Genuss seiner Körperwärme zu kommen. Bei dem Gedanken an die mir bevorstehende Nacht durchfährt mich ein Schauder.

Tarver nimmt das Knäuel Kabel, das er aus der Rettungskapsel mitgenommen hat, und murmelt, dass er Fallen aufstellen will, um etwas zu essen zu fangen. Dann geht er in einer geraden Linie hinaus in die Ebene. Wenigstens kann ich ihn hier sehen. Es gibt keine Bäume, die mir die Sicht versperren würden, und so habe ich nicht das Gefühl, ganz allein zu sein.

Während ich ihm hinterherblicke, betaste ich mein Gesicht. Hätte ich doch nur einen Spiegel! Meine Haut fühlt sich warm und gerötet an, obwohl ich mich gar nicht anstrenge. Sonnenbrand, denke ich, als mir wieder einfällt, wie ich mich als Kind einmal auf einem Simulationsdeck im Tropenurlaub-Modus verlaufen habe. Mein Vater hat damals einfach eine Ärztin gerufen und unter ihrer Behandlung verschwand der Sonnenbrand ebenso schnell, wie er gekommen war. Ich befühle den Schaden auf meinen Wangen. Die Haut ums Auge schmerzt immer noch. Ich werde wohl ein ganz schönes Veilchen haben – seit dem Absturz hatte es jetzt vier Tage Zeit aufzublühen. Wenigstens hat Tarver den Anstand, sich nicht darüber lustig zu machen.

Da vernehme ich seine Stimme nicht weit hinter mir. Habe ich ihn nicht eben noch auf der anderen Seite gesehen, wie er sich hinhockte, um eine Falle aufzustellen? Mir zieht sich das Herz zusammen, doch als ich mich umdrehe, ist die Ebene hinter mir leer. Wie sollte er auch so schnell dahin gekommen sein? Ich werfe einen Blick über die Schulter und sehe, wie er gerade aus der Hocke aufsteht. Er ist viel zu weit entfernt, als dass ich ihn hätte hören können.

Die Nackenhaare stellen sich mir auf. Erneut suche ich die Ebene ab. Da ist niemand, doch während ich mit klopfendem Herzen dastehe und angestrengt lausche, höre ich wieder ein Murmeln. Das ist gar nicht Tarvers Stimme – sie ist nicht so tief wie seine. In der Stimme schwingt ein Gefühl mit, das ich nicht ganz ausmachen kann, und die Worte verstehe ich erst recht nicht.

Ich fange an zu zittern, in meinen Fingerspitzen kribbelt und juckt es, mein Atem geht schneller. *Angst*, sage ich mir, aber sie lässt auch nicht nach, als ich versuche meinen Atem zu beruhigen. Mir ist abwechselnd heiß und kalt, und ich werde von einer inneren Unruhe erfasst, dass ich das Gefühl habe, wenn ich mich nicht bewege, explodiere ich. Gleichzeitig ist mir schwindelig, als wäre ich unterzuckert, als hätte ich ein zu enges Kleid an und es würde nicht genug Sauerstoff in mein Gehirn gelangen.

Ich stehe immer noch mit dem Rücken zu Tarver, aber ich höre seine Schritte im hohen Gras schon von weitem, so dass ich es schaffe, nicht zusammenzufahren, als er plötzlich ungewöhnlich gut gelaunt verkündet: »Wir haben Glück, ich habe Erdlöcher gefunden.«

Als ich mich kurz nach ihm umsehe, steht er lächelnd da, die Arme voller Pflanzen und langer Gräser. Der Anblick ist verwirrend, aber nicht so verstörend wie das, was ich eben noch gehört habe. Ich drehe mich wieder um.

»Haben Sie da draußen irgendetwas gehört?«, frage ich. Mit zusammengekniffenen Augen sehe ich ins Nachmittagslicht und versuche, mein Zittern zu unterdrücken.

»Den Wind im Gras«, antwortet er und legt raschelnd die Pflanzen ab. »Und ab und zu kleine umherhuschende Tiere. Etwas Größeres wird es hier nicht geben, weil dafür die Nahrungsgrundlage fehlt.«

»Ich habe einen Mann gehört.«

So langsam gewöhne ich mich an das Geräusch, das dieses Ungeheuer von einer Pistole macht, wenn er sie aus dem Holster zieht. Seufzend schüttele ich den Kopf. »Ich glaube nicht, dass er uns etwas antun will. Er klang nicht gerade wütend.«

Tarver stellt sich neben mich und folgt meinem Blick. »Sind Sie sicher? Hier kann sich eigentlich niemand verstecken.«

»Ganz sicher.« Dieses Mal kann er nicht behaupten, ich hätte geträumt. Ich bin hellwach, meine Nerven sind zum Zerreißen angespannt. »Ich dachte zuerst, Sie wären es, aber Sie waren viel zu weit weg. Es klang richtig nah, als wenn er genau hier wäre.«

Jetzt runzelt Tarver die Stirn. Ich sehe noch, wie er mich schräg von der Seite mustert, bevor er ein paar Schritte vorwärts macht und dann langsam einen Bogen geht und sich umblickt. »Eine Stimme kann vom Wind bestimmt weit getragen werden. Was hat der Mann denn gesagt?«

Zaudernd beiße ich die Zähne aufeinander, damit sie aufhören zu klappern. »Ich ... weiß es nicht. Ich konnte es nicht richtig verstehen. Es klang, wie wenn man Stimmen durch eine Wand hört. Wenn man weiß, dass sie die gleiche Sprache sprechen und man sie verstehen würde, wenn man nur ...« Ich weiß nicht, wie ich es erklären soll.

Er wendet sich wieder mir zu. »Was war es denn jetzt? War er weit weg oder ganz in der Nähe?«

»Ich weiß es nicht!«, rufe ich frustriert, bevor ich mich unter Kontrolle bekomme. Meine Stimme zittert vor Anspannung. »Er war hier, aber er klang irgendwie gedämpft. Also – ich habe ihn deutlich gehört, aber ich konnte die Worte nicht ausmachen.«

Tarver sieht mich an und ich spüre, wie ich rot anlaufe.

»Mir ist schon klar, wie sich das anhört«, flüstere ich.

»Nicht gut«, stimmt er mir zu. Doch dann wendet er sich erstaunlicherweise wieder um, steckt die Pistole ins Holster und hält sich die Hände trichterförmig um den Mund, um zu rufen: »Kommen Sie, wenn Sie da draußen sind. Wir sind bewaffnet, aber wir sind friedlich, wenn Sie es sind.«

Er lässt die Hände wieder sinken und dreht leicht den Kopf, um besser hören zu können. Auch ich lausche angestrengt, und bei jedem Rauschen und Pfeifen des Windes stellen sich mir die Härchen an den Armen auf.

Und dann höre ich die Stimme auf einmal aus nur ein paar Metern Entfernung, und sie ist viel klarer als zuvor. Ich kann den Mann immer noch nicht verstehen, aber er klingt aufgeregt.

Ich stürze vorwärts und stelle mich neben Tarver. »Da! Das ist die Stimme! Ich habe es doch gesagt!«

Aber er sieht nicht hinaus auf die Ebene, sondern mich an, und seine Miene ist eher besorgt als verärgert.

»Ich habe nichts gehört«, sagt er leise.

Die Worte treffen mich wie ein Schlag in die Magengrube. Ich schnappe nach Luft. So grausam würde doch nicht einmal er sein. »Das ist nicht lustig.«

»Ich lache auch nicht.« Behutsam fasst Tarver mich an der Schulter. »Ich habe Ihnen zu viel zugemutet. Sie sind erschöpft. Setzen wir uns hin und ruhen uns aus. Morgen geht es Ihnen schon wieder besser.«

Ich reiße die Schulter so heftig zurück, dass ich mir dabei wahrscheinlich den Muskel zerre, doch ich spüre den Schmerz kaum. Stattdessen läuft es mir kalt den Rücken hinunter. »Ich halluziniere nicht, Tarver!«

Er lächelt, aber es ist kein echtes Lächeln. Sein Blick ist weiterhin ernst. »Das ist gar nicht schlimm«, sagt er herablassend. »Mir ist das auch schon mal passiert. Kommen Sie, setzen Sie sich hin, und ich versuche, etwas anderes als diese Riegel für Sie zum Essen zu finden.«

»Ich weiß, was ich gehört habe!« Ich würde ihn am liebsten ohrfeigen, ihn schütteln, was auch immer tun, um ihn davon zu überzeugen, dass ich wirklich etwas gehört habe. Mein Zittern und das Schwindelgefühl lassen langsam nach. Erst als eine leichte Brise über uns hinwegweht und auf meine feuchte Haut trifft, merke ich, dass ich geschwitzt habe.

»Lilac«, sagt Tarver mit erschöpfter Stimme. »Bitte. Ruhen Sie sich ein wenig aus.«

Ob er sich dessen bewusst ist, wie leicht er mich so zum Einlenken bewegen kann? Wie könnte ich ihm widersprechen, wenn er so müde, so niedergeschlagen ist? Meine Erleichterung darüber, einen anderen Menschen gehört zu haben, ist dahin. Dafür quält mich jetzt ein Gefühl, das so belastend ist, dass ich kaum noch atmen kann. Ich lasse mich auf die Decke sinken. Meine Augen brennen, aber ich halte die Tränen zurück. Ich darf nicht weinen, solange er mich sehen kann. Wäre es denn zu viel verlangt gewesen, wenn ich einmal Recht gehabt hätte? Stattdessen denkt er jetzt, ich werde verrückt – dass Lilac LaRoux derart traumatisiert ist, dass sie nicht mehr sagen kann, was Einbildung und was Wirklichkeit ist. Ich wünschte, Tarver wäre allein hier.

Und das Schlimmste ist, er wünscht sich das garantiert auch.

»Traumata können sich auf ganz verschiedene Weise äußern.«
»Das stimmt. Wir haben das Thema auch ausführlich
in der Ausbildung behandelt.«
»Und ist Ihnen bei Miss LaRoux etwas Derartiges aufgefallen?«
»Nein. Na ja, nur dass sie nichts gegessen hat, aber ich glaube,
das lag hauptsächlich daran, dass sie die Notfallriegel nicht mochte.
Sie war wohl etwas anderes gewöhnt.«
»Sonst nichts?«
»Das habe ich doch gerade gesagt.
Verstehen Sie meine Antworten nicht?«
»Wir wollen nur sichergehen, Major. Wir arbeiten hier genau.«
»Dann können Sie mir ja vielleicht sagen,
wie lange *genau* das hier noch dauern wird.«
»Bis wir die Antworten haben, die wir brauchen.«

# 15

# TARVER

Sie liegt immer noch zusammengerollt auf der Decke, und ich gebe mich beschäftigt, damit sie Zeit hat, sich zu sammeln. Wenn ich die letzten Tage etwas über Lilac LaRoux herausgefunden habe, dann, dass sie vor anderen Leuten niemals die Haltung verlieren darf, auch nicht wenn es gerechtfertigt wäre. Ich rasiere mich und mache damit wieder ein paar Schritte in Richtung Zivilisation – vielleicht tröstet sie das ein wenig. Ich konzentriere mich auf das raue schneidende Geräusch der Klinge auf meiner Haut in der sich sonst hinziehenden Stille.

Es gibt allerdings auch ein paar positive Dinge. In der Ebene, mit dem flachen, gleichmäßigen Boden, ist es einfacher voranzukommen, und ich bin mir ziemlich sicher, dass wir unsere Katzenfreunde im Wald zurückgelassen haben. Ich habe mehrere Erdlöcher gefunden, was bedeutet, dass früher oder später ein Tier in eine meiner Fallen laufen wird, und von den ungewöhnlichen Pflanzen und Gräsern, die ich gesammelt habe, wird auch irgendetwas essbar sein. Eigentlich hatte ich gehofft, dass Lilacs Laune sich etwas bessern würde, wenn sie etwas anderes als Notfallriegel zu essen bekommt.

Doch jetzt drückt mir dieses entsetzliche Gewicht auf den Magen, das nicht mehr verschwinden will. Ich habe gesehen, wie sie gezittert hat, wie verschwitzt sie war, wie groß ihre Pupillen waren. Halluzinationen können verschiedene Ursachen haben, aber in Lilacs Fall glaube ich, dass es einfach alles zu viel für sie war. Ich muss es irgendwie schaffen, dass sie lange genug durchhält, bis wir es über die Berge zur *Icarus* geschafft haben.

»Geben Sie mir eine Stunde Zeit, und ich bringe etwas Abwechslung in Ihren Speiseplan, Miss LaRoux«, sage ich, als mir nichts mehr einfällt, womit ich mich beschäftigen könnte. Ich lasse mich neben sie fallen. »Wenn dieser Planet terraformiert wurde, dann werden viele der Pflanzen mehr oder weniger essbar sein. Und wenn man erst mal lange genug Notfallriegel gegessen hat, ändert sich die Definition von ›essbar‹ radikal, das kann ich Ihnen verraten.«

Mit leerem, glasigem Blick sieht sie mich an. Mir ist klar, dass sie meine Sticheleien jetzt absolut nicht gebrauchen kann, und angesichts solchen Elends probiere ich das Einzige aus, was mir sonst noch einfällt. Ich schenke ihr ein kleines Lächeln – und auch wenn sie es nicht wirklich erwidert, sieht sie mich jetzt wenigstens richtig an, saugt das kleine bisschen menschlichen Kontakt geradezu in sich auf.

»Ich werde die Pflanzen erst einmal probieren«, fahre ich fort, »und wenn davon etwas essbar ist, können wir noch mehr sammeln und heute Abend eine richtige Mahlzeit zu uns nehmen. Das sind zwar nicht die Standardpflanzen, die ich von anderen terraformierten Planeten kenne, aber vom Prinzip her sollte es eigentlich das Gleiche sein. Es gibt hier genug Gras für ein kleines Feuer, so dass wir in der Feldflasche zumindest eine Suppe kochen können.«

Sie nickt, was schon mal ein kleiner Fortschritt ist. Langsam beruhigen meine Pläne auch mich selbst. Ich knicke den ersten Grashalm um – er ist unten kräftig und holzig und an der Spitze grün und saftig und ungefähr so dick wie einer von Lilacs Fingern. Ich will ihr gegenüber nicht zugeben, wie seltsam ich es finde, dass ich keine der Pflanzen hier kenne – die Flora und Fauna auf terraformierten Planeten ist eigentlich immer gleich. Warum sollten die Unternehmen auch etwas daran ändern, wenn es bislang gut funktioniert? Doch die Pflanzen hier sind denen, die ich kenne, nur ansatzweise ähnlich. Als der Saft des gebrochenen Halms kleine Tropfen bildet, reibe ich damit über die empfindliche Haut auf der Innenseite meines Unterarms.

»Was machen Sie da?« Sie ist immer noch sehr gedrückter Stimmung, aber immerhin blickt sie nicht mehr nur auf den Boden vor sich.

»Ich prüfe, ob die Pflanze eine allergische Reaktion hervorruft. Wenn meine Haut sich nicht rötet oder juckt, dann schafft sie es in Runde zwei, den Geschmackstest.«

Sie nickt und sieht einen Moment auf meinen Unterarm, dann guckt sie wieder weg.

Ich versuche es noch einmal. »Im Osten fällt das Land etwas ab, sieht aus wie ein Fluss. Den werden wir morgen ansteuern, und dann können wir dem Fluss durch die Ebene folgen und haben immer genug Wasser. Wir können uns sogar waschen, um uns für die Ankunft der Rettungstrupps präsentabel zu machen.«

Sie neigt den Kopf und holt tief Luft. »Ich erwarte, dass Sie den Fluss gründlich überprüfen, Major. Bei meinem Glück verstecken sich da garantiert Space-Krokodile drin.«

Ich glaub's nicht, ein Witz. Ich grinse wie ein Idiot, mehr als ihr kläglicher Versuch, lustig zu sein, eigentlich verdient hätte. Sie scheint es noch nicht einmal mitzubekommen. »Space-Krokodile sind kein Problem«, sage ich. »Man muss sie nur unterm Kinn kitzeln, dann rollen sie sich auf den Rücken. Ich war letztes Jahr in New Florence stationiert, da war ein Typ, der hat sich eins als Haustier gehalten. Und als seine Zeit in New Florence vorbei war, hat er es mit seinem Gepäck nach Hause geschickt. Er hat Luftlöcher in die Tasche gebohrt, und dem Krokodil ging es hinterher tatsächlich gut.«

Sie gewährt mir ein mattes Lächeln. Jetzt kommen wir doch langsam voran. Wenn ich es schaffe, die gute Atmosphäre zu bewahren, können wir die Stimmen hoffentlich bald vergessen. Dann kann sie sich ausruhen, etwas schlafen, und morgen gehen wir weiter. Das ist es, was zählt. Nach Hause zu kommen.

Bei dem Gedanken an zu Hause versetzt es mir einen Stich – ich darf nicht an meine Familie denken. Mir war zwar immer bewusst, dass mir im Gefecht jederzeit etwas zustoßen kann, aber ich habe nicht damit gerechnet, dass es so passieren würde, dass ich genug Zeit haben würde, an meine Mutter zu denken und an ihren Gesichtsausdruck, als man uns über Alec informierte.

»Krokodile schmuggeln. Was für Abenteuer Sie erlebt haben, Major«, murmelt sie und klingt dabei seltsam wehmütig. Ihr Lächeln verblasst.

»Tja, ich war in den letzten zwei Jahren viel unterwegs, aber an den wenigsten Orten war es so schön, wie es hier in der Ebene ist.« Ich durchwühle den Haufen Pflanzen. »Sehen Sie mal«, sage ich, als ich gefunden habe, wonach ich gesucht habe, und halte eine Handvoll kleiner, zarter Blumen hoch, mit unregelmäßigen violetten Blütenblättern um eine leuchtend gelbe Mitte. Die Unterseite der Blütenblätter ist genauso graugrün wie das Gras, das in der Ebene wächst, so dass die Blüten, wenn sie sich bei Sonnenuntergang schließen, gar nicht mehr zu sehen sind. »Genau wie wir, ein bisschen zerknittert, aber immer noch ganz in Ordnung, oder?«

Seufzend fasst sie nach den Blumen. »Unglaublich, dass die einfach so hier wachsen.« Als sie mir eine einzelne Blüte aus der Hand nimmt, berührt sie mich dabei leicht mit den Fingerspitzen. Das Exemplar, das sie sich ausgesucht hat, ist anders als die übrigen. Es hat zwei zusammengewachsene Blütenblätter. Wahrscheinlich sieht Lilac gerade zum ersten Mal die Schönheit der Unvollkommenheit der Natur.

»Ich war schon mal in richtigen Gärten«, erklärt sie, »aber dass hier draußen so etwas Wunderschönes wächst, einfach so, ohne dass sich jemand um die Pflanzen kümmert. Das ist kaum zu glauben.«

»Meine Mutter lässt die Natur bis an unser Haus heranwachsen. Sie pflanzt auch Blumen, aber die wachsen zwischen allem andern, was ganz von allein kommt.« Ich habe keine Ahnung, warum ich ihr das erzähle, aber sie hört mir zu, mit einer Aufmerksamkeit, die ich noch nie zuvor bei ihr bemerkt habe. »Neben dem Haus ist ein Feld von Mohnblumen, ein riesiges rotes Meer. Und Blumen ranken das ganze Haus empor. Es inspiriert meine Mutter.«

»Das glaube ich gern«, seufzt Lilac. Endlich ist sie abgelenkt. Ihr Gesichtsausdruck ist weicher geworden, und zum ersten Mal seit Tagen – zum ersten Mal, seit wir uns begegnet sind – hat sie ihren Schutzschild fallengelassen. Ich will sie wieder zum Lächeln bringen. Wenn sie lächelt, sieht sie aus wie ein Mädchen, das ich kennen könnte. Wir brauchen das gerade, beide.

Ich nehme den Rucksack und suche nach der Schatulle. Da sind die Kabel, die Notfallriegel, das Erste-Hilfe-Set, die solarbetriebene Taschenlampe und das Notizbuch mit meinen halb fertigen Gedichten, dessen Ledereinband schon ganz hart geworden ist. Ganz unten finde ich das kleine Metallkästchen. Es fühlt sich kalt an, als ich die Finger darum schließe. Die Schatulle ist ungefähr halb so groß wie meine Handfläche und kaum dicker als die Plastikhülle darin.

»Verbringt Ihre Mutter viel Zeit in ihrem Garten?«, fragt Lilac. Offensichtlich ist sie froh über die Ablenkung – den Waffenstillstand zwischen uns – und will sie noch etwas in die Länge ziehen. Da geht es ihr wie mir.

»Jeden Tag.« Ich ziehe die Schatulle hervor. »Meine Mutter ist Dichterin, mein Vater Geschichtslehrer. Ich bin umgeben von Sonetten aufgewachsen und habe die meiste Zeit meiner Kindheit damit verbracht, auf Bäume zu klettern und in Flüsse zu springen. Hat sich als eine ziemlich gute Vorbereitung fürs Militär erwiesen.«

»Das klingt wundervoll«, murmelt sie. »Hat Ihre Mutter schon etwas veröffentlicht? Ich kann mich nicht daran erinnern, schon einmal

Gedichte von einer Autorin namens Merendsen gelesen zu haben, aber ich kann mich auch irren.«

»Merendsen ist der Name meines Vaters«, sage ich, während ich die Schatulle öffne und das Foto herausziehe. Jetzt muss ich etwas langsamer sprechen, meine Worte gleichmäßig setzen, damit meine Stimme ruhig bleibt, denn beim Anblick des Fotos schnürt sich mir wie immer der Hals zu. Ich werde von einem Heimweh erfasst, das sich geradezu körperlich bemerkbar macht. »Sie heißt Emily Davis.«

Nach zwei Jahren in verschiedenen Rucksäcken und Reisetaschen hat das Foto schon leichte Eselsohren. Auf dem Bild ist unser Haus zu sehen, die weißen Wände von den blauen Blumen bedeckt, die meine Mutter so liebt, im Hintergrund erstreckt sich der rote Mohn. Vor dem Haus steht meine Mutter, klein und blond, die Haare fallen ihr wie immer aus dem Knoten und auf der Nase trägt sie eine Brille – eine ihrer exzentrischen Eigenarten. Neben ihr mein Vater, wie üblich in seiner Weste. Und Alec, ganz schlaksig, der mich auf den Schultern trägt. Ich halte mich an seinen Haaren fest – wenn man es nicht weiß, könnte man denken, er würde lächeln und nicht vor Schmerzen das Gesicht verziehen. Als ich das Foto so ansehe, werde ich von einer wohlbekannten Trauer erfasst.

»Das ist nicht Ihr Ernst.« Ich kann hören, wie sie lächelt, und als ich aufblicke, sieht sie mich erwartungsvoll an. Doch als sie meinen Gesichtsausdruck bemerkt, erlischt ihr Lächeln sofort. »Emily *Davis*?«, fragt sie, als ob ich mich versprochen haben könnte.

»Wenn ich gewusst hätte, dass es Sie interessiert, hätte ich es gleich gesagt.« Was natürlich nicht stimmt. Ich nehme die nächste Pflanze, breche ein großes Blatt auf und reibe mir damit über den Unterarm. Der Name meiner Mutter hinterlässt meistens ganz schön Eindruck, aber ich will ihn nicht als Eintrittskarte für irgendetwas benutzen. Deswegen habe ich mich auch nur auf diesen blöden PR-Trip eingelassen, weil mir versprochen wurde, dass man ihren Namen da rauslassen würde. Ich will nicht nur auf Grund dessen, was meine Eltern sind, akzeptiert werden, und ich will auch nicht, dass ihr Garten von Paparazzi überrannt wird. Ich halte die Identität meiner Mutter genauso geheim wie mein eigenes Schreiben. Niemand verbindet Poesie mit mir. Aber irgendwie ist dieser Moment mit Lilac jetzt anders.

Ich blicke auf meinen Arm. Die dritte Pflanze brennt etwas, und ich gieße vorsichtig Wasser aus der Feldflasche über die sich bereits leicht rötende Haut – aber nicht besonders stark.

Lilac betrachtet immer noch das Foto von meiner Familie. »Ich *liebe* die Gedichte Ihrer Mutter«, flüstert sie beinah ehrfürchtig. »Ich hatte ein Buch von ihr, als ich klein war, ein richtiges Buch. Da gab es ein Gedicht über einen lilafarbenen Fliederbusch, und ich habe es geliebt, einfach weil mein Name darin vorkam. Aber als ich älter wurde und die Worte … sie sind so wunderschön und traurig. *Duftend und blass, so weinen die Blüten am Ende des Sommers …*« Mit glänzenden Augen sieht sie mich an. »Gibt es den lilafarbenen Fliederbusch wirklich?«

»Oh ja, den gibt es.« Ich ignoriere das Brennen auf meiner Haut. Es lässt bereits nach. »Ich hab ihn einmal fast zerstört, als ich vom Dach mitten hinein gefallen bin, aber er war zäher als gedacht. Ganz ähnlich wie ein gewisses Mädchen, das den lilafarbenen Fliederbusch im Namen trägt.«

Die Worte kommen einfach so aus mir heraus, ohne dass ich noch mal darüber nachdenken könnte. Doch entgegen meiner Befürchtung versteht Lilac das Kompliment anscheinend so, wie es gemeint war, und nicht als herablassenden Kommentar, denn sie lächelt wieder. Es fühlt sich an wie das erste bisschen Wärme an diesem Tag, und auf einmal kann ich gar nicht mehr aufhören zu reden, denn ich will, dass sie weiterlächelt.

»Oft kommen Leute zu uns nach Hause, um alle möglichen Dinge aus den Gedichten zu sehen. Meistens ist dann irgendwas am Haus zu tun, der Zaun ist kaputt oder die Ziegel fallen vom Dach, aber mein

Vater lässt sich einfach von den Besuchern helfen, die Dinge zu reparieren, bis meine Mutter mit ihrer Arbeit fertig ist. Dann kommt sie runter, um die Leute zu begrüßen.«

Lilac erwacht langsam zum Leben, sie lacht jetzt sogar richtig. »Oh, Tarver.«

Es ist immer noch ungewohnt, wenn sie mich beim Vornamen nennt. Ungewohnt und aufregend. Genau wie diese erste richtige Unterhaltung seit Tagen.

Amüsiert sieht sie mich an. »Ich kann es nicht glauben. Moment! Was ist mit dem Gedicht über den Zinnsoldaten? Sagen Sie nicht, das handelt von Ihnen! Das habe ich auswendig gelernt!«

Ich schüttele langsam den Kopf und beuge mich etwas vor, um auf das Foto in ihrer Hand zu blicken. »Das hat sie über Alec geschrieben.« Und als ich seinen Namen ausspreche, kann ich tatsächlich lächeln, was vielleicht daran liegt, dass ich ihn auf dem Foto ansehe. Ich zeige auf ihn. »Das ist er, der, der mich auf den Schultern trägt.«

Sie schaut sich das Foto genauer an. »Ist er auch beim Militär?«

»War er«, sage ich leiser. »Er ist gefallen.«

Mit weit aufgerissenen Augen sieht sie mich an. »Das tut mir leid.«

Und da weiß ich: Das ist es, was ich wollte. Was ich an jenem Abend im Salon wollte und seitdem jeden einzelnen Tag.

Sie sieht in mir keinen Kerl, der auf dem falschen Planeten aufgewachsen ist. Sie sieht keinen Soldaten oder Kriegshelden, keinen unkultivierten Rüpel oder Idioten, der nicht versteht, wie schwer das hier alles für sie ist, und der von überhaupt nichts eine Ahnung hat, was ihr wichtig ist.

Sie sieht einfach nur mich.

»Sie zwei sind sich nähergekommen.«

»Und?«

»Sie bestätigen es?«

»Sie haben eine Aussage getroffen. Ich bin davon ausgegangen, Sie wüssten bereits, dass sie wahr ist.«

»Können Sie näher ausführen, wie es dazu gekommen ist?«

»Ich dachte, es geht hier darum, über meine Eindrücke des Planeten zu sprechen.«

»Es geht hier darum, dass Sie alle Fragen beantworten, die wir Ihnen stellen, Major. Und jetzt fragen wir Sie nach Miss LaRoux.«

»Wie lautete die Frage noch mal?«

»Schon gut. Wir kommen später noch mal darauf zurück.«

»Ich kann es kaum erwarten.«

# 16

# LILAC

Ich weiß, wie ich auf tausend verschiedene Arten lächeln kann, und jedes Lächeln hat seine eigene Bedeutung, aber ich weiß nicht, wie ich den Menschen neben mir erreichen, wie ich ihn berühren soll. Ich weiß nicht, wie ich mit ihm reden soll. Nicht, wenn es echt ist.

Also lächle ich einfach, während er seine Geschichten erzählt, und streiche Salbe aus dem Erste-Hilfe-Set auf den Ausschlag, den er von den Pflanzen bekommt. Als es dunkler wird, geht er los, um nach den Fallen zu sehen. Kaum dass er nicht mehr neben mir sitzt, kommt mir die Welt viel dunkler und größer vor, und ich mache mich schon darauf gefasst, in der Stille neue Stimmen zu hören. Doch ich höre nur den Wind, der im hohen Gras seufzt, und weiter entfernt Tarver, wie er sich über die Ebene bewegt.

Als er wieder da ist und sich um die kleinen, pelzigen Tiere kümmert, die er aus den Fallen mitgebracht hat, muss ich den Blick abwenden. Ich bin hungrig genug, dass ich sie essen werde, aber das heißt nicht, dass ich zusehen will, wie er sie ausnimmt. Er erzählt eine Geschichte nach der anderen, um mich abzulenken und die Geräusche zu übertönen, Geschichten von seinen Kameraden, und eine ist ungeheuerlicher als die andere. Mit zunehmender Dunkelheit kommt es mir beinah so vor, als würden wir uns miteinander wohlfühlen, als würde er meine Gesellschaft genießen und nicht bloß tolerieren – als würde er seine Geschichten erzählen, weil er mich zum Lachen bringen will, und nicht bloß, damit ich morgen weiterlaufen kann.

Ich passe ausnahmsweise mal auf, als er das Feuer macht. Das hätte ich natürlich schon von Anfang an tun sollen, für den Fall, dass er mich alleinlassen würde – aber jetzt tue ich es nicht aus Angst. Ich sehe zu, damit ich ihm beim nächsten Mal helfen kann. Da es kein Brennholz gibt, wird es nur ein sehr kleines Feuer, nichts, was uns heute Nacht warm halten könnte. Aber es reicht, um die winzigen Streifen Fleisch zu garen, und zum ersten Mal, seit wir auf diesem Planeten gelandet sind, fühle ich mich richtig gesättigt.

Nach dem Essen kauere ich mich vor die rauchenden Überreste des Feuers und meine Augenlider werden ganz schwer. Tarver schreibt beim letzten Licht mit tief über die Seiten gesenktem Kopf in seinem Notizbuch. Die Sonne ist längst untergegangen, und was eben noch bloß eine leicht unangenehme Kühle war, ist inzwischen zu einer schneidenden Kälte geworden, die durch die Fetzen meines grünen Kleides kein bisschen gelindert wird. Meine gute Laune ist dahin, seit die Temperatur so gefallen ist – und seit Tarver fort ist. Denn nachdem er sein Notizbuch verstaut hat, ist er noch einmal losgegangen, um die Reste unseres Abendessens weit genug entfernt zu entsorgen, dass wir in der Nacht keine ungebetenen Besucher bekommen. Er sagte zwar, dass er nicht glaubt, dass die Riesenkatzen in die Ebene hinauskommen, aber Vorsicht wäre besser als Nachsicht.

Wie oft wäre ich hier wohl schon gestorben, wenn Tarver mich nicht am Leben gehalten hätte?

Als er zurückkommt, schaffe ich es gerade so, den Kopf zu heben, zu mehr bin ich viel zu müde. Obwohl sich unser Verhältnis langsam verändert, weiß ich immer noch nicht so recht, wie ich mit ihm reden soll. Verletzter Stolz und ein angeschlagenes Selbstbewusstsein halten mich davon ab zu sagen, was ich gern sagen würde. Und so lasse ich den Kopf wieder auf die Knie sinken.

»Miss LaRoux.« Tarver hockt sich neben mich, eine Bewegung, die mir inzwischen so vertraut ist, dass ich ihn gar nicht sehen muss, um es mitzubekommen. »Lilac. Es ist zu kalt hier draußen in der Ebene. Wir haben nicht genug Brennstoff, um das Feuer die ganze Nacht in Gang zu halten, und der Wind ist hier viel kälter als im Wald.«

»Was Sie nicht sagen.«

Er lacht, und da fällt mir auf, dass ich gerade seine Worte gebraucht habe. Ich klinge wie eine Soldatin. Ich merke, wie ich rot werde. »Wenn Sie darauf bestehen«, fährt er fort, »können wir Rücken an Rücken schlafen. Aber es wird wärmer sein, wenn Sie mir erlauben, dass ich einen Arm um Sie lege und die Decke um uns herum feststecke. Ich verspreche auch, dass ich nur die reinsten Gedanken haben werde.«

Mein Gesicht leuchtet bestimmt im Dunkeln. Ich wende den Blick ab, und während ich meine glühenden Wangen vom eisigen Wind kühlen lasse, zittere ich am ganzen Körper. »Sie müssen das nicht.«

»Was meinen Sie?«

»So tun, als ob ich –« Ich zucke kopfschüttelnd die Achseln. Ich bin gar nicht wütend auf ihn, aber trotzdem schwingt Wut in meiner Stimme mit. Weil mein Körper mich so im Stich lässt und ich es nicht verhindern kann, rot zu werden. Weil ich mich so unbeholfen fühle, als würden wir einen Tanz zusammen tanzen, dessen Schritte ich nicht kenne. Als wäre ich die Unwissende.

In einem letzten Akt der Verzweiflung versuche ich, meine Würde wieder etwas herzustellen. Er soll bloß nicht denken, ich würde ihn für einen Verehrer halten. »Ich weiß, dass ich nicht die – die Partnerin Ihrer Wahl wäre. Das hier ist für Sie doch genauso eine Qual wie für mich.«

Darüber lacht er wieder, und diesmal gibt er sich noch nicht einmal die Mühe, es leise zu tun. Es ist ein lautes und hemmungsloses Lachen, ganz anders als das vornehme, stille in sich Hineinkichern in Gesellschaft. Ich muss unwillkürlich lächeln, auch wenn ich es eigentlich nicht will, denn ich bin mir sicher, dass er sich über mich lustig macht.

Er erhebt sich, schüttelt die Decken aus und richtet unseren Schlafplatz her. Einen einzigen für heute Nacht. »Miss LaRoux, bevor Sie zur Märtyrerin werden, sollte ich Sie vielleicht warnen, dass ich bereits mit meinem großen, haarigen Unteroffizier unter einer Decke geschlafen habe, wenn es die Situation erfordert hat. Dagegen ist ein schönes Mädchen doch ein Hauptgewinn.«

Schön? Ich war schon immer einigermaßen hübsch – aber genug Geld würde auch aus einer Kuh einen guten Fang machen. Allerdings hat er mich abgesehen von den ersten Tagen auf der *Icarus* noch nie so angesehen wie jetzt. Er hat mir bisher immer deutlich zu verstehen gegeben, dass ihm mein Status und mein Geld nichts bedeuten. Eher das Gegenteil.

Ich bin bloß froh, dass es so dunkel ist, dass er mein Lächeln nicht sehen kann. Es wäre die absolute Demütigung für mich, wenn er mitbekäme, dass ich wegen eines kleinen Kompliments von ihm meine Gesichtszüge nicht mehr unter Kontrolle habe.

Als ich mich nach ihm umdrehe, kniet er, die Hände auf die Schenkel gestützt, neben den Decken. Er bedeutet mir, mich zuerst hinzulegen. Die Geste ist im Dunkeln kaum wahrnehmbar. Der erste der beiden Monde geht gerade auf und die Sterne am Himmel werden von Sekunde zu Sekunde heller. Die Luft ist klar und eisig kalt.

Er hat Recht. Wenn ich auf getrennte Schlafplätze bestehe, werden wir beide nicht schlafen können. Doch ein Teil von mir schreckt eben davor zurück, mit ihm unter einer Decke zu liegen. Ich bin nun mal so erzogen worden. Aber wer wird schon davon erfahren? Es fliegen schließlich keine Rettungsschiffe über uns hinweg, es gibt keinerlei Anzeichen, dass die Leute meines Vaters kommen, um mich zu holen. Ich kann also ruhig klein beigeben, für diese eine Nacht. Und es ist ja auch irgendwie … verlockend. Nicht zu frieren, meine ich.

Ich schlucke und krabbele unter die Decke. Ich mache mich so klein wie möglich. »Aber nur, solange wir in der Ebene sind und kein Feuer haben.« Die Worte sind heraus, bevor ich sie zurückhalten kann. Er wird denken, ich wüsste sein Angebot nicht zu schätzen. Warum kann ich es nicht einfach annehmen?

Doch er nickt bloß, entledigt sich des Holsters und legt es zusammen mit der Taschenlampe in Reichweite ab. Als er die Decke anhebt und sich neben mich legt, strömt kalte Luft herein, und ich rolle mich noch mehr zusammen.

»'tschuldigung«, murmelt er ganz nah an meinem Ohr. »Schließen Sie die Augen, es wird gleich warm.«

Ohne Scheu macht er es sich bequem, legt einen Arm um mich und zieht mich an sich. Sein Körper ist wärmer als meiner, und nach einem kurzen Moment legt Tarver mir die Hand auf den Arm, der durch mein bescheuertes Kleid bloßliegt, und fängt an, ihn warm zu rubbeln. Ich versuche, den Schauer zu unterdrücken, der mich durchfährt, als seine warme Hand meine Haut berührt.

Schließlich legt er den Arm wieder um mich und neigt den Kopf, so dass seine Nase mich im Nacken streift, und im nächsten Moment geht sein Atem in meinen Haaren auch schon ruhiger und tiefer – seine Fähigkeit, überall, in jeder Position sofort einzuschlafen, ist wirklich beneidenswert. Ich dagegen bin auf einmal hellwach und nehme jede noch so kleine Bewegung von ihm ganz genau wahr.

Noch nie war ich jemandem wie ihm so nah. Mit Mühe gelingt es mir, die Augen zu schließen und dem Drang zu widerstehen, mich in seinem Arm umzudrehen und mich ihm zuzuwenden. Es ist ein absolut verrückter Gedanke, dem sofort Schuldgefühle und Wut folgen.

Es ist schließlich offensichtlich, was er von mir hält, auch wenn er versucht, mich seine Ungeduld und Verärgerung nicht spüren zu lassen. Wie schnell die eigenen Illusionen doch zusammenbrechen können – die Soldaten beneiden uns High-Society-Leute gar nicht. Sie *lachen* über uns mit unseren leuchtenden Ballkleidern und Sonnenschirmen, über unsere perfekt nachgebildeten Wohnzimmer und Salons. Und was in der funkelnden Welt der *Icarus* vielleicht noch lustig war, ist hier unten, in einer Umgebung, die für die Soldaten alltäglich ist, nur noch erbärmlich lächerlich. Ich entspreche noch nicht mal ansatzweise der Art von Mädchen, die ihm gefallen könnte, genauso wie ich bisher keine Gelegenheit ausgelassen habe zu betonen, dass er der letzte Mann in der Galaxie ist, den ich berühren wollte.

Nur stimmt das nicht.

Ich weiß nicht, wie lange ich so daliege und dem langsamen Schlagen seines Herzens zuhöre, während meins wie verrückt rast. Der eine Mond steht jetzt hoch über den Bäumen und wirft ein kaltes blaues Licht auf die Ebene, das die Gräser in einen frostigen Schimmer taucht. Ich sehe meinen Atem in der eisigen Luft. Der Wind hat aufgehört, aber außer dem Flüstern von Tarvers Atem in meinen Haaren höre ich in der Stille plötzlich noch etwas anderes.

Ich schließe die Augen, als ob ich die durch die Nacht hallende unverständliche Stimme ausblenden könnte, wenn ich die Augen nur fest genug zudrücke.

»Geh weg«, flüstere ich in die Dunkelheit, während mein Körper vor lauter Anspannung anfängt zu zittern. Als wäre es nicht schon schlimm genug, dass diese Stimmen in meine Gedanken eindringen – jetzt scheinen sie auch noch die Kontrolle über meinen Körper zu übernehmen, bis ich nur noch ein schlotterndes, verwirrtes, verängstigtes Etwas bin. Tarver an meinem Rücken spürt mein Zittern. Vor sich hin murmelnd zieht er mich enger an sich.

Die Stimme fährt beständig fort. Ich weiß, dass Tarver sie nicht hören kann, sonst wäre er längst aufgewacht und hätte sofort nach der Pistole gegriffen. Mit zitternden Händen halte ich mir die Ohren zu. Ich vergrabe das Gesicht im Rucksack, den wir als Kissen benutzen, und versuche, mich an die Musik zu erinnern, die ich immer auf der *Icarus* gehört habe.

Doch es hilft nichts. Die Stimme flüstert weiter durch die Nacht, und mit jeder Sekunde leide ich größere Qualen. Eine Träne zwängt sich zwischen meinen Augenlidern hervor, kühlt sofort ab und läuft mir in einer eisigen Spur die Schläfe hinab, um sich mit dem kalten Schweiß zu vermischen, der inzwischen meinen ganzen Körper bedeckt. Auf einmal habe ich einen seltsamen metallischen Geschmack im Mund, der nicht mehr weggehen will, egal wie oft ich schlucke.

*Ich werde verrückt.*

»Tarver.« Meine Stimme ist kaum mehr als ein Flüstern, sie klingt angespannt und zittrig und ich erkenne sie kaum als meine eigene. »Hören Sie das?« Ich weiß nicht, warum ich überhaupt frage. Mir ist ohnehin klar, dass er es nicht hört.

Wenn eine meiner Freundinnen neben mir läge und schliefe, müsste ich sie jetzt wach rütteln, doch bei Tarver reicht allein mein Flüstern. Sein eben noch entspannter Körper ist auf der Stelle in Alarmbereitschaft.

»Oh, Entschuldigung«, flüstert er ganz nah an meinem Ohr. »Ich habe schon geschlafen. Was war denn?«

Ich höre die Stimme immer noch in einiger Entfernung murmeln, irgendwo zwischen uns und den Bergen, hinter denen die *Icarus* liegt, so als wolle sie mich in die Richtung locken. Doch die Bedeutung der Worte entzieht sich mir, als ob ich vergessen hätte, wie Sprache funktioniert.

»Ich höre sie wieder«, flüstere ich. Ich zittere immer heftiger, was ich aber nur am Rande bemerke. Im Moment bin ich viel zu verzweifelt, als dass es mich kümmern würde, von Tarver so gesehen zu werden. »Bitte«, flüstere ich, während sich mir das Herz in der Brust zusammenkrampft. »Bitte sagen Sie einfach, dass Sie es auch hören.«

»Lilac«, setzt er an und umfasst meinen Oberarm. Warm. Beruhigend.

»Bitte.«

Er streicht mir die Haare aus dem Gesicht, eine ungewöhnlich zärtliche Geste. Dann wischt er mir mit dem Daumen die Tränen von der Wange und murmelt: »Versprechen Sie mir, dass, egal was Sie hören, Sie nicht allein losziehen, um dahinterzukommen. Das müssen Sie mir versprechen.« So sanft seine Stimme auch ist, es ist ein Befehl.

Ich würde ihm gern sagen, dass von seiner Seite zu weichen das Letzte ist, wonach mir gerade ist, aber ich bringe kein Wort heraus, und ich kann nichts weiter tun, als zu nicken und mich noch weiter zusammenzurollen. Tarver hat immer noch den Arm um mich geschlungen und hält mich, während ich weiterhin am ganzen Körper zittere. Ich sollte eigentlich schockiert sein von seiner Nähe, verlangen, dass er von mir abrückt, aber mein Kopf ist zu voll von den Dingen, die ich ihm gern sagen würde. Seine Nähe fühlt sich gut an.

»Keine Angst«, sagt er. »Es wird eine Erklärung dafür geben. Vielleicht kommt es daher, dass Sie sich in der Kapsel den Kopf angestoßen haben – das war ein ganz schönes Veilchen, das Sie sich da verpasst haben. Aber zumindest haben Sie nicht den Geschmack von toter Ratte im Mund, oder? Das hatte eine Soldatin auf Avon. Die konnte wochenlang nichts anderes schmecken, nachdem sie sich den Kopf gestoßen hatte.«

Sein Tonfall verrät, dass er wie vorhin versucht, mich aufzumuntern. Er will zum Schiffswrack gelangen, und das bedeutet, dass ich bei klarem Verstand bleiben muss. Davon, dass ich den Geschmack von Blut und Kupfer im Mund habe, weiß er nichts. Ich mache einen bebenden Atemzug.

»Na ja«, sage ich und frage mich, wie ich es schaffe, mit so ruhiger Stimme zu sprechen. »Wenn sie nichts anderes zu essen hatte als diese Notfallriegel, war es vielleicht auch besser so.«

Er lacht leise. Es ist kaum mehr als ein rasches Ausatmen neben meinem Ohr. »Sie sind mir vielleicht eine«, murmelt er und drückt mich ganz leicht, was mir vollkommen den Atem raubt.

Ein Schauer jagt mir über den Rücken, kleine Funken, die mir sagen, dass ich noch nicht verloren bin. Die Tränen sind immer noch da, sie wollen heraus und schnüren mir den Hals zu.

»Ich finde, Sie halten sich unglaublich gut«, sagt er jetzt. »Wirklich, die meisten Soldaten würden mit so einer Situation längst nicht so gut fertig werden. Wir sind beide noch fit, wir laufen in die richtige Richtung und wir halten zusammen. Und deswegen wird auch alles gut gehen.«

Das ist so offenkundig gelogen. Ich will nicht von ihm bemitleidet werden.

»Es tut mir leid«, stammele ich mit kalten Lippen.

»Das muss es nicht«, antwortet er mit einem tiefen Brummen, das ich bis in meine Knochen spüre, viel deutlicher als die seltsamen Stimmen, von denen ich nicht weiß, wo sie herkommen. »Ihnen braucht gar nichts leidzutun.«

»Und ob.« Die Dunkelheit der Nacht ist wie ein Schutzschild der Anonymität, trotz der Tatsache, dass wir vielleicht die einzigen zwei Menschen auf diesem Planeten sind. Unter der Decke zusammengerollt komme ich mir beinah vor wie in einem Beichtstuhl, und ehe ich es mich versehe, strömen die Worte, die ich die ganze Zeit schon auf dem Herzen habe, seit er mich von diesem Baum geholt hat, nur so aus mir heraus.

»Es tut mir leid, dass ich überhaupt nichts kann; dass Sie ständig auf mich warten müssen; dass Sie mit ansehen müssen, wie ich langsam verrückt werde. Und es tut mir leid, dass ich überhaupt erst meinen Handschuh fallen gelassen habe, damit Sie ihn aufheben.« Einen Augenblick lang kann ich nicht weitersprechen.

Doch noch habe ich nicht gesagt, wofür ich mich wirklich entschuldigen will.

»Es tut mir leid, was ich auf dem Promenadendeck zu Ihnen gesagt habe, nur weil Anna dabei war und weil ich bin, wer ich bin. Es war gemein und hatte überhaupt nichts mit Ihnen zu tun, und ich habe es nur gesagt, weil ich mir nicht erlauben konnte, etwas anderes zu sagen.«

Ich finde nicht die richtigen Worte für das, was ich ihm noch sagen will – dass ich anders bin, als er denkt. Dass ich gern ein Foto hätte, um ihm zu zeigen, wie ich wirklich bin, so wie er mir sein Leben mit einem einzigen Foto gezeigt hat. Ich atme tief ein und verfalle in Schweigen.

Er antwortet nicht, und ein paar schreckliche Sekunden lang denke ich schon, dass seine Fähigkeit, überall schlafen zu können, mit einschließt, einfach eindösen zu können, während halb hysterische Mädchen ihre Entschuldigungen stammeln.

Doch dann drückt er mich wieder an sich, und ich spüre seinen warmen Atem im Nacken. Das zugeschnürte Gefühl in meinem Hals wird besser, und ich nehme einen tiefen, bebenden Atemzug.

»Entschuldigung angenommen.«

Von jedem anderen hätte ich es als Plattitüde abgetan. Aber da ist eine Ernsthaftigkeit in seinem Ton, die mir verrät, dass er es wirklich so meint.

Ich bewege mich leicht, um es mir wieder etwas bequemer zu machen, und da fällt mein Blick auf einen der Monde, der jetzt über der Ebene steht. Es ist das erste Mal, dass wir diesen Mond sehen können, ohne dass er vom Blätterdach des Waldes verdeckt ist.

»Tarver.«

»Hmm?«

»Da.«

Er hebt den Kopf, und als er sieht, was ich meine, spannt sich sein Arm um mich an und er hört auf zu atmen.

Was ich bisher für einen kleineren, zweiten Mond gehalten habe, ist in Wirklichkeit eine Ansammlung von kalten blauen Lichtern. Sie stehen zu still, als dass es Raumschiffe sein könnten, und sind auch zu gleichmäßig, um eine Gruppe von Asteroiden zu sein. Sieben an der Zahl, in einem gleichmäßigen Kreis angeordnet, mit einem in der Mitte.

»Was ist das?« Meine Stimme zittert, aber diesmal ist es nicht aus Angst vor den Stimmen.

Tarver stützt sich auf einen Arm, um besser sehen zu können. Er sagt nichts, und nach einem Augenblick drehe ich mich zu ihm um. Seine Miene ist erstarrt – aber er sieht nicht überrascht aus. Eher nachdenklich.

»Als die Kapsel abgestürzt ist«, sagt er langsam, »habe ich im Orbit etwas gesehen. Und es war nicht die *Icarus*. Es war zu schnell wieder weg, als dass ich hätte erkennen können, was es war, aber es war auf jeden Fall etwas von Menschenhand Geschaffenes. Wie groß muss etwas Derartiges sein, damit man es von hier aus so gut sehen kann?«

Ich hole tief Luft und fange an zu rechnen. »Um so viel Sonnenlicht zu reflektieren, muss jedes einzelne der Objekte mindestens Dutzende Kilometer breit sein.«

Tarver legt sich wieder hin und schlingt den Arm um meine Hüfte. Seine Stimme an meinem Ohr ist leise und warm. »Wo sind wir hier nur gelandet?«

Darauf habe ich keine Antwort und schweigend betrachten wir beide den unechten Mond. Einen schwindelerregenden Moment lang sehe ich uns von weit oben, einen kleinen Fleck im blauschwarzen Meer aus Gras, der beinah verschluckt wird von der endlosen Weite der Ebene.

Irgendwann, während wir uns unterhalten haben, ist die Stimme in der Nacht verstummt, und das Zittern, das meinen Körper im Griff hatte, hat aufgehört. Und so lausche ich jetzt auf Tarvers Atem, wie er ruhiger wird, und seinen Herzschlag, und die Brise, die um uns herum durch das hohe Gras weht, und schließlich schlafe auch ich ein.

»Jeder Planet hat irgendwelche Auffälligkeiten.«

»Das ist wahr.«

»Was ist Ihnen bei diesem aufgefallen?«

»Der Mangel an Gesellschaft.«

»Major, beantworten Sie unsere Fragen bitte ernsthaft.«

»Das tue ich ja. Mir war aufgefallen, dass es sich um einen terraformierten Planeten handelte, ohne dass es irgendwelche Anzeichen einer Bevölkerung gab. Ich wurde in den letzten zwei Jahren in sechs Feldzügen eingesetzt, und ich hatte noch nie einen Planeten ohne Menschen gesehen.«

»Was haben Sie über Ihre Aussichten gedacht?«

»Da war ich ganz realistisch. Genau wie jetzt auch.«

# 17

# TARVER

Ich wache auf, weil es regnet. Ein dicker Tropfen landet hinter meinem Ohr und läuft mir kalt in den Kragen. Fröstelnd drehe ich mich auf den Rücken, und der nächste Tropfen trifft mich genau zwischen den Augen.

Lilac bewegt sich im Halbschlaf und tastet leise protestierend nach mir. Als sie den Regen auf ihrer Haut spürt, setzt sie sich keuchend auf. Ich richte mich auch schnell auf, denn wenn man mit einem schönen Mädchen im Arm einschläft, passieren am Morgen gewisse Dinge, von denen man nicht unbedingt will, dass sie Schlagzeilen machen.

Also nehme ich eine etwas unverfänglichere Position ein und versuche, gelassen zu wirken, während sie mich völlig verwirrt und erschrocken ansieht. Da fällt mir auf, dass ich instinktiv nach der Gleidel gegriffen habe, und jetzt denkt sie offenbar, wir befänden uns in Gefahr.

»Tarver?« Mit großen Augen sieht sie mich an. Die Haut um das eine Auge ist von ihrem Zusammenprall mit der Rettungskapsel immer noch leicht geschwollen und dunkel verfärbt. Dann landet ein Regentropfen auf ihrem Gesicht und sie zuckt zusammen. Sie fasst sich an die Wange und sieht dann vollkommen perplex ihre nassen Fingerspitzen an, und da wird mir klar: Sie hat noch nie vorher Regen gesehen. In ihrer Welt wird sogar das Klima gesteuert.

»Es regnet«, sage ich mit vom Schlaf rauer Stimme. Ich räuspere mich. »Es ist alles in Ordnung. Es regnet nur direkt aus den Wolken auf uns herab.«

Mit gerunzelter Stirn sitzt sie vornübergebeugt da und versucht, sich vor dem Regen zu schützen. »Direkt aus den Wolken? Ist das denn hygienisch?«

Ich kann nicht anders, als zu lachen. Es fängt als leises Glucksen an, aber ich grinse bereits übers ganze Gesicht, und dann löst sich meine innere Anspannung, und einen Augenblick später fange ich hemmungslos an zu lachen.

Lilac sieht mich an, als wäre ich endgültig übergeschnappt. Ich nehme ihre Hand und verschränke meine Finger mit ihren, dann drehe ich unsere Handflächen nach oben, so dass der Regen hineinfällt. Ich zeichne mit dem Daumen einen Kreis auf ihrer Haut, streiche das Wasser hinein. Ich will ihr zeigen, dass sie vor dem Regen keine Angst haben muss.

Ihre Lippen formen sich langsam zu einem Lächeln und dann lässt sie sich zurückfallen, so dass die Regentropfen auf ihrem Gesicht landen. Ich sehe ihr zu, freue mich über ihr Lächeln, und dann fällt mir auf, dass ich immer noch ihre Hand halte. Sie zittert, und für einen kurzen Moment denke ich, sie weint.

Doch dann merke ich, dass auch sie lacht.

Dieser perfekte Moment dauert genau zehn Herzschläge, bis sie blinzelnd den Kopf hochreißt und in die Ferne sieht und ein noch heftigeres Zittern ihren Körper erfasst. Nach einem Augenblick hat sie sich wieder unter Kontrolle und wendet sich mir zu. Sie versucht, ihr Lächeln von eben wiederzuerlangen, aber ich weiß, was war. Ihre Pupillen sind vor Schreck geweitet, ihre Unterlippe bebt.

Sie hat wieder eine der Stimmen gehört.

»Sie hatten doch gesagt, es hätte am dritten Tag geregnet.«

»Nein, das war das erste Mal, dass es regnete.«

»Sie verwickeln sich in Widersprüche, Major.«

»Nein, Sie versuchen, mich in eine Falle zu locken.
Ich weiß, wie das funktioniert. Diese Methoden sind beim Militär
entwickelt worden. Was ist Ihre nächste Frage?«

»Was haben Sie zu dem Zeitpunkt über
Ihre Beziehung zu Miss LaRoux gedacht?«

»Ich verstehe Ihre Frage nicht ganz.«

»Haben Sie eine Entwicklung in Ihrer Beziehung gesehen?«

»Nein, habe ich nicht. Ich bin Soldat. Ich komme aus der falschen
Familie. Ich denke, es ist für alle Beteiligten angenehmer, wenn Typen
wie ich sich aus solchen Angelegenheiten heraushalten.«

»Glauben Sie das? Dass sie aus der falschen Familie kommen?«

»Meine Familie war nicht mit auf dem Planeten.
Ich sehe keinen Grund, über sie zu sprechen.«

»Es gibt keinen Grund, laut zu werden, Major.«

# 18

# LILAC

Es ist erstaunlich, wie viel sich innerhalb ein paar kurzer Stunden und mit ein paar Tausend Hektolitern Wasser verändern kann.

Ich hasse den Regen und ich hasse diesen Planeten und die Kälte und mein blödes, blödes Kleid. Und ich hasse Tarver, dafür dass er einfach so vorne wegläuft, als wäre nichts, als würde kein *Wasser vom Himmel fallen*, als ob er es gar nicht mitbekäme. Ich hasse ihn dafür, dass er mir seine Jacke genau in dem Moment angeboten hat, als mir schon so kalt war, dass ich sie nicht mehr ablehnen konnte. Ich würde gern nur ein einziges Mal so wirken, als hätte ich mich unter Kontrolle.

Der Vormittag zieht sich endlos hin, während wir im kalten Nieselregen in Richtung des Flusses laufen, den Tarver von einer höheren Stelle aus gesehen hat. Die Berge am Horizont sind hinter einem grauen Regenvorhang versteckt. Hinter uns sind noch dunklere Wolken, und Tarver blickt immer wieder zurück, um zu überprüfen, wohin sie ziehen. Ich blicke mich auch ständig um, aber nicht, weil ich an den Wolken irgendetwas ablesen könnte. Ich kann bloß nicht aufhören, nach der Ursache für die Stimmen zu suchen. Bis mir wieder einfällt, dass wir allein hier sind.

*Das ist nur der Regen*, sage ich mir. *Der Wind, der durchs Gras fegt. Eins dieser Tiere, von denen wir gestern Abend eins gegessen haben.*

Aber kann ein Tier weinen?

Das Schluchzen, das ich über dem fallenden Regen höre, zerbricht mir das Herz, denn es klingt nach Anna, nach mir, nach jedem der Mädchen aus unserem Kreis. Der Regen läuft mir über die Wangen, und fast glaube ich, dass ich es bin, die so hoffnungslos schluchzt. Ich schaffe es kaum, einen Fuß vor den anderen zu setzen, weil ich wieder am ganzen Körper zittere und mir ganz schwindelig ist. Es ist jetzt nicht mehr nur eine Stimme – es ist ein ganzer Chor von verzweifelten, herzzerreißenden Stimmen. Mein Blick ist verschwommen und immer wieder stolpere ich und falle hin. Mehr als einmal muss Tarver stehen bleiben und mich wieder hochziehen. Mein ohnehin schon ruiniertes Kleid ist vor lauter Schlamm nicht mehr wiederzuerkennen.

Ich hasse ihn dafür, wie leicht ihm das hier alles fällt, dafür, dass es offenbar seine zweite Natur ist, solche Qualen zu überstehen. Als er mich dabei ertappt, wie ich mich nach den Stimmen umblicke, grinst er, als wolle er sagen: *Keine große Sache. Hab ich auch schon durchgemacht.* Sein Blick allerdings sagt etwas ganz anderes. Er ist besorgt. Und zwar so besorgt, wie er es die ganze Zeit noch nicht war, seit wir abgestürzt sind. Nicht, als die Kapsel auf den Planeten zugerast ist, nicht, als ich ihm mitgeteilt habe, dass wir kein Notsignal senden können, noch nicht einmal, als wir gesehen haben, wie die *Icarus* abstürzte.

Und das macht mir noch mehr Angst als alles andere.

Obwohl der seltsame Mond wieder untergegangen ist, geht er mir nicht mehr aus dem Kopf. Die Terraform-Unternehmen müssen das Ding konstruiert haben – aber was ist es? Vielleicht eine Art Überwachungssystem. Etwas, womit man die Kolonisten im Auge behalten kann, sollten sie sich auflehnen.

Nur dass es hier keine Kolonisten gibt. Es gibt nichts zu beobachten.

Es gibt nur uns, die wir regendurchtränkt und frierend endlos über diesen Planeten wandern, in der Hoffnung, beim Wrack auf Suchtrupps zu treffen, weil davon unser Leben abhängt.

Trotz meiner Erschöpfung schlägt keiner von uns beiden vor, eine Essenspause zu machen. Bei dem Dauerregen könnten wir ohnehin kein Feuer machen, und wir hätten keine Möglichkeit, uns aufzuwärmen. Hätte ich doch nur auf seinen mehrmals wiederholten Ratschlag gehört, den Mechaniker-Anzug aus der Rettungskapsel anzuziehen – mein Kleid ist inzwischen so kaputt und nass, dass ich auch genauso gut gar nichts tragen könnte. Und das Schlimmste ist, dass ich derart friere und so müde bin, dass es mir noch nicht einmal mehr etwas ausmacht, dass ich auch fast aussehe, als wäre ich nackt, so wie mir das Kleid am Körper klebt und sich mir um die Beine wickelt.

In der Ferne ist jetzt wie ein schwarzer Strich in der Landschaft der Fluss zu erkennen. Tarver bleibt stehen und schirmt die Augen vor dem Regen ab, wie ein salutierender Soldat. Ich gehe in die Hocke, schlinge die Arme um die Knie und versuche, mein Zittern unter Kontrolle zu bringen. Wahrscheinlich rechnet er gerade aus, wie lange wir zum Fluss noch brauchen werden. Wir machen keine richtige Pause. Es ist alles, was ich bekomme.

Ich schließe die Augen und öffne sie erst wieder, als ich spüre, wie er mir unter der Jacke die Hände auf die bloßen Arme legt, um sie zu wärmen. Meine Haut ist so kalt, dass selbst er so aussieht, als würde er frieren. »Es ist nicht mehr weit«, verspricht er mir, während er vor mir hockt und ihm das Wasser in Strömen über Augenbrauen und Nase läuft. Sein Anblick ist mir in den letzten fünf Tagen so vertraut geworden. Fasziniert starre ich auf die kleinen Rinnsale, die unter seinem Kinn zusammentreffen.

»Lilac, sind Sie noch da?«

Blinzelnd versuche ich, mich daran zu erinnern, wie man Worte formt. Meine trägen Lippen weigern sich, mir zu gehorchen. »Ja. Glaube ich zumindest.«

Tarver grinst kurz und dann streicht er mir die nassen Haare aus der Stirn. Er will gerade noch etwas sagen, als ich hinter uns ein leises, ansteigendes Wispern wie von tausend verschiedenen Stimmen höre.

Ich blicke mich um, ehe mir einfällt, dass ich ihm damit einen weiteren Beweis dafür liefere, immer mehr dem Wahnsinn anheimzufallen. Doch dann bemerke ich, dass er in die gleiche Richtung sieht.

Auf einmal schöpfe ich wieder Hoffnung, das Herz zieht sich mir vor Freude zusammen, und ich will schon etwas sagen, doch er ist schneller als ich.

»Noch mehr Regen«, murmelt er, so leise, dass ich ihn fast nicht höre.

Also doch nicht meine Stimmen. Ich schaue mich noch einmal um und diesmal sehe ich den dicken grauen Vorhang, der sich über die Ebene auf uns zubewegt. Noch mehr Regen. Wenn es noch mehr regnen wird als jetzt schon, brauchen wir Kiemen. Dann könnten wir zum Himmel hochschwimmen und müssten nicht darauf warten, dass uns irgendwelche Rettungsschiffe von hier abholen.

Ich will nichts so sehr wie mich hinlegen, hier in den Matsch, doch als meine Beine unter mir nachgeben, umfasst Tarver meine Oberarme noch fester. Dann steht er auf und zieht mich mit sich hoch.

»Können Sie rennen?« Sein Gesicht ist ganz nah.

»Was?« Ich kann nichts anderes tun, als ihn anzustarren.

»Kommen Sie, Lilac, konzentrieren Sie sich. Können Sie rennen? Der Regen, der da angerollt kommt, ist zu stark. Wir brauchen einen Unterschlupf.«

*Stark?* Wie kann Regen stark sein?

Ich weiß, dass ich Blasen an den Füßen habe, denn ich habe sie heute Morgen gesehen, aber jetzt spüre ich sie nicht. Ich spüre meine Füße überhaupt nicht. Ich starre ihn weiter an, das Wasser, das ihm übers Gesicht läuft und niemals den gleichen Weg nimmt. Es teilt sich immer anders, bevor es von seinen Wangenknochen springt oder ihm den Hals herunterläuft. Als wollte es ihn überall berühren.

»Verdammt«, flucht Tarver, als er wieder auf den herannahenden Monsun hinter mir blickt. »Ich werde dafür bezahlen, wenn Sie sich genug aufgewärmt haben, um mich wieder zu hassen.«

Was? Doch mir bleibt keine Zeit, über seine Worte nachzudenken. Er fasst mich am Arm und reißt mich mit sich, so dass ich gar nicht anders kann, als loszulaufen, denn sonst würde ich hinter ihm hergeschleift werden wie Luftschlangen an einem Festumzugswagen. Mit allerletzter Kraft schaffe ich es irgendwie, meine schweren Beine zu bewegen.

Meine Füße rutschen und schlittern über den matschigen Boden und ich spüre immer wieder die Knochen in meinem Handgelenk knacken, weil Tarver so fest an meiner Hand zieht. Er hat den dunklen Streifen am Horizont fest im Blick, und während wir uns ihm langsam nähern, löst sich das Dunkle in Bäume auf. Es macht mir noch nicht einmal mehr etwas aus, dass wir wieder in einen Wald gehen, denn Bäume bedeuten Holz und Holz bedeutet Feuer und Feuer bedeutet Wärme, und ich glaube, ich habe schon ganz vergessen, wie sich das anfühlt.

Dann toben grollend die Regenwolken über uns hinweg, und im nächsten Moment kracht der Himmel auf uns nieder.

Tarver flucht und schimpft, wie ich es noch nie von ihm gehört habe. Die plötzliche Sintflut entreißt ihm meine Hand, die schlüpfrig ist wie nasses Gummi, und ich stürze. Doch ich spüre keinen Schmerz, denn meine Beine sind taub, und ich kann gar nicht mehr aufstehen.

Tarver hebt mich hoch und trägt mich die letzten Meter zum Fluss, in den Schutz der Bäume, dann lässt er mich unsanft fallen.

»Sie bleiben hier«, brüllt er über den Krach hinweg, wobei er sich weit zu mir herunterbeugen muss. Das Prasseln des Regens auf dem Blätterdach ist fast genauso ohrenbetäubend wie das Toben des Sturms außerhalb des Waldes, aber die Äste sind kräftig und halten das meiste Wasser ab.

Tarver stellt den Rucksack auf den Boden und wühlt darin herum, bis er den Mechaniker-Anzug gefunden hat. »Ziehen Sie den an«, ruft er, wirft ihn mir zu und nimmt mir die Jacke ab, die er mir vorhin gegeben hat. Dann zieht er die Pistole aus dem Holster und lässt mich allein.

Der Mechaniker-Anzug bleibt, wo Tarver ihn hingeworfen hat. Er liegt halb über meinem Schoß, halb über meinen verschränkten Armen. Mir ist viel zu kalt, um mein Kleid auszuziehen, auch wenn es pitschnass ist. Also lehne ich mich gegen einen Baumstamm und warte darauf, dass er wiederkommt. Da höre ich wieder ein entferntes Flüstern, das sich deutlich vom Regen auf den Blättern über mir abhebt. Die Stimmen weinen nicht mehr, aber die Worte verstehe ich nach wie vor nicht. Ich strecke meine Hand vor mir aus, sie ist blass und kalt und dreckig, und sie zittert heftig. Ich wusste nicht, dass Wahnsinn solche körperlichen Auswirkungen haben kann.

Ich habe kein Gefühl dafür, wie viel Zeit verstrichen ist, als ich aufwache, weil Tarver mir sanft die Wangen tätschelt. »Ich versuche, ein Feuer zu machen«, sagt er, und mir fällt auf, dass er nicht mehr schreit. Der Regen muss etwas nachgelassen haben. »Ziehen Sie das Kleid aus.«

»Also wirklich, Major«, flüstere ich. »Ich bin zutiefst schockiert.«

»Der Herr steh mir bei«, sagt er, verdreht dabei aber die Augen, und ich weiß, er würde lachen, wenn es nicht so kalt wäre. Irgendwie ist das ein viel befriedigenderes Gefühl, als ihn zu verärgern. »Tun Sie es einfach, in Ordnung? Keine Diskussion. Ich verspreche, ich werde nicht hinsehen. Trocknen Sie sich mit der Decke ab und dann ziehen Sie den Anzug an.«

Ich nehme die Decke, die er mir hinhält, stütze mich am Baum ab und richte mich auf. Ich bin ganz steif vor Kälte. Die Stimmen haben aufgehört, aber ich zittere noch immer. Ganze fünf Minuten mühe ich mich mit den verknoteten Bändern von meinem Kleid ab, bis mir bewusst wird, dass ich es fünf Tage lang nicht ausgezogen habe. Die Bänder sind total durchnässt, und ich schaffe es einfach nicht, sie mit meinen steifen Fingern zu lösen.

»Tarver«, flüstere ich. »Ich brauche Hilfe.«

Anscheinend habe ich doch noch einen Funken Wärme in mir, denn ich spüre, wie ich rot werde, als er sich verwirrt zu mir umdreht. Doch als er sieht, wie ich vergeblich am Ausschnitt des Kleids herumfummele, begreift er.

Irgendetwas unanständig Klingendes in einer mir unverständlichen Sprache murmelnd kommt er zu mir und bedeutet mir, meine Hände unter die Arme zu stecken, um sie zu wärmen, während er versucht, die Bänder zu lösen. Schließlich muss er sie mit dem Messer durchtrennen. Ich wende den Blick ab und versuche, an etwas anderes zu denken. Das Kleid war ohnehin nicht mehr zu retten. Es ist bloß ein weiteres kleines Opfer im Namen des Überlebens.

Ich hatte mir die zarte violette Blüte, die er mir in der Ebene gegeben hatte, ins Oberteil gesteckt, und als ich die Überbleibsel des Kleides von meinem Körper schäle, ist sie ganz zerdrückt und kaum mehr als Blüte zu erkennen. Und so muss ich mich schweren Herzens von ihr trennen und lasse sie in den Dreck fallen.

Was sagt das über mich, dass ich inzwischen den Verlust einer Blüte mehr bedaure als den Verlust meines Kleides?

Tarver fängt an, trockenes Feuerholz zu suchen, wobei er darauf achtet, mir immer den Rücken zuzuwenden, und so lasse ich das Kleid schließlich fallen. Vor Kälte nach Luft schnappend wickle ich mir schnell die Decke um, knie mich hin, um mit dem ganzen Körper unter der Decke zu verschwinden, und schließe die Augen.

Als ich ein kleines oranges Flackern auf den Lidern wahrnehme, öffne ich die Augen schließlich wieder. Tarver hockt inzwischen vor einem winzigen Feuer und legt mit zitternden Händen behutsam Brennholz nach.

Die Bäume hier haben zwar kräftige, große Blätter, aber etwas Regen dringt trotzdem hindurch. Ich bin so froh, dass Tarver genug trockenes Feuerholz gefunden hat. Als ich erleichtert aufseufze, sieht Tarver zu mir herüber, wendet den Blick jedoch sofort wieder ab.

Ich bin wohl doch nicht so gut bedeckt, wie ich dachte. Ganz offensichtlich wird mir langsam etwas wärmer, denn auf einmal ist es mir nicht mehr gleichgültig, was er von mir sieht, und ich verkrieche mich tiefer in meinem Kokon.

»Ab in den Mechaniker-Anzug mit Ihnen, Miss LaRoux. Sie werden umwerfend aussehen, versprochen. Und dann geben Sie mir die Decke, damit ich mich abtrocknen kann.«

Das überzeugt mich schließlich, meinen Anspruch auf die Decke aufzugeben. Tarver ist immer noch tropfnass und muss sich jedes Mal weit zurücklehnen, wenn er Holz nachlegt, um das Feuer nicht gleich wieder zu löschen. So wie der Regen durchs Blätterdach tropft, werden wir zwar nie ganz trocknen, aber feucht ist immerhin besser als klatschnass. Ich stelle mich hin, lasse die Decke fallen und steige in den Anzug. Nachdem ich den Reißverschluss geschlossen habe, schlinge ich unter dem losen Stoff die Arme um die Brust. Es ist ein Männeranzug, und er ist viel zu groß, also lasse ich die Ärmel leer herunterhängen. Der Stoff ist so rau, dass ich wohl besser das Kleid darunter anziehen werde, bevor wir weiterziehen, sonst scheuere ich mir noch die Haut auf. Aber der Anzug ist vergleichsweise trocken, und im Moment ist das genug.

Erst als ich mich neben das kleine Feuer hocke, blickt Tarver vorsichtig wieder auf. Er legt noch ein Stück Holz in die Flammen, dann nimmt er mir die Decke ab und fängt an, sich auszuziehen. Ich verhalte mich nicht so ehrenhaft wie er, sondern sehe ihm zu, wie er Jacke und Hemd fallen lässt, und mein Verstand setzt aus. Seine Erkennungsmarke baumelt im schwachen Schein des Feuers glänzend vor seiner Brust. Die vor Kälte angespannten Muskeln sind von Gänsehaut überzogen, und als er sich mit der Decke trocken rubbelt, wird seine Haut ganz rot.

Er zieht die Jacke wieder an, legt das Hemd zum Trocknen auf die andere Seite des Feuers, dann nimmt er die Decke und legt sie mir um die Schultern. Es macht mir nichts aus, dass sie rau und feucht ist – sie ist warm, und auch wenn ich im Moment noch entsetzlich friere, weiß ich, dass es in ein paar Augenblicken schon besser sein wird. Ich schaue Tarver zu, wie er mit flinken Bewegungen das Lager errichtet. Nachdem er die Feldflasche überm Feuer aufgestellt hat, schlüpft er zu mir unter die Decke, und bevor ich protestieren kann, hat er auch schon den Arm um mich geschlungen.

Das Feuer gibt noch nicht besonders viel Wärme ab und zischt immer wieder unglücklich, wenn Regentropfen durchs schützende Blätterdach fallen. Doch nach einer Weile höre ich auf zu zittern. Tarver lässt den Arm trotzdem um mich liegen. Ich höre keine Stimmen mehr, nur das Prasseln des Feuers und das Klatschen des Regens auf dem Blätterdach, und auf einmal macht sich mit der Wucht eines Schnellzugs der Schlafmangel der letzten Nächte bemerkbar. Ich sollte mich aus Tarvers Umarmung befreien und mich, wie es sich gehört, allein schlafen legen. Ich sollte warten, bis das Essen fertig ist, bevor ich einschlafe. Ich sollte ihn sich ausruhen lassen, ohne dass er sich um mich kümmern muss.

Aber mir ist endlich warm und niemand ruft mit unverständlichen Wörtern nach mir, und aus irgendeinem Grund, dem ich nicht weiter nachgehen will, zieht sich mir beim Gedanken, Tarver Merendsens Arm wegzustoßen, das Herz zusammen. Also bleibe ich still sitzen und lasse den Kopf an seine Schulter sinken, und falls es ihn stören sollte, dass meine Haare ihn nass tropfen, sagt er zumindest nichts, sondern lässt mich schlafen.

»Sie sagten, Miss LaRoux habe beim Absturz
eine leichte Kopfverletzung erlitten.«
»Das ist richtig.«
»Und es gab keine Folgeerscheinungen?
Sie konnte sich problemlos fortbewegen?«
»Ich würde ja gern mal sehen, wie Sie sich in
einem Ballkleid und mit der Art von Schuhen, wie diese
Mädchen sie tragen, fortbewegen. Ich würde nicht sagen,
dass unsere Wanderung problemlos vonstattenging.«
»Es ist mir Ernst mit der Frage, Major Merendsen.«
»Und?«
»Und ich wäre Ihnen sehr dankbar, wenn
Sie die Frage ernsthaft beantworten könnten.«
»Ich bin mir keiner Schwierigkeiten bewusst, die ein Resultat
dessen gewesen wären, dass sie sich den Kopf gestoßen hat.«
»Was war mit Ihnen?«
»Für mich war es ein Spaziergang. Was glauben Sie denn?«

# 19

# TARVER

Sie wacht früh auf. Sie, die wahrscheinlich sonst bis mittags schläft und bis um drei im Bett liegen bleibt. Ich drehe mich auf die Seite, lege mich auf die warme Stelle, die sie hinterlassen hat. Ich habe die Augen geschlossen, aber ich merke, wie sie mich beobachtet. Sie schiebt die Erde weg, mit der ich das Feuer gelöscht habe, und stochert in der Glut herum. Ich spüre die Wärme im Gesicht, als sie mit dem übrigen Brennholz von gestern Abend das Feuer wieder in Gang bringt.

Ich höre, wie sie sich mit langsamen Bewegungen neben mich hockt. Wahrscheinlich hat sie vor Kälte steife Glieder und zusätzlich tut ihr von unserer Flucht vor dem sintflutartigen Regen gestern alles weh. Als sie mir eine Hand auf die Schulter legt, öffne ich ein Auge einen Spalt weit. Sie sieht müde aus. Unter beiden Augen hat sie dunkle bläuliche Ringe, und das Veilchen verblasst zwar langsam, ist aber immer noch als gelb-schwarzer Schatten zu sehen. Auf ihrer blassen Haut haben sich neue Sommersprossen gebildet, wie Satzzeichen auf einem Blatt Papier.

Irgendwie sieht sie faszinierend aus, mehr als je zuvor, mit den Spuren unseres Überlebenskampfes.

»Ich gehe Wasser holen«, flüstert sie kaum hörbar – offenbar will sie mich noch schlafen lassen. »Ich bin nicht lange weg.«

Ich räuspere mich leicht, damit sie weiß, dass ich sie gehört habe. Einen Moment lang überlege ich noch, ob ich sie wirklich allein gehen lassen soll, aber sie ist nicht mehr das Mädchen, das mit mir zusammen abgestürzt ist. Sie wird vorsichtig sein.

Und ich habe auch keine Spuren gesehen, als ich gestern Abend Brennholz suchen war. Ich glaube nicht, dass hier in diesem kleinen Wald am Flussufer, umgeben von unendlicher Leere, irgendwelche großen Tiere leben. Ein Raubtier würde niemals so weit laufen, abgesehen davon, dass es hier auch nichts gibt, wovon es sich ernähren könnte.

Durch die halb geöffneten Augenlider beobachte ich, wie Lilac sich aufrichtet und losgeht, dann schließe ich die Augen wieder. Sieht ganz so aus, als würde ich nicht dafür bestraft werden, dass sie eng um mich geschlungen aufgewacht ist. Ich hätte es ja in Kauf genommen, dafür jetzt von ihr die kalte Schulter gezeigt zu bekommen, aber offenbar nimmt sie unsere nächtliche Nähe inzwischen als notwendiges Übel hin. Der Schlaf greift wieder nach mir und ich gebe mich ihm noch etwas hin.

Ich weiß nicht, wie viel Zeit vergangen ist, als ich das nächste Mal aufwache – Sekunden oder Minuten, oder mehr. Das seltsame Ding auf der Umlaufbahn des Planeten ist untergegangen, was bedeutet, dass der Sonnenaufgang mindestens ein oder zwei Stunden her ist, aber wann hat Lilac sich auf den Weg gemacht?

Die Luft ist so feucht, dass mein Hemd immer noch nicht getrocknet ist. Ich wollte zwar nicht nach Rauch riechen, denn Lilac wird garantiert die Nase darüber rümpfen, aber jetzt halte ich das Hemd doch direkt übers Feuer. Wenn sie mit dem Wasser zurückkommt, werde ich uns eine heiße Suppe kochen. Ein paar von den Pflanzen, die meinen Test bestanden haben, werden fürs Aroma sorgen, und dann haben wir auch noch Reste von dem letzten der kleinen umherhuschenden Tiere. Ich weiß nicht, was für ein Tier das war mit seiner langen Schnauze und den übergroßen Ohren. Es kommt mir fast wie eine Parodie auf die Tierwelt anderer terraformierter Planeten vor.

Da höre ich plötzlich, wie Lilac durchs Unterholz gerannt kommt, als hätte ihr jemand erzählt, dass es bei unserem Lager Schuhe im Schlussverkauf gäbe. Es kommt mir gar nicht in den Sinn, dass irgendetwas nicht stimmen könnte, bis ich sie sehe.

Sie ist kreidebleich und vollkommen außer Atem. Der Mechaniker-Anzug hat Matschflecken an den Knien, als wäre sie hingefallen.

Ein Teil von mir würde das Hemd am liebsten fallen lassen und Lilac an mich ziehen, aber meine Hände sind anders konditioniert, und so lege ich das Hemd beiseite, damit es kein Feuer fängt, und greife nach der Gleidel.

Als die Pistole leise heulend hochfährt, zuckt Lilac zusammen. »Nein, schon gut – es ist nichts.«

»Es ist nicht nichts«, widerspreche ich leise. Dann breite ich einladend die Arme aus und auf einmal ist eine Barriere zwischen uns gefallen, denn sie kommt tatsächlich die drei Schritte zu mir herübergestolpert. Ich ziehe sie an mich, in einer Hand weiter die Pistole, und sie drückt ihr Gesicht an meine Brust. Mein Hemd liegt immer noch auf dem Boden, aber kalt ist mir nicht mehr. »Was ist denn passiert? Sie sind mit der Feldflasche zum Fluss gegangen, und dann …?«

Sie zittert wieder furchtbar und hält die Feldflasche so fest umklammert, dass ihre Fingerknöchel weiß hervortreten. Etwas vom Wasser hat sie auf dem Weg hierher verschüttet, ihr eines Hosenbein ist ganz nass. Mir wird schwer ums Herz. Ich kenne das, den fahrigen Blick, das heftige Zittern. Dabei dachte ich, wir hätten das Schlimmste hinter uns, nachdem sie die Nacht durchgeschlafen hat. Aber jetzt macht sie einen schlechteren Eindruck denn je.

»Tarver, Sie werden mich für verrückt halten.« Sie blickt an mir vorbei, und ich konzentriere mich darauf, ruhig zu bleiben. Sie wird schon noch zu reden anfangen – sie mag kein Schweigen. »Sie werden mich für noch verrückter halten als ohnehin schon«, korrigiert sie sich, dann drückt sie wieder das Gesicht an meine Brust, als hätten die paar Worte all ihre Kraft gekostet. Sie steht praktisch nur noch aufrecht, weil ich sie halte.

»Erzählen Sie es mir trotzdem«, sage ich leise. Ich schalte die Gleidel aus und stecke sie zurück ins Holster. Jetzt kann ich beide Arme um Lilac legen, und als sie sich an mich schmiegt, fühlt es sich an, als ob sie dort hingehört. Ich schließe die Augen. »Machen Sie sich keinen Kopf, was ich denken könnte, erzählen Sie einfach, was passiert ist.«

Sie braucht noch eine Weile, bis sie mit der Antwort herausrückt, und obwohl das Zittern langsam nachlässt, hat sie sich immer noch nicht beruhigt. Ihr Atem geht stoßweise. »Ich habe sie gesehen«, keucht sie schließlich. »Die Stimmen. Ich weiß, wie das klingt. Sie müssen mir das nicht sagen.«

Auf einmal habe ich das Gefühl, als läge mir ein schwerer Stein im Magen. Sie hat Recht. Das klingt noch verrückter. *Bitte nicht.* »Sie haben Leute gesehen?«

Sie nickt. Ihre Wange streicht ganz leicht über meine Haut. Sie muss wirklich ganz schön verzweifelt sein, wenn sie noch nicht einmal bemerkt, dass ich nur halb bekleidet bin – dass ihre Wange an meiner nackten Brust liegt. »Sie waren auf der anderen Seite des Flusses. Erst war ich noch allein, aber als ich die Feldflasche gefüllt hatte, da …«

»Wie haben die Leute ausgesehen?«, frage ich. Ich brauche trotzdem irgendeine Erklärung, etwas, das ich verstehen kann.

»Ich weiß, wer sie waren.« Ihre Stimme bricht. Ich wünschte, ich könnte ihr das hier ersparen. »Sie haben mich alle angesehen und dorthin gezeigt.« Sie deutet mit dem Kopf in die Richtung, in die wir unterwegs sind, zu den Bergen mit dem Wrack dahinter.

»Ich konnte durch sie hindurch den Nebel sehen, und als die Sonne rauskam, waren sie auf einmal verschwunden.« Sie schluckt, und dann spricht sie mit angespannter, rauer Stimme weiter. »Eine von ihnen war barfuß.«

Erst nach einem kurzen Moment begreife ich, was sie meint. Dann trifft es mich mit voller Wucht und ich drücke sie fester an mich. »Das waren Trugbilder, Lilac. Ich glaube Ihnen, dass Sie sie gesehen haben, aber Sie haben sich bei der Landung den Kopf gestoßen. Wenn wir erst einmal zurück in der Zivilisation sind, wird man Sie ganz schnell wieder in Ordnung bringen. Aber jetzt müssen Sie mir versprechen, dass Sie hinter nichts, was Sie sehen, hinterherlaufen. Ich will nicht, dass Ihnen etwas zustößt.«

Sie antwortet nicht. Ob sie gedacht hat, dass ich ihr glauben würde? Dass ich Visionen überzeugender fände als die Stimmen in ihrem Kopf? »Tarver, wie viele Leute waren in der Kapsel? Wie viele haben Sie begraben?«

»Wir haben sie nicht umgebracht, Lilac. Wir haben sie respektvoll behandelt. Wenn Sie sich wegen dem, was passiert ist, schuldig fühlen –«

»Es waren fünf, oder?« Sie hebt den Kopf und sieht mich aufmerksam an. Ihre Pupillen sind riesig, das Blau der Iris ist beinah verschwunden. Ihr Blick ist so durchdringend, dass es mir Angst macht. »Sie wollten nicht, dass ich sie sehe. Woher sollte ich also wissen, dass es fünf waren? Tarver, verstehen Sie denn nicht? Ich bin nicht verrückt. Ich werde von den Geistern der Toten verfolgt.«

Ich weiß nicht, wie ich mit ihr umgehen soll. Man kann dem Wahnsinn nicht mit Verstand beikommen und man kann ein Mädchen, das keine Soldatin ist, auch nicht herumkommandieren. Ich behalte also meinen ruhigen, geduldigen Gesichtsausdruck, der sie sonst so ärgert, bei und nehme noch einen tiefen Atemzug, bevor ich ihr antworte. »Ich habe Ihnen bestimmt gesagt, wie viele es waren.« Doch wir wissen beide, dass es nicht so war. »Und auch wenn nicht, fünf ist eine wahrscheinliche Anzahl an Passagieren. Das sind beinah so viele, wie in eine Kapsel passen. Lassen Sie uns weitergehen, Lilac. Wir brauchen heute Nachmittag ausreichend Zeit, um einen sicheren, geschützten Platz für unser Lager zu finden. Geben Sie mir die Flasche, ich mache uns etwas Wasser warm.«

Sie macht einen Schritt zurück. Entschlossen blickt sie mich an, während sie den Abstand zwischen uns vergrößert. »Es waren zwei Frauen«, sagt sie mit ruhiger Stimme. »Die ohne Schuhe war ungefähr so groß wie ich. Und es war ein Soldat dabei. Ich habe seine Erkennungsmarken gesehen.«

Auf einmal schnürt sich mir der Hals zu, und einen kurzen Moment lang bekomme ich keine Luft. Mein Brustkorb scheint nicht mehr zu wissen, wie das mit der Atmung funktioniert. Das ist Zufall. Sie denkt sich das bloß aus. Sie hat meine Erkennungsmarken gesehen, und so ist das Bild in ihrem Kopf entstanden.

Aber sie ist noch nicht fertig. »Die anderen beiden waren Männer in Abendgarderobe.«

Ich schaffe es, einen Atemzug zu machen, bevor sich mir erneut der Hals zuschnürt. *Nein. Das ist unmöglich. Sie kann das nicht wissen.* Als ich wieder atmen kann, sage ich mit ruhigem Blick: »Natürlich haben Sie ein Mädchen Ihrer Körpergröße gesehen, Lilac. Sie hatte ja auch dieselbe Schuhgröße wie Sie. Aber das waren nicht die Leute, die ich begraben habe, falls Sie das denken. In der Kapsel waren nur Frauen. Keine Männer und auch kein Soldat.« Ich weiß noch nicht einmal, warum ich lüge. Aber meine Gedanken sind total durcheinander und ich suche verzweifelt nach irgendetwas, woran ich mich festhalten kann. Und das Einzige, was ich finde, ist: Ich darf mich nicht darauf einlassen, was sie erzählt. Ich kann nicht zulassen, dass es noch schlimmer wird, als es schon ist.

Eine ganze Weile sehen wir uns nur an. Sie hat den Mund leicht geöffnet, als hätte ich ihr eine Ohrfeige verpasst. Sie weiß, dass ich lüge, aber sie versucht, es zu verbergen. Dann bekommt sie ihre Gesichtszüge wieder unter Kontrolle und sieht mich mit einer ausdruckslosen Miene an, die all meine eigenen Bemühungen in den Schatten stellt.

»Gut«, sagt sie leise. »Gehen wir.«

Schweigend packen wir unsere Sachen zusammen. Ans Frühstücken denkt keiner von uns beiden mehr.

Ich weiß nicht, was ich sonst hätte sagen sollen. Ich kann das, was in ihrem Kopf vor sich geht, nicht auch noch schüren.

Es ergibt einfach keinen Sinn.

Sie hat Steine auf das Grab gelegt, aber sie hat zu keinem Zeitpunkt die Leichen gesehen. Die Männer in Abendgarderobe, die Frauen in den Mechaniker-Anzügen, den Soldaten, der nicht viel älter war als ich.

Ich habe seine Erkennungsmarken im Rucksack.

»Sie hatten die *Icarus* also fast erreicht.«

»Wir mussten immer noch die Bergkette überqueren.
Die Absturzstelle war auf der anderen Seite.«

»Im Bericht steht, die Berge waren von Schnee bedeckt.«

»Ja.«

»Wir reden jetzt schon seit einiger Zeit, und Sie haben es bislang nicht für nötig gehalten, den Schnee zu erwähnen.«

»Glauben Sie, ich lüge, was das Wetter betrifft?«

»Ich weiß nicht, was Sie im Schilde führen, Major.
Ich versuche, es herauszufinden. Es hat also geschneit?«

»Ja. Wenn Ihnen der Wetterbericht vorliegt, bezweifle ich, dass ich dem noch etwas Nützliches hinzufügen kann.«

»Geben Sie sich Mühe, Major.«

# 20

# LILAC

Tarver hat mir nicht gesagt, dass es in den Bergen kälter sein würde. Vielleicht ist es in den Bergen immer kalt, ich weiß es nicht. Vielleicht hat er es für Allgemeinwissen gehalten.

Als wir den Fluss hinter uns lassen und uns in Richtung der Berge aufmachen, muss ich an das Mädchen denken, das Tarver im Salon kennengelernt hat. Das Mädchen, das so leichthin flirtete, wie es atmete, das sich seinen Bodyguards entzog und die ganze Nacht hindurch mit der besten Freundin schwatzte. Ich habe so wenig Ähnlichkeit mehr mit diesem Mädchen, als würde es überhaupt nicht mehr existieren.

Und wie unausstehlich sie auch war, ich vermisse sie. Sie wusste, woran sie war. Sie wusste, was sie zu tun hatte. Sie hatte einen Vater, der vor nichts zurückschreckte, um sie zu beschützen, und sie lebte in einer Welt, die sich ganz nach ihr richtete. Sie war nicht davon abhängig, was ein einfacher Soldat von ihr dachte. Und es war ihr egal, wenn jemand sie anlog, denn das taten ohnehin ständig alle.

Was von weitem wie Wolken aussah, sind in Wirklichkeit schneebedeckte Gipfel. Die Berge liegen zwischen uns und der *Icarus*, und Tarver sagt, drum herum zu gehen würde uns zu viel Zeit kosten. Also gehen wir mitten hinein, ungeachtet der Temperatur und dem bedrohlich wirkenden Himmel, um für die Nacht in einem Felsspalt Schutz zu suchen und am Vormittag hoffentlich das Tal zu erreichen.

Als wir losgehen, ist der Pass, den Tarver nehmen will, noch frei von Schnee, aber im Laufe des Tages fällt die Temperatur und die Wolken hängen immer niedriger. Selbst Tarver betrachtet den Himmel mit Sorge und beschleunigt das Tempo derart, dass ich ständig stolpere und mir die Knie an den Felsen anstoße, weil meine Hände zu taub sind, um mich damit abzufangen.

Dann fallen die ersten Flocken, aber ich habe keine Energie mehr zum Staunen – obwohl ich Schnee bisher nur aus den Weihnachts-Specials im Holovid kenne. Eine andere Lilac, die aus dem Salon, hätte den Schnee vielleicht schön gefunden.

Je höher wir kommen, desto kälter wird es. Schneeflocken bleiben kurz auf meinen Wangen liegen, bevor sie schmelzen. Der Mechaniker-Anzug wärmt nicht besonders, aber immerhin schützt mich das dichte Gewebe vor dem Wind. Und dank dieser verfluchten Stiefel habe ich wenigstens warme Füße.

Zumindest weiß ich jetzt, dass ich nicht verrückt bin. Nein, ich werde von den Geistern von Toten verfolgt. Ist das eine besser als das andere? Ich war schon einmal schuld an jemandes Tod. Warum kann ich die Gesichter dieser fünf verlorenen Seelen nicht wieder vergessen?

Hätte ich Tarver nicht angesehen, als ich sie ihm beschrieben habe, könnte ich vielleicht weiterhin glauben, ich würde halluzinieren. Aber sein Gesichtsausdruck war der eines tödlich verwundeten Mannes, vor Schreck erstarrt, bevor er zusammenbricht. Er weiß ganz genau, dass ich nicht gesehen habe, wen er begraben hat. Vielleicht denkt er, mir zu helfen, indem er mich glauben lässt, ich wäre verrückt. Aber Tarver ist kein besonders guter Lügner, mir kann er jedenfalls nichts vormachen.

Vielleicht ist es auch gar nicht die Lilac aus dem Salon, die ich vermisse. Auch nicht die Lilac aus der Ebene und noch nicht einmal die Lilac, bevor sie die *Icarus* hat abstürzen sehen.

Ich glaube, am meisten vermisse ich die Lilac, die Tarver Merendsen noch vertraut hat.

»Was?«

»Major?«

»Ich habe gerade nicht zugehört. Was haben Sie gesagt?«

»Ich würde Ihnen raten, dass Sie sich etwas mehr
Mühe geben zuzuhören, Major. Sie wirken müde.«

»Ich bin putzmunter. Könnte ich vielleicht
etwas zu trinken bekommen?«

»Da werden wir uns gleich drum kümmern.
Sind Sie bereit fortzufahren?«

»Selbstverständlich. Ich bin ganz erpicht darauf, Ihnen die
Informationen zu liefern, welche auch immer Sie sich erhoffen.«

»Wir erhoffen uns die Wahrheit von Ihnen, Major.«

»Nichts anderes habe ich Ihnen erzählt. Nein,
Sie sind auf etwas anderes aus.«

# 21

# TARVER

Der Morgen war noch klar und hat ein wenig meine Hoffnung genährt, dass die Bergbesteigung gar nicht so schlimm werden würde. Wasser von geschmolzenem Schnee läuft überall in Rinnsalen den Berg hinab, und obwohl es eiskalt ist, halte ich immer wieder die Feldflasche hinein, um es aufzufangen. Doch je höher wir kommen, desto mehr sinkt die Temperatur. Das fahle Sonnenlicht wärmt nicht, doch wenn die Sonne erst einmal untergeht, steht uns ein noch viel größeres Problem bevor.

Lilac versucht verbissen, mit mir Schritt zu halten. Ich würde das Tempo ihr zuliebe gern drosseln und ihr eine Pause gönnen, aber ich gehe zügig weiter, an Felsblöcken und immer dünner werdenden Grasbüscheln vorbei weiter hinauf.

Während wir so den Berg erklimmen, denke ich daran, wie unglaublich fremd das hier alles für sie sein muss – wie unglaublich fern von ihrer Erfahrungswelt. Genauso fern wie ihre Welt meiner ist. Wie es wohl für sie war, damit aufzuwachsen, das eigene Gesicht auf der Titelseite jedes Klatschblatts der Galaxie zu sehen?

Ich will mir gar nicht vorstellen, was die Paparazzi daraus machen würden, wenn sie mitbekämen, wie Lilac die von mir übernommenen Kraftausdrücke verwendet oder wie sie sich nachts an mich kuschelt. Was sie aus ihrer Stärke machen würden.

Ich kann den Schnee schon riechen. Wir dürfen nicht zu spät zur Absturzstelle gelangen, und jetzt das Tempo zu verlangsamen würde eine zusätzliche Nacht in den Bergen bedeuten. Also klettern wir weiter.

Ein paar Stunden nachdem wir uns zum Mittagessen einen Notfallriegel geteilt haben, fallen die ersten Flocken. Sie sind anfangs noch so klein, dass es fast aussieht wie Nebel. Ich höre Lilac hinter mir ein leises Geräusch des Erstaunens von sich geben, und da wird mir bewusst, dass sie wahrscheinlich noch nie vorher echten Schnee gesehen hat. Seit unserer Landung hat sie bestimmt schon mehr Realität erlebt als vorher im gesamten Leben. Ich würde gern stehen bleiben und mit ihr zusammen den fallenden Schnee bewundern, aber es wird nicht mehr lange dauern, bis er in dicken Flocken um uns peitschen wird. Also lasse ich Lilac im Windschatten eines großen Felsbrockens auf mich warten, während ich losziehe und nach einer Höhle oder wenigstens einem Unterstand Ausschau halte. Die seltsam gekrümmten Bäume hier oben haben dünne, nackte Äste und bieten keinerlei Schutz. Solche Bäume habe ich noch nie gesehen. Die Felsen sind von hellem Moos überzogen, und insgesamt wirkt die Landschaft geisterhaft und wenig reizvoll.

Als Kind war ich mit Alec bergsteigen. Mein Held und ich. Seit wir angefangen haben, diesen Berg zu erklimmen, habe ich schon viel an ihn gedacht, an ihn und an meine Eltern. Inzwischen denken sie wahrscheinlich, dass sie auch ihren zweiten Sohn verloren haben. Alec ist eine der Stimmen in meinem Kopf, die mich antreiben, wenn ich nicht mehr kann. Wenn ich müde werde, erwachen außer ihm noch eine ganze Reihe von Unteroffizieren und Offizieren in meinem Kopf – große, wilde Männer, die mich im Gefecht anschrien, bis ihre Instinkte zu meinen wurden. Sie treiben mich an, befehlen mir, eine geeignete Stelle fürs Lager zu finden, und bringen mich dazu, mir eine Minute mehr Zeit zu lassen, um den Schlafplatz so bequem wie möglich herzurichten, damit ich nachher nicht für meine Faulheit bestraft werde, indem ich mich die ganze Nacht unruhig hin- und herwerfe. Alecs Stimme ist leiser, geduldig – so wie sie klang, wenn er während seines Heimaturlaubs nach Hause kam und mir die Dinge beibrachte, die er gelernt hatte.

Es dauert nicht lange, bis ich eine Höhle finde. Der Eingang ist kaum mehr als ein Hohlraum zwischen zwei Felsen mit Erde und Steinen darüber, aber innen drin wird sie breiter, und das wird genügen.

Als ich über den Hang zurückgehe, um Lilac zu holen, schneidet mir der immer stärker werdende Wind ins Gesicht und reißt an meiner Jacke. Sie hat sich gegen den Felsen gedrückt, um sich vor dem Wind zu schützen, und ihre Hände sind eiskalt, als ich sie hinauf zur Höhle führe.

Wir gehen durch den Eingang und nach einer ersten Biegung stehen wir im Dunkeln, aber windgeschützt. Ich schalte die Taschenlampe an, und da sehe ich Lilacs leeren und hoffnungslosen Blick.

Ich wünschte, sie würde aus ihrer Apathie erwachen und anfangen, meine Fehlleistungen aufzulisten. Ich wickele sie in die Decken ein und mache mit dem Holz, das an der Höhlenöffnung lag und wohl durch eine vergangene Schneeschmelze angespült wurde, ein Feuer. Dann krieche ich zu ihr unter die Decken. Sie ist wahrscheinlich zu müde, um zu protestieren, stattdessen lehnt sie sich an mich und legt den Kopf an meine Schulter. »Nicht einschlafen«, sage ich mit leiser Stimme, die ganz heiser ist, weil ich sie so lange nicht benutzt habe. »Nicht, bis Ihnen etwas wärmer ist.«

»Mmm«, antwortet sie und zieht die Decke enger um uns. »Warum bin eigentlich immer ich das Problem? Ich würde nur einmal gern für etwas gut sein.«

»Wir sind nun mal in meinem Revier gestrandet«, sage ich. »So ist es eben manchmal.«

»Ich wünschte nur –« Sie rückt etwas ab, dann schmiegt sie sich seufzend wieder an mich. »Ach, ich glaube, ich wünschte eine ganze Menge.«

»Ich auch«, sage ich leise zu dem Mädchen in meinem Arm. *Ich weiß ganz genau, was du meinst.*

»Ich wünschte, ich hätte eine heiße Tasse Tee«, sagt sie und seufzt wieder. »Und Scones mit Marmelade und Clotted Cream.«

»Ich wünschte, ich hätte ein Steak.« Wir geben uns beide einen Moment unseren Tagträumen hin. »Oder etwas Richtiges zum Kochen. Ich hatte mal einen Typen in meiner Einheit, der aus allem etwas kochen konnte. Als wir einmal auf Arcadia in der Klemme steckten, hat er sogar ein Hemd gekocht. Aber er hat gesagt, es muss das Hemd eines Generals sein, weil dafür bessere Farbe verwendet wird.«

*»Major.«* Sie klingt, als wüsste sie nicht, ob sie kichern oder mich tadeln soll.

»Oh, keine Sorgen, die Abzeichen entfernt man vorher. Das wäre ja sonst respektlos.«

Nach einem Tag des Schweigens kommt mir unsere kleine Unterhaltung wie ein Waffenstillstand nach einem langen Gefecht vor. Während wir darauf warten, dass uns warm wird, versuche ich, nicht an die Leute zu denken, die sie am Fluss gesehen hat. Sie haben alle in diese Richtung gezeigt, auf die Berge, zum Wrack vielleicht. Aber warum? Ich will nicht darüber reden, will nicht darüber nachdenken. Im Moment sind wir erst einmal wieder Verbündete, und ich habe nicht vor, das zu vermasseln.

Meine innere Uhr sagt mir, dass ich schon einige Stunden geschlafen habe, als ich von irgendetwas wach werde. Das Feuer ist heruntergebrannt und glüht nur noch, und der Wind draußen heult, wie es nur ein Schneesturm in vollem Gang kann. Aber ich trage alles am Leib, was ich besitze, inklusive meiner Stiefel, und mir ist warm.

Dann merke ich, wodurch ich aufgewacht bin. Lilac sitzt kerzengerade neben mir und starrt mit wirrem Blick ins Leere. Sie hat geträumt. Kalte Luft dringt an der Stelle ein, wo sie die Decke weggezogen hat, und ich warte mit halb geschlossenen Augen darauf, dass sie sich wieder hinlegt. Ich will wirklich schlafen. Und sie sollte es besser ebenfalls tun.

Aber Fehlanzeige. Sie befreit sich aus den Decken und kniet sich hin, um mich an der Schulter zu schütteln. »Tarver«, zischt sie. »Tarver, ich weiß, dass Sie nicht schlafen. Stehen Sie auf.«

*Verdammt.* Als ich die Augen öffne, sieht sie mich eindringlich an. Sie zittert, und trotz der Kälte läuft ihr ein Tropfen Schweiß über die Schläfe. Was für ein Albtraum auch immer sie geweckt hat, er scheint sie noch fest im Griff zu haben.

»Lilac, bitte, das ist nicht Ihr Ernst«, sage ich mit leichter Ungeduld, die ich sonst sorgsam verberge. Aber es ist mitten in der Nacht. Mir war endlich warm. Ich will *wirklich* schlafen. »Was ist los?«

Sie versucht, sich zu beruhigen, weil sie offenbar denkt, ich würde eher auf sie hören, wenn sie nicht ganz so verrückt wirkt. Aber ich sehe immer noch die Dringlichkeit in ihrem Blick. »Wir müssen von hier verschwinden.« Sie hält kurz die Luft an, als wäre sie selbst überrascht über ihre Worte. »Wir sind hier nicht sicher.«

»Was Sie nicht sagen«, antworte ich und ziehe mir die Decke bis unters Kinn. »Glauben Sie mir, sobald ich ein Rettungsschiff sichte, sind wir hier weg. Aber im Moment sind wir hier in der Höhle am besten aufgehoben. Da draußen erfrieren wir. Mit Schneestürmen ist nicht zu spaßen.«

Sie reißt mir die Decken weg, greift nach meiner Hand und zieht mit aller Kraft an mir. Ich spüre, wie sie am ganzen Körper zittert. Dann war es also nicht nur ein Traum – sie hatte wieder eine Vision. Sie ist ganz offensichtlich nicht bei klarem Verstand.

»Glauben Sie mir doch«, presst sie angestrengt hervor. Doch ich lasse mich nicht von ihr hochziehen, und ohne meine Mithilfe bewegen wir uns keinen Zentimeter. »Tarver, ich *weiß* es einfach. Wir müssen von hier verschwinden, und zwar *jetzt*. Bitte, wir sind hier drin nicht sicher, es wird etwas passieren.«

»Es wird etwas passieren, wenn wir da rausgehen«, sage ich und ziehe meine Hand zurück und Lilac damit näher an mich heran. »Wir werden nicht mehr deutlich reden können und nur noch schlottern, und dann hören wir auf zu schlottern, werden verrückt und reißen uns die Klamotten vom Leib und stolpern lachend durch die Gegend. Dann fallen wir in Ohnmacht, und das wird schließlich unsere Erlösung sein, denn so merken wir es nicht, wenn wir erfrieren. Bitte, tun Sie mir den Gefallen und legen sich wieder hin, ja?«

Das ist genau das, was ich befürchtet habe. Darum habe ich ihr das Versprechen abgenommen, nicht hinter irgendwelchen Stimmen herzulaufen. Denn dadurch könnte ich sie verlieren.

»Bitte!« Ihre Stimme klingt heiser und verzweifelt – was auch immer Lilac einen Schrecken eingejagt hat, sie glaubt daran. »Ich kann nicht erklären, woher ich es weiß, aber ich schwöre, dass ich mir absolut sicher bin.« Sie schließt einen Moment die Augen, um sich zu beruhigen und Kraft zu sammeln. Ich kenne diesen Ausdruck. Als sie die Augen wieder öffnet und weiterredet, bebt ihre Stimme vor Erregung. »Ich weiß, dass Sie mich am Fluss angelogen haben, und es ist mir egal. Ich habe Ihnen jede einzelne Sekunde mit meinem Leben vertraut, Tarver. Können Sie *mir* nicht ausnahmsweise auch nur eine Sekunde vertrauen? Nur einmal?«

Es bricht mir das Herz und ich greife nach ihren Händen, aber sie zieht sie zurück. »Es geht hierbei doch nicht um Vertrauen«, sage ich. »Ich weiß nicht, was hier geschieht, ich kann nicht sehen, was Sie sehen. Aber eine wohlbegründete Vermutung darüber zu äußern, was für Menschen in der Kapsel gewesen sein könnten, und zu denken, Sie könnten in die Zukunft blicken, sind zwei völlig verschiedene Dinge.

Lilac, wir begeben uns in Lebensgefahr, wenn wir mitten im Schneesturm diese Höhle verlassen. Das ist Wahnsinn. Wir werden da nicht rausgehen, und wenn ich Sie eigenhändig hier festhalten muss. Beruhigen Sie sich doch erst einmal, dann werden Sie einsehen, dass ich Recht habe.«

»Wir haben aber keine Zeit mehr!«, keucht Lilac. »Und Sie irren sich. Es geht *allein* um Vertrauen. Sie glauben mir nur nicht.«

Ich weiß nicht, was ich sagen soll. Ich suche immer noch nach Worten, als sie schon zur Tat schreitet. Sie schnappt sich den Rucksack, wirbelt herum und läuft zum Ausgang.

Frustriert stöhne ich auf. Die Decken scheinen auf einmal ein Eigenleben zu führen, sie wickeln sich um meine Arme und Beine und ich verliere entscheidende Sekunden, bevor ich mich von ihnen befreien kann. Ich stampfe hinter ihr her, lasse die Decken und das Feuer, die Wärme und den Schutz der Höhle hinter mir.

Die Kälte schlägt mir entgegen wie eine Mauer aus Eis und fährt mir schneidend in die offene Jacke. Ich danke wem auch immer, dass wir vollständig bekleidet schlafen gegangen sind. Kein Licht dringt vom seltsamen Mond durch die dichten Wolken. Im wirbelnden Schnee kann ich Lilac einen endlosen, schrecklichen Moment lang nirgendwo entdecken, denn die Dunkelheit verschluckt alle Farben. Dann nehme ich eine Bewegung wahr – Lilac kraxelt über Steine, stolpert, richtet sich wieder auf – und ich renne los, mit keuchendem Atem und im Schnee krachenden Stiefeln.

Wir waren die letzten Tage so langsam und vorsichtig unterwegs, dass es sich beinah gut anfühlt, die Beine wieder etwas zu beanspruchen. Ich springe über einen Felsen und jage Lilac hinterher, getrieben von der Angst, dass sie im Dunkeln verschwinden oder abstürzen könnte oder ich sie auf irgendeine andere Art verliere. Als ich sie endlich zu fassen bekomme, bin ich nicht gerade sanft – ich umgreife ihren Oberarm und bleibe so abrupt stehen, dass sie zurückgerissen wird und mir in die Arme fällt. So schnell werde ich sie nicht mehr loslassen. Ich will nicht, dass sie mir gleich wieder entkommt.

Doch sie wehrt sich auch gar nicht, nur mein Herz rast wie verrückt, während wir beide nach Luft schnappend dastehen und der Schnee langsam unsere Köpfe und Schultern bedeckt.

Da erhebt sich plötzlich ein Geräusch über dem Heulen des Winds, der dämpfenden Schneedecke und unserem keuchenden Atmen. Es beginnt als Flüstern und wird zu einem tiefen Grollen, das immer lauter wird, bis es alles andere übertönt und der Boden unter unseren Füßen erzittert. Schließlich muss ich Lilac loslassen, um das Gleichgewicht zu halten, aber sie läuft nicht weg. Sie blickt an mir vorbei zur Höhle, und als ich ihrem Blick folge, sehe ich, wie das Dach der Höhle unter einer Gerölllawine zusammenbricht.

Für eine Weile stehen wir bloß da und starren atemlos auf den Haufen aus Geröll und Schnee.

Das Feuer und die Decken sind darunter begraben, so wie wir es auch wären, wenn wir die Höhle nicht verlassen hätten. Ich weiß es, aber irgendwie dringt das Wissen nicht richtig zu mir durch. Ich weiß, dass unter dem Steinhaufen unser behagliches Lager verschüttet ist, aber ich kann mir trotzdem nicht vorstellen, dass es wahr ist.

Oder woher sie wusste, dass wir fliehen mussten.

Als ich loslege, folgt sie mir ohne ein Wort. Wir können uns im Dunkeln nicht weit fortbewegen, aber wir finden eine Stelle, wo wir uns zwischen zwei Felsen quetschen können und etwas Schnee anhäufen, so dass wir ein bisschen vor dem Wind geschützt sind. Es ist ein armseliger Schutz, aber besser als nichts. Wir setzen uns eng umschlungen auf den Rucksack, aber ich bezweifle, dass wir auch nur eine Sekunde schlafen werden, bis in ein paar Stunden die Sonne aufgeht.

Der Himmel wird langsam heller, und endlich hört es auf zu schneien. Meine Arme und Beine sind schon lange eingeschlafen, aber inzwischen sind sie mehr als taub. Als ich mich vorsichtig zu strecken anfange, schießt mir mit glühendem Schmerz das Gefühl in die Glieder.

Ich helfe Lilac auf die Beine. Sie wirkt erschöpft, aber sie klagt nicht, obwohl ihr wie mir alles wehtun muss. Doch sie lässt sich nichts weiter anmerken, wie ich mit einem Anflug von Bewunderung feststelle, sondern beißt nur die Zähne zusammen, während sie langsame, vorsichtige Bewegungen vollführt. Als wir beide so weit sind, ohne zu stolpern, einen Fuß vor den anderen setzen zu können, kehren wir der Höhle den Rücken zu.

Ein letzter Stern steht noch glitzernd am Himmel, so wie die Sterne immer glitzern, wenn Schnee liegt, und der unechte Mond steht kurz überm Horizont. Der Morgen ist frisch und wunderschön. Jeder Schritt, den wir machen, ist vorsichtig und behutsam – man weiß nie, was unter der frisch gefallenen Schneeschicht verborgen liegt. Ich sinke bis über die Knöchel ein, und Lilacs Atem hinter mir klingt bald angestrengt. Wir kommen nur langsam voran.

Ich will mich nicht damit befassen, was passiert ist, aber meine Gedanken kreisen unaufhörlich darum.

Sie hat die Leute gesehen, die ich begraben habe.

Sie hatte einen Traum und wusste, dass wir die Höhle verlassen mussten.

Ich lasse mich von einem Felsen so groß wie ein Panzer hinunterrutschen, dann drehe ich mich um und strecke Lilac die Hände entgegen. Ich fange sie auf, doch als ich die Hände von ihrer Taille löse, hält sie mich fest.

Sie ist vor Erschöpfung ganz blass und durch den Mangel an Schlaf hat sie tiefe, dunkle Augenringe, aber ihr Blick ist fest auf mich gerichtet.

Sie will, dass ich das Geschehene als Beweis anerkenne. Als Beweis dafür, dass die Stimmen echt sind und sie bei klarem Verstand ist. Sie wartet darauf, dass ich einräume, dass sie nicht verrückt ist, sondern Recht hat.

Aber was letzte Nacht passiert ist, war unmöglich. Niemand kann wissen, was geschieht, bevor es so weit ist. Ich kann es mir nicht erklären, aber ich darf mich nicht länger damit befassen. Ich muss mich darauf konzentrieren, uns hier rauszubekommen.

Ich bin dazu ausgebildet, zu funktionieren, meine Gedanken abzustellen und mich durch nichts aufhalten zu lassen.

Als ich den Blick abwende, schnappt sie empört nach Luft und versteift sich. Ich kann mir vorstellen, wie sie die Schotten gerade wieder dicht macht, aber ich darf sie jetzt nicht ansehen. Schließlich lässt sie mich los, und ich gehe weiter.

Ich dachte, der gestrige Tag wäre unangenehm und viel zu still gewesen, aber im Vergleich zu heute war das nichts. Es bricht mir das Herz zu sehen, wie Lilac ohne jede Hoffnung mit hängenden Schultern durch den Schnee stapft.

Wir kämpfen uns, ohne ein Wort miteinander zu reden, weiter voran, mit Armen und Beinen wie aus Blei, jede einzelne Bewegung kostet Kraft. Die Luft zwischen uns wird durch die unausgesprochenen Dinge immer dicker, und nach ein paar Stunden fühlt sich unser Schweigen wie Beton an.

Als ich irgendwann stehen bleibe, um etwas zu trinken, fällt mir auf, dass ich die Feldflasche gar nicht dabeihabe. Ich blicke Lilac an und sie mich, und uns wird gleichzeitig bewusst, dass wir die Flasche zusammen mit den Decken zurückgelassen haben. Sie ist von Geröll begraben. Wie vom Schlag getroffen schließe ich die Augen. Ohne einen Wasserfilter sind wir gezwungen, direkt aus Bächen und Flüssen zu trinken, und können nur hoffen, dass unsere Mägen mit den Bakterien auf diesem Planeten zurechtkommen. Denn ohne Wasser –

Sie rührt sich zuerst und setzt unseren Weg den Hang hinab einfach fort. Vielleicht ist ihr nicht klar, was der Verlust der Feldflasche bedeutet. Vielleicht weiß sie es auch und geht trotzdem weiter.

Als wir schließlich unser Lager aufschlagen, arbeiten wir Seite an Seite. Wir räumen den Schnee weg, errichten ein Feuer und sammeln einen kleinen Haufen Gräser für unsere Schlafstätte zusammen. Wir suchen die Zweige und Steine heraus und graben eine Kuhle für unsere Hüftknochen. Ohne die Decken werden wir uns mit dem zudecken müssen, was wir finden.

In einem Streifen Stoff, den wir von dem zu langen Ärmel des Mechaniker-Anzugs abgerissen haben, schmelzen wir Schnee und trinken das heruntertropfende Wasser. Es ist ziemlich wenig, aber Schnee zu essen würde unsere Unterkühlung nur noch beschleunigen. Als ich die Taschenlampe hervorhole, um sie zum Schlafen neben uns zu legen, erhasche ich einen Blick auf die kleine Schatulle mit dem Foto. Ich frage mich, warum Lilac ausgerechnet den Rucksack mitgenommen hat, als sie voller Panik losgelaufen ist.

Dann fällt es mir wie Schuppen von den Augen. Sie war sich nicht sicher, ob ich ihr hinterherkommen würde – es sei denn, sie hätte meine wertvollsten Dinge bei sich.

Halb fertige Sätze formen sich in meinem Hals, aber sie sieht mich noch nicht einmal an, und ich weiß nicht, was ich sagen soll.

Als ich mich zum Schlafen hinter sie lege, sagt die Krümmung ihres Rückens alles, was sie nicht ausspricht. Sie kann meine Nähe kaum ertragen, so unglücklich ist sie. Wenn es wärmer wäre, wir unsere Decken nicht verloren hätten und sie eine Wahl hätte, würde sie auf der anderen Seite des Feuers schlafen. Kurz habe ich den Eindruck, sie wolle etwas sagen, so wie sie Luft holt und den Atem anhält, aber dann bleibt sie still.

Keiner von uns beiden hat den ganzen Tag auch nur ein Wort gesprochen. Es dauert lange, bis wir einschlafen.

Am nächsten Morgen wachen wir etwas später als gewöhnlich auf und zahlen damit den Preis für die Nacht zuvor. Einen von vielen. Es dauert nicht lange, bis wir fertig sind – wir strecken uns, packen die paar Sachen zusammen, teilen uns einen der letzten Notfallriegel.

Sie zieht noch ihre Schnürsenkel nach, und als wir losgehen, ist es offensichtlich, dass sie entschlossen ist, das von mir vorgegebene Tempo zu halten. Doch als wir den Bergkamm erreichen, ist sie völlig außer Atem und hängt trotz ihrer besten Bemühungen hinterher. Den Blick hat sie auf den Boden vor sich gerichtet.

Die Aussicht auf die Berge unter uns ist atemberaubend. Sie erstrecken sich kilometerweit, bis sie in der Ferne vor einem Wald enden, der von hier aus nur als dunkle Linie zu erkennen ist. Zwischen den Ausläufern der Berge und dem Waldanfang liegt das Wrack der *Icarus*.

Obwohl einige Abschnitte durch die für das Schiff ungewöhnliche Schwerkraft zusammengefallen sind, ist ein großer Teil des Schiffsrumpfs noch intakt. Eine tiefe Furche im Boden lässt erkennen, wo das Schiff entlanggerutscht ist, bevor es schließlich liegenblieb. Über eine riesige Fläche verteilt liegen die Trümmer, die beim Absturz vom Schiff abgebrochen sind. Mit pochendem Herzen betrachte ich die Spur der Verwüstung – zerstörte Rettungskapseln, die sich nicht vom Schiff gelöst haben, bis es zu spät war, Metallbrocken, Brandspuren an den Berghängen, halb geschmolzene Dinge, von denen ich nicht weiß, was sie überhaupt einmal waren.

Die *Icarus* hatte fünfzigtausend Menschen an Bord. Ich wünschte, ich könnte glauben, dass außer uns jemand diese Katastrophe überlebt hat. Keine einzige der Kapseln, die ich sehe, ist noch ganz, und das Schiff selbst ist ganz offensichtlich mehr als zerstört.

Doch es ist das, was *nicht* zu sehen ist, was mich beinah in die Knie gehen lässt.

Um das Schiffswrack sollten eigentlich unzählige Rettungsschiffe gelandet sein. Rettungsteams sollten wie Ameisen darum herumlaufen. Menschen und Leben sollte da unten zu sehen sein. Aber was vor uns liegt, sieht aus wie ein Friedhof. Ich hatte mich die ganze Zeit an die Hoffnung geklammert, dass wir das Ankommen der Rettungsschiffe irgendwie nicht mitbekommen haben könnten, dass, wenn wir so schnell wie möglich zur Absturzstelle gelängen, die Rettung dort auf uns warten würde. Aber es gibt keinerlei Anzeichen auf andere Überlebende.

Nach allem, was wir bisher durchgemacht haben, muss ich mir schließlich eingestehen, was ich seit unserer Landung zu denken vermieden habe.

Ich glaube nicht, dass irgendjemand uns retten kommt.

Und ich weiß nicht, was ich jetzt tun soll, außer zu versuchen, am Leben zu bleiben. Im Wrack und in den zerschellten Rettungskapseln werden sich wahrscheinlich die Leichen von den Soldaten befinden, mit denen ich zusammen trainiert habe, von den Leuten aus den Unterdecks. Von dem Mann, der sich in den Erste-Klasse-Salon geschlichen hat, um Lilac um Unterstützung zu bitten. Von ihren Freundinnen, ihrem Bodyguard, ihrer Cousine.

Ich hole tief Luft, dann mache ich den ersten Schritt in Richtung des Abstiegs.

»Stopp – *stopp.*« Lilacs Stimme hinter mir ist heiser, weil sie kaum etwas getrunken hat, und überschlägt sich vor Anspannung.

Wie angewurzelt steht sie da und starrt hinunter auf das Wrack. Ihre Wangen sind durch den Anstieg gerötet oder wahrscheinlicher durch das Sonnenlicht, das durch den Schnee noch zusätzlich reflektiert wird. Die Haare über ihrer schweißnassen Stirn kräuseln sich. Als sie ihren brennenden Blick auf mich richtet, zucke ich innerlich zusammen. »Sehen Sie doch mal hin. Sehen Sie mich an; sehen Sie sich *das* an, Tarver.«

»Ich sehe es.« Meine Stimme klingt fast genauso schlimm wie ihre, so lange habe ich sie nicht benutzt. »Aber wir können nicht hierbleiben. Wir müssen weiter. Es gibt sicherlich Essensvorräte im Wrack, und vielleicht können wir etwas von den Kommunikationsvorrichtungen retten.«

Sie schwankt, dann lässt sie sich völlig erschöpft auf den Boden sinken. »Wann hören Sie endlich auf, mich dafür zu bestrafen, dass ich *nicht* verrückt bin? Ich habe Ihnen das Leben gerettet. Wir hätten den Einsturz niemals überlebt.«

*Lilac, ich weiß.* Ich weiß, dass wir es nicht überlebt hätten. Ich weiß, dass du etwas gehört oder gesehen hast, bevor du losgelaufen bist, ich habe es mit eigenen Augen beobachtet. Ich weiß, dass, was du am Fluss gesehen hast, echt war. *Ich weiß es.*

Aber ich kann es nicht laut zugeben. Das ginge weit über das hinaus, wozu ich ausgebildet wurde, und meine Ausbildung ist alles, was ich habe. Ich bin einfach besser darauf vorbereitet, eine Person, die verrückt ist, durch die Wildnis zu schleifen, als damit umzugehen, dass diese Person vielleicht Botschaften von – was, Geistern? – empfängt? Der Gedanke ist mehr als absurd; er ist unmöglich.

Wenn ich ihr Glauben schenke, dann wäre damit alles, was ich weiß, in Frage gestellt. Und was ich weiß, ist das, was uns hier bisher am Leben gehalten hat.

Müde blickt sie mich an, der Schmerz steht ihr ins Gesicht geschrieben. »Ich will Sie nicht bestrafen«, sage ich schließlich. »Aber ich kann nur mit dem arbeiten, was ich *weiß*. Ich glaube nicht, dass ich alles weiß, und an einem Ort wie diesem weiß ich noch weniger als sonst. Aber *was* ich weiß, ist, dass wir weitermüssen.«

Sie beugt sich vor und legt die Stirn auf die Knie. Es zerreißt mir das Herz, sie so zu sehen. Ich wünschte, ich wüsste, was ich tun oder sagen soll. Ich wünschte, ich wüsste irgendetwas Hilfreiches.

»Sie tun es also wieder ab«, murmelt sie und richtet ihren müden Blick auf mich. »Ich habe mir die ganze Zeit Mühe gegeben, Ihnen zu zeigen, dass ich nicht verrückt bin, sogar als mein eigener Verstand mir gesagt hat, dass ich verrückt sein muss, sogar als Sie mich glatt *an-*

*gelogen* haben. Und jetzt, da wir beide wissen, dass ich nicht verrückt bin, wollen Sie es einfach ignorieren?« Sie weint, aber ihre Stimme ist rau vor Wut. »Nur einmal, Tarver, nur *einmal* wünschte ich, könnten Sie sehen, was ich sehe.«

Sie spricht die Worte wie eine Hexe im Märchen, als würde sie mich mit einem Fluch belegen. Ich blicke weg, auf das Wrack vor den Bergen unter uns.

»Es tut mir leid, Lilac. Ich weiß nicht, was Sie sehen. Ich weiß nur, dass wir weiter vorankommen müssen. Ich bin nur ein Soldat. Wenn wir erst einmal von hier fort sind, werden Sie sich nie wieder mit mir abgeben müssen. Aber ich kann nun mal nicht sehen, was Sie sehen.«

Mühsam kommt sie wieder auf die Beine. Wenn Blicke töten könnten, wäre ich schon längst nicht mehr am Leben. »Ich hoffe, dass Sie eines Tages an etwas glauben müssen, für das Sie nicht den geringsten Beweis haben.« Ihre Stimme ist angespannt wie Draht. »Und ich hoffe, dass jemand, der Ihnen etwas bedeutet, Sie dafür auslachen wird.«

Sie geht los und stampft den Berg hinab, und ich frage mich, wer von ihren Privatlehrern ihr das wohl beigebracht hat – so einen Abgang hinzulegen, ohne eine Tür, die sie hinter sich zuschlagen könnte, mit durchgedrücktem Rücken entrüstet den verschneiten Berg hinabzuschreiten. Ich frage mich, woher sie die Kraft dafür nimmt.

»Ich lache dich nicht aus«, flüstere ich. Ich rücke den Rucksack zurecht und folge ihr.

Sie hat während der Zeit, die sie mir hinterhergelaufen ist, ganz offensichtlich einiges darüber gelernt, sich in der Wildnis einen Weg zu bahnen, und anfangs legt sie noch ein ganz schönes Tempo vor, aber schließlich wird sie doch müde und geht langsamer.

Ich fühle mich fast ein bisschen wie mein jüngeres Ich, als ich hinter meinem großen Bruder hinterhermarschierte und versuchte, mit ihm Schritt zu halten, wenn wir zu Hause wandern gingen. Ich muss wieder an meine Eltern denken und der Hals schnürt sich mir zu, als ich mir das Bild von unserem Haus ins Gedächtnis rufe. Mein Zufluchtsort, der Ort, an dem ich immer sicher war. Egal wie sehr ich mich bemühe, mich auf die Realität zu konzentrieren, auf das, was vor mir liegt, ich kann dem Gedanken an zu Hause nicht widerstehen.

Als wir um einen Felsvorsprung biegen und dahinter ein abgelegenes Tal zum Vorschein kommt, betrachtet Lilac es mit großen Augen. Sie holt Luft, um etwas zu sagen, doch dann ist ihr erstaunter Gesichtsausdruck wieder weg, und sie geht still weiter um den nächsten Felsblock. Sie wirft noch einen letzten sehnsüchtigen Blick über die Schulter zurück, als ob das, was auch immer sie dort sieht, sehr viel besser ist als unsere Realität. Wie aufs Stichwort fängt sie an zu zittern, als wäre ihr kalt, und ich sehe, wie ihre Finger zucken, bevor sie die Hände in den Taschen vergräbt.

Also wieder eine Vision. Plötzlich merke ich, wie mir leicht schwindelig wird, wie aus Solidarität zu ihr, und ich beiße die Zähne zusammen, bevor sie noch anfangen, laut zu klappern. Wenigstens kann Lilac inzwischen ihre Visionen von der Realität unterscheiden. Ich ignoriere die Stimme in meinem Kopf, die mich darauf hinweisen will, dass, wenn sie es unterscheiden kann, sie gar nicht so verrückt sein kann. Ich gehe ihr weiter hinterher und dann blicke ich hinunter in das Tal unter uns.

Auf einmal fühlt es sich an, als wäre alle Luft aus meiner Lunge entwichen. Ich ringe nach Atem, kämpfe um ein bisschen dünne Luft, um nicht zusammenzuklappen.

Da steht ein Haus im Tal. Das Haus meiner Eltern. Alles ist da – die weißen Wände, das satte Lila des Flieders, der geschwungene Weg und der rote Mohn auf dem Feld dahinter. Die kleine Rauchfahne über dem Schornstein, der dunkle Streifen an der Seite, was der Gemüsegarten meiner Mutter sein muss.

Der Weg windet sich aus dem Tal und verschwindet in der Ferne, irgendwo in den Hügeln vor dem Wrack.

Es ist perfekt, bis ins letzte Detail. Es ist mein Zuhause. Das nicht wirklich da ist.

Ich höre ihre Stimme in meinem Kopf. *Nur einmal, wünschte ich, könnten Sie sehen, was ich sehe.*

Ich spüre sie neben mir, und dann lässt sie schweigend ihre Hand in meine gleiten. Erst als sie ihre Finger durch meine schlingt, merke ich, dass auch ich heftig zittere.

Ich werde verrückt.

»Beim Militär lernen Sie, mit Schocksituationen umzugehen.«
»Sonst würden wir es an der Front wohl
auch nicht besonders lange aushalten.«
»Hat Ihre Widerstandskraft zu irgendeinem Zeitpunkt,
während Sie auf dem Planeten waren … nachgelassen?«
»Ich verstehe Ihre Frage nicht ganz.«
»Haben Sie irgendwelche Folgeerscheinungen
an sich beobachten können, dadurch dass Sie solch
harten Bedingungen ausgesetzt waren?«
»Ich habe ein paar Kilo abgenommen.«
»Major, hatten Sie irgendwelche *psychischen* Folgeerscheinungen?«
»Nein. Wie Sie schon ganz richtig sagten, wir lernen beim Militär,
mit solchen Situationen umzugehen. Wir lassen uns durch nichts
erschüttern. Steinhart und felsenfest.«

# 22

# LILAC

Einem Ertrinkenden darf man niemals die Hand hinhalten. Was sonst passiert, habe ich einmal im Holovid gesehen. Man wird in die Panik und Hoffnungslosigkeit des Ertrinkenden hineingezogen, und dann stirbt man einen gemeinsamen Tod im Wasser.

Aber das ist mir egal. Ich stelle mich neben ihn und nehme seine Hand. Seine Finger umschließen meine mit einer Kraft, die aus purer Verzweiflung herrührt. Ich kann gar nicht sagen, wer von uns beiden mehr zittert, doch wo unsere Hände miteinander verbunden sind, sind wir ruhiger.

Er ist dabei zu ertrinken. Und ich werde mit ihm untergehen.

Es dauert lange, bis er etwas sagt.

»Ich kann nicht –« Seine Stimme bricht und er schweigt wieder. Er verschließt die Augen vor der Vision seines Zuhauses im Tal unter uns. Es ist eine Vision, die wir beide sehen können. Das Haus sieht genauso aus wie auf dem Foto, das er mir gezeigt hat.

Ich weiß aus Erfahrung, dass ihm wahrscheinlich schwindelig ist und er orientierungslos ist, dass er den Geschmack von Metall im Mund hat und das Gefühl, Spinnweben im Gesicht zu haben. Ich weiß aus Erfahrung, dass er denken wird, er wäre verrückt. Auch meine Ohren dröhnen und ich zittere am ganzen Körper, aber ich schiebe es beiseite, versuche mich zu konzentrieren. Er braucht mich jetzt.

»Ich bin todmüde«, sagt er. »Ich habe von solchen Fällen gehört. Das Gehirn kann manchmal – wenn man müde genug ist …«

Er denkt, er würde halluzinieren. Vielleicht ist es einfacher, wenn er das glaubt. Ich drücke seine Hand und umfasse seinen Arm. »Sie sollten sich ausruhen und etwas trinken. Setzen wir uns.«

Nickend öffnet er die Augen und blickt auf das Haus wie ein Verhungernder auf ein Festessen. Er lässt es zu, dass ich ihm den Rucksack abnehme, und protestiert auch nicht, als ich ihn zu mir herunterziehe, damit er sich neben mich an den Felsrand setzt. Sein Gesicht ist verhärmt und angespannt.

Ich habe ihn noch nie ängstlich gesehen.

Ich könnte ihm jetzt selbstgefällig unter die Nase reiben, dass er wohl keine andere Wahl mehr hat, als mir zu glauben. Es gab eine Zeit, da hätte ich nicht eine Sekunde lang gezögert. Doch jetzt muss ich ihn nur ansehen, um das Bedürfnis in mir sofort zum Schweigen zu bringen. Er verdient das nicht. Und ich weiß selbst gut genug, wie es sich anfühlt, wenn man denkt, verrückt zu werden.

Schweigend sitze ich neben ihm und warte. Es ist nicht mehr das Schweigen der letzten zwei Tage. Ausnahmsweise ist es tatsächlich mal so, dass es einfach nichts zu sagen gibt, und nicht, dass ich nicht weiß, wie ich es sagen soll. Ich wollte unbedingt, dass er sieht, was ich sehe – aber jetzt wünschte ich, ich könnte es zurücknehmen.

»Ich weiß nicht, was ich machen soll«, sagt Tarver schließlich mit heiserer Stimme.

Ich gebe mir Mühe, überzeugend zu klingen. »Aber ich. Wir bleiben für heute hier und Sie ruhen sich aus. Ich errichte unser Nachtlager, ich habe Ihnen schließlich oft genug dabei zugesehen. Dann essen wir etwas und schlafen und morgen früh gehen wir zum Wrack. Wir werden schon einen Weg finden, von hier wegzukommen, und dann können Sie zu Ihrem wirklichen Zuhause zurück.«

Tarver schluckt; ich sehe, wie die Muskeln an seinem Hals kurz hervortreten. Er lässt meine Hand los und fährt sich hektisch durch die Haare. Ich widerstehe dem Drang, ihn wieder zu berühren, und fange schweigend mit der Arbeit an.

Natürlich bekomme ich nichts so gut hin, als wenn er es machen würde. Ich zittere immer noch und kämpfe gegen den Schwindel und die Übelkeit meiner eigenen Vision an. Das Haus ist bisher die am reellsten wirkende und am längsten andauernde Vision – und die Begleiterscheinungen sind viel schlimmer als sonst. Das Feuer ist zu klein, weil ich nicht genug Brennholz gefunden habe, und die Schlafstelle ist uneben. Ich nehme das Essen aus dem Rucksack, das nicht gekocht werden muss, denn wir haben ja die Feldflasche verloren. Kaltes Abendessen, kalter geschmolzener Schnee, und ohne die Decken wird es auch eine kalte Nacht werden. Aber auch wenn wir mal einen Abend haben, an dem nichts richtig ist, ist es zumindest ein Abend, an dem Tarver nicht die Verantwortung für alles trägt.

»Sie sehen es auch, oder?«

Nachdem er so lange nichts gesagt hat, erschrecke ich mich richtig, als ich seine Stimme höre. Er blickt immer noch ins Tal hinab. Das Haus ist inzwischen verblasst und schimmert nur noch leicht, während die Sonne sich hinter den Bergrücken zurückzieht. Es ist ein schöner Anblick, noch viel schöner, als das Foto in Tarvers Rucksack erahnen lässt. Ich würde es zu gern in echt sehen.

Ich sammle zusammen, was ich zum Abendessen hervorgeholt habe, und gehe damit zurück zu Tarver. »Das Haus Ihrer Eltern?«

»Dann ist es kein Wahnsinn. Ich weiß nicht, was es ist, aber wenn wir dasselbe sehen, bin ich nicht verrückt. Und Sie sind es auch nicht.«

Einen Augenblick lang würde ich ihn am liebsten daran erinnern, dass ich das die ganze Zeit schon gesagt habe. Aber ich nicke bloß und lasse mich neben ihn fallen. »Essen Sie etwas.« Ich halte ihm die größere Hälfte eines Notfallriegels und ein paar der Gräser hin, die roh einigermaßen schmecken. Wir haben nur noch zwei Riegel übrig.

Schließlich wendet er den Blick von der Vision ab und sieht mich an. Seine Pupillen sind riesig – jetzt kann ich verstehen, warum er mich immer angesehen hat, als wäre ich wahnsinnig.

Er schweigt, während er ein paarmal vom Riegel abbeißt, und irgendwie ist die Stille von einem Gefühl der Vertrautheit erfüllt. Dann fängt er mit leiser Stimme zu reden an. »Wir müssen uns beim Militär mit einer Menge Spinnern herumschlagen, die behaupten, das Militär würde mit Gehirnwäsche und Telepathie experimentieren. Als Kadetten haben wir immer darüber gescherzt, dass die Befehlshaber in unseren Köpfen stecken und uns erzählen würden, dass wir die Betten ordentlicher machen müssen. Aber vielleicht ist es gar kein Scherz. Vielleicht ist dieser Planet ein Experiment und etwas in der Luft oder im Wasser lässt uns diese Dinge sehen. Irgendeine künstliche, psychologische Verbindung.«

Nach Tagen des Schweigens, in denen ich mit meinen Gedanken ganz allein war, habe ich noch ein paar mehr Ideen entwickelt, was hinter dem stecken könnte, was wir sehen. Und ich glaube nicht, dass es so einfach ist. Doch zu hören, wie er versucht, sich einen Reim darauf zu machen, ohne zu behaupten, dass ich verrückt bin, ist schon eine solche Erleichterung, dass ich ihm eigentlich fast nicht widersprechen mag. »Aber was ist mit dem Einsturz der Höhle? Keiner von uns beiden konnte das vorhersehen.«

»Ich habe schon mehr als einmal einen Ort verlassen, der Sekunden später in die Luft geflogen ist. Vielleicht wussten Sie es doch, unterbewusst.«

Er klingt allerdings nicht gerade überzeugt.

»Soll ich Ihnen meine Theorie verraten?« Seit dem Einsturz der Höhle weiß ich, dass ich nicht von Geistern verfolgt werde – und jetzt, da Tarver auch Visionen hat, kann ich die Gedanken nicht mehr loswerden.

»Na klar.«

Warum habe ich nur damit angefangen? Jetzt wird er mich wirklich für wahnsinnig halten. Aber als ich nicht sofort antworte, blickt er mich an, als würde er mich gerade zum ersten Mal sehen.

»Ich glaube – da ist etwas.« Nervös lecke ich mir über die Lippen, ich suche nach den richtigen Worten. »Leben. Auf diesem Planeten.«

Er runzelt die Stirn. Skeptisch. Aber er sagt nicht, dass ich spinne – noch nicht. »Wie die Riesenkatze? Die gehörte ganz bestimmt nicht hierher.«

»Nein, ich meine intelligentes Leben. Vielleicht sogar etwas, das schon vor der Terraformierung hier war. Wenn es nur die Visionen wären, dann könnte es sich vielleicht um so etwas wie eine gemeinsame Halluzination handeln. Aber der Einsturz der Höhle? Das konnte keiner von uns vorhersehen. Ich glaube, dass wir beobachtet werden.« Als ich es ausspreche, läuft es mir kalt den Rücken hinunter und ich sehe, wie Tarvers Mundwinkel zucken, als wolle er es als Blödsinn abtun. Ich rede hastig weiter, bevor er etwas sagen kann. »Es gibt Gerüchte, alle wissen davon. Auch wenn noch nie jemand irgendetwas beweisen konnte, gibt es immer wieder Geschichten darüber, was hinter den Grenzen des erforschten Universums liegt. Sogar auf Corinth hören wir sie. Die Terraform-Unternehmen müssen diesen Planeten doch aus einem bestimmten Grund aufgegeben haben. Irgendetwas hat sie verscheucht.«

Jetzt sieht er eher nachdenklich als skeptisch aus. Er beobachtet mich, aber so wie er mich ansieht, bin ich mir noch nicht einmal sicher, ob er mir überhaupt zugehört hat. Der Schock darüber, das Haus seiner Eltern gesehen zu haben, muss doch schlimmer gewesen sein, als ich dachte. Er räuspert sich. »Meinen Sie nicht, wenn die Terraform-Unternehmen hier intelligentes Leben vorgefunden hätten, wäre es sofort überall in den Nachrichten gewesen?«

»Es sei denn, man hält es aus einem bestimmten Grund geheim.« Ich versuche, nicht an meinen Vater zu denken, an die abgelegenen

Räume mit geheimen Servern und Datenspeichern. Als Kind habe ich oft danach gefragt, aber er hat es immer geschafft, mich mit einem Geschenk oder einer Geschichte abzulenken, bis es mich irgendwann nicht mehr interessierte – seine Geheimnisse waren einfach ein Teil von ihm.

Und sein Unternehmen ist sicherlich nicht das einzige, das etwas vor der Öffentlichkeit verbirgt.

Ich hole tief Luft. »Ich habe etwas geträumt, kurz bevor die Höhle eingestürzt ist. Dass jemand, den ich nicht sehen konnte, mir etwas zugeflüstert hat, mich gewarnt hat. Und als ich aufgewacht bin, war das Flüstern immer noch da, nur konnte ich die Worte nicht verstehen. Es ist irgendwie, als ob sie – wer auch immer sie sind – versuchen, mit uns zu reden, aber nicht wissen wie. Sie ziehen sich Gedanken aus unseren Köpfen, das, was uns am meisten wehtut. Ich dachte, ich würde von Geistern verfolgt werden, aber wenn sie meine Gedanken lesen können, dann wissen sie, wie sehr mich die Erinnerung an die Toten aus der Kapsel quält. Vielleicht war es die einzige Möglichkeit, die ihnen eingefallen ist, Kontakt zu mir aufzunehmen, indem sie das aufgegriffen haben, was mich am meisten beschäftigt hat. Und vielleicht ist das hier, das Haus Ihrer Eltern, für Sie bestimmt.«

Auf meine Rede hin folgt Stille. Das Herz hämmert mir in der Brust, während ich versuche, meinen Atem zu beruhigen. Ich weiß, dass er wieder denken wird, ich wäre verrückt. Er wird jeden Moment den Mund öffnen, um das, was ich glaube, als Schwachsinn abzutun.

Doch stattdessen sagt er nur leise: »Wenn diese flüsternden Stimmen versucht haben sollten, mir wehzutun, waren sie damit auf jeden Fall ziemlich erfolgreich.«

Eine Zeit lang sitzen wir einfach nur schweigend da. Ich fühle Tarvers Wärme neben mir, einen Fingerbreit entfernt. Obwohl mich seine Nähe beruhigt, habe ich trotzdem das unangenehme Gefühl, dass wir beobachtet werden. Ich frage ihn nicht, ob es ihm genauso geht –

die Angespanntheit seines Körpers verrät es mir auch so. Das Flüstern ist da draußen, und auch wenn die Stimmen jetzt leise sind, wissen wir beide, dass wir nicht allein sind.

Nach einer Weile steht Tarver auf und hilft mir hoch. Wir gehen zusammen zum Feuer, und ich lege ein paar der dürftigen Brennhölzer, die ich finden konnte, nach, dann setze ich mich neben Tarver. Er legt den Arm um meine Schultern und zieht mich an sich. Die Distanz, die eben noch zwischen uns war, ist überwunden, und dankbar lehne ich mich an ihn. Gemeinsam geben wir uns der Stille hin.

Meine Augen fallen bereits zu, als mich seine Stimme, die kaum mehr als ein Raunen an meiner Wange ist, wieder aufschreckt.

»Sie brauchen sich wegen der Leute in der Kapsel nicht schuldig fühlen. Es gab genug Rettungskapseln für alle. Sie konnten ja nicht wissen, was passiert.«

»Ja, vielleicht haben Sie Recht«, sage ich und die Brust zieht sich mir zusammen, doch nicht mehr ganz so eng wie sonst, wenn ich daran gedacht habe. »Aber wir sind die Einzigen, die überlebt haben.«

»Ob wir nun die Einzigen sind oder nicht, ich bin froh, dass ich mit Ihnen hier gelandet bin.«

Ich schnaube, ein Geräusch, das ich sonst nie von mir gebe. »Major, bitte. Ich erkenne eine glatte Lüge, wenn ich sie höre. Ich bin die letzte Person, mit der Sie gern hier sein würden.«

»Da irren Sie sich, Miss LaRoux.« Seine Stimme ist ruhig und ernst. Ich kenne ihn inzwischen gut genug, um zu wissen, wann er lügt, und jetzt gerade tut er es nicht. »Wenn Sie nicht mit mir in einer Kapsel gewesen wären, dann wäre ich jetzt gar nicht hier.«

Er rutscht ein Stück, so dass ich den Kopf heben muss und mir auffällt, wie er mich ansieht, sein Gesicht nur Zentimeter von meinem entfernt.

Ich merke, wie ich rot werde, und wende den Blick ab. Ich kann nur hoffen, dass er denkt, die Röte käme von der Hitze des Feuers.

»Wenn Swann doch nur hier wäre«, sage ich schnell. »Sie hätte diese Katze mit bloßen Händen umgebracht. Oder Simon, der hat mir alles über Elektronik beigebracht. Er war –« Ich halte inne. Ich glaube, ich habe seinen Namen seit zwei Jahren nicht mehr laut ausgesprochen. »Er war ein Junge, den ich kannte«, beende ich den Satz halbherzig.

Ich spüre immer noch Tarvers Blick auf mir. »Ich glaube, ich nehme das Mädchen, das neben mir sitzt, danke.«

Inzwischen ist die Sonne verschwunden und die ersten verstreuten Sterne stehen am Himmel. Ich bin froh, dass ich etwas anderes ansehen kann als den Soldaten, der immer noch den Arm um mich liegen hat. Mir ist noch nie aufgefallen, wie fremd die Sterne wirken können.

»Wenn es wahr ist, dann wissen wir, dass wir nicht verrückt sind«, sage ich, den Blick weiter auf den Himmel gerichtet.

»Und wenn es wahr ist, dann wissen wir, dass wir nicht allein sind.« Tarver klingt allerdings eher besorgt als erleichtert.

»Die Stimmen haben uns bisher nicht verletzt. Ich glaube, sie wissen einfach nur nicht, wie sie uns erreichen sollen, außer indem sie uns zeigen, was in uns vorgeht.«

»Wenn sie versuchen, mit uns Kontakt aufzunehmen«, murmelt Tarver und schlingt die Hand um meinen Arm, so dass mir wieder die Hitze ins Gesicht steigt, »dann frage ich mich, was sie uns denn unbedingt sagen wollen.«

»Die Wasserflasche, die Sie mir gerade gegeben haben, ist leer.«

»Tatsächlich. Ich lasse Ihnen eine neue holen. In der Zwischenzeit können Sie mir ja schon mal erzählen, worauf Sie es an der Absturzstelle abgesehen hatten.«

»Nahrung. Sicherheit.«

»Rettung?«

»Wir hatten nicht ein einziges Schiff in der Luft gesehen. Ich glaubte nicht mehr an Rettung.«

»Haben Sie darüber mit Miss LaRoux gesprochen?«

»Nein. Wir waren müde. Wir haben uns nur auf das Wesentliche konzentriert.«

»Und das war?«

»Wir hatten so gut wie nichts mehr zu essen, und sie war recht angetan von dem Gedanken, die Kleidung wechseln zu können.«

# 23

# TARVER

Als wir am nächsten Morgen den verschneiten Berg hinunterkraxeln, ist das Schweigen, das nur durch unser Schnaufen und Keuchen unterbrochen wird, angenehmer als an den beiden Tagen zuvor. In der kalten Luft sehen wir unseren Atem. Mein Hals ist rau und mein Mund trocken – es kostet zu viel Energie, den Schnee im Mund zu schmelzen, und die Kälte lässt unsere Mägen verkrampfen. Die Feldflasche ist die ganze Zeit in meinen Gedanken präsent. Die Gleidel zu verlieren wäre weniger schlimm gewesen.

Ich quetsche mich durch einen Felsspalt, und bevor ich mich umdrehe, um Lilac herüberzuhelfen, blicke ich auf den Boden, ob ich auch sicher stehe – und da ist sie. Eine Feldflasche. Sie ist in einwandfreiem Zustand, der kakifarbene Edelstahl glatt und ohne irgendwelche Kratzer. Als käme sie direkt aus der Fabrik.

Ich beuge mich hinunter, um sie aufzuheben, und rechne schon fast damit, dass meine Hand hindurchgreift, aber meine Finger berühren festes Metall – sie ist echt. Als ich sie umdrehe, setzt mein Herz kurz aus. Da stehen meine Initialen, in meiner Handschrift eingraviert, was unmöglich nachzumachen ist – und doch sind alle Dellen und Macken verschwunden. Die Flasche ist makellos wie am ersten Tag. Als ich den Deckel abnehme, sehe ich auch den Filter und darunter klares Wasser. Es läuft mir eiskalt den Rücken hinab.

Wir haben die Feldflasche in der Höhle zurückgelassen, sie wurde von Geröll und Schnee begraben. Und jetzt liegt hier eine Ersatzflasche direkt auf unserem Weg, als hätten wir sie durch unseren Willen herbeigezaubert. Und nein, es ist nicht bloß eine Ersatzflasche – es ist *dieselbe* Feldflasche.

»Tarver?« Lilac versucht, an mir vorbeizusehen, sie will wissen, warum ich auf einmal stehen geblieben bin. Ich trete zur Seite, um sie durchzulassen. Als sie durch den Spalt tritt und die Feldflasche erblickt, reißt sie die blauen Augen auf und gerät ins Straucheln. Ich fange sie auf, und dann stehen wir einen Moment lang nur ganz still da, Lilac in meinen Armen an mich gelehnt.

»Sie halten sie in der Hand«, sagt Lilac und berührt die Flasche vorsichtig mit einem Finger. »Tarver, die ist echt. Das ist keine Vision.«

»Es ist meine, aber sie ist nagelneu.« Ich drehe die Flasche um und zeige Lilac meine Initialen auf dem Boden.

Sie schnappt nach Luft. »Wie ist das möglich? Nein – die ganzen Soldaten an Bord. Jemand wird die gleichen Initialen gehabt haben. Das ist bloß Zufall.«

Ich will schon darauf hinweisen, dass die Feldflasche trotzdem unmöglich genau hier auf unserem Weg gelandet sein kann, wenn sie aus dem Wrack geflogen sein sollte – doch dann sehe ich ihren Blick und ich brauche gar nichts weiter zu sagen. Sie weiß es. Aber keiner von uns will aussprechen, was in unseren Köpfen vorgeht. Die flüsternden Stimmen sind zu viel mehr fähig als bloß zu Visionen oder Vorahnungen. Was können sie noch?

Ich probiere das Wasser – es ist süß und frisch und sauber. Wir trinken beide davon, dankbar, dass es kein eiskalter geschmolzener Schnee ist, der uns beim Schlucken vom Kinn tropft. Lilac nimmt einen letzten Schluck und betrachtet wieder die Flasche in ihren Händen. Sie fährt mit den Fingerspitzen über die Oberfläche, als könnte sie sich bei genauerer Prüfung verändern. Dann hält sie eine Hand hoch und schaut auf ihre Finger. Ich brauche einen Moment, aber bis sie mir den Blick zuwendet, habe ich es verstanden. Sie zittert nicht. Es ist keine Vision. Kein Bild, das unseren Gedanken entnommen und uns von den flüsternden Stimmen wieder vorgesetzt wurde.

Die Flasche ist echt.

Ich würde es gern als Zeichen der Freundschaft von diesen Wesen verstehen, wenn wir es hier denn tatsächlich mit anderen Wesen zu tun haben. Aber trotz meiner Erleichterung darüber, wieder eine Feldflasche zu haben, kann ich nur eins denken: Warum geben sie sich solche Mühe, uns am Leben zu erhalten? Was wollen sie in Wirklichkeit von uns?

Am späten Vormittag erreichen wir die grasbewachsenen Hügel am Fuß der Berge, und es ist eine unglaubliche Erleichterung, wieder über ebenen Boden zu laufen, die Beine beim Gehen durchstrecken zu können und die Muskeln etwas zu entspannen. In den paar Tagen ist mir der Planet schon recht vertraut geworden – mir fällt auf, dass die Wildblumen, die wir auf der anderen Seite der Berge gesehen haben, auf dieser Seite nicht wachsen, und ich bemerke, dass es auch hier Erdlöcher gibt, wo ich später Fallen aufstellen kann. Allerdings dauert das behagliche Gefühl nicht lange an, denn schon bald werde ich daran erinnert, dass wir einen Friedhof durchqueren.

Die Hügel sind von Trümmerteilen übersät. Wir kommen an verformten Plastinteilen so klein wie meine Hand vorbei und an großen, geschmolzenen Metallbrocken, die bis über unsere Köpfe ragen.

Die meisten Kapseln sind zu sehr zerstört, um sie zu durchstöbern, aber wir haben nur noch einen Notfallriegel übrig. Wahrscheinlich könnten wir auch allein von den kleinen Tieren und den Gräsern hier überleben, aber das wäre nicht besonders reizvoll. Also riskiere ich einen Blick in die erste einigermaßen intakte Kapsel, die auf unserem Weg liegt und deren größter Schaden darin besteht, dass das Blech an der Seite weggerissen ist, wo die Kapsel an die *Icarus* angedockt war. Die Kapsel hatte zum Glück nur eine Insassin. Mit nach vorn gefallenem Kopf und ins Gesicht hängenden Haaren sitzt sie in ungefähr der gleichen Position im Gurt, in der Lilac ohnmächtig in unserer kargeren Mechaniker-Kapsel saß. Sie trägt einen rosa Morgenmantel aus Satin über ihrer Nachtwäsche. Vermutlich ist sie beim Aufprall gestorben. Sie hat braune Haare, keine roten, aber es ist trotzdem viel zu leicht, statt ihrer Lilac vor mir zu sehen. Als ich durch den Türspalt in die Kapsel steige, vermeide ich es, sie noch einmal anzuschauen. Ich öffne eins der Fächer unter den Sitzen. Da – ein halbes Dutzend Notfallriegel. Essen für mehrere Tage, wenn wir sie mit Gräsern ergänzen.

Als ich wieder herauskomme, fragt Lilac nicht, ob jemand in der Kapsel war. Sie kann es wohl an meinem Blick erkennen, was ich dort vorgefunden habe.

Die *Icarus* sieht aus, als hätte sie jemand mit einem Messer aufgeschlitzt. Auf bestimmt einem Drittel der Länge liegt das versengte Gerüst im Inneren bloß. Die Spur hinter dem Schiffsrumpf verrät, dass sie nach dem Aufprall noch ein ganzes Stück weiter über die Oberfläche des Planeten gerutscht ist. Die Furche ist so tief, dass sich ein ganzer Zug Soldaten darin verstecken könnte. In der Luft hängt ein leichter Geruch nach Chemikalien.

»Beim Militär«, erkläre ich, »würde man jetzt sagen, wir müssten die Sache ›vorsichtig angehen‹. Was so viel bedeutet wie: jemand anderen vorgehen lassen. Aber da wir jetzt die einzigen Kundschafter sind, müssen wir einfach gut aufpassen. Wir wissen nicht, wie schwer der Schaden im Inneren ist, oder was passiert, wenn wir diese Chemikalien einatmen, und wir können keine medizinische Hilfe in Anspruch nehmen, wenn wir uns verletzen. Wir müssen einfach aufpassen, in Ordnung? Bei jedem einzelnen Schritt.«

Ich bekomme weder eine überhebliche Antwort zu hören noch

einen vernichtenden Blick zugeworfen. Lilac sieht bloß mit ernster Miene auf das Schiff und nickt. »Wir können die am schlimmsten beschädigten Teile komplett umgehen. Das da ist das Heck; da sind eigentlich nur die Antriebssysteme drin, und die Promenadendecks.« Pause. Vielleicht denkt sie an unsere Begegnung dort, so wie ich gerade. Das war noch in einem anderen Leben, und auch wir waren andere. Geschäftsmäßig redet sie weiter. »Der Bug besteht auch nur aus Technik. Da waren die Kommunikationssysteme.«

Was sie nicht dazusagen muss, ist, dass die Kommunikationssysteme jetzt nicht mehr da sind. Der Bug wurde beim Aufprall komplett zusammengedrückt.

Mit konzentriertem Gesichtsausdruck fährt sie fort. »Das mittlere Drittel ist – war – für die Passagiere und Fracht. Da werden die Vorräte sein. Und es sieht so aus, als wäre nicht alles zerstört.«

Der falsche Mond steht inzwischen höher am Himmel; er geht jetzt früher auf und später unter. Gerade ist er kurz überm Horizont zu sehen, obwohl es taghell ist. Lilac folgt meinem Blick. »Glauben Sie, das Ding hat etwas mit dem Absturz zu tun?«

Ich muss an das schreckliche Schlingern denken, als die *Icarus* versuchte, wieder zurück in den Hyperspace zu gelangen, und scheiterte. Von der Schwerkraft gefangen, oder was für eine Kraft auch immer es war, die die *Icarus* aus ihrer Dimension gerissen hat.

»Es wäre ein zu großer Zufall, wenn es nichts damit zu tun hätte«, antworte ich.

Lilac hält kurz inne. »Ich weiß nicht, ob das bei Ihnen in der Schule behandelt wurde, aber mein Vater hat mir in endlosen Stunden von der Geschichte der Terraformierung erzählt. Das war das einzige Thema, das er keinem meiner Privatlehrer überlassen wollte – wenn man in etwas Pionier ist, vertraut man auf dem Gebiet wohl niemand anderem. Vor der ersten Emigration, als noch versucht wurde herauszufinden, wie man den Mars terraformieren konnte, gab es die Idee, die

Marsoberfläche zu erwärmen, indem man einen riesigen Spiegel in seiner Umlaufbahn installiert, um mehr Sonnenlicht darauf zu lenken und so flüssiges Wasser zu gewinnen.«

Ich sehe wieder zum falschen Mond. »Oder eine ganze Reihe von Spiegeln. Ich meine, mich an so etwas in der Art zu erinnern. Es wurde aber nie ausprobiert, weil es nicht wirklich umsetzbar war, oder? Wenn es das ist, was da oben ist, warum jetzt? Warum auf diesem Planeten?«

Kopfschüttelnd blickt sie mich an. Sie hat genauso wenig eine Antwort darauf wie ich. Ich drehe dem langsam sinkenden Mond den Rücken zu und gehe zum Schiff.

Wie sich herausstellt, ist der Teil des Rumpfs, der nicht aufgerissen wurde, fast komplett von einer geschmolzenen Legierung versiegelt, die nie dafür bestimmt war, die Atmosphäre zu durchdringen. Die Versiegelung ist wahrscheinlich ein gutes Zeichen – vielleicht ist, was auch immer sich dahinter befindet, intakt –, aber erst einmal müssen wir einen Weg hinein finden.

Ich halte noch immer die Gleidel in der Hand, während wir wie zwei Ameisen am kaputten Rumpf entlangwandern, der als riesige Metallwand neben uns in den Himmel ragt. Wir sehen keine Anzeichen von Überlebenden. Kann es wirklich sein, dass wir die Einzigen sind? Von der absoluten Stille des Wracks eingehüllt wird mir wieder einmal bewusst, dass ich es Lilac zu verdanken habe, noch am Leben zu sein. Ich habe ihr vielleicht das Leben gerettet, was das Katzenungeheuer angeht, und ich habe sie vielleicht bis hierher gebracht, aber keiner von uns beiden wäre jetzt hier, wenn sie unsere Kapsel nicht von der *Icarus* gelöst hätte. Während wir das Wrack ablaufen, muss ich sie die ganze Zeit beobachten; meine Aufmerksamkeit liegt zur Hälfte auf dem Schiff, zur Hälfte auf dem Mädchen neben mir. Als ich sie in ihrer prachtvollen Kleidung im Salon gesehen habe – hätte ich sie mir jemals so vorstellen können? In dem dreckigen Mechaniker-

Anzug mit ihrem ruinierten Kleid darunter, die verknoteten Haare mit einem schmutzigen Stück Schnur zurückgebunden?

Lilac entdeckt die Lücke, durch die wir ins Schiff gelangen können. Von der ansonsten intakten Wand hat sich eine Metallplatte ein Stück weit gelöst, und die Nieten sind zu sehen, dahinter nichts als Dunkelheit. Wir reden nicht, als wir uns an die Arbeit machen, stellen uns bloß nebeneinander und ziehen mit aller Kraft an der Metallplatte, um sie aufzubiegen und den Spalt in der Wand zu vergrößern. Ich will Lilac gerade sagen, dass sie eine Pause machen soll, aber dann sehe ich ihren entschlossenen Gesichtsausdruck. Vielleicht ist sie doch nicht so schwach, wie ich dachte – und vielleicht bin ich auch nicht mehr so stark wie noch vor ein paar Tagen, als wir gelandet sind.

Doch den Gedanken vergesse ich ganz schnell, als mir auf einmal ein brennend heißer Schmerz durch die Hand fährt. Instinktiv lasse ich die Metallplatte los. Sie springt wieder zurück und Lilac zieht gerade noch rechtzeitig die Finger weg. Ich hätte mich besser konzentrieren, auf meinen eigenen Rat hören sollen. Jetzt verläuft eine tiefrote Linie über meine Handfläche, und einen Moment später sickert auch schon Blut hervor, dann fängt es an zu fließen.

»Tarver, sind Sie – oh.« Sie fängt bewundernswert an zu fluchen, dann wird sie ganz sachlich, nimmt mir den Rucksack von den Schultern und stellt ihn auf den Boden, um nach dem lachhaften Erste-Hilfe-Set zu suchen. Ich kann nichts weiter tun, als meine blutende Hand über den Kopf zu halten. Mit der freien Hand umklammere ich das Handgelenk, um den Blutzufluss zu minimieren, aber der Schnitt ist tief. Das kann ich jetzt schon mit Gewissheit sagen.

»Wo haben Sie gelernt, so zu fluchen, Miss LaRoux?« Ich versuche, meine Stimme gelassen klingen zu lassen.

»Warten Sie bloß ab, bis mich das mein Vater fragt, Major.« Sie fängt an, das Erste-Hilfe-Set auszupacken. »Dann werden Sie erfahren, was Ärger ist. Kommen Sie, ich versuche, Sie zu verbinden.«

»Wenn das Thema aktuell wird, werde ich längst weit weg sein.« Vorsichtig knie ich mich hin. »Verbannt in eine ferne Kolonie, wo ich als Strafe dafür, dass ich seiner Tochter schöne Augen gemacht habe, Rebellen bekämpfen darf.«

»Die schönen Augen behalten Sie mal besser für sich.« Die Wunde blutet inzwischen ordentlich. Lilac wickelt eine Bandage um unsere einzige Kompresse, drückt sie auf meine Handfläche und umwickelt meine Hand mit einer weiteren Bandage. Ich zucke zusammen, als der Schmerz auf einmal richtig einsetzt und in den Arm strahlt.

»Wie ein Baby«, zieht sie mich auf, während sie mich verbindet. Als Lilac das fast leere Erste-Hilfe-Set wieder einpackt, sickert das Blut trotz ihrer Bemühungen bereits durch den Verband.

Doch immerhin haben wir die Metallplatte genug verbogen, dass Lilac durch die Lücke passt. Besorgt sehe ich zu, wie sie sich langsam hindurchzwängt und immer weiter in der Dunkelheit verschwindet. »Passen Sie auf, dass Ihnen der Rückweg immer offensteht«, sage ich und gehe in die Hocke, um ihren Fortschritt besser beobachten zu können. »Nicht, dass Sie steckenbleiben. Und bevor Sie irgendetwas anfassen, berühren Sie es erst ganz vorsichtig mit den Fingerspitzen.«

Ihre Beine verschwinden und ich halte die Luft an und warte. Das Herz hämmert mir in der Brust. Ich höre ein Scheppern und die Metallplatte erzittert, als sie mehrmals dagegentritt. Von innen lässt sich das Metall leichter verbiegen, und sobald die Lücke groß genug für mich ist, krabbele ich Lilac hinterher.

Die Luft im Schiff ist kalt und still, aber sie riecht ganz passabel. Es ist gar nicht so dunkel, wie ich befürchtet habe – kleine Risse im Rumpf lassen dünne Strahlen Tageslicht herein, doch wenn wir tiefer ins Schiff vordringen, werden die uns auch nicht helfen. Ich halte die verletzte Hand eng am Körper und hoffe, dass die Blutung bald nachlässt.

»Wir müssen im Lagerbereich sein.« Lilacs Stimme schreckt mich auf. »Hier sind wahrscheinlich die Räume für Fracht und Gepäck. Vielleicht auch ein paar Serviceräume.«

»Es waren eine Menge Truppen an Bord. Ich würde zu gern ein paar Feldrationen finden. Die schmecken zwar wie Pappe, enthalten aber alle Nährstoffe. Damit würden wir ewig hinkommen.« Ich könnte mir auf die Zunge beißen, sobald ich den Satz beendet habe. Die ganze Zeit über habe ich mich so bemüht, es nicht anzusprechen, dass wir vielleicht tatsächlich ewig hier festsitzen werden.

»Da ist ein richtiger Gang.« Auf einmal kann ich sie nicht mehr sehen, und dann begreife ich, dass sie aus dem Schacht, in dem ich mich noch befinde, in den Gang geklettert ist. Ich steige hinterher. Der Gang verläuft schräg nach oben, aber wenn wir vorsichtig sind, dürften wir den Halt nicht verlieren. Ich halte Lilac den Rucksack auf, damit sie die Taschenlampe herausnehmen kann, und auf einmal können wir etwas sehen.

Die ersten zwei Türen auf dem Gang lassen sich nicht öffnen, weil die Rahmen total verzogen sind, aber die dritte schwingt sofort auf. Der Raum dahinter ist voller umgefallener Kisten und haufenweise Schaltsysteme liegen auf dem Boden. Nutzlos.

Lilac stößt die nächste Tür auf und ich probiere die gegenüber.

»Nichts Brauchbares«, ruft sie, als ich meine Tür aufstoße.

In dem Raum dahinter befinden sich Unmengen an Wäsche. Bettzeug und Kleidung liegen wild durcheinander auf dem Boden. Ich bin auf eine Goldader gestoßen. Das hier muss die Wäscherei sein. Ich habe keine Ahnung, ob die Sachen sauber sind, aber sie werden sauberer sein als das, was wir anhaben.

»Können Sie sich noch an Ihr damenhaftes Benehmen erinnern?«, rufe ich mit einem Lächeln auf den Lippen. »Jetzt könnten Sie es mal wieder einsetzen. Kein Drängeln, kein Schubsen, kein Schreien oder –«

Weiter komme ich nicht. Sie hat die Veränderung in meiner Stimme bemerkt und innerhalb vom Bruchteil einer Sekunde den Gang überquert. Staunend steht sie in der Tür, dann läuft sie lachend zum ersten Haufen Klamotten.

»Tarver. *Tarver.* Das ist ja – sehen Sie das alles?« Sie leuchtet mit der Taschenlampe über die Unmengen an Stoffen in allen möglichen Farben.

Ich will gerade etwas antworten, als sie auf einmal anfängt sich den Mechaniker-Anzug auszuziehen. Vollkommen perplex stehe ich mit offenem Mund da. Es ist dunkel im Raum, aber ich kann trotzdem einen Schimmer blasser Haut unter den Überresten ihres Kleids ausmachen. Dann reiße ich mich am Riemen und werfe einen langen, prüfenden Blick auf meine Stiefel. Den Geräuschen auf der anderen Seite des Raums nach zu urteilen, hat Lilac komplett vergessen, dass es mich gibt. Der Mechaniker-Anzug muss *richtig* unbequem gewesen sein, sogar über ihrem Kleid, wenn sie es so eilig hat, ihn loszuwerden, obwohl ich hier stehe.

»Da sind Kleider«, flüstert sie, und aus den Augenwinkeln sehe ich etwas durch die Luft fliegen. Oh Gott. Der Mechaniker-Anzug und das kaputte grüne Kleid liegen jetzt auf dem Boden. Was hat sie dann jetzt noch an? Sie hat nicht gesagt, dass ich nicht gucken darf.

»Nicht gucken«, weist sie mich zurecht, als hätte sie meine Gedanken gelesen. *Verdammt.*

Ich drehe mich weg und betrachte meine verbundene Hand in einem schmalen Streifen Licht, das durch die Tür fällt. Der Verband ist schon ganz rot, und die Wunde pulsiert im Takt mit meinem Herzschlag. Ich wünschte, es würde aufhören. Der Kratzer selbst ist nicht so wild, ich habe mir im Feld schon viel Schlimmeres zugezogen, aber nie ohne die Aussicht auf einen Sanitäter und genäht zu werden. Es muss einfach von allein wieder gut werden.

»Da sind Laken, damit können wir uns ein Bett herrichten. Ein richtiges Bett, stellen Sie sich das mal vor. Ich weiß gar nicht, was wir damit anfangen sollen«, lacht sie.

*Oh, glauben Sie mir, Miss LaRoux. Ich wüsste es schon. Mir würde da so einiges einfallen.*

»Sie können sich umdrehen.«

Wahrscheinlich hat sie irgendetwas total Unpraktisches mit Rüschen oder so an. Langsam wende ich mich ihr wieder zu. Im ersten Moment kann ich überhaupt nichts sehen, weil die Taschenlampe mich blendet. Dann richtet sie den Lichtkegel auf sich und ich kann nicht anders, als sie anzustarren.

Sie hat sich eine Jeans und ein hellblaues T-Shirt ausgesucht, und wie sie so barfüßig dasteht, die Haare aus dem Gesicht gestrichen, mit Sommersprossen wie Kakaostaub auf Nase und Wangen, sieht sie einfach perfekt aus. Überhaupt nicht wie eine Prinzessin, sondern viel mehr wie ein Mädchen von zu Hause. Dazu lächelt sie, so dass ihre Grübchen zum Vorschein kommen, und mir fehlen die Worte.

Offenbar versteht sie meine verdatterte Miene als Zustimmung, denn sie reicht mir die Taschenlampe und dreht sich höflich weg, damit ich mir etwas aussuchen kann. Ich finde einen Tarnanzug und muss kurz daran denken, wem er wohl gehört hat. Aber in Kaki fühle ich mich nun mal am wohlsten, also werde ich ihn mitnehmen. Ich suche mir noch eine neue Hose und ein T-Shirt und ziehe beides mit einer Hand an, dann sage ich Lilac Bescheid und wir suchen noch mehr Ersatzkleidung und Sachen zum Drüberziehen zusammen.

Ich zeige ihr, wie man ein Laken in Streifen reißt – ich kann mit meiner verletzten Hand gerade so gut wie nichts anfangen –, und zusammen machen wir mir einen neuen Verband. Sie geht sehr sorgsam vor, nimmt einen Kopfkissenbezug, um das Blut wegzuwischen, und verwendet die letzten Tropfen aus der kleinen Flasche Antiseptikum. Dummerweise haben wir das meiste davon schon für alle möglichen Schrammen und Kratzer verwendet. Dann drückt sie sanft ein neues Stoffpolster auf die Wunde und verbindet meine Hand so, dass nur noch die Finger oben herausschauen.

Wir füllen die Feldflasche aus einem der Wasserbehälter in der Wäscherei auf, dann finden wir noch zwei große, weiße Taschen, die wir bis oben hin mit unserer neuen Kleidung und einem Stapel Laken für unser Bett füllen, und tragen sie hinaus auf den Gang.

»Haben wir noch genug zu essen für heute Abend?«, fragt sie. »Wir werden wohl die Riegel essen müssen, die Sie aus der Kapsel geholt haben, und uns bald schlafen legen. Es wird schon dunkel.«

Ich folge ihrem Blick und sie hat Recht – das Tageslicht, das durch die Risse im Schiffsrumpf dringt, wird weniger. Eigentlich hätte mir das zuerst auffallen sollen.

Lilac zieht ihren Wäschesack zum Flur, aber ich leuchte mit der Taschenlampe noch einmal auf die Stelle, wo sie sich umgezogen hat. »Soll ich das Kleid mitnehmen?«

Sie wirft noch einen Blick auf den grünen Satin-Haufen, dann zieht sie reuevoll den Mundwinkel hoch und schüttelt entschieden den Kopf. »Lassen Sie es liegen«, sagt sie und wendet dem, was von ihrem alten Leben noch geblieben ist, den Rücken zu.

Wir ziehen und schieben unsere Wäschesäcke den Gang hinunter, dann suchen wir uns draußen im Windschatten einer riesigen verbogenen Metallplatte einen Fleck, um unser Lager aufzuschlagen. Ganz in der Nähe ist ein Bach. Sollte das Wasser irgendwie durch das Wrack verunreinigt worden sein, wird der Filter der Feldflasche sich schon darum kümmern.

Bisher haben wir zwar keinerlei Anzeichen von irgendwelchen anderen Menschen gesehen, aber trotzdem grabe ich ein tiefes Feuerloch, wobei ich vergeblich versuche, keinen Dreck auf meine verletzte Hand zu bekommen. Sie pulsiert immer noch. Lilac beschäftigt sich damit, ein aufwendiges Bett zu errichten. Sie sortiert die Kleidung in kleine Haufen, über die sie ein Laken deckt. Nach kurzem Nachdenken stopft sie ein paar Sachen in die weißen Wäschesäcke und macht uns daraus Kissen.

Besonders viel Brennholz haben wir nicht – das bisschen, das wir noch dabeihatten, und etwas, was wir in der Nähe gefunden haben –, aber es reicht, um das Wasser in der Feldflasche zu erhitzen und uns eine dünne Suppe zu kochen, die zusammen mit den Notfallriegeln so etwas wie eine richtige Mahlzeit ergibt.

Wir unterhalten uns über die Dinge, die wir aus dem Schiff holen wollen – Medikamente, Essen, wärmere Kleidung, einen Kochtopf –, und betrachten die Silhouette des Wracks vor dem Sternenhimmel. Ich frage mich, ob wir vielleicht draufklettern können, um uns einen besseren Überblick über die Umgebung zu verschaffen.

Als Lilac an meine Schulter gelehnt einschläft, ziehe ich vorsichtig mit zwei Fingern die Laken über uns.

Kein Anzeichen von den flüsternden Stimmen. Was das wohl bedeutet? Haben wir dadurch, dass wir das Schiffswrack erreicht haben, getan, was sie uns mitteilen wollten? Oder beobachten sie uns immer noch und warten einfach ab? Ich weiß nicht, was ihre Absicht ist – und ich traue ihnen nicht.

Vermutlich hält sie irgendetwas davon ab, uns zu erreichen. Vielleicht sind wir jetzt für uns.

»Wesentliche Teile des Schiffs waren noch intakt?«

»Sie haben die Bilder doch gesehen.«

»Ich habe Sie etwas gefragt, Major.«

»Sie stellen mir eine Menge Fragen, auf die Sie bereits
die Antwort wissen. Gibt es dafür einen Grund?«

»Gibt es einen Grund dafür, dass Sie
sich weigern zu kooperieren?«

»Ich kooperiere doch. Kommt das Wasser bald?«

»Das Schiff. Wesentliche Teile waren intakt?«

»Es gab Teile, die nicht verbrannt waren, aber
ich würde nicht sagen, dass sie intakt waren.«

»Sie konnten sich ohne Zwischenfälle aus dem Wrack versorgen?«

»Ich habe mich an der Hand verletzt.
Aufregender als das ist es nicht geworden.«

# 24

# LILAC

Das Schiff zu erkunden ist eine ziemlich langweilige Angelegenheit. Obwohl große Teile während des Absturzes weggebrochen oder beim Aufprall zusammengedrückt worden sind, hatte es ursprünglich Platz für fünfzigtausend Menschen und noch darüber hinaus. Nur einen Bruchteil davon auszukundschaften wird schon Tage dauern. Auf jeden Raum, in dem wir etwas Brauchbares finden, kommen Dutzende, in denen alles in Trümmern liegt oder wo ein Feuer gewütet und nichts als verschrumpeltes Plastin und nicht identifizierbare, verkohlte Gegenstände hinterlassen hat.

Tarver versteckt die ganze Zeit seine Hand vor mir. Zuerst dachte ich, er wollte mich vor der Tatsache verschonen, dass er nicht unverletzlich ist – aus Angst, ich könnte einen Zusammenbruch erleiden.

Doch am Vormittag des zweiten Tages weiß ich, dass etwas nicht stimmt. Tarver ist kreideweiß im Gesicht und hat rote Flecken auf den Wangen, und wenn er den Blick auf etwas richtet, braucht er viel zu lange, um es zu fokussieren. Er ist zu still. Er bewegt sich zu langsam. Er macht noch nicht einmal mehr eine Bemerkung, wenn ich seine Schimpfwörter benutze. Er grummelt bloß vor sich hin und geht weiter.

Wir machen tief im Schiff Mittagspause und setzen uns in einer Art Büro auf einen umgekippten Schrank. Da es kein Tageslicht gibt, sehen wir nur, was vom Schein der Taschenlampe erleuchtet ist. Tarver gibt mir zwei Drittel des Notfallriegels. Als ich ihm einen Teil davon wiedergeben will, winkt er ab. Er stützt die Ellbogen auf die Knie und lässt den Kopf hängen.

»Tarver«, sage ich behutsam. »Vielleicht sollten wir einen Tag Pause machen. Wir haben zwar nicht mehr besonders viel Proviant, aber auch nicht so wenig, dass wir nicht einen Tag aussetzen könnten.«

Er schüttelt den Kopf, ohne mich anzusehen.

»So wie wir es in der Ebene gemacht haben, als ich mich erholen musste. Da haben wir auch einen halben Tag Pause gemacht.«

Diesmal hebt er den Kopf und sein Blick schweift ziellos umher, bevor er mich ansieht. »Nein, wir müssen weiter.«

»Tarver«, sage ich jetzt mit festerer Stimme. Ich glaube zwar nicht, dass ich ihm etwas vorschreiben kann, aber ich muss es zumindest versuchen. »Sie müssen sich ausruhen. Wir sollten eine Pause machen. Ich werde ein paar der Gräser suchen, die Sie mir in der Ebene gezeigt haben, und dann können wir unsere Vorräte damit strecken.«

Er antwortet nicht, aber ich kann ihm ansehen, dass er sich von seinem Vorhaben nicht abbringen lassen will. Als er an der schmuddeligen Bandage zupft, begreife ich auf einmal.

Es geht ihm gar nicht um die Essensvorräte. Er sucht verzweifelt nach der Krankenstation. Er braucht Medikamente.

Ich blicke wieder auf Tarvers verletzte Hand. Die Finger sind geschwollen und steif. Im Halbdunkel sehe ich seine geröteten Wangen und dass er trotz der kühlen Luft schwitzt.

»Gehen Sie zurück«, sage ich schnell, von plötzlicher Angst getrieben. »Tarver, Sie gehen sofort zurück zum Lager und legen sich hin.«

Das bringt ihn zum ersten Mal seit Stunden zum Lächeln. »Sie klingen ganz wie meine Mutter.«

Doch ausnahmsweise ist mir nicht nach seinen Scherzen zu Mute. »Ich meine es ernst. Marsch!« Auch wenn ich nicht ganz den Befehlston hinbekomme, den er bei mir anwendet, wenn er mich zu irgendetwas bewegen will, hoffe ich doch, dass die Worte genügen.

Hohläugig sieht er mich an, dann verkrampft sich sein Kiefer und er lässt den Blick wieder abschweifen. »Ich werde Sie hier nicht allein herumlaufen lassen. Wenn Sie sich verletzen, kann Ihnen niemand helfen. Es würde Ewigkeiten dauern, bis ich Sie finde – wenn ich Sie denn überhaupt finde.«

Ich knie mich vor ihn und fasse nach seinem Kinn, so dass er gezwungen ist, mich anzusehen.

»Und ich werde es nicht zulassen, dass Sie wegen einer Infektion krank werden, nur weil Sie nicht auf sich selbst aufpassen können. Ich werde schon vorsichtig sein.«

Sein Mund zuckt, wie bei einem Kind, das sich weigert, seine Medizin zu schlucken. Er weiß, dass ich ohne ihn verloren bin. Ohne ihn wäre ich auf diesem gottverlassenen Planeten schon tausend Tode gestorben.

Auf einmal weiß ich, wie ich ihn überzeugen kann.

»Wenn Sie sterben«, flüstere ich und fixiere ihn mit dem Blick, »dann sterbe ich auch.«

Als ich schließlich zum Lager zurückkehre, ist es schon dunkel und Tarver ist nur noch halb bei Bewusstsein. Es hat nicht lange gedauert, bis ich eins der Lebensmittellager gefunden habe – doch auch der Anblick von Nudeln und Gewürzen und Zucker konnte meine nervöse Anspannung nicht lösen. Dabei müsste ich wirklich erleichtert sein – wir haben nur noch ein paar Notfallriegel. Aber Hunger ist gerade nicht mehr unser größtes Problem.

Die Lebensmittelverpackungen sind alle mit dem umgedrehten *V* des Logos meines Vaters, dem griechischen Buchstaben Lambda für LaRoux, versehen. Mein Vater und seine blöde Fixierung auf Mythologie. Als ich klein war, hat er mir die ganzen alten Geschichten von den sich bekriegenden Göttern und Göttinnen erzählt, und ich habe damals fast geglaubt, er wäre einer von ihnen. Allmächtig, allwissend. Jemand, der bedingungslos verehrt wird. Aber wer nennt ein Raumschiff *Icarus*? Was für ein Mann besitzt so viel Hochmut, dass er riskiert, es abstürzen zu lassen?

Ich warte nicht mehr darauf, dass er mich holen kommt. Es sind immer noch keine Rettungsschiffe zu sehen. Niemand sucht hier nach uns. Mit einem Schlag wird mir klar, dass mein Vater mich mittlerweile für tot halten muss. Wenn es hier keine Rettungsschiffe gibt, wird er gar nicht wissen, *wo* die *Icarus* abgestürzt ist – sie hätte schließlich überall in der Galaxie aus dem Hyperspace fallen können. Dabei hat er bereits meine Mutter verloren. Seit ich acht war, bin ich alles gewesen, was er hatte. Als ich mir vorstelle, wie es ihm mit dem Gedanken, dass auch ich gestorben bin, jetzt gehen muss, setzt mein Gehirn kurz aus.

Ob die Ingenieure, die die *Icarus* konzipiert haben, wohl noch am Leben sind? Oder ob seine Rache sie bereits vernichtet hat?

Erschaudernd fahre ich mit den Fingerspitzen das Logo nach, so wie ich es unzählige Male in meiner Kindheit getan habe. Es wäre leichter, diesen verbogenen Haufen von einem Wrack, dieses Massengrab nicht mit dem Unternehmen meines Vaters in Verbindung bringen zu müssen.

Ich hole noch dreimal Lebensmittel aus dem Schiff, und beim letzten Mal trage ich einen Topf voller Gewürze und Dosen mit Gemüsebrühe hinaus. Ich mache ein Feuer, koche eine Suppe und versuche Tarver zu wecken, damit er etwas davon trinkt. Er wacht nur widerwillig auf und erst, nachdem er mich im Schlaf weggestoßen hat. Ich schaffe es, ihm ein paar Löffel Suppe einzuflößen, bevor er wieder einschläft. Dann mache ich unser Lager für die Nacht fertig, kontrolliere, ob das Feuer von weitem auch nicht zu sehen ist, unsere Sachen alle in der Nähe sind und Tarvers Pistole neben ihm liegt, wo sie hingehört.

Bevor ich mich hinlege, hole ich noch etwas Wasser vom Bach und wasche Tarver mit einem abgerissenen Stück Bettlaken das Gesicht und den Hals. Er fühlt sich ganz heiß an. Ich habe Angst, seine Bandage zu wechseln, denn wir haben nichts Steriles für eine neue, aber die Haut darum herum ist knallrot und sieht aus, als würde sie schmerzen.

Schließlich bleibt nichts mehr zu tun und ich krieche zu ihm unter die Decke. Er ist so heiß, dass es mir trotz der kühlen Nachtluft viel zu warm ist. Trotzdem lege ich mich dicht an ihn, um seinen Herzschlag zu spüren und seinen Duft nach Gras und Schweiß und noch etwas, das ich nicht benennen kann, einzuatmen. Es ist ein vertrauter, beruhigender Geruch. Im Schlaf legt Tarver seinen gesunden Arm um mich, ganz leicht.

Mitten in der Nacht wache ich auf, als mich jemand unsanft von der behelfsmäßigen Matratze stößt und ich auf dem harten Boden lande. Es dauert eine Weile, bis ich klar denken kann, und im ersten Moment glaube ich, dass ein anderer Überlebender uns gefunden hat und gucken will, ob es bei uns etwas zu holen gibt. Pures Adrenalin rauscht durch meine Adern, jede einzelne meiner Nervenzellen ist hellwach.

Dann begreife ich, dass es Tarver war, der mich weggestoßen hat. Ich höre ihn vor sich hin murmeln und schöpfe Hoffnung. Er ist wach. Das ist doch ein gutes Zeichen! Der Himmel ist bewölkt, so dass der künstliche Spiegelmond verdeckt ist und alles in Dunkelheit liegt.

Ich krieche zur Glut des Feuers und werfe ein paar Brennhölzer hinein, bis das Feuer wieder auflodert und ich Tarvers Gesicht sehen kann.

Das Herz zieht sich mir zusammen.

Er starrt mit großen, glasigen Augen direkt durch mich hindurch und wirkt geradezu verängstigt – was ich nicht für möglich gehalten hätte, wenn ich es nicht bereits während der Vision von seinem Elternhaus gesehen hätte. Er redet unverständlich vor sich hin, seine Lippen sind trocken und aufgesprungen.

»Tarver?« Ich krabbele zu ihm. »Ich hole gleich Wasser. Ich will nur –«

Ich fasse nach seiner Stirn, um seine Temperatur zu überprüfen, da werde ich auf einmal umgehauen und ich rolle mit dröhnendem Schädel über den Boden. Die Sterne am Himmel schwanken, ich sehe nur noch verschwommen und muss mich unglaublich anstrengen, nicht das Bewusstsein zu verlieren, als ich taumelnd wieder hochkomme.

Tarver sitzt halb aufrecht da. Er hat die Pistole auf mich gerichtet, sieht aber an mir vorbei ins Leere. Sein Blick ist von solcher Wut erfüllt, wie ich sie mir nie bei ihm hätte vorstellen können. Die Stelle, wo sein Handrücken mich an der Wange getroffen hat, schmerzt und mit jedem Herzschlag spüre ich, wie die Hitze dort hineinfährt.

»Tarver?«, flüstere ich kaum hörbar.

Blinzelnd sieht er mich an. Die Pistole gerät ins Wanken, dann lässt er sie sinken. Er scheint mich erkannt zu haben. Ich atme auf. Dann schluckt er und öffnet die aufgesprungenen Lippen.

»Sarah«, krächzt er.

»Ich bin es«, sage ich kläglich. Ich klinge, als würde ich betteln. Und ich *tue* es auch. »Bitte, Tarver. Ich bin es, Lilac. Ihre Lilac, Sie kennen mich.«

Stöhnend lässt er sich mit der Pistole in der Hand zurückfallen. »Gott, ich habe dich vermisst.«

»Ich war gar nicht weg.« Ich sollte noch einmal versuchen, seine Temperatur zu fühlen, aber es würde ohnehin nichts bringen. Ich weiß auch so, dass er glüht. Das behelfsmäßige Kissen unter seinem Kopf ist schweißdurchtränkt.

»Sarah, ich fühle mich echt mies.«

In seinem fiebrigen Zustand hält er mich offenbar für eine andere. Seine Freundin vielleicht – hat er eine, die zu Hause auf ihn wartet? Ich habe ihn nie danach gefragt.

»Ich weiß«, flüstere ich und gebe es auf. Ich kann ihn nicht erreichen. Das Einzige, was ich für ihn tun kann, ist wieder ins Wrack zu gehen, tiefer hinein in die weniger intakten Bereiche, um die Krankenstation zu finden.

Während er noch etwas vor sich hinmurmelt, schleiche ich mich heran und nehme ihm die Pistole aus der Hand. Er zuckt noch nicht mal mit den Fingern. Als ich sie mir hinten unter den Hosenbund stecke, bekomme ich eine Gänsehaut. Ich weiß überhaupt nichts über Pistolen, aber ich weiß, dass ich sie nicht hier bei ihm lassen und es riskieren darf, dass er mich im Delirium erschießt.

Ich hole tief Luft, nehme die Taschenlampe – und nach einem Augenblick des Zögerns auch Tarvers Notizbuch und Stift. Ich muss eine Karte zeichnen. Es wird schwieriger werden, mich in völliger Dunkelheit im Labyrinth der steilen Korridore und kaputten Treppen zurechtzufinden, aber ich kann nicht warten, bis es wieder hell ist. Tarver kann nicht so lange warten.

Er ist so dünn geworden. Es ist mir bisher gar nicht aufgefallen, weil ich ihn sonst jeden Tag, jede Sekunde gesehen habe, aber jetzt, wo er schon wieder halb schläft und mit rotem Kopf daliegt, sehe ich, wie abgemagert er ist. Ich streiche ihm die feuchten Haare aus der Stirn.

»Ich bin bald wieder da«, murmele ich. »Halten Sie durch.«

Er ruft wieder nach Sarah, während ich zum Schiff zurückgehe, und es bricht mir das Herz. Ich würde gern bei ihm bleiben und seine Sarah für ihn sein, wenn ich könnte, wenn es jemand anderen gäbe, der nach den Medikamenten suchen könnte. Aber so lasse ich ihn mit seinen Geistern allein, ignoriere die Stimme, die hinter mir herruft und mich anfleht zurückzukommen, und verschwinde wieder im Wrack.

Im Dunkeln ist das Schiff ein einziger Irrgarten.

Während der letzten Tage des Suchens habe ich keinen weiteren Weg hinein gefunden, also muss ich jedes Mal, wenn ich zurückwill, kostbare Zeit auf dem gleichen Weg verschwenden. Ich probiere alle Abbiegungen aus, doch jeder Versuch endet vor einem zusammengebrochenen Flur oder in einer Sackgasse.

In der ersten Nacht habe ich eine Löschstation mit einer Feuerdecke, einer Axt und einem Feuerlöscher entdeckt – und einer Handvoll chemischer Leuchtstäbe. Sie leuchten ungefähr anderthalb Stunden lang, bevor das Licht nachlässt, und seit ich das herausgefunden habe, benutze ich sie als Timer. Anderthalb Stunden und egal wo ich mich gerade befinde, ich kehre um. Sehe nach Tarver.

Drei Stunden hin und zurück, und dann kann ich mich vergewissern, dass er noch am Leben ist.

Ich weiß nicht mehr, wie oft ich inzwischen schon drinnen war. Das Licht der Taschenlampe lässt langsam nach, also schalte ich sie aus und bewege mich nur noch mit den Leuchtstäben vorwärts. Ich kenne diesen Gang und das Muster seiner Zerstörung mittlerweile auswendig. Hier brauche ich kein Licht.

Rechts ist die Wäscherei. Ich gehe geradeaus. Weiter hinten verzweigen sich mehrere Gänge, die zu den Schlafräumen der Besatzung führen. Ich entdecke einen Sportraum, dessen Einrichtung derart in Trümmern liegt, dass ich ziemlich lange brauche, um zu erkennen, was hier einmal war. Kann ich überhaupt hoffen, dass, falls ich die Krankenstation finde, dort irgendetwas intakt geblieben und noch brauchbar ist?

In der Dunkelheit wird mir kurz schwindelig, ich bin erschöpft. Ich schließe die Augen und stütze mich an der Wand ab. Ich darf die Hoffnung nicht verlieren.

Als das Schwindelgefühl nachlässt, nehme ich mir vor, etwas zu essen, wenn ich das nächste Mal beim Lager bin. Ich gehe weiter und komme an einer Weggabelung an, bei der ich letztes Mal rechts abgebogen bin. Diesmal gehe ich geradeaus, in unbekanntes Gebiet.

Wegen der vielen freiliegenden Stangen und Kabel kann ich mich nur langsam vorwärtsbewegen, und die umherliegenden Trümmerteile drohen mich bei jedem Schritt zu Fall zu bringen. Ich habe die *Icarus* schon mal in so nacktem Zustand gesehen, vor fast zehn Jahren. Das Schiff war damals mein Spielplatz, als es kaum mehr als ein Stahlgerüst und eine Skizze in den Köpfen der Ingenieure meines Vaters war. Aber da war es neu und vielversprechend, voll noch nicht verwirklichtem Potenzial. Und jetzt ist es derart zerstört, dass es nicht mehr wiederzuerkennen ist.

Ich versuche, mir das Schiff vorzustellen, in dem ich gespielt habe. Wusste ich damals, wofür die einzelnen Räume bestimmt waren? Ich kann mich nicht erinnern. Wusste ich, wo die Krankenstation war? War ich jemals krank?

Nein. *Aber Anna.* Zum ersten Mal erfüllt mich der Gedanke an meine Cousine nicht mit einem so heftigen Schuldgefühl, dass ich mich am liebsten übergeben würde. Stattdessen flackert eine kleine Erinnerung in mir auf, und damit so etwas wie Hoffnung.

Ich kann mich an den Geruch von Seife erinnern, als ich Anna einmal zur Krankenstation gebracht habe. Es war nicht der scharfe Geruch von Desinfektionsmittel, sondern ein leichter, luftiger, sauberer Seifengeruch. Die Wäscherei.

Dann kann sie ja nicht weit sein. Oder?

Gerade rieche ich allerdings keine Seife, sondern etwas anderes. *Verdorbene Lebensmittel*, denke ich. Es riecht, als ob ein Kühlraum voller Fleisch eine Woche ohne Strom gewesen ist. Aber nur ganz leicht.

Der Leuchtstab wird langsam dunkler. Ich muss mich beeilen. Schon bald muss ich wieder nach Tarver sehen. Seinen Verband kontrollieren, ihm etwas Wasser einflößen und hoffen, dass er mich nicht wieder als Bedrohung wahrnimmt. Der blaue Fleck auf meiner Wange pocht allein bei der Erinnerung daran.

Beim immer schwächer werdenden Licht des Leuchtstabs kann ich nur noch etwa einen halben Meter weit sehen. Morgen muss ich daran denken, die Taschenlampe in die Sonne zu legen, damit sie sich wieder auflädt. *Morgen? Es ist doch gerade Nacht, oder?*

Vielleicht ist es auch schon morgen.

*Geh zurück*, sage ich mir verzweifelt. *Geh jetzt einfach zurück.*

Ich habe das seltsame Gefühl, das beinah an Aberglauben grenzt, dass, wenn ich ihn länger als mein willkürlich gesetztes Drei-Stunden-Limit alleinlasse, diese paar Minuten den Tod für ihn bedeuten werden. Und doch könnte die Zeit, die ich hin- und herlaufe, um nach ihm zu sehen, statt weiter nach den Medikamenten zu suchen, genauso tödlich für ihn sein.

Ich gehe weiter.

Dieser Gang ist frei genug von Trümmern, so dass ich etwas laufen kann. Das viele Marschieren der letzten Tage zahlt sich jetzt aus, und obwohl ich die letzten Nächte nie mehr als ein oder zwei Stunden am Stück geschlafen habe, ist mir hierfür doch noch genug Energie geblieben.

Vor mir gähnt plötzliche Finsternis, der Gitterboden ist verschwunden. Durch den Schlafmangel ist mein Gehirn zu langsam, und ehe ich begreife, dass ich stehen bleiben muss, falle ich auch schon.

Etwas Weiches bremst meinen Fall, begleitet von einem gedämpften Knacksen. Ich schnappe nach Luft und eine plötzliche Übelkeit überkommt mich. Es ist der Kühlraum-Geruch, nicht der Fall, von dem mir schlecht ist. Der Geruch ist hier stärker. Viel stärker.

Ich rolle mich von dem, worauf ich gelandet bin, weg und komme wieder auf die Beine. Halb unter Schock gehe ich in Gedanken seltsam distanziert eine Checkliste meines Körpers durch und überprüfe, ob noch alles funktioniert. Tarver würde mich umbringen, wenn er wüsste, wie leichtsinnig ich gewesen bin. Wenn er denn hier wäre.

Ich drehe mich nach dem Leuchtstab um, den ich beim Sturz fallen gelassen habe. Als ich mich hinunterbeuge, um ihn aufzuheben, erstarre ich.

Ein Gesicht. Der Leuchtstab wirft einen kranken grünlichen Schimmer auf die hohlen Wangen, die leeren, starrenden Augen, die Zähne, die zwischen den leicht geöffneten Lippen hervorblitzen.

Schreiend mache ich einen Satz zurück und falle wieder hin. Mein Gesicht berührt den kalten Gitterboden. Keuchend versuche ich, nur ganz flach durch den Mund zu atmen. Der Kühlraum-Geruch – oh Gott, es *ist* verdorbenes Fleisch, oder? – ist so überwältigend, dass ich fürchte, jeden Augenblick in Ohnmacht zu fallen. Ich kann den Geruch sogar schmecken.

Taumelnd stehe ich auf und renne los. In der Dunkelheit stoße ich aus Angst getrieben ständig gegen irgendwelche Wände, von denen ich in immer neue Richtungen abpralle. Ich trete auf etwas Weiches und verdrehe mir den Knöchel, aber ich laufe weiter. Ich weiß, wenn ich noch einmal hinfalle, dann war es das mit mir. Der Boden liegt voll von Toten, Verwesenden.

Dieses Schiff ist kein Irrgarten – es ist eine Gruft.

Hervorstehende Trümmerteile reißen an meiner Kleidung und meinen Haaren und schneiden mir ins Gesicht. Ich laufe immer tiefer und tiefer in den toten Teil des Schiffs, wohl wissend, dass ich nach einem solch langen Fall den Weg, den ich gekommen bin, nicht zurücknehmen kann.

Wieder bleibe ich an etwas hängen und werde gegen die Wand geschleudert. Mein Schrei ist nur noch ein heiseres Krächzen.

Ich ertaste einen Türknauf, drehe daran und torkele in einen kleinen Raum. Nachdem ich die Tür hinter mir zugeknallt habe, lasse ich mich zwischen scheppernden Eimern und Besenstielen auf den Boden gleiten und greife nach der Taschenlampe. Der Lichtkreis ist warm und golden, wenn auch matt, und beleuchtet das Innere dessen, was eine Besenkammer zu sein scheint. Hier ist alles merkwürdig unversehrt, Wischmopps und Besen sind ordentlich nebeneinander aufgereiht.

Mein Herz droht mir aus dem Brustkorb zu springen, so sehr hämmert es, während ich den Kopf zwischen die Knie stecke und mich aufs Atmen konzentriere. Auf etwas anderes als das, was da draußen auf mich wartet, die toten Augen von aufgedunsenen Leichen.

*Eins. Oh Gott. Zwei. Drei. Vier. Irgendetwas hat geknackt, als ich auf diese Leiche gefallen bin. Ich habe etwas darin zerbrochen. Es hat sich angehört wie ein feuchter Ast. Nein. Nein. Fünf. Sechs. Sieben. Er hätte mich dafür verachtet, wenn er gesehen hätte, wie ich weggelaufen bin. Acht. Was ist, wenn einer dieser Körper Anna gehörte? Oh Gott. Nein. Neun. Zehn. Elf. Reißen Sie sich zusammen, Miss LaRoux. Zwölf. Sie helfen niemandem damit, wenn Sie sich in der Besenkammer verstecken. Dreizehn. Vierzehn. Stellen Sie Ihr Licht nicht unter den Scheffel. Die meisten Soldaten würden mit so einer Situation längst nicht so gut fertig werden. Fünfzehn.*

Ich zähle bis zwanzig, dann öffne ich die Augen wieder. Der Strahl der Taschenlampe wackelt mit jedem Atemzug, mein ganzer Körper zittert vor Anstrengung. Aber die Dunkelheit droht wenigstens nicht mehr, mich zu ersticken.

Tarver ist ein Lügner, aber seine Lügen haben mich bisher immer weitermachen lassen, daher kann ich ihm das nicht ankreiden. Doch ich kann versuchen, seine Lügen wahr werden zu lassen.

*Ich nehme das Mädchen, das neben mir sitzt, danke.*

Ich überwinde mich, aufzustehen und die Tür zu öffnen. Ich mache einen langen Atemzug durch den Kragen von meinem T-Shirt, bevor ich hinaus auf den Gang trete und mich dem Gestank nach Verwesung wieder voll aussetze.

Da gibt die Taschenlampe ihren Geist auf.

Ein kleiner Laut formt sich in meiner Kehle, aber ich schreie nicht. Stattdessen stehe ich ganz still da, blicke in die Dunkelheit und zwinge mich zu atmen.

Auf einmal erhasche ich einen Hauch frischerer Luft, die vom Tod noch unberührt zu sein scheint. In völliger Dunkelheit gehe ich mit vorsichtigen Schritten durch die Leichen und Wrackteile auf dem Boden darauf zu.

Die frische Luft dringt durch eine Öffnung in der Seite des Schiffs, wo irgendetwas einen langen, schmalen Spalt in den Rumpf geschnitten hat. Ich passe auf, mich nicht an den freiliegenden Metallstangen und Kabeln, die gut einen halben Meter aus der Wand ragen, zu verletzen, und quetsche mich hindurch.

Draußen ist Nacht, aber es kommt mir vor, als würde ich ins Sonnenlicht treten. Die Luft hat noch nie so süß gerochen, der Himmel war noch nie so voller Sterne. Die Wolken sind verschwunden, und der Spiegelmond scheint herab und taucht alles in sein blassblaues Licht. Nach Luft ringend lasse ich mich auf die Knie fallen, als könnte ich die Erinnerungen an das, was mich im Schiff erwartet, mit genug frischem Sauerstoff auslöschen. Ich kann da nicht wieder rein. Wie könnte ich? Ich *kann* es nicht. Es ist eine Gruft. Wir wussten zwar, dass es in der Panik nicht alle rechtzeitig zu den Kapseln geschafft haben können, aber jetzt, da ich mit dem Beweis konfrontiert wurde, lässt mich der Gedanke, ins Schiff zurückzukehren, würgen. Ich muss mich in der Nähe von einem der Evakuierungspunkte befunden haben, als ich gefallen bin.

Ich zähle bis fünf, atme tief ein, und dann stehe ich auf und gehe an der Außenseite des Schiffsrumpfs zurück zu unserem Lager.

Tarver ist bewusstlos. Ich bin fast erleichtert, obwohl ich nicht weiß, ob seine Bewusstlosigkeit ein schlechtes Zeichen ist oder die Ruhe ihm guttut. Aber zumindest bedeutet es, dass er mich nicht mit diesem brennenden Blick ansieht, nicht blind nach mir greift, wirres Zeug ruft, mit mir redet, als wäre ich seine Mutter, seine Freundin, sein Unteroffizier oder irgendjemand sonst, nur nicht ich.

Ich wasche ihm mit kaltem Wasser Brust und Gesicht, dann hebe ich seinen Kopf an und tröpfele ihm etwas Wasser aus der Feldflasche in den Mund. Er schluckt ein paarmal, dann stöhnt er und stößt mich weg. Eine hellrote Linie ist unter dem Verband seinen Arm hinaufgewandert. Ich fahre sie mit den Fingerspitzen nach und schlucke meine Angst hinunter.

Er ist so ruhig. Ich streiche ihm die Haare aus der Stirn, fahre ihm mit der Rückseite meiner Finger über die Wange, die mit den Stoppeln der letzten Tage rau wie Sandpapier ist. Er wirkt jünger als sonst, kein bisschen älter als ich. Ich gieße mir etwas Wasser über die Fingerspitzen und fahre damit über seine trockenen, aufgesprungenen Lippen. Sogar die sind heiß und rot.

»Tarver«, flüstere ich und lege ihm die Hand auf die kochend heiße Wange. »Bitte – verlass mich nicht.«

Mein ganzer Körper spannt sich an und mein Magen verkrampft sich, als ich auf einmal von einer Hoffnungslosigkeit erfasst werde, die noch schlimmer ist als das Entsetzen, das die Leichen im Wrack eben in mir hervorgerufen haben.

»Bitte, lass mich nicht allein hier.«

Ich fahre ihm mit den Fingern durch die feuchten Haare im Nacken. Dann drücke ich ihm meine Lippen auf die Stirn, auf die Schläfe. Ich muss ein Zittern unterdrücken, mich zwingen einzuatmen.

»Ich bin bald wieder da«, flüstere ich ihm ins Ohr. Das sage ich jedes Mal, wenn ich gehe. Es ist genauso ein Versprechen an mich wie an ihn. Ich versuche, meine Füße zum Gehen zu bewegen, mein Versprechen einzulösen, aber ich bin so müde. Ich will nichts anderes, als mich neben ihn zu legen.

Ich stolpere los, und als ich mir die Tränen aus dem Gesicht wische, sehe ich auf einmal etwas im Feuerschein liegen. Etwas, das einen Moment vorher noch nicht da lag, denn einen Moment vorher habe ich noch an genau dieser Stelle gelegen, an Tarvers Seite.

Eine Blume.

Mit zitternden Fingern hebe ich sie auf, obwohl ich bereits weiß, was für eine Blume es ist. Zwei der Blütenblätter sind zusammengewachsen, eine Mutation, einmalig. Einzigartig. Nur, dass ich sie schon einmal gesehen habe. Und dass diese Blüte, die ich gesehen habe, nicht mehr existiert – sie wurde in dem sintflutartigen Regenfall zerstört, zerdrückt an meiner Haut. Und die Einzelteile habe ich an dem Fluss, an dem wir unser Lager aufgeschlagen haben, zurückgelassen.

Wie kommt sie jetzt hierher?

Ich halte die Blüte in meinen geöffneten Händen und schließe einen Moment lang die Augen. Als ich mit der Fingerspitze über die zusammengewachsenen Blütenblätter streiche, sehe ich plötzlich Tarvers stilles Lächeln, die Schönheit des Augenblicks, als er sie mir gegeben hat. Die Erinnerung breitet sich wie ein Feuer in mir aus, und auf einmal ist das Gefühl der Lähmung verschwunden. *Ich kann das.*

Wer oder was auch immer uns beobachtet, das hier ist ein Geschenk, genauso wie es die Feldflasche war. Ich weiß nicht, was ihre Absicht ist, aber ich weiß, was es für mich bedeutet.

Ich bin nicht allein. Vielleicht war ich es noch nie, auch nicht in den Tiefen des mit Leichen gefüllten Wracks. Die flüsternden Stimmen, was auch immer sie sind, können meine Gedanken lesen. Sie können in mein Herz sehen.

Ich schließe die Augen und drehe mich von der leeren Stelle an Tarvers Seite weg.

Hinter unserem Lager ragt, dunkler als die Nacht, das schwarze Ungetüm des Wracks auf und verdeckt die Sterne. Die Gruft. Der Kühlraum voller Fleisch. Ich vermeide es, mich noch einmal nach Tarver umzublicken, weil ich sonst vielleicht nicht gehen würde. Denn es kann sein, dass ich dieses Mal nicht zurückkehre, dass ich keinen Weg hinausfinde, sollte ich wieder fallen.

Und doch gehe ich zurück in die Gruft.

»Wie haben Sie die Arbeit aufgeteilt?«

»Was meinen Sie? Das Bergen der Vorräte?«

»Ja.«

»Sie hat das meiste davon erledigt.«

»Ihr Sarkasmus ist unnötig. Wie haben Sie die Arbeit aufgeteilt?«

»Nach unseren Stärken, würde ich sagen.«

»Und was waren Miss LaRoux' Stärken?«

»Frisuren, Make-up und alle fünfzig Schritte
einen Fauxpas zu bemerken.«

»Major. Ihre Bereitschaft zur Kooperation lässt zu wünschen übrig.«

»Sie konnte Sachen holen und tragen, kleine Aufgaben in der Art.«

»Und Sie?«

»Ich fand das sehr hilfreich.«

# 25

# TARVER

Ich weiß, dass es seltsam ist, als mein Bruder Alec neben mir auftaucht, aber ich kann mich nicht daran erinnern, warum. Das Wissen kitzelt mich irgendwo am Rande meines Bewusstseins wie ein nerviger kleiner Juckreiz. Aber ich komme nicht drauf und so schließe ich einfach wieder die Augen.

Bevor Alec aufgetaucht ist, habe ich Lilac beobachtet, aber ich glaube, sie ist jetzt weg. Sie kommt und geht, kommt und geht und hat immer irgendwelche Sachen dabei. So viele Sachen. Wo kommen die alle her? So viele Sachen gibt es hier doch gar nicht. Keine anderen Leute, keinen Sinn, keine Hoffnung. Nur sie.

Ich hoffe wirklich, dass, wenn es zu Ende geht, sie zuerst stirbt. Es wäre schlimm für sie, wenn ich es wäre.

»Das ist ein ganz schön morbider Gedanke, T.« Alec liegt neben mir und stützt sich auf den Ellbogen, so wie er es immer getan hat, wenn wir in Sommernächten draußen gelegen haben.

*Das heißt aber nicht, dass es nicht stimmt. Was soll ich denn sonst für sie hoffen?*

»Sieh mich nicht so an, sie ist doch *dein* Mädchen.«

*Nein, sie ist nicht* mein *Mädchen.*

Auf einmal wird es mir klar, so als hätte man mir kaltes Wasser ins Gesicht geschüttet, und es raubt mir den Atem. *Du bist tot.*

»Hey, kein Grund, darauf herumzureiten.« Alec grinst unbekümmert. »Das kann jedem mal passieren, T.«

Ich konzentriere mich einen Moment, warte auf das Zittern, den metallenen Geschmack im Mund, das Flüstern auf meiner Haut. Aber meine Hände sind ruhig. *Du bist keine Vision.*

»Nein, ich bin du. Du bist im Delirium. Was bedeutet, dass ich für eine Weile ein Leben nach dem Tod genießen darf. Ich muss sagen, ich habe es mir schlimmer vorgestellt. Hiermit kann ich gut leben. Schlechter Witz, ich weiß.«

*Der war schrecklich.*

»Du hast es aber vermisst.«

*Ja, jeden einzelnen Tag.*

»Es tut mir leid, dass ich dich alleingelassen habe, T. Das wollte ich nicht. Was ist das hier für ein Ort?«

*Keine Ahnung. Ein verlassener Planet.*

»Verlassen? Nach dem ganzen Geld, das in die Terraformierung gesteckt wurde? Was für eine Ausgeburt der Hölle hat die Terraformierer denn dermaßen erschreckt, dass sie abgehauen sind?«

*Keine Ahnung, aber irgendwas ist hier los. Lilac glaubt, eine Art Lebewesen würde versuchen, mit uns zu kommunizieren. Bisher konnten wir keine böse Absicht feststellen. Vielleicht sind sie harmlos.*

»Scheint mir unwahrscheinlich, T.«

*Nicht wahr? Aber das kann ich ihr nicht sagen. Die Leute von den Terraform-Unternehmen sind eigentlich nicht so, dass sie gleich die Flinte ins Korn werfen, nur weil sie aus Versehen in jemandes Wohnzimmer ihr Lager aufgeschlagen haben.*

»Hmm. Und was ist mit dem Mädchen? Sie hat echt unglaubliche Beine.«

*Hab ich auch schon bemerkt.*

»Du hältst sie nachts im Arm. Das muss toll sein.«

*Ich gebe mir Mühe, das nicht zu bemerken.*

»Ha. Ich hätte ja Mitleid mit dir, nur kann ich sie überhaupt nicht berühren.«

*Kann ich ja auch nicht wirklich. Sie ist eine von denen, die mir einen Korb geben, sobald sie herausgefunden haben, wer ich bin.*

»Tja, T, wenn du es ausprobieren willst, ist wohl jetzt deine Gelegenheit. Es gibt so gut wie keine Konkurrenz, ich zähle ja nicht wirklich. Obwohl ich natürlich ziemlich gut aussehe, auch wenn ich tot bin.«

*Nein. Sie hat mir schon einen Korb gegeben, als sie die Gelegenheit dazu hatte. Ich weiß, wie sie über mich denkt. Ich will es nicht noch mal probieren, nur weil sie keine anderen Möglichkeiten mehr hat.*

»Glaubst du das wirklich?«

*Nein.*

»Aber es ist sicherer, ja?«

*Um einiges.*

»Was hast du also vor?«

*Keine Ahnung.*

»Das sagst du gerade ziemlich oft, T. Früher habe ich das nie von dir gehört, nicht ein einziges Mal. Wann hast du diese zwei Worte gelernt?«

*Als das unfehlbare Raumschiff ihres Vaters durch die Atmosphäre gesegelt ist. Als Lilac angefangen hat, in die Zukunft zu sehen. Als Moms und Dads Haus auf einmal in einem Tal am anderen Ende der Galaxie zu sehen war. Ich hab gerade von einer Menge Dinge keine Ahnung.*

»Du solltest sie küssen. Das macht bestimmt Spaß.«

*Moment, was? Alles klar, Alec. Und was passiert dann nach diesem magischen Kuss?*

»Wen interessiert denn das Danach? Du könntest morgen tot sein. Findest du nicht, dass du sie dann heute küssen solltest?«

*Vielleicht sollte ich sie heute gerade deshalb nicht küssen, weil ich morgen tot sein könnte.*

»Langweilig. Und außerdem unlogisch.«

*Ich bin im Delirium und halluziniere, und da soll ich noch logisch denken?*

»Ich stelle nun mal hohe Ansprüche an dich, T. Wenn du sie schon nicht küssen willst, hast du ihr wenigstens ein Gedicht geschrieben?«

*Machst du Witze?*

»Hast du also. Du hast sie ihr nur noch nicht gezeigt.«

*Nein. Sie mag Moms Gedichte.*

»Und deine sind also nicht gut genug?«

*So in der Art.*

»Quatsch.«

*Mmm.*

»Mmm.«

*Alec?*

»Ja, T?«

*Was soll ich denn jetzt machen?*

»Gib nicht auf. Du musst nach Hause zurückkehren. Sie dürfen uns nicht beide verlieren.«

*Ich habe irgendwie nie gedacht, dass sie das könnten. Ich weiß auch nicht, warum. Ich bin schon so oft beinah gestorben.*

»Ich hätte auch nie gedacht, dass sie auch nur einen Sohn verlieren könnten. Setz einfach einen Fuß vor den anderen, T. Ich weiß, dass du das kannst. Das hast du doch schon immer.«

Ich sehe ihn an, nehme begierig seinen vertrauten Anblick in mich auf, wie er mich anlächelt und kein bisschen älter aussieht als an dem Tag, als er gestorben ist, und mich mit der gleichen nachsichtigen Zuneigung betrachtet wie damals, als ich ihm zu Hause die Berge rauf und runter gefolgt bin.

*Geh noch nicht.*

»Schlaf ruhig, ich bleibe noch.«

Als ich die Augen öffne, ist irgendetwas anders. Meine Augenlider sind nicht mehr so schwer und auch die Sonne blendet mich nicht. Ich atme tief durch die Nase ein und mache mich schon auf die Schmerzen gefasst, sobald ich mich rühre, doch als ich mich auf die Seite drehe, geht es ganz leicht. Das ist alles anders als sonst, aber ich kann nicht sagen, warum.

Blinzelnd versuche ich, etwas zu erkennen, und dann sehe ich Lilac neben mir liegen. Sie schläft. Als ich mich räuspere, wacht sie auf und greift, ohne die Augen zu öffnen, nach meinem Handgelenk, um meinen Puls zu fühlen. Dann stützt sie sich auf den Ellbogen und fasst, immer noch mit geschlossenen Augen, nach meiner Stirn.

Als sie merkt, dass meine Haut kühler ist, reißt sie die Augen auf und sieht mich an.

»Morgen.« Meine Stimme ist ein einziges Krächzen. Ich streiche Lilac mit den Fingerspitzen über die Wange. Ihr Gesicht ist von schmutzigen Schlieren überzogen, offenbar hat sie geschwitzt und auf der einen Wange prangt ein großer blauer Fleck. Ihre Augen sind rot vor Erschöpfung, sie hat tiefe Augenringe. Das Veilchen von unserem Absturz mit der Kapsel ist kaum mehr zu sehen.

»Tarver.« Es ist eher eine Frage als eine Feststellung.

»Ich glaube, das bin ich«, flüstere ich. »Was zum Kuckuck …?«

»Du warst krank.« Sie starrt mich noch immer an. Ohne hinzusehen, greift sie nach der Feldflasche und hält sie mir mit geübten Bewegungen an die Lippen – aber wann hat sie das geübt? Und seit wann duzen wir uns? Nicht, dass ich etwas dagegen hätte. Wurde ja auch langsam Zeit. Ich nehme einen vorsichtigen Schluck.

»Wie lange?« Mein Flüstern ist jetzt etwas deutlicher. Sie sieht schrecklich aus. Ihr blaues T-Shirt ist voller Flecken.

Hat sie das T-Shirt nicht erst vorgestern frisch angezogen? Ich dachte, es wäre sauber gewesen, als wir uns schlafen gelegt haben.

»Drei Tage«, sagt sie mit rauer Stimme.

Ich habe das Gefühl, keine Luft mehr zu bekommen. »Geht es dir gut? Ist sonst irgendjemand hier?«

»Nein«, flüstert sie leise. »Nur ich.«

Ich weiß nicht, was ich sagen soll. Die Sekunden verstreichen, während wir einander einfach nur ansehen. Ich bin vollkommen durcheinander. Lilac atmet bewusst langsam und tief. Sie hat nicht mehr viel Kraft übrig.

Dann presst sie die Lippen zu einer dünnen Linie zusammen, und ich sehe ihr das Bemühen an, sich unter Kontrolle zu halten. »Ich habe Antibiotika im Schiff gefunden, in der Krankenstation. Die haben geholfen«, sagt sie. Dann fährt sie entschlossen fort: »Ich hole dir Aspirin und einen Notfallriegel.« Als sie aufsteht, sehe ich, wie erschöpft sie ist – sie beißt sich auf die Unterlippe und streckt einen Arm aus, um das Gleichgewicht zu halten, dann kommt sie schwankend zum Stehen.

Sie entfernt sich ein paar Schritte, und ich hebe den Kopf, um einen Blick auf unser kleines Nest zu werfen. Unsere Vorräte haben sich vervielfacht. Mehr kann ich nicht erkennen, bevor Lilac zurückkehrt. Sie reißt die Verpackung des Notfallriegels auf, kniet sich neben mich und hilft mir, mich aufzusetzen. Sie beobachtet jede einzelne meiner Bewegungen, wie klein sie auch sind, mit einer mir schon fast unangenehmen Aufmerksamkeit. Es kommt mir beinah besitzergreifend vor, so wie sie mir den Riegel hinhält, damit ich mir mit der heilen Hand ein Stück abbrechen kann.

Der Riegel schmeckt köstlich. Gott, ich muss wirklich im Sterben liegen.

*Sterben. Alec. Die Gesichter meiner Eltern, die Freundin, die ich auf Avon hatte. Ich erinnere mich … woran?*

Ich schiebe die Gedanken beiseite, und als Lilac mir die Feldflasche hinhält, damit ich die Aspirin nehmen kann, sehen wir uns wieder lange an. Ohne darüber nachzudenken, breite ich den guten Arm aus, lade sie schweigend ein, und einen Moment später legt sie sich neben mich und vergräbt ihr Gesicht an meiner Schulter. Ein Beben geht durch ihren Körper, aber sie behält sich unter Kontrolle.

»Du hast mir das Leben gerettet«, murmele ich. »Mal wieder.«

»Das musste ich. Ohne dich würde ich nicht einen einzigen Tag hier überleben.« Ihr Flüstern ist kaum hörbar. Sie legt mir einen Arm auf die Brust und lässt ihre Hand über meinem Herz liegen.

»Klingt so, als hättest du es immerhin ganze drei Tage geschafft.« Unauffällig sehe ich meine verletzte Hand an. Die Finger sind gar nicht mehr so schlimm angeschwollen, und als ich damit wackele, tun sie auch nicht mehr weh. Die Bandage sieht sauber aus. »Hast du mir einen neuen Verband gemacht?«

»Mmm. Hat dir nicht besonders gefallen. Ich habe noch nie jemanden so fluchen gehört. Die Hälfte der Sprachen kannte ich noch nicht einmal. Ich bin wirklich froh, keine deiner Soldatinnen zu sein. Aber es war sehr lehrreich, Major.«

»Ich war schon an so vielen Orten stationiert. Wo die alten Kulturen überlebt haben, schnappt man eben das ein oder andere von den Einheimischen auf.« Mit den Fingern der gesunden Hand fahre ich den Haaransatz an ihrer Schläfe nach. »Aber wenn Sie sagen, Sie haben davon irgendetwas verstanden, Miss LaRoux, dann werde ich meine Meinung von Ihnen wohl noch mal überdenken müssen.«

»Na ja, der Kontext hat geholfen.«

Schweigend streiche ich ihr über die Haare. Sie neigt den Kopf ein wenig, und da sehe ich wieder den blauen Fleck auf ihrer Wange, der sich deutlich von ihrer blassen Haut abhebt. Ich kann sogar den leichten Abdruck von Fingerknöcheln erkennen.

Ich bin der Einzige, der das getan haben kann. Ich schlucke das Übelkeit erregende Schuldgefühl herunter und konzentriere mich auf etwas anderes. »Waren die flüsternden Stimmen wieder da? Ich erinnere mich an jede Menge komischer Sachen, die eigentlich nicht passiert sein können, es sei denn, wir waren tatsächlich in einem Restaurant und du verheimlichst mir etwas. Ich kann nicht sagen, ob es vom Fieber kam oder eine Vision war.«

»Das muss das Fieber gewesen sein.« Zögernd wendet sie den Blick ab und schaut zum Feuer, als ob sie dort etwas sehen würde, das meinem Blick verborgen bleibt. Ich würde gern nachbohren, sie fragen, was dort ist oder war, aber dann schüttelt sie den Kopf. »Seit deinem Elternhaus unten im Tal habe ich nichts mehr gesehen. Du dafür aber umso mehr. Du hast mich mit allen möglichen Namen angeredet. Mir war vorher gar nicht klar, wie schön es ist, wenn du mich einfach Lilac nennst.«

»Lilac?« Ich streiche ihr wieder über die Haare, als sie näher an mich heranrückt. Ich will nicht, dass sie wieder aufsteht. »Die Freiheit würde ich mir nie herausnehmen, Miss LaRoux. Das wäre höchst unangebracht. Ich weiß, was ich mir erlauben darf, und ganz offensichtlich gehört dazu, dich wild halluzinierend mit einer Flut von Schimpfwörtern zu bedenken. Meine Mutter wäre so stolz auf mich.«

»Unangebracht«, murmelt sie und die Rauheit in ihrer Stimme lässt langsam nach. Sie klingt amüsiert. Sie schmiegt den Kopf an meine Hand auf ihren Haaren. »Ich hoffe, es ist nicht gerade Nacht, wenn die Rettungstrupps auftauchen. Was die von unserem Anblick denken müssten.«

*Ja, was für eine Vorstellung. Was für ein absurder Gedanke, dass ein Mädchen wie Lilac einen Kerl wie mich auch nur eines Blickes würdigen könnte.* Ich bin ein Idiot, hier zu liegen und sie im Arm zu halten. Dieses Mädchen, bei dem ich niemals eine Chance hätte.

»Wir müssen morgen weiter.« Mein Körper protestiert schon allein bei dem Gedanken, meine Gliedmaßen werden schwer wie Blei.

»Einen Teufel werden wir tun«, antwortet sie sofort in scharfem Tonfall. Da ist eine Härte in ihrer Stimme, die ich seit unseren ersten Tagen hier auf dem Planeten nicht mehr gehört habe. »Wir bleiben hier. Ich werde wieder ins Schiff gehen und sehen, was ich noch finden kann.«

Auf einmal klingt sie irgendwie anders, angespannt. Ich blicke sie forschend an.

»Wir können doch morgen zusammen reingehen, oder übermorgen.«

Sie rückt von mir ab und setzt sich auf, kaut kopfschüttelnd auf der Unterlippe. Ich würde sie gern wieder zu mir herunterziehen. »Es ist – nicht schön da drinnen. Ich glaube, in ein paar Tagen kann man sich dort nicht mehr aufhalten, ohne krank zu werden.«

»Warum, Lilac?« Doch die Antwort liegt mir bereits schwer wie ein Stein im Magen.

»Na ja – es gibt eben keinen Strom. Und alles wird schlecht, verwest.« Kaum hat sie das Wort herausgebracht, bricht sie ab und schließt die Augen. Ihre Sommersprossen stehen im starken Kontrast zur Blässe ihrer Haut.

Damit wären meine schlimmsten Befürchtungen dann wohl bestätigt. »Du kannst da nicht wieder rein, Lilac. Was du bis jetzt herausgeschafft hast, das reicht.«

»Hör auf«, flüstert sie angespannt. »Ich wäre an unserem zweiten Tag hier beinah gefressen worden, wenn du nicht da gewesen wärst. Jetzt kann ich ja wohl auch mal etwas tun. Ich werde nicht lange weg sein.«

»Du hast doch schon so viel getan.« Ich fasse nach ihrer Hand und umschließe sie mit meiner. »Du hast uns beide gerettet, als du die Rettungskapsel kurzgeschlossen hast. Hören wir doch einfach damit auf, gegeneinander aufzurechnen, wer wem das Leben gerettet hat.«

»Tarver, du machst es mir nur noch schwerer.« Sie hat die Augen jetzt fest geschlossen. »Es ist dunkel da drin, und kalt, und es ist noch stiller als im All, und hier neben dir zu sitzen ist nichts davon. Aber da drinnen sind Sachen, die wir brauchen. Wenn ich diejenige wäre, die krank ist –« Ich kann die Tränen zwischen ihren Wimpern sehen, aber sie blinzelt nicht, damit sie ihr nicht über ihre Wangen laufen. *Was ist ihr in diesem Schiff zugestoßen?*

Langsam atme ich aus, und obwohl ich sie am liebsten so fest an mich drücken würde, dass sie das Vorhaben, allein dort hineinzugehen, wieder aufgibt, bringe ich ihren Satz mit möglichst ruhiger Stimme zu Ende. »Dann würde ich da nicht reingehen. Wenn wir Nutzen und Risiko abwägen, gibt es da drin natürlich Dinge, die wir gut gebrauchen könnten. Aber viel wichtiger ist doch, dass wir gesund sind. Das ist wichtiger als Kleidung oder Essen. Und das Schlimmste, was uns passieren könnte, ist, dass wir beide flachliegen.«

Zögerlich lässt sie sich wieder neben mich sinken, dann zieht sie auf einmal die Gleidel aus ihrem hinteren Hosenbund und hält sie mir mit dem Griff zuerst hin. »Die sollte ich dir jetzt wohl wiedergeben. Du musst mir aber zeigen, wie sie funktioniert. Ich hätte keine Ahnung gehabt, was ich damit anstellen soll.«

Erschrocken stelle ich fest, dass ich das Fehlen der Gleidel noch nicht einmal bemerkt habe. »Ich soll dir beibringen, eine Pistole zu benutzen?«, frage ich, während ich sie in Reichweite neben mich lege und den Arm dann wieder um Lilac schlinge. »Vielleicht wenn es mir ein bisschen besser geht und ich schnell genug davonlaufen kann.«

»Komm schon.« Sie pikst mich in die Rippen. »Du weißt ganz genau, dass ich schneller laufen kann als du. Bringst du's mir bei?«

»Nachdem du mich darauf hingewiesen haben, dass du schnell genug bist, mich zur Strecke zu bringen, wenn ich dich verärgere?« Ich ziehe sie näher an mich heran und drehe den Kopf, so dass sie unter meinem Kinn zum Liegen kommt.

»Ich bin dickköpfig«, warnt sie mich, während sie die Augen schließt. »Glaub ja nicht, du könntest einfach bis morgen warten und hoffen, ich hätte es bis dahin vergessen.«

»Selbstverständlich nicht, Miss LaRoux. Sie würden mich garantiert erschießen, sollte ich das tun.«

Ich bleibe weiter so liegen, auch nachdem ihr Atem ruhig und gleichmäßig geworden ist. Alec kommt mir wieder in den Sinn und ich erinnere mich an unsere Unterhaltung. *Ich hoffe, dass sie zuerst stirbt.*

Hat sie darüber auch schon nachgedacht? Darüber, was aus ihr werden würde, falls ich zuerst sterbe? Mir schnürt sich der Hals zu, als mir klar wird, dass sie nicht davon geredet hat, sich selbst verteidigen zu können, wenn mir etwas zustoßen sollte.

Ich sollte ihr die Pistole wirklich erklären. Dann hätte sie wenigstens Optionen. Weiter kann ich nicht denken.

Ich drehe den Kopf, um sie besser sehen zu können, jetzt wo sie schläft.

Da ist ein Riss in ihrer Jeans, der vom Knie abwärts verläuft und schmutzige Haut entblößt. Das blaue T-Shirt, das sie lose über der Jeans trägt, ist dreckig.

Die Haare haben sich aus der Schnur gelöst und liegen in strähnigen Locken um ihr Gesicht. Es erinnert mich daran, wie ihre Haare während unseres Absturzes mit der Kapsel bei null Schwerkraft um sie herum in der Luft trieben.

Die Sommersprossen in ihrem Gesicht sind vor lauter Schmutz kaum zu sehen, und da ist dieser blaue Fleck auf ihrer Wange. Sogar im Schlaf sind ihre Lippen zu einer geraden, entschlossenen Linie aufeinandergepresst.

Unter den Augen hat sie dunkellila Schatten, sie ist verschwitzt und vollkommen erledigt.

Und doch hat sie noch nie so schön ausgesehen.

»Sie sind nicht beim Wrack geblieben.«
»Das wissen Sie doch bereits. Wir haben keine
andere Möglichkeit gesehen, als weiterzuziehen.«
»Der Grund dafür?«
»Es waren keine Rettungsschiffe in Sicht. Es bestand ein hohes
Risiko zu erkranken mit den ganzen Leichen im Schiff.
Wir mussten dort weg.«

# 26

~

# LILAC

Am Nachmittag des zweiten Tages muss ich Tarver damit drohen, mich ihm auf die Brust zu setzen, sollte er versuchen aufzustehen. Der vielsagende Blick, den er mir daraufhin zuwirft – und sein nachdenkliches Schweigen –, überzeugen mich mehr als alles andere davon, dass es ihm besser geht. Aber das ist mir egal. Nach dem, wie er im Delirium nach seiner Ex-Freundin gerufen hat, ich vermute zumindest, dass es sich dabei um seine Ex-Freundin handelt, lässt mich nicht mehr viel erröten. Als Kompromiss erlaube ich ihm, sich aufzusetzen, um sich zu rasieren – und es gefällt mir, als er wieder ein bisschen mehr wie er selbst aussieht.

Am Morgen des dritten Tages beschließen wir, uns einen Aussichtspunkt zu suchen, um die Gegend zu erkunden. Zum ersten Mal seit unserem Absturz reden wir darüber, was wir längerfristig machen wollen. Offenbar weiß niemand, wo wir sind, sonst wären längst Rettungstrupps hier beim Schiff. Die *Icarus* hat ihre Position anscheinend nicht übermittelt, bevor sie zerstört wurde. Noch nicht einmal der allmächtige Monsieur LaRoux könnte uns jetzt finden – auch wenn ich keinen Zweifel daran habe, dass er die Galaxie auseinandernehmen wird, und wenn es bloß ist, um mein Grab zu finden.

Wir brauchen einen Ort in der Nähe der *Icarus*, falls in der Zukunft doch noch jemand hier landen sollte, um das Wrack zu durchsuchen, aber hier können wir nicht bleiben. Nicht mit den ganzen Leichen, dem Chemiegeruch in der Luft und dem Boden voller Trümmer.

Wir besteigen das Wrack, steuern den höchsten Punkt an. Der Wind hat zugenommen und die *Icarus* seufzt und klagt. Tarver beruhigt mich, dass das Schiff seine Position eigentlich nicht mehr verändern dürfte und es sicher ist, es zu erklimmen. An der zusammengedrückten Außenseite des Schiffsrumpfs gibt es überall etwas zum Festhalten und Ausruhen, so dass der Weg nicht allzu beschwerlich ist. Trotzdem ist Tarver blass und verschwitzt, als wir uns dem Ziel nähern.

Erst als ich oben ankomme und mich mit einer Hand am verstümmelten Kommunikations-Array festhalte, wird es mir mit einem Schlag bewusst.

Wir halten Ausschau nach einem Platz zum *Leben*.

Und der Gedanke tut noch nicht einmal weh.

Ich könnte es Tarver gegenüber niemals zugeben, aber es gibt keinen Ort, an dem ich jetzt lieber wäre als hier in der Sonne, wo mir vom Aufstieg warm ist und ich darauf warte, dass Tarver mich einholt. Denn was würde mich nach unserer Rettung schon erwarten? Meine Freundinnen würden mich kaum wiedererkennen, und die Vorstellung, meine Tage mit Klatsch und Tratsch und Partys zu verbringen, lässt mich kalt. Das beste Sechs-Gänge-Menü hat nie auch nur halb so gut geschmeckt wie ein geteilter Notfallriegel nach einer langen Wanderung mit einem Schluck Wasser frisch aus dem Bergbach. Und auch wenn ich nichts gegen ein heißes Bad einzuwenden hätte, ist mir nachts mit Tarver neben mir doch immer warm genug.

Nur der Gedanke an meinen Vater, der wohl bereits um mich trauert, bereitet mir etwas Kummer.

Ich setze den Rucksack ab und nehme die Feldflasche heraus. Als Tarver bei mir ankommt, reiche ich sie ihm. Er kann damit sein heftiges Atmen überspielen, und er hat etwas zum Festhalten, so dass ich nicht sehe, wie sehr seine Hände zittern.

Im Osten liegen schneebedeckt und Unheil verkündend die Berge, und ich frage mich, wie Tarver mich eigentlich dazu gebracht hat, sie zu überqueren. Vielleicht war ich einfach zu naiv zu begreifen, was für ein beschwerlicher Weg es sein würde.

Unser Lager sieht von hier oben aus wie das Innere einer Puppenstube. Die schmutzigen Bandagen und die leeren Verpackungen der Riegel sind gar nicht zu erkennen. Der Fluss mit dem Saum aus Bäumen führt von den Bergen in die Ferne. Ich schirme meine Augen gegen die Sonne ab und folge seinem Lauf, und am Horizont meine ich etwas wie ein Meer oder eine Art Salzwüste zu erkennen. Auf der anderen Seite erstrecken sich die Hügel, die wie Wellen immer kleiner und sanfter werden, bis der Boden vor einem riesigen Wald schließlich ganz abflacht. Es sieht aus wie ein Gemälde, wie etwas aus einem staubigen Museum. Ich habe noch nie im Leben so viel weite Fläche gesehen – für einen Moment wird mir schwindelig, ich verliere mich ganz in dem Anblick, und auf einmal muss ich in der viel zu intensiven Luft nach Atem ringen. Da spüre ich eine Hand auf meinem Rücken, die mir Halt gibt, und ich umfasse den nutzlosen Kommunikations-Array wieder fester. Als ich mich umdrehe, ist Tarver hinter mir zwar blass, aber er lächelt.

»Ganz schön steife Brise hier oben. Ist dir kalt?«

»Was würdest du denn tun, wenn ich Ja sage?« Ich grinse ihn an. »Mir etwas von deinem Fieber abgeben?«

»Geteiltes Leid ist halbes Leid.« Er macht einen Schritt auf mich zu und das Herz zieht sich mir zusammen. Aber dann greift Tarver nur nach der Metallstange, um bei dem Wind Halt zu finden.

Er sieht nicht gut aus, trotz seines Lächelns, trotz seiner Nonchalance. Er klammert sich zu sehr an die Stange, stützt sich zu sehr daran ab.

Ich knie mich neben den Rucksack und hole sein Notizbuch hervor. »Kannst du Karten zeichnen?«

»Sicher«, antwortet Tarver. Er beobachtet mich und nach ein paar Augenblicken setzt er sich neben mich. Ich versuche, mir meine Erleichterung nicht anmerken zu lassen, als seine schmerzverzerrten Gesichtszüge sich etwas glätten. Ich wünschte, er hätte mich allein hier heraufklettern lassen. Aber seit er aufgewacht ist, passt er die ganze Zeit auf, dass ich mich nicht zu weit von ihm entferne. Vielleicht befürchtet er, dass ich entgegen meinem Versprechen doch noch einmal in die Gruft des Schiffes gehe.

*Vielleicht mag er aber auch einfach nur meine Gesellschaft.* Ich versuche, den Gedanken schnell loszuwerden, bevor ich wieder rot werde.

Er nimmt mir das Notizbuch ab und blättert hindurch. Zu spät fällt mir die Blüte ein, die ich dort hineingelegt habe, um sie zu pressen und sicher aufzubewahren; ich habe ihm immer noch nicht davon erzählt. Doch er blättert daran vorbei, ohne sie zu sehen, bis er bei den Seiten angelangt ist, die ich benutzt habe, als er krank war.

»Hast du die gezeichnet?« Seine Stimme verrät nichts, als er sich die Pläne anschaut, die ich von den verschlungenen Gängen der zerstörten Schiffsdecks angefertigt habe.

»Nach dem ersten Tag hatte ich vergessen, wo ich schon überall gewesen war.« Ich halte den Blick auf den Horizont gerichtet, während ich mich langsam auf meine Fersen setze. »In der Dunkelheit ist irgendwie alles zu einem Brei verschwommen.«

Da sehe ich, dass er zur letzten Seite, die er beschrieben hat, zurückgeblättert hat – eine Seite, auf der die Fragmente eines noch unfertigen Gedichts stehen. Einzelne Wörter und Satzteile, mit denen er eine der violetten Blumen beschreibt, die er gefunden hat, von ihrer Schönheit in einem Meer der Einsamkeit.

Als er krank war, habe ich mir vorgestellt, das Gedicht würde von mir handeln. Doch jetzt, im Tageslicht, kommt mir das lächerlich vor. Aber er starrt darauf. Er weiß, dass ich es gesehen habe. Alles zu lesen hätte sich zu sehr angefühlt, als würde ich davon ausgehen, dass er stirbt, aber ich spüre, dass er gern danach fragen würde, ob ich es getan habe. Ob ich in seine Privatsphäre eingedrungen bin, als er mich nicht davon abhalten konnte.

Ich hatte mit Kriegsberichten gerechnet und mit Notizen über die Flora und Fauna dieses Planeten, aber jede Seite war mit Gedichten beschrieben.

Tarver schweigt und ich schlucke, fummele an dem Riss in meiner Jeans herum, der immer größer wird, je mehr ich an den Fäden ziehe. Anders als unser Schweigen sonst will dieses gefüllt werden.

Schließlich halte ich es nicht länger aus. »In meinen Zeichenstunden habe ich mich mehr mit Blumen und Seeblicken beschäftigt, aber die Karten vom Schiffsinneren haben ihren Zweck erfüllt.«

Tarver brummelt etwas und blättert bis zur nächsten leeren Seite vor. Er verharrt mit der Bleistiftspitze über dem weißen Blatt. Sein Blick ist ins Leere gerichtet, geht mitten durch das Blatt hindurch. Da gibt das Wrack unter uns ein besonders herzzerreißendes Kreischen von sich, Tarver blinzelt und der Moment ist vorbei. Er wendet seine Aufmerksamkeit dem Horizont zu und beginnt, flink und gekonnt die Landschaft um uns herum zu zeichnen. Ich frage mich, wo wir wohl hingehen werden – ob er den Wald, die Hügel, den Fluss vorschlagen wird. Ich frage mich, ob wir jemals zum Meer gehen werden.

Er sieht immer wieder zwischen dem Blatt und der Landschaft hin und her, mein Blick bleibt auf ihn gerichtet. Falls er es bemerkt, sagt er jedenfalls nichts. Er konzentriert sich voll und ganz auf seine Aufgabe und lässt mich ungestört sein Profil betrachten.

Er ist immer noch viel zu blass, auch wenn er nicht mehr so wirkt, als würde er jeden Moment umkippen. Er ist so dünn, dass mir sein Anblick geradezu wehtut. Aber ich habe jede Menge Nudeln und Mehl und Öl aus der Küche mitgenommen, lauter Sachen, die es in der Natur nicht gibt. Wir werden besser essen. Und er wird wieder kräftiger werden.

Konzentriert saugt er an seiner Unterlippe. Das Grübchen daneben ist hypnotisierend. Ich bin so fasziniert von diesem kleinen Detail, dass ich es gar nicht mitbekomme, als er aufhört zu zeichnen.

»Lilac.«

Ich schrecke aus meiner Trance auf, fühle mich ertappt. Offenbar hat er bemerkt, wie ich ihn angestarrt habe. »Hab ich gar nicht!«

»Da ist etwas – guck mal«, sagt er mit zittriger Stimme.

Ich folge seinem Blick zu den Hügeln, rechne damit, ein Tier, andere Überlebende oder vielleicht sogar ein Rettungsschiff zu sehen. Doch was ich stattdessen sehe, ist überwältigend.

Vor unseren Augen erblüht ein Teppich aus Blumen, es sind die gleichen violetten Blumen wie in unserer ersten Nacht in der Ebene, als ich glaubte, verrückt zu werden, und Tarver mich mit den zusammengewachsenen Blütenblättern ablenken wollte. Es sind die gleichen Blumen wie die eine, die ich in sein Notizbuch gelegt habe. Der schmale Streifen wird immer länger, windet sich durch die Hügel und bis zum diesigen Grün des Waldes in der Ferne.

Tarver neben mir zittert. Auch mir wird jetzt schwindelig, meine Haut kribbelt, juckt, und mir ist heiß und kalt gleichzeitig. »Es ist nicht echt«, keuche ich blinzelnd, dann sehe ich wieder hin. Die Blumen sind immer noch da. »Es ist nur eine Vision.«

»Die Feldflasche – das waren die flüsternden Stimmen, nicht wahr?«

Ich schlucke. Die einzelne Blüte war etwas, das sie für mich getan haben, und nur für mich – ihm davon zu erzählen würde heißen, dass ich ihm erklären müsste, was sie mir bedeutete, in dem Augenblick der absoluten Finsternis. Dass sie mir ins Gedächtnis rief, warum ich in dieses Schiffswrack mit den Toten zurückkehren musste. Dass es nur eine Person in der gesamten Galaxie gibt, für die ich das getan hätte. Aber das kann ich ihm nicht erklären, noch nicht.

Der Teppich aus Blumen setzt sich immer weiter fort, die Blüten werden mit jedem Moment größer und strahlender, bis das gesamte

Tal, das zum Wald führt, violett im Sonnenlicht leuchtet. Es ist ein dichtes, schmales Band, das aussieht wie ein sich windender violetter Fluss – oder eine Straße.

Ich schnappe nach Luft. »Tarver! Sie zeigen uns den Weg. Sie versuchen die ganze Zeit schon –« Ich bringe den Satz nicht zu Ende. Mein Herz schlägt wie verrückt.

Tarver reißt den Blick von den Blumen, um mich anzusehen. »Was versuchen sie? Wovon redest du?«

»Die Leute, die ich gesehen habe – sie haben in eine bestimmte Richtung gedeutet. Und die Stimme, die ich gehört habe, hat uns aus dem Wald zur Ebene gelockt. Sogar der Weg vom Haus deiner Eltern – hat uns hierhergeführt. Und jetzt diese Blumen … Ich weiß nicht, vielleicht interpretiere ich da auch zu viel hinein.«

»Du glaubst, sie zeigen uns den Weg.« Er blickt wieder in Richtung der Hügel. »Aber wohin?«

Wir starren auf den Weg vor uns, der sich so klar und leuchtend abzeichnet. Ich will nichts anderes als hinuntergehen, um herauszufinden, ob die Blumen echt sind, ob sie genauso echt sind wie die gepresste Blüte in Tarvers Notizbuch. Ob das hier alles eine Art Traum ist, in dem die Gesetze der Physik nicht gelten.

»Lilac!« Tarver klingt auf einmal ganz aufgeregt und reißt mich aus meiner Benommenheit. »Sieh nur!«

Er beugt sich zu mir herüber und legt seine stoppelige Wange an meine, um meinen Blick zu lenken. Er ist mir so nah, dass ich ihn riechen kann, und meine Haut kribbelt, wo wir uns berühren.

Das ist kein Traum.

Ich versuche, ruhig zu atmen, und blinzle. »Sieh an meinem Arm entlang, wo ich hinzeige.« Er streckt den Arm aus, in Richtung der Bäume. »Da ist etwas. Siehst du das Glitzern?«

Ich unterdrücke den Impuls, ihm das Gesicht zuzudrehen, so wie eine Pflanze zum Licht hinwächst. Ich hole tief Luft und konzentriere mich. Aber ich sehe es nicht gleich. Angestrengt blicke ich zu dem Streifen Wald am westlichen Rand der Hügel.

Und dann sehe ich es auf einmal. Das Glitzern von reflektiertem Sonnenlicht, das mir von den Bäumen aus zublinzelt.

»Ein Wrackteil«, flüstere ich, weil ich einfach nicht glauben kann, dass es das ist, wofür ich es halte. »Oder eine abgestürzte Rettungskapsel.«

Tarver lässt langsam den Arm sinken, rückt jedoch nicht von mir ab. Genau wie ich starrt er weiterhin in die Ferne. »Das glaube ich nicht.« Seine Stimme ist bei dem Wind kaum zu hören. »Es ist von hier aus schwer zu sagen, aber ich finde, es sieht aus, als wären die Bäume drum herum gefällt worden.«

Ich merke, wie ich die Luft anhalte.

»Ich glaube, es ist ein Gebäude.«

In der Hügellandschaft gibt es kein Brennholz für ein Feuer und es ist bitterkalt, aber das ist mir egal. Tarver meint, dass wir zwei Tage brauchen werden, um den Waldrand zu erreichen, und als am ersten Tag die Sonne untergeht, kann ich in der Ferne bereits die Bäume am Horizont sehen. Das Meer aus Blumen hat sich in Nebel aufgelöst, sobald wir vom Wrack heruntergeklettert sind, aber wir wissen jetzt, wohin wir geführt werden. Mit welcher Absicht oder zu welchem Zweck können wir nicht mal erahnen, aber wenn es sich um ein Gebäude handelt – und es echt ist –, könnte das der Schlüssel zu unserer Rettung sein.

»Warmes Wasser!«, sage ich fröhlich, als wir mit den Fingern die kalten Nudeln essen, die ich vor unserem Aufbruch noch gekocht habe. Ich habe noch nie etwas so Leckeres gegessen.

»Ein Dach überm Kopf«, antwortet Tarver genüsslich kauend. Die Lebensmittelvorräte waren wirklich meine beste Entdeckung auf dem Schiff – nach der Krankenstation jedenfalls.

Das letzte bisschen Tageslicht verleiht Tarvers sonst noch ziemlich blassem Gesicht ein wenig trügerische Farbe. Wir haben unser Lager auf der dem Wind abgewandten Seite eines Hügels aufgeschlagen, trotzdem wird es eine kalte Nacht werden, auch zusammen.

»Ein Bett«, gebe ich zurück. »Ein richtiges Bett.«

»Gewonnen«, sagt er, vertilgt den Rest seiner Nudeln und lehnt sich auf die Ellbogen zurück. Er bewegt sich immer noch langsam, vorsichtig. Aber er sieht schon viel besser aus, dafür dass er heute den ganzen Tag gelaufen ist. »Das kann ich nicht toppen.«

Ich beeile mich aufzuessen, dann rutsche ich schnell zu ihm hinüber auf die Decke, um seine Wärme und Nähe zu genießen. Er legt den gesunden Arm um mich, und es fühlt sich entspannt und einfach richtig an. Ich glaube, die alte Lilac hätte nicht gefunden, dass er besonders gut riecht, aber ich schmiege mich trotzdem mit dem Gesicht an ihn.

Für eine Weile schweigen wir, vielleicht weil wir uns beide vorstellen, was in dem Gebäude auf uns wartet. Tarvers Gesichtsausdruck hat sich seit unserer Entdeckung verändert; wo vorher nur verbissene Entschlossenheit zu sehen war, ist jetzt so etwas wie Hoffnung zu erkennen. Wie lange hatte er schon in der Überzeugung gelebt, dass wir nicht gerettet werden würden? Seit wir den Bergkamm erreicht hatten, ging es ihm ganz offensichtlich nur noch ums Überleben. Nicht mehr darum, gerettet zu werden.

Doch jetzt sieht es ganz so aus, als ob wir schon bald einen Hilferuf senden können. Jeder noch so abgelegene Außenposten wird über irgendeine Form der Kommunikationsvorrichtung verfügen.

Ich rücke noch näher an Tarver heran. Er atmet tief ein und mein Kopf bewegt sich mit dem Heben und Senken seiner Brust.

»Was meinst du, wie lange sind wir schon hier?«

»Zusammen mit den Tagen, die ich krank war?« Tarver überschlägt es schnell im Kopf. »Sechzehn Tage, würde ich sagen.«

So lange? Das verschlägt mir den Atem. Schon mehr als zwei Wochen. Es fühlt sich an wie nur zwei Tage und zugleich wie eine Ewigkeit. »Ich hatte Geburtstag«, höre ich mich mit seltsamer Stimme sagen. »Ich bin vor ein paar Tagen siebzehn geworden.« *An dem Tag, als du aus deinem Fieber erwacht bist.* Aber ich traue mich nicht, es laut zu sagen.

Tarver hält kurz die Luft an, dann atmet er weiter. »Herzlichen Glückwunsch, Miss LaRoux.« Ich höre das Lächeln in seiner Stimme.

Ich bin ein Jahr älter geworden, seit wir auf diesem Planeten gestrandet sind. Ich schlucke.

Vielleicht spürt Tarver meinen Stimmungswandel, jedenfalls hebt er seine verbundene Hand, um mir mit den Fingerspitzen über den Arm zu streichen. Ich nehme an, die Bewegung tut ihm weh, aber wenn es so ist, lässt er sich nichts anmerken.

Ich räuspere mich. »Was wirst du als Erstes tun, wenn wir gerettet werden? Etwas Richtiges essen? Deine Eltern anrufen?« Grinsend zupfe ich an seinem T-Shirt. »Duschen?«

»Meine Eltern anrufen«, sagt er sofort. »Und dann werden sie mich wahrscheinlich mit dem Schlauch abspritzen und mich wochenlang verhören. Die vom Militär, meine ich. Nicht meine Eltern.«

»Himmel.« Jetzt muss ich mein gedankliches Bild davon loswerden, wie jemand Tarver mit einem Schlauch abspritzt. Wenigstens denke ich nicht mehr an meinen Geburtstag. »Ich hoffe, das versucht keiner bei mir.«

Ich ernte ein Lachen, und mein Kopf hüpft ein bisschen, als Tarvers Brustkorb unter meiner Wange bebt. »Ich bezweifle, dass irgendjemand das mit dir vorhaben könnte. Die Hochdruckschlauch-Dusche ist eigentlich nur Soldaten und Verbrechern vorbehalten.«

Sogar in der Vorstellung sind wir bereits getrennt. Er in seinen Verhören – und ich, die wahrscheinlich irgendwohin gebracht werden wird, um ordentlich verhätschelt und herausgeputzt zu werden. Das

Herz zieht sich mir schmerzhaft zusammen und schlägt schnell und stark an Tarvers Rippen.

Dabei ist es ja nicht so, dass ich nicht gerettet werden will. Ich will meinen Vater wiedersehen – und noch mehr als das will ich, dass Tarver zu seinen Eltern zurückkommt, damit sie nicht noch einen Sohn verlieren. Aber ich hatte schon angefangen, mir ein Leben hier auszumalen, mit Tarver. Ein Leben voller Hunger und Kälte und Entbehrungen – aber ein Leben zusammen.

Bevor ich darüber nachdenken kann, platzt es aus mir heraus: »Und was ist mit mir?«

»Mit dir?«, wiederholt Tarver und zuckt leicht mit der Schulter. »Deine Familie wird dich in die Arme schließen und dich ausfragen, ob ich mich auch tugendhaft verhalten habe, und dann wird man dich in eins dieser Wahnsinnskleider stecken, und es wird sein, als wäre das alles hier nie passiert.«

Mein Mund ist trocken, meine Zunge schwer. Warum versteht er nicht, was ich ihn frage? Sollten wir tatsächlich gerettet werden, will ich nicht, dass es passiert, bevor wir herausgefunden haben, was das hier zwischen uns ist. Vielleicht habe ich nicht mehr viel Gelegenheit dazu.

Ich hole tief Luft und stütze mich auf den Ellbogen. Es ist dunkel, aber ich kann trotzdem sein Gesicht ausmachen.

»Du meinst, wir werden uns nie wiedersehen.«

Einen Augenblick sieht er mich einfach nur an, und wie immer weiß ich nicht, was er gerade denkt. Der Spiegelmond beleuchtet sein Gesicht, silbriges Licht fällt auf seine Haut, seine Augen. Das Herz springt mir gleich aus der Brust.

»Vielleicht.« Seine Stimme ist jetzt sanfter und er klingt weniger überzeugt.

Beim Gedanken, dass ihn mir jemand wegnehmen und in ein entferntes Sonnensystem schicken könnte, wo er in irgendeinem Krieg kämpfen müsste, habe ich das Gefühl zu ertrinken. Ich weiß nicht, wie ich ihn erreichen, wie ich ihm klarmachen soll, was ich empfinde. Ich weiß nicht, was in ihm vorgeht. Ich weiß nicht, was er denkt, wenn er mich mit diesen braunen Augen ansieht, die ich inzwischen so gut kenne.

Aber auf einmal weiß ich, dass ich es mir nie verzeihen würde, sollten wir gerettet werden, bevor ich es ihm klarmache.

»Davor habe ich Angst«, flüstere ich.

Ich beuge mich zu ihm hinab, meine Haare fallen um sein Gesicht, und ich lasse meine Lippen die seinen finden.

Für einen Augenblick legt er beide Arme um mich, und ich wünsche mir nichts mehr, als dass er mich an sich drückt und festhält. Ich wünsche mir nichts mehr, als dass ihn mir niemand wegnimmt.

»Was haben Sie sich davon erhofft, zu dem Bauwerk zu gehen?«

»Einen geschützten Schlafplatz. Im besten Fall irgendeine Möglichkeit zur Kommunikation.«

»Und mit wem wollten Sie kommunizieren?«

»Ist das eine Fangfrage?«

»Unsere Fragen sind alle äußerst ernst gemeint, Major.«

»Mit irgendjemandem, der uns hören würde. Ich war schließlich mit Lilac LaRoux da. Ich wusste, dass ihr Vater, egal zu welchen Kosten, unsere Rettung veranlassen würde, wenn er wüsste, wo sie sich befindet.«

»Es war Ihnen also bewusst, dass Sie sich dort mit Monsieur LaRoux' Tochter befanden.«

»Das war mir nicht entgangen.«

»Nur sie beide, allein.«

»Das ist mir auch aufgefallen.«

# 27

# TARVER

Ich will mich ihr entgegenwerfen, die Finger in ihren Haaren vergraben, sie zu mir herunterziehen – und kurz bin ich tatsächlich unfähig, ihr zu widerstehen. Ich umschlinge ihren Körper mit beiden Händen. Wie lange habe ich sie schon so berühren wollen? Es fühlt sich an, als stünden wir beide unter Strom, und meine sorgsam aufrechterhaltene Selbstbeherrschung bricht zusammen, als ich ihre Hitze so nah an mir spüre. Ich will mich in ihr verlieren, mich ihr in diesem Moment voll und ganz hingeben.

Ich ertaste den Saum ihres T-Shirts. Als ich ihr über die nackte Haut auf dem Rücken streiche, seufzt sie leise. Dann verändert sie die Position, und im selben Moment, als mir einfällt, dass es meine verletzte Hand auf ihrem Rücken ist, schießt mir auch schon ein stechend heißer Schmerz in den Arm. Ich zucke zusammen und stoße sie von mir.

Keuchend blicken wir einander an. Sie ist verwirrt, versteht nicht, warum ich aufgehört habe. Und ich versuche mein Verlangen, das trotz der Schmerzen in meiner Hand immer noch durch mich strömt, zu unterdrücken.

Ich weiß, was das hier ist. Ich kenne diesen verzweifelt sehnsüchtigen Blick – aus dem Krieg. Lilac wäre beinah allein auf diesem Planeten zurückgeblieben, und jetzt interpretiert sie ihre Erleichterung darüber, dass es nicht so ist, als etwas anderes.

Ein Mädchen wie sie würde jemanden wie mich unter normalen Umständen doch niemals ansehen. Sollte das Gebäude am Horizont unser Ticket nach Hause sein, könnte ich es nicht ertragen, wenn sie mich einfach stehenlassen und in ihr altes Leben zurückkehren würde. Nicht, wenn ich zulasse, dass ich – nein.

Ich darf ihr nicht zeigen, wie sehr ich sie will.

Wenn ich eigentlich nicht derjenige bin, den sie will.

Je länger ich sie von mir fernhalte, desto mehr verfinstert sich ihre Miene, verwandelt sich die Verwirrung in Zweifel.

Ein verräterischer Teil von mir kümmert sich nicht darum, will sie trotzdem unbedingt küssen. Vielleicht wäre es den Moment wert, auch wenn sich hinterher alles in Nebel auflöst, wie unsere Spur aus Blumen.

*Ich könnte mich aber auch irren. Vielleicht will sie mich ja wirklich – vielleicht –*

Ich hole tief Luft, als sie auf einmal aufspringt und in die Dunkelheit davonstapft. Ich sehe ihre Wut in den ruckartigen Bewegungen, in der Anspannung ihrer Schultern.

Mein Kopf dröhnt von den ganzen Dingen, die ich sagen sollte, doch die Worte verknoten sich in meinem Hals. *Warte. Komm zurück. Sag mir einfach, dass du nicht verschwindest, sobald man uns hier findet. Sag mir, dass ich dich nicht verliere, wenn ich dich berühre.*

»Geh nicht zu weit«, rufe ich stattdessen und verfluche mich für meine Feigheit.

Sie dreht nicht um, aber immerhin bleibt sie an einer Stelle stehen, wo ich sie noch sehen kann. Lieber verharrt sie in der kalten, windigen Leere der Dunkelheit, als zu mir zurückzukehren. Der Spiegelmond wirft genug Licht auf den Planeten, dass sie sich schon nicht den Knöchel brechen wird, aber ich wüsste trotzdem gern, wie ich sie überzeugen könnte, zu mir zurückzukommen.

Schließlich lege ich mich hin – ich bin zu schwach, zu müde, um länger zu sitzen und auf sie zu warten. Als sie endlich wiederkommt, legt sie sich ganz an den Rand der Decke, so weit von mir weg wie möglich.

Ich muss irgendetwas sagen. Es wird sonst über Nacht nur noch schlimmer werden. Ich beschwöre den Teil von mir herauf, mit dem ich es geschafft habe, selbst die widerstrebendsten Soldaten durch alle möglichen unwirtlichen Gegenden zu schleppen, schlage aber einen leichteren Ton an. »Hör auf damit und komm zu mir rüber. Ich bin krank, du musst mich wärmen.« Wenn ich den Arm um sie legen kann, versteht sie mich vielleicht.

Sie sagt so lange nichts, dass ich schon denke, sie antwortet gar nicht mehr. Als sie es schließlich doch tut, ist ihre Stimme rau und feindselig. »Du wirst es schon überleben.«

»Wahrscheinlich«, stimme ich ihr zu. »Aber mit dir wäre es angenehmer.«

Sie bleibt mit dem Rücken zu mir liegen und rollt sich zusammen. »Tarver.« Sie klingt, als würde sie durch zusammengebissene Zähne sprechen. »Ich fühle mich gedemütigt. Morgen früh wird es wieder gut sein, und wir werden weiterziehen und gerettet werden, und dann wird das hier alles vorbei sein. Lass mich jetzt einfach in Ruhe.«

»Lilac –«

Sie kugelt sich noch weiter zusammen und zieht den Kopf ein, als könne sie damit meine Worte ausblenden. Irgendwann gebe ich es auf, darauf zu warten, dass sie zu mir herüberkommt. Ich liege auf dem Rücken, blicke hinauf zu den unbekannten Sternen und dem hellen, blauweißen Spiegel und warte auf den Schlaf.

Ohne Lilac ist es bitterkalt.

Am nächsten Morgen ist sie bereits vor mir wach. Ich fühle mich immer noch, als wäre ich gerade erst von den Toten auferstanden. Das kommt davon, dass ich so schnell wieder weiterziehen wollte.

Schweigend essen wir beide einen Riegel. Mir einen ganzen zu geben, statt dass wir uns einen teilen, ist wohl ihre Art, sich um mich zu kümmern, weil ich noch krank bin. Vielleicht kann sie tatsächlich darüber hinwegsehen, was gestern Abend passiert ist. Schließlich können wir uns nicht aussuchen, mit wem wir auf diesem Planeten reden.

Anscheinend hört sie wieder Stimmen – sie zittert jedes Mal wie Espenlaub, sobald sie auftauchen. Aber diesmal haben sie sich wohl entschieden, mich aus ihren Geheimnissen herauszuhalten, und falls sie ihr irgendetwas mitteilen, behält sie es für sich. Mir gefällt es irgendwie nicht, dass die Stimmen sich auf sie konzentrieren – oder sie attackieren.

Ich schultere den Rucksack und schweigend marschieren wir los. Im Laufe des Vormittags reden wir immerhin ein wenig. Es ist nicht viel, aber darum geht es auch nicht. Es ist die Geste, die zählt, von uns beiden – es ist unsere Art, einander zu sagen, dass wir einen Weg finden werden, weiter zusammenzuarbeiten.

Noch vor siebzehn Tagen hätte ich mir lieber selbst mit einer Zange die Zähne gezogen, als freiwillig ein Gespräch mit ihr anzufangen. Doch jetzt bin ich einfach nur erleichtert, dass wir uns nicht vollkommen ignorieren.

Am späten Nachmittag kommen wir am Waldrand an. Es sind größtenteils wieder die langen Pfahlbäume, wie wir sie bereits aus dem Wald, in dem wir abgestürzt sind, kennen. Diese unerklärliche Landschaft, in der nichts ist, wie es nach der Terraformierung sein sollte, wird mir langsam vertraut.

Als ich über eine Wurzel stolpere, fängt Lilac mich auf. Nach drei Tagen Fieber und fast drei Wochen kläglicher Mahlzeiten bin ich so geschafft, dass ich noch nicht einmal mehr die Füße richtig heben kann. Wenigstens war ich noch in guter Verfassung, als das Ganze hier losging. Ich habe keine Ahnung, wie Lilac sich noch auf den Beinen halten kann, aber sie scheint tatsächlich kräftiger zu sein als vorher.

Plötzlich treten wir zwischen den Bäumen hervor und bleiben beide im selben Moment abrupt stehen.

Auf der Lichtung vor uns steht ein kastenförmiges, einstöckiges Gebäude. Ich spüre, wie ich von Hoffnung erfüllt werde.

Das Gebäude ist vollkommen unversehrt. Es ist kein Wrackteil und es ist nicht zerstört. Es ist echt. Es ist eine Beobachtungsstation, wie ich bereits Dutzende auf neu terraformierten Planeten gesehen habe.

Während wir wie angewurzelt davorstehen, wächst unter unseren Füßen ein Teppich aus violetten Blumen, der sich rasend schnell um das Gebäude herum ausbreitet. Der Weg, der uns vom Schiff hergeleitet hat, ist hier zu Ende.

Und dann, im nächsten Moment, die Enttäuschung. Die Lichtung steht voller junger Bäume, und dicke Ranken klettern die Gebäudeseiten empor.

Hier war schon seit Jahren niemand mehr.

»Weigern Sie sich, unsere Fragen zu beantworten, Major?«
»Natürlich nicht. Es ist mir ein Vergnügen, Ihnen zu helfen.
Ich sehe ja, wie Sie mir an den Lippen hängen.«
»Sie machen einen unkooperativen Eindruck, Major. Sie sind mit zahlreichen Orden ausgezeichnet worden. Ihr Verhalten passt allerdings nicht zu den positiven Berichten in Ihrer Akte.«
»Der Schein kann manchmal trügen.«

# 28

# LILAC

Für eine Weile vergessen wir, was gestern Abend passiert ist, und erkunden die Außenseiten des Gebäudes, arbeiten wieder zusammen. Die intakte Konstruktion zu sehen, etwas von Menschen Erbautes, ist überwältigend. Ich versuche mir vorzustellen, wie mein Zuhause aussieht, meine Stadt, die Gebäude, die bis in den Himmel ragen, und die Autos auf den Skyways, und mir wird schwindelig. Ich glaube, wenn ich mich jetzt irgendwie dort hinbeamen könnte, wäre das alles zu viel für mich.

Irgendwo in diesem Gebäude wird es einen Stromgenerator geben, und wenn wir den anwerfen können, bekommen wir auch alles andere zum Laufen. Tarver ist überzeugt davon, dass es drinnen ein Kommunikationssystem geben wird – ich war zwar noch nie auf einem Planeten, der noch nicht bewohnt war, aber Tarver sagt, dass es Stationen wie diese überall gibt und sie alle gleich sind.

Ein Kommunikationssystem würde bedeuten, dass wir ein Signal senden können. Dass Tarver zurück zu seinen Eltern kann, wo er hingehört, auch wenn ich nicht weiß, ob ich noch in meine Welt zurückkehren will. Und wenn es in der Galaxie noch so etwas wie Gerechtigkeit oder Anstand gibt, wird Tarver in einem Stück nach Hause kommen.

Ich würde ihm so gern erklären, warum ich diese Dinge zu ihm gesagt habe, als wir uns zum ersten Mal begegnet sind. Warum es eins meiner größten Talente ist, Leute von mir fernzuhalten. Aber das würde bedeuten, meinen Vater zu hintergehen. Und Tarver zu zeigen, was für ein Ungeheuer ich bin. Also beiße ich mir auf die Zunge und ignoriere, wie die Wahrheit in mir immer drängender wird, wie unter Druck stehendes Wasser.

Soll er mich doch hassen und denken, ich würde ihn ebenfalls hassen. Das ist für uns beide sicherer.

Wir reden zwar nicht miteinander, aber das Schweigen ist nicht mehr ganz so unangenehm. Keiner von uns beiden stellt die Frage, warum dieses Gebäude verlassen wurde oder was sein ursprünglicher Zweck war. So groß wie es ist, muss es eigentlich mehr als nur Überwachungssysteme enthalten. Hier müssen auch mal Leute gelebt haben.

Wir rütteln an den Türen, linsen durch die Fensterläden, versuchen sogar mit einem Stein ein Fenster einzuschlagen. Doch das Gebäude ist trotz dessen, dass es verlassen wurde, ziemlich solide und fest verschlossen. Ganz in der Nähe entdecken wir einen Schuppen mit einem Hovercraft darin. Ich kann bereits nach einem kurzen Blick darauf erkennen, dass es wahrscheinlich schon nicht mehr funktionierte, als dieser Ort noch bewohnt war. Die Zündkerzen und Leitungen unter der Motorhaube sind hoffnungslos verklebt, und während ich mir noch das Schaltsystem genauer ansehe, macht Tarver eine Bestandsaufnahme der Dinge, die sich sonst noch im Schuppen befinden.

Er ruft mir unablässig zu, was er entdeckt: rostiges Werkzeug, Seile, Kanister mit Öl, Kleber und Benzin im hinteren Bereich, Farbdosen und eine Schaufel in der Ecke, Bohrer und Elektrosägen. Hier gab es also mal Strom, was meine Vermutung bestätigt, dass es irgendwo einen Generator geben muss.

Ich frage mich, ob ich jetzt immer bei allem, was ich sehe, überlegen werde, ob es irgendwann einmal nützlich sein könnte. Ob die Dinge ihr Gewicht wert sind, wenn man sie aus einem Wrack mit auf den Weg nimmt. Ob Seile oder Öl oder ein rostiger Hammer einem das Leben retten können.

Als ich es schließlich schaffe, die Abdeckung von der Leiterplatte zu entfernen, stelle ich fest, dass die Hälfte der elektronischen Bauelemente des Hovercraft fehlt. Ich knalle die Motorhaube zu, und als Tarver mich anblickt und meine Frustration sieht, braucht er gar nicht weiter zu fragen. Wir gehen wieder hinaus auf die Lichtung und umrunden – diesmal mit Werkzeug bewaffnet – erneut das Gebäude. Wir machen uns daran, die Fensterläden zu bearbeiten, suchen nach einer Schwachstelle, an der wir eindringen können.

»Wenigstens bist du doch auch nur ein Mensch«, sagt Tarver in leichtem Tonfall. Ich habe immer noch an seiner Zurückweisung von gestern Abend zu knabbern und halte es schon für einen Seitenhieb. Aber als ich ihn anblicke, lächelt er und ich begreife, dass es ein Ölzweig ist, den er mir reicht. »Wir haben endlich ein Schaltsystem gefunden, das du nicht reparieren kannst.«

Er sieht so müde aus, so erschöpft, trotz seines Bemühens, die Kluft zwischen uns zu überbrücken. Ich wäre es an seiner Stelle wohl auch.

Seufzend reibe ich mir die Augen. »Ich wünschte, ich wüsste mehr darüber. Dann könnte ich es vielleicht reparieren.«

»Ich verstehe immer noch nicht, woher du das kannst. Dein Vater ist das Technikgenie, nicht du. Ich meine – du machst nicht gerade den Eindruck, als hättest du in der Schule Physik als Hauptfach. Ich meine – ach, vergiss es.«

So viel also zum Ölzweig. Obwohl es verlockend ist, ihn über seine Worte stolpern zu lassen, kann ich für das, was ich weiß, nicht die Lorbeeren einheimsen. »Seit meine Mutter gestorben war, wollte ich unbedingt sein wie mein Vater. Ich wusste damals schon, dass ich alles war, was er jetzt hatte, und ich wollte … dem wohl irgendwie gerecht werden. Also habe ich irgendwann jemanden gebeten, mich zu unterrichten.« Ich schlucke. Ich fühle Tarvers Blick auf mir und mir ist klar, dass er die Anspannung in meiner Stimme hören kann.

»Wen?«

»Einen Jungen namens Simon.«

Tarver sieht konzentriert auf den Fensterladen, den er eben noch bearbeitet hat. »Den hast du schon mal erwähnt. Wer ist das?«

Mir schnürt sich die Kehle zu. Wie kann ich ausgerechnet Tarver von den schrecklichen Teilen meiner Vergangenheit erzählen? Warum sollte ich ihm einen weiteren Grund geben, mich abzuweisen? Aber vielleicht verdient er auch zu erfahren, warum ich das, was ich auf der *Icarus* zu ihm gesagt habe, gesagt habe.

Und vielleicht verdiene ich, es noch einmal zu durchleben.

»Wenn ich es dir erzähle, hörst du mir einfach zu? Du darfst mich nicht unterbrechen, nichts sagen – ich muss da durch. In Ordnung?«

Seine Haltung ändert sich leicht, aber er bleibt stehen, wo er ist, und lässt die Hand, in der er das Brecheisen hält, schlaff herunterhängen. »In Ordnung.«

Ich hole ein paarmal tief Luft, als wollte ich gleich ins Wasser springen und untertauchen.

»Simon war ein Junge, der in der Nähe von unserem Sommerhaus auf Nirwana aufgewachsen ist.« Ich kann Tarver beim Erzählen nicht anschauen. Ich will nicht sehen, wann es ihm klar wird.

»Seine Familie hatte nicht so gute Beziehungen wie mein Vater, aber wessen Familie hat die schon? Er war absolut genial, und nicht nur in den Fächern, die im Lehrplan standen. Alles, was ich über Elektrizität und Physik weiß, hat er mir beigebracht. Mein Vater tat so, als würde er nicht mitbekommen, wie viel Zeit ich mit Simon verbrachte, weil er unsere Freundschaft als harmlos einschätzte und dachte, ich wäre noch zu jung, um eine richtige Beziehung einzugehen. Ich war damals vierzehn, aber ich habe Simon geliebt.« Ich fahre mit den Fingern über den Schraubenzieher, ertaste die Mulden des Plastikgriffs. »Am Abend vor seinem sechzehnten Geburtstag hat Simon mich gefragt, ob wir mit dem Versteckspiel nicht aufhören und ein richtiges Paar sein könnten. Er wollte am nächsten Morgen, wenn er erwachsen wäre, zu meinem Vater gehen und ihn um eine Stelle in seinem Unternehmen bitten. Um es sich zu verdienen, mit mir zusammen zu sein.«

Ich sehe Simons sandfarbenes Haar und seine grünen Augen wieder vor mir, und sogar jetzt zieht sich mir das Herz noch zusammen. *Rede einfach weiter. Bring es hinter dich.*

»Ich habe Ja gesagt. Als ich am nächsten Morgen aufwachte, bin ich vor Vorfreude praktisch die Treppen hinuntergeflogen, aber als ich unten ankam, war es, als wäre nichts geschehen. Mein Vater sagte, er hätte Simon nicht gesehen – er hat noch nicht mal den Blick von den Nachrichten abgewandt. Ich bin zu ihm nach Hause gegangen, aber er war nicht da und seine Eltern waren am Boden zerstört. Die Söhne aus besserem Hause sind alle in der Reserve – das weißt du ja. Das ist wohl eine Sache der Ehre, auch wenn sie nie einberufen werden. Es ist alles nur Show.«

Meine Augen brennen, und ich sehe den rot-gelben Griff des Schraubenziehers nur noch verschwommen. *Noch nicht. Reiß dich zusammen.* Ich drehe den Schraubenzieher unaufhörlich in der Hand.

»Simon war trotzdem eingezogen worden. Ich bin zum Rekrutierungsbüro gelaufen, doch wegen eines bürokratischen Fehlers war er bereits mit einem Haufen Soldaten, die schon seit einem Jahr in der Ausbildung waren, an die Front geschickt worden. Als ich mich durch die ganze Bürokratie gearbeitet und herausgefunden hatte, wo er war, war er bereits tot.« *Und ich hätte es besser wissen müssen.*

Tarver hält sich an sein Versprechen, er sagt nichts, er bewegt sich noch nicht einmal. Aber ich spüre seinen Blick und ich weiß, dass er mir zuhört. Ich schlucke, auf einmal bin ich unsicher. Wird er verstehen, warum ich ihm diese Geschichte erzähle, von der außer meinem Vater und mir niemand in der Galaxie etwas weiß?

»Ich habe ein Leben voller Privilegien. Ich weiß das. Ich akzeptiere das.« Meine Stimme bricht etwas und ich lecke mir über die Lippen. »Aber nichts im Leben ist umsonst. Ich zahle meinen Preis dafür. Und auch das akzeptiere ich. Mein Vater hat klare Vorstellungen davon, wo ich meine Zeit verbringe, mit wem ich Umgang habe, was für Beziehungen ich pflege, um seine Interessen weiterzuverfolgen. Er sagt immer, unser Name sei hart erarbeitet worden, und dass es Opfer und weitere harte Arbeit erfordere, ihn zu erhalten – aber dass ich sonst nichts weiter bräuchte, um überall in der Welt hinzugelangen. Aber manchmal … manchmal passiert mir ein Ausrutscher.«

Ich zwinge mich, ihn anzusehen. Er steht immer noch an derselben Stelle wie eben, seine Miene ist versteinert und noch undurchschaubarer als sonst. Ich fange langsam an zu bröckeln, trotz meiner Entschlossenheit. Es geht hierbei nicht nur darum, wie er mich sieht – das Schiff ist schon längst abgeflogen.

Es geht darum, was er denkt, wie ich ihn sehe.

»Als ich im Salon meinen Handschuh fallen gelassen habe, meinst du, da hätte ich nicht gewusst, wer du bist?« Ich umklammere den Schraubenzieher, als wäre er eine Rettungsleine. »Du bist ein Held, du warst überall in den Nachrichten. Ich wusste, aus was für einer Familie du kommst, dass du ein Stipendium hattest, alles. Ich wusste ganz genau, wer du bist. Ich – ich habe nur für ein paar Sekunden vergessen, wer ich bin. Weil ich mit dir reden wollte. Weil du mich nicht angesehen hast, als wäre ich Lilac LaRoux. Und ja, danach war ich grausam. Ich bin grausam, weil das die schnellste Art ist, einen Mann das Interesse an mir verlieren zu lassen, und glaub mir, ich habe gelernt, wie das geht. Mein Vater hat es mir bestens beigebracht.« Ich schlucke, denn ich will mit klarer Stimme sprechen. Mein Vater wäre so stolz auf mich. »Tarver, du musst verstehen, dass jeder, der sich mir nähert – wirklich jeder –, etwas von mir will. Die Männer sind hinter meinem Geld her. Die Frauen interessiert mein Status. Und Männer sind bereit, ziemlich viel in Kauf zu nehmen, um die Aufmerksamkeit eines reichen Mädchens zu gewinnen, aber nicht eine solche Demütigung. Über die Jahre habe ich gelernt, sie richtig einzusetzen. Und vielleicht bin ich grausam, weil es mir so leichtfällt und weil es … endlich etwas ist, worin ich gut bin.«

Er steht immer noch vollkommen reglos da. Ich weiß nicht mehr, was ich sagen soll. Meine Hand zuckt, als wolle sie mit dem Schraubenzieher nach ihm werfen. Ich will irgendetwas tun, was ihn dazu bringt, sich zu rühren, etwas zu sagen. Doch er steht nur da, als hätte ihm jemand mit der Feldflasche gegen den Kopf geschlagen, und starrt mich schweigend an.

Ich werfe den Schraubenzieher auf den Boden. »Ich suche uns einen Schlafplatz.«

Als ich den Rucksack mit den Vorräten nehme und mich auf den Weg zurück zum Bach begebe, spüre ich, wie er mir hinterherblickt.

Wo wir den Bach vorhin überquert haben, ist das Wasser trübe, daher suche ich nach einer geeigneteren Stelle, um die Feldflasche aufzufüllen und mich zu waschen.

Ich bin innerlich ganz aufgewühlt. Warum, *warum* nur habe ich es ihm erzählt? Warum sollte ihn die traurige Geschichte von dem armen kleinen reichen Mädchen, dem man den Freund weggenommen hat, interessieren? Das wird eine nette Anekdote für ihn sein, wenn er das nächste Mal mit seinen Soldaten irgendwohin geschickt wird, da haben sie was zu lachen. Ich kann mir schon vorstellen, wie er ihnen erzählen wird, dass dieses verrückte reiche Mädchen über ihn hergefallen ist, weil es seinen Daddy so sehr vermisst hat. Doch etwas in mir sträubt sich gegen den Gedanken. Tarver ist nicht der Typ, der so etwas erzählen würde. Trotzdem muss er mich für dermaßen egozentrisch halten. Er hat schon Dutzende seiner Freunde an der Front in die Luft fliegen sehen, und ich weine, weil ein Junge, den ich mal kannte, im Krieg gestorben ist.

Aber jetzt weiß er wenigstens Bescheid. Über meinen Vater. Und mich. Dass ich verantwortlich für den Tod eines Jungen bin, dessen einziges Verbrechen darin bestand, sich zu verlieben. Jetzt weiß er, wie todbringend ich bin.

Ich bin so in meine Gedanken vertieft, dass ich die Höhle beinah gar nicht bemerke. Der Eingang ist schmal, kaum breit genug für Tarvers Schultern. Der Bach scheint darin seinen Ursprung zu haben, auch wenn ich kein Sprudeln höre, sondern nur das leichte Plätschern des Wassers, wie es über die Steine läuft. Ich wühle nach der Taschenlampe, dann steige ich auf die nassen Steine und zwänge mich durch den Eingang.

Im Dunkel der Höhle setzt sich der Bach hinter einer weiteren, breiteren Felsspalte fort. Ich mache noch einmal kehrt, nehme ein leuchtend rotes T-Shirt aus dem Rucksack und binde es um einen Felsvorsprung, für den Fall, dass Tarver nach mir suchen sollte. Dann schlüpfe ich wieder hinein und gehe noch tiefer in die Höhle, um einen Platz zum Schlafen zu suchen.

»Waren Sie und Miss LaRoux für längere Zeit getrennt?«

»Das kommt darauf an, wie man ›länger‹ definiert.«

»Können Sie für die gesamte Zeit auf dem Planeten Rechenschaft über Miss LaRoux' Aufenthaltsort und ihr Handeln ablegen?«

»So, wie Sie das sagen, klingt es, als wären wir auf Landgang gewesen.«

»Major.«

»Wir waren die ganze Zeit zusammen.«

»Und in der Zeit ist nichts Seltsames mit ihr passiert? Sie hat sich in keiner Weise verändert?«

»Ich finde, auf einem unbekannten Planeten abzustürzen ist schon ziemlich seltsam.«

»Maj–«

»Nein. Keine wesentlichen Veränderungen.«

# 29

# TARVER

Ich nehme einen Stein und schlage prüfend gegen den metallenen Fensterladen. Das hohle Scheppern verrät mir, dass dahinter nichts ist, also richte ich meinen Körper aus und schlage weiter mit dem Stein darauf ein, verfalle in einen Rhythmus. Meine Gedanken rasen.

Ein bürokratischer Fehler, von wegen. Aus Versehen wird niemand eingezogen, erst recht nicht ein Sohn reicher Eltern. Ich weiß von mindestens zwanzig Vorkehrungen, die so etwas verhindern würden.

Es sei denn, der Sohn reicher Eltern hat eine Freundin, deren Vater von ihrer Beziehung nichts hält. Es sei denn, das Mädchen, das er liebt, ist Lilac LaRoux.

Dann kann ich mir schon vorstellen, wie so etwas passiert.

*Arme Lilac.* Seit drei Jahren lebt sie schon mit diesem Geheimnis. Sie hat noch nie so verloren geklungen – als würde sie tatsächlich glauben, dass der Tod dieses Jungen ihre Schuld ist. Was für ein Vater tut seiner vierzehnjährigen Tochter so etwas an? Sie mit dem Glauben leben zu lassen, sie hätte Blut an den Händen?

Ich wünschte, sie hätte es mir schon eher erzählt. Aber was hätte ich denn getan, wenn sie mir damals auf der *Icarus* gesagt hätte, dass es zu gefährlich wäre, mich ihr zu nähern? Wäre ich so vernünftig gewesen, sie in Ruhe zu lassen?

Ich schlage inzwischen seit bestimmt zwei Minuten auf immer

dieselbe Stelle ein, ohne dass auch nur eine Kerbe im Fensterladen entstanden wäre, also gebe ich auf. Ich lasse den Stein fallen und gehe bachaufwärts Lilac hinterher.

*Doch was soll ich ihr sagen?* Ich weiß nur, dass ich zu ihr muss. Wenn ich an sie denke, laufen mir heiße Schauer über den Rücken.

Da springt mir auf einmal etwas Rotes ins Auge, roter Stoff, der um einen Felsvorsprung gebunden ist. Ich bin so müde und mein Kopf ist so voll mit halb ausformulierten Entschuldigungen, dass ich einen Moment brauche, um den Höhleneingang zu entdecken.

Die Lilac, mit der ich auf diesem Planeten abgestürzt bin, hätte niemals an so etwas gedacht. Sie wäre einfach in der Höhle verschwunden, ohne auch nur einen Gedanken daran zu verschwenden, wie ich sie finden könnte. Aber seitdem hat sich mein Mädchen gewaltig verändert.

Ich zwänge mich durch den schmalen Eingang und laufe platschend durch den Bach. Es fällt nicht viel Tageslicht in die Höhle, aber weiter hinten sehe ich den Schein der Taschenlampe. Der enge Gang weitet sich zu einem größeren Raum, wie eine Blase im Felsen, und beinah übersehe ich die Stufe nach unten.

Gerade noch rechtzeitig kann ich mich an der Felswand festhalten. Lilac hat mich noch nicht bemerkt. Sie sitzt in der Mitte der Höhle und packt unsere Sachen aus. Unter einem Spalt in der Decke hat sie ein Feuer errichtet, so dass der Rauch abziehen kann. Habe ich ihr das beigebracht? Ich kann mich nicht daran erinnern. Vielleicht hat sie es sich auch selbst überlegt.

Mit zusammengepressten Lippen und entschlossener Miene richtet sie zwei Schlafplätze her. Ich schätze, es ist die gleiche Disziplin, aus der sie ihre Kraft geschöpft hat, als ich krank war. Die sie immer wieder ins Schiff der Toten getrieben hat, um Medikamente für mich zu finden.

*Wie konnte ich jemals denken, sie wäre nicht fähig, die Tiefe ihrer eigenen Gefühle zu beurteilen?*

Vorsichtig steige ich in die Höhle hinab und trete absichtlich gegen ein paar Kieselsteine, damit sie mich hört. Sie blickt kurz auf, dann wendet sie sich wieder ihrer Arbeit zu und stopft ein T-Shirt in eine Kissenhülle.

»Weißt du, was ich dachte, als ich dich zum ersten Mal gesehen habe und du diese beiden Offiziere abkommandiert hast?« Meine Stimme klingt nervös, zögerlich – als wäre ich unsicher. Dabei war ich mir noch nie so sicher.

Erschöpft sieht sie mich an. Sie hebt das Kinn ein wenig, als mache sie sich darauf gefasst, jeden Moment eine verbale Ohrfeige zu bekommen. »Was hast du gedacht, Tarver?«

»Ich dachte, das Mädchen gefällt mir.«

Ihre Miene ist unverändert.

Ich lächle ein wenig, als ich mich vor sie hinknie, obwohl meine müden Muskeln lautstark protestieren. »Und Lilac, ich hatte Recht. Vergiss alle anderen. Vergiss alles andere. Du gefällst mir sehr.«

»Tarver, es war richtig von dir, mich gestern aufzuhalten.« Ihre blauen Augen sind dunkel und voller Tiefe, ihre roten Haare leuchten im Feuerschein. »Zwischen uns darf nichts sein.«

Die Schuldgefühle zeichnen sich so deutlich auf ihrem Gesicht ab, dass es mir beinah das Herz bricht. Sie hält die Luft an, als ich sie am Arm fasse und auf die Knie zu mir hochziehe. »Was mit Simon passiert ist, war nicht deine Schuld. Dein Vater hat das getan – nicht du. Du kannst doch nichts dafür, wenn jemand dich liebt.«

Sie schluckt und sieht mir unsicher in die Augen.

Ich halte es nicht mehr aus, und bevor ich darüber nachdenken kann, beuge ich mich zu ihr vor und küsse sie. Das Adrenalin schießt mir durch die Adern, als unsere Lippen sich berühren. Lilac lässt die Taschenlampe fallen, die scheppernd auf dem Boden landet. Sie zögert einen Moment, dann weicht sie etwas zurück. Ich würde ihr gern hinterherkommen, aber ich reiße mich zusammen, warte mit klopfendem Herzen. »Aber – in der Ebene, da hast du dich verhalten, als würdest du mich nicht wollen«, flüstert sie.

»Wenn du mir die Nummer abgekauft hast, dann bist du noch verrückter, als ich dachte. Ich wollte dich von Anfang an. Ich dachte nur, es wäre besser, mich von dir fernzuhalten und mich darauf zu konzentrieren, uns von hier fortzubringen.« Meine Stimme ist ganz rau. »Ich hatte Angst davor, dich wieder zu verlieren. Aber das wäre es mir wert. Ich habe mich idiotisch verhalten und es tut mir leid.«

Sie errötet – sogar ihre Lippen erröten, was bei ihrer blassen Haut unglaublich verführerisch aussieht. Das Verlangen, sie wieder zu küssen, ist überwältigend. Als ich mich diesmal zu ihr vorbeuge, weicht sie nicht zurück, sondern erwidert meinen Kuss. Ich neige den Kopf und lege ihr die Hand auf den Rücken, um sie näher an mich zu ziehen. Ich beiße ihr zärtlich in die Unterlippe und sie schnappt bebend nach Luft.

Es kostet mich unglaubliche Überwindung, mich ein paar Millimeter von ihr zu lösen. »Wenn ich aufhören soll«, schaffe ich es zu sagen, wobei ich meine Stimme kaum wiedererkenne, »musst du es sagen.«

Ich brauche einen Moment, um ihre dunklen Augen zu erkennen, ihre geöffneten Lippen, die nach mir verlangen. Mit zitternder Hand fasst sie nach meinem Arm. Da erst merke ich, dass meine eigenen Hände auch nicht ruhiger sind.

»Wenn du jetzt aufhörst«, flüstert sie, »werde ich dir das nie verzeihen.«

Ich höre ein leises Stöhnen, als unsere Körper sich wieder finden, aber ich kann noch nicht einmal sagen, von wem von uns beiden es kam.

Sollte jetzt ein Rettungsschiff draußen auf der Lichtung landen, ich würde mich weiter in dieser Höhle versteckt halten.

»Was ist mit körperlichen Veränderungen?«

»Wie bitte?«

»Hat Miss LaRoux irgendwelche … körperlichen Veränderungen durchgemacht, während sie in Ihrer Gesellschaft war?«

»Ich glaube, sie ist durch das viele Wandern stärker geworden.«

»Major, in welchem Ausmaß haben Sie nach Ihren Gefühlen für Miss LaRoux gehandelt?«

»Durchschnittlich.«

»Wie bitte?«

»Wie soll ich denn so eine Frage beantworten?«

»Wir versuchen hier herauszufinden, was passiert ist. Es wäre im Interesse aller Beteiligten, wenn Sie uns die Wahrheit sagen würden.«

# 30

# LILAC

»Geht es dir gut?« Er hebt den Kopf aus meiner Halsbeuge und liebkost mit den Lippen mein Kinn.

Ein wohliger Schauer durchfährt mich, und zufrieden antworte ich mit einem leisen Murmeln. Als ich nach einer Weile die Augen öffne, sehe ich, wie er mich im Halbdunkel des langsam erlöschenden Feuers beobachtet.

»Ich bin glücklich«, antworte ich, und seine Lippen formen sich zu einem Lächeln. Seine schweißnasse Stirn glänzt im schwachen Leuchten der Glut.

Auf einen Ellbogen gestützt, beugt er sich zu mir herab und küsst mich zärtlich. Gierig recke ich ihm das Kinn entgegen, woraufhin er mich noch ungestümer küsst und einen Laut von sich gibt, der eine Mischung aus Befriedigung und Erstaunen zu sein scheint.

Als er den Kopf wieder hebt, löst er die Hand von meiner Taille und fährt mir mit den Fingerspitzen die Schläfe entlang. Er streicht mir über die Wange und steckt mir eine lose Haarsträhne hinters Ohr.

»Du weißt ja gar nicht, wie lange ich das schon gewollt habe.« Seine Stimme ist immer noch etwas rau, und bei den Worten zieht sich mir der Magen zusammen.

»Da hast du dir aber ganz schön Zeit gelassen«, tue ich ganz nonchalant, auch wenn ich weiß, dass ich nicht besonders überzeugend klinge.

Er lacht, und voller Faszination betrachte ich seinen Mund, so dass ich beinah nicht mitbekomme, was er als Nächstes sagt: »Als ich dich am ersten Tag durch den Wald geschleift habe, hättest du mir doch bestimmt einen von deinen lächerlichen Schuhen an den Kopf geworfen, wenn ich versucht hätte, dich zu küssen.«

Ich rechne schon mit seinem Widerstand, als der Morgen graut und ich ein wenig sehnsüchtig vorschlage, einen Tag Pause einzulegen. Ich will unser Bett nicht verlassen, ich will mir nichts anziehen, ich will nicht von ihm getrennt sein. Er sieht mich jetzt ganz anders an. Sein Blick ist viel wärmer und direkter, ohne irgendeinen Schutzschild. Ich wusste gar nicht, dass da eine Mauer zwischen uns war, bis ich jetzt merke, wie es ohne sie ist.

Doch statt seine übliche Kommandostimme aufzusetzen und davon zu reden, dass wir vorankommen müssen, streckt er sich bloß und zieht mich mit einem Arm an sich. Den anderen legt er sich hinter den Kopf und blickt hinauf an die Höhlendecke, wo durch einen Spalt ein bisschen Tageslicht dringt.

Das Licht wirft Schattenspiele an die Wände und bringt Gesteinsformationen zum Vorschein, die sich im Laufe der Zeit gebildet haben – Stalagmiten, die vom Boden aus ihren Zwillingen an der Decke entgegenstreben, gewaltige Vorhänge aus von der Decke tropfendem, glänzendem Kalkstein.

»Mir fällt nichts ein, wie wir in das Gebäude hineinkommen sollen. Ich denke, fürs Erste haben wir nichts zu erledigen.«

Ich stütze mich auf den Ellbogen und sehe ihn an. »Wie meinst du das, wir haben nichts zu erledigen?«

»Genau wie ich es gesagt habe, meine Schöne.« Er grinst mich an und mir tanzen schon wieder die Schmetterlinge im Bauch. In meinem alten Leben hätte mich niemand so anzüglich ansehen dürfen. »Meinst du etwa, ich wäre scharf darauf, heute aufzustehen?«

Ich kann nicht anders, als sein Grinsen zu erwidern. Er beugt sich mir entgegen und gibt mir einen flüchtigen Kuss. Dann hält er kurz inne und sieht mich gedankenvoll mit halb geschlossenen Augen an, bevor er weitermacht und sich diesmal mehr Zeit lässt, meinen Mund mit seinen warmen Lippen zu liebkosen. Als er sich wieder von mir löst, schlägt mein Herz wie verrückt.

»Ich hole uns was zum Frühstücken«, sagt er, schlüpft aus unserem Nest und steckt die Decke um mich herum fest. Er zieht sich die Hose an, kümmert sich aber nicht darum, den Gürtel zu schließen, sondern lässt die Hose tief auf den Hüften hängen.

Ich rolle mich auf dem warmen Fleck zusammen, den er zurückgelassen hat, und beobachte ihn, wie er sich in unserem Lager umherbewegt. Wie kann es sein, dass ich ihn jetzt schon vermisse, wo er eben noch neben mir lag?

Er kramt im Rucksack nach den Notfallriegeln. Da zögert er auf einmal, und ich kann nur ein silbriges Blitzen sehen, als er etwas aus dem Rucksack nimmt und die Hand darum schließt. Aber ich weiß, was es ist – die Silberschatulle mit dem Foto seiner Familie.

Da wird mir wieder bewusst, was mir bereits an dem Tag, als wir das Wrack erklommen haben, klar geworden ist. Als ich festgestellt habe, dass der Gedanke, für immer hier zu leben, nicht wehtut. In Wirklichkeit *will* ich gar nicht, dass wir gerettet werden. Ich wünschte, ich könnte für immer mit Tarver hierbleiben – auch wenn es nur ein paar Jahre oder Monate oder Tage wären, bevor die Brutalität dieses Planeten uns übermannt. Denn wenn erst einmal die Rettungsschiffe hier landen, werde ich Tarver Merendsen nie wiedersehen.

Bislang habe ich versucht, diesen Wunsch zu unterdrücken, weil ich weiß, dass es für ihn nicht so ist. Er könnte hier nicht glücklich sein, nicht wenn er mit dem Herzen bei dem Garten und dem Haus eines Lehrers und einer Dichterin ist und bei der Erinnerung an seinen Bruder.

Ich sehe zu, wie der die Schatulle behutsam, beinah zärtlich zur Seite legt. Dann setzt er seine Suche fort, aber ich sehe immer noch die Trauer in seinem Gesicht.

Es ist egal, dass gerettet zu werden für uns das Ende bedeuten würde – und für mich eine Rückkehr in ein Leben, das ich nicht wirklich leben kann, wo ich jede Sekunde bewacht werde und von allem, was mich berühren könnte, ferngehalten werde. Was zählt, ist, dass Tarver nach Hause kommt. Dass seine Eltern nicht auch noch ihr zweites Kind verlieren.

Wir müssen in dieses Gebäude gelangen. Als Tarver zu mir zurückkehrt, lächle ich wieder und schlinge die Arme um ihn. Doch auch als er mir etwas ins Ohr murmelt, meine Schulter küsst, die Finger in meinen Haaren vergräbt, arbeitet mein Gehirn weiter. Ich werde mir etwas einfallen lassen.

Erst am späten Nachmittag schaffen wir es aufzustehen, und auch nur, weil wir die Feldflasche auffüllen müssen. Wir ziehen uns an und gehen anschließend durch den Wald zurück zum Gebäude.

Ich sehe mir die Fensterläden noch einmal genauer an, und Tarver schlägt gegen die Tür, um die Stärke einzuschätzen. Wir tauschen ein paar Ideen aus, eine impraktikabler als die andere. Wir überlegen sogar, eine Art Rammbock zu bauen, doch auch wenn wir es schaffen sollten, mit den verrosteten Werkzeugen einen Baum zu fällen, könnten wir zu zweit niemals einen Stamm anheben, der groß genug wäre, eine Stahltür zu durchbrechen. Was für Vorräte und Gerätschaften auch immer sich in dem Gebäude befinden, die Dinge sind sicher eingeschlossen.

Am Rand meines Bewusstseins höre ich wieder Flüstern, wie aufkommender Regen, der sich über das Gras ankündigt. Es liegt eine

Dringlichkeit in den Stimmen, die klagen und flehen. Sie kommen aus dem Gebäude selbst – wir sind nicht die Einzigen, die verzweifelt nach einer Möglichkeit suchen, die Tür aufzukriegen. Die flüsternden Stimmen haben uns den ganzen Weg hierher geführt, und jetzt flehen sie uns an, hereinzukommen.

Als der Abend anbricht, geben wir schließlich auf und kehren zur Höhle zurück. Ich mache mich als Erstes daran, das Bett zu richten, das wir letzte Nacht ziemlich zerwühlt haben. Während ich die Kissen wieder stopfe und die Decken zurechtziehe, kümmert Tarver sich ums Feuer. Er hat es heute besonders hoch errichtet, denn er sagt, es ist angenehmer, nackt zu sein, wenn man nicht friert.

»Es ist doch gar nicht so schlimm, mit jemandem unter sich ins Bett zu gehen, oder, Miss LaRoux?«, neckt er mich, lässt sich auf die Laken fallen und zieht mich auf sich.

Obwohl ich meine Verärgerung unter den gegebenen Umständen gern herunterschlucken würde, kann ich nicht anders, als zu antworten: »Muss das sein, nach allem, was zwischen uns passiert ist? Musst du so tun, als würdest du unter mir stehen?«

Er lächelt wieder und zuckt die Achseln. »Das ganze Universum weiß, dass ich unter dir stehe, Miss LaRoux. Das stört mich nicht.«

»Um die fünfzigtausend Leute waren auf dem Schiff.« Ich wähle meine Worte mit Bedacht. »Dreitausend davon waren Soldaten. Mindestens ein Dutzend hochdekorierte Kriegshelden. Und ich habe *dich* angesehen.«

Er will gerade etwas erwidern, aber ich streiche ihm mit der Hand über den Arm, und die Berührung allein lässt ihn zögern, lässt seine Stimme versagen. Diese neu entdeckte Macht ist berauschend.

»Glaubst du etwa, du gefällst mir nur, weil du mir das Leben gerettet hast? Weil du im Gegensatz zu mir weißt, was wir tun müssen? Weil du aufpasst, dass ich genug esse und nicht wahnsinnig werde? Weil du der einzige Mann auf diesem Planeten bist?«

Er schüttelt den Kopf, aber ich sehe es ihm an. Ich liege nicht vollkommen falsch.

»Nein«, flüstere ich. »Du gefällst mir wegen all dieser Dinge. Wegen deiner Stärke, aber auch wegen deiner Freundlichkeit und deiner Sanftheit. Du tust so, als hättest du nichts von deiner Mutter geerbt, aber das stimmt nicht. Du hast – du hast Poesie in dir.«

Er holt tief Luft, drückt mich an sich und vergräbt die Finger in meinen Haaren, zieht daran, als wolle er mich nie wieder loslassen. Ich kann nicht mehr atmen – ich will es nicht. Als er antwortet, zittert seine Stimme, so wie sie es getan hat, bevor er mich zum ersten Mal geküsst hat.

»Manchmal beraubst du mich aller Worte.« Er presst seine Lippen auf meine, und als er mich wieder loslässt, blicke ich ihn atemlos an.

»Ich verstehe aber immer noch nicht wirklich, warum du dich so aufregst, Miss LaRoux«, murmelt er. »Ich *bin* unter dir.«

Ich brauche ein paar Sekunden, um das Funkeln in seinen Augen als Belustigung zu erkennen. Doch dann wird mir klar, dass er – auf seine Art – lacht, und zwar nicht über mich, sondern weil auch er glücklich ist. Und so platze ich mit einem Wort heraus, das ich von ihm aufgeschnappt habe, als er im Fieberdelirium lag, und greife nach einem Kissen, um damit nach ihm zu schlagen.

Doch er kriegt rechtzeitig meinen Arm zu fassen, und dann zieht er mich so schnell zu sich herunter und ist auf einmal über mir, dass ich nur noch nach Luft schnappen und lachen kann. Er beendet mein Lachen mit einem Kuss, der so intensiv ist, dass es mir heiß über den Rücken läuft und kleine Feuerwerke in meinem Bauch explodieren.

Tarver neigt den Kopf zur Seite, um mich hinterm Ohr zu küssen. Ich hebe das Kinn und er setzt seine Küsse meinen Hals hinab fort. Die Weichheit seiner Lippen steht in krassem Gegensatz zur Rauheit seiner Bartstoppeln.

*Eine Explosion*, denke ich und etwas in meinem Hinterkopf rührt sich. Der Keim einer Idee, der Idee, die ich die ganze Zeit versucht habe zu ignorieren, wird auf einmal zu einem fertigen Plan.

»Wir müssen die Tür sprengen.«

Tarver hört mitten im Kuss auf, hebt den Kopf und sieht mich vollkommen perplex an. »Wir müssen was?«

»Die Tür! Sie ist zu dick, um sie mit irgendetwas aufzubrechen, das wir anheben könnten. Aber eine Explosion? Das müsste doch gehen, oder?«

Halb verwundert, halb irritiert blinzelt er mich an. Es gefällt ihm nicht, dass ich ihn unterbrochen habe. »Du verwirrst mich noch mehr als sonst.«

Lachend fahre ich ihm mit den Fingern durch die Haare. »Weißt du noch, beim Hovercraft in der Garage? Da stehen Benzinkanister. Wenn wir ein paar davon vor der Tür stapeln und aus irgendwas eine Zündschnur basteln, können wir die Tür einfach in die Luft jagen.«

Seine Miene verwandelt sich von irritiert in vorsichtig beeindruckt, und ich bin ganz aufgeregt, weil er von *mir* beeindruckt ist. Aufrichtig beeindruckt, nicht aus Mitgefühl oder weil er überrascht wäre. Sondern beeindruckt, als wären wir ebenbürtig.

»Wer bist du?«, fragt er schließlich. »Und was hast du mit meiner Lilac gemacht?«

*Meine Lilac.* Ich würde den Moment gern noch etwas länger genießen, aber ich bin viel zu begeistert von meiner Idee. »Anna hat ältere Brüder, und als ich klein war, haben wir auf unserem Tennisplatz immer Sachen hochgehen lassen. Mein Vater musste *ständig* den Boden erneuern.« Die Erinnerung schmerzt. Wegen des Verlusts meiner Cousine und wegen des Verlusts dessen, wie es damals war, als wir noch klein waren – wegen des Verlusts meiner Kindheit.

Tarvers Blick wird weicher, als er meinen Gesichtsausdruck sieht. »Wir müssen nur vorsichtig sein. Und die jungen Bäume um die Tür herum fällen, damit kein Waldbrand entsteht.«

Ich spüre das Knistern in der Luft, wir haben wieder ein Ziel. Wir haben einen Plan. Ich ignoriere den Schmerz, der mich durchfährt – auf einmal ist unsere gemeinsame Zeit begrenzt. Von nun an läuft sie ab und ich weiß nicht, wie viel uns noch bleibt. Von nun an ist jeder Moment einer, den wir nie wieder zusammen erleben werden.

»Können wir deine Pistole benutzen, um die Kanister explodieren zu lassen?«

Nachdenklich schürzt er die Lippen. »Die Gleidel ist für organisches Material konzipiert, nicht für Metall. Damit, sollte jemand so dumm sein, sie auf einem Schiff abzufeuern, der Schiffsrumpf nicht beschädigt wird. Von daher würden die Kanister nicht mehr als einen Kratzer abbekommen.« Er streicht mir mit dem Finger über die Lippen.

»Dann brauchen wir eine Zündschnur. So wie wir es gemacht haben, als wir klein waren.« Ich schließe die Augen und küsse Tarvers Finger, während er sie über meine Lippen wandern lässt. »Ich habe noch nie Benzin explodieren lassen, aber vom Prinzip her sollte es das Gleiche sein. Eine plötzliche Druckwelle, mit der die Tür aufgesprengt wird, der Rest des Gebäudes aber intakt bleibt.«

Tarver brummt leise und eine Gänsehaut jagt mir über den Körper. »Rede nur weiter davon, Dinge zum Explodieren zu bringen«, sagt er und senkt den Kopf, um da weiterzumachen, wo ich ihn vorhin unterbrochen habe.

Wir brauchen fast einen ganzen Tag, um die Lichtung vor der Tür von den jungen Bäumen zu befreien. Die elektrischen Werkzeuge sind ohne Strom nicht zu gebrauchen, und so müssen wir uns mit rostigen Handsägen und einer großen Schere aus dem Schuppen begnügen. Wahrscheinlich wären wir schon längst fertig, wenn ich nicht ständig Tarvers Nähe suchen würde, ohne mir des Impulses, zu ihm zu gehen, bewusst zu sein. Ich verlange immer wieder Küsse, und er lässt alles stehen und liegen, um mir den Gefallen zu erweisen. So sind wir kein besonders gutes Team, indem wir uns permanent gegenseitig von unserem eigentlichen Vorhaben ablenken. Wir schneiden die jungen Bäume und das Gestrüpp weg, dann stapeln wir vier der Benzinkanister vor der Tür.

Ich beäuge die Dellen und Kratzer an den Kanistern und befingere das Seil, das wir als Zündschnur benutzen wollen, und auf einmal kommen mir Zweifel, ob das Ganze wirklich so idiotensicher ist, wie ich dachte. Es könnte auf so viele Arten schiefgehen.

Als die Sonne kurz überm Horizont steht und schräg durch den Wald fällt, schleppt Tarver die letzten der gefällten jungen Bäume weg, und dann streckt er sich, bis sein Rücken knackt. Ich gehe auf ihn zu, und ohne mich zu sehen, hebt er den Arm, weil er weiß, dass ich da sein werde. Ich schlüpfe drunter hindurch und schlinge ihm die Arme um die Taille.

»Tun wir es jetzt?«, frage ich, lege ihm das Kinn auf die Brust und blicke zu ihm hoch. Er soll entscheiden, wann unsere Rettung beginnt. Ich kann das nicht objektiv entscheiden. Ich will es so sehr und dann auch wieder nicht – ich bin gefangen dazwischen, gehen und bleiben zu wollen.

»Kommt darauf an, was du mit ›es‹ meinst«, antwortet er und fährt mir mit den Fingern unter den T-Shirt-Ärmel.

»Hör auf«, sage ich, aber wegen des Lachens in meiner Stimme wird er mich wohl nicht ernst nehmen.

»Heute nicht mehr«, sagt er und beugt sich zu mir herunter, um mich zu küssen. Erst nach einer ganzen Weile redet er weiter. »Wir warten, bis es wieder hell genug ist und wir wirklich bereit sind. Morgen.«

»Wenn hier Leute gelebt haben, gibt es drinnen vielleicht Lebensmittel. Und heißes Wasser, wenn es einen Generator gibt. Und Betten.« Ich grinse ihn an. »Obwohl es bisher ja auch kein Problem war, kein richtiges Bett zu haben.«

Tarver hebt eine Augenbraue, dreht sich ganz zu mir und legt beide Arme um mich. »Das stimmt, aber der harte Boden hat schon seine Grenzen.«

Als er mich wieder küsst und mit seiner verbundenen Hand unter mein T-Shirt fährt, kommt auf einmal die Erinnerung an seine Verletzung und wie nah ich daran war, ihn zu verlieren, wieder in mir hoch. Ich kann ihn das nicht tun lassen. Wir wissen nicht, wie explosiv die Flüssigkeit in den Kanistern ist oder wie schnell die Zündschnur brennen wird.

Ich ziehe den Kuss noch etwas in die Länge, warte, bis er das leise, brummende Geräusch von sich gibt, das immer kommt, bevor er versucht, mir irgendein Kleidungsstück auszuziehen. Er muss so abgelenkt wie möglich sein, denn es wird ihm nicht gefallen, was ich ihm vorschlagen will.

Dann löse ich mich etwas von ihm und murmele: »Ich werde morgen früh anfangen, Zündschnüre auszuprobieren. Die Vorstellung, eine Hand zu verlieren, behagt mir nicht gerade.«

Tarver will schon wieder weitermachen, aber dann hält er stirnrunzelnd inne. »Die Vorstellung behagt mir auch nicht. Ich mag deine Hände. Ich werde das machen.«

»Sei nicht albern«, sage ich und setze mein überzeugendstes Lächeln auf. Er darf auf keinen Fall merken, wie verzweifelt ich versuche, ihn zu überzeugen. Wie wichtig es mir ist, dass er nicht verletzt wird, sollte irgendetwas schiefgehen. »Ich habe das ständig gemacht, als ich noch klein war, und mein Vater hat nie etwas davon mitbekommen.«

Seine Stirn liegt immer noch in Falten, und da ist noch irgendetwas in seinem Blick – Angst vielleicht? »Ich weiß, wie ich mich bei einer Explosion zu verhalten habe«, sagt er. »Wie ich mich fallen lassen muss, um mich zu schützen.«

»Aber ich *muss* das gar nicht wissen, weil ich weiß, was ich tue. Ich will mich gar nicht als Heldin aufspielen oder so. Es wird bestimmt nichts passieren. Aber wenn dir etwas zustoßen sollte, würde ich hier gerade mal zehn Sekunden ohne dich überleben. Wenn mir etwas zustößt, kommst du auch ohne mich zurecht.«

Er blickt mich an, als hätte ich gerade angeboten, ihm den Bauch aufzuschlitzen. Ich sehe, wie er mit sich ringt. Aber ich habe Recht und ich muss ihn überzeugen. Sein fiebriges Gesicht fällt mir wieder ein, und bei dem Gedanken daran, wie kurz davor ich war, ihn zu verlieren, schnürt sich mir die Kehle zu. Ich kann es nicht noch einmal so weit kommen lassen.

»Wir müssen eben Nutzen und Risiko abwägen«, sage ich. »Das habe ich von dir gelernt. Und der Nutzen ist viel größer als das Risiko.«

Tarver hebt die Hand und streicht mir über die Wange. »Lilac, wenn dir etwas zustoßen sollte«, murmelt er, »würde ich überhaupt nicht mehr zurechtkommen.«

Ich fasse nach seiner Hand und verschränke meine Finger mit den seinen.

»Lilac, bist du dir *sicher*?«

Ich drücke seine Hand und blicke ihn voller Überzeugung an, damit er sieht, wie einfach die Sache für mich sein wird. Ich kann das. Ich will, dass er mir glaubt, mit jeder einzelnen Faser meines Körpers. Ich kann es nicht zulassen, dass er die Zündschnur anzündet. Ich kann nicht zusehen, wie er sich wieder in Gefahr begibt.

»Ganz sicher.«

Ich halte die Luft an, während er mich prüfend ansieht. Dann senkt er den Kopf und küsst mich auf die Stirn, bevor er sich umdreht und mit mir zur Höhle zurückgeht.

Mein altes Leben hat mich nicht auf besonders viel vorbereitet. Das wenigste von dem, was ich in der High Society, in der Welt der Bälle und Kleider und Intrigen gelernt habe, ist hier draußen in der Wildnis zu irgendetwas nütze, mit diesem Mann an meiner Seite, den ich nur durch eine seltsame Laune des Schicksals kennengelernt habe.

Aber immerhin bin ich immer noch eine gute Lügnerin.

»Sie wurden nicht weit von dem Gebäude entfernt gefunden. Können Sie näher erläutern, was da passiert ist?«

»Ich habe versucht hineinzugelangen. Wer auch immer zuletzt da gewesen ist, war so rücksichtslos, die Tür abzuschließen, also mussten wir uns etwas einfallen lassen.«

»Und war Miss LaRoux an diesem Akt des Vandalismus beteiligt?«

»Vandalismus? Wir haben versucht, zu überleben.«

»Soll ich die Frage noch einmal wiederholen?«

»Nein, war sie natürlich nicht.«

»Aber Sie sagen, Sie wären die ganze Zeit zusammen gewesen.«

»Miss LaRoux macht sich nicht gern die Hände schmutzig. Sie hat im Wald gewartet, sie war außer Gefahr.«

# 31

~

# TARVER

»Ob die Küche wohl noch funktioniert? Vielleicht gibt es da drin sogar noch Lebensmittel!« Am Abend versucht Lilac, mich abzulenken, damit wir nicht wieder auf die Sache mit der Zündschnur zu sprechen kommen. Vielleicht sollte ich ihr einfach sagen, dass sie, um mich abzulenken, bloß ihr T-Shirt ausziehen müsste.

»Ich hoffe es.« Irgendwie habe ich kein gutes Gefühl dabei. Auch wenn ich weiß, dass es schlauer ist, sie die Zündschnur anzünden zu lassen. Sie hat so etwas schließlich schon öfter gemacht. Und sollte sie doch verletzt werden, könnte ich mich besser um sie kümmern.

Aber trotzdem.

»Und ein Bett, dann müssen wir nicht mehr auf dem Boden schlafen.«

Ich drücke sie. »Du redest ständig nur vom Bett. Sie sind ja geradezu besessen davon, Miss LaRoux.«

»Irgendwas dagegen?« Verschmitzt grinst sie mich an und fährt mir mit der Hand den Arm hinauf. Hätte ich ein T-Shirt an, würde sie mir jetzt am Ärmel ziehen und nach einem Kuss verlangen, als könnte sie nicht eine Sekunde länger von mir getrennt sein. Sie hat schon mitbekommen, dass sie mich mitten im Satz meine Worte vergessen lassen kann.

»Ob ich etwas dagegen habe? Verdammt, nein.« Ich bin so kurz davor, mich von ihr um den Finger wickeln zu lassen, mich auf ihre Versuche, mich abzulenken, einzulassen. Sie bringt mein Gehirn schneller dazu, sich auszuklinken, als alle Mädchen, die ich vor ihr kennengelernt habe. Aber ich bin immer noch nicht ganz überzeugt. »Vielleicht können wir es ja auch einfach bleibenlassen«, schlage ich vorsichtig vor. »Das Gebäude lassen, wie es ist. Müssen wir wirklich so dringend da rein?«

Lilac hört auf, meinen Arm zu streicheln, und löst sich weit genug von mir, um mich anzusehen. »Ist das dein Ernst?«

»Ich bin nicht blöd, Lilac.« Ich fahre ihr mit den Fingerspitzen über die Wange. »Ich weiß, wie gefährlich das ist.«

»Es ist unsere einzige Chance, gerettet zu werden. Da drinnen muss es irgendeine Kommunikationsvorrichtung geben, irgendetwas, womit wir ein Notsignal erzeugen können.«

*Vielleicht ist es aber gar nicht mehr meine oberste Priorität, gerettet zu werden.* Die Worte sind auf einmal da, nur fehlt mir der Mut, sie laut auszusprechen. Stattdessen ziehe ich Lilac näher an mich heran und halte sie fest im Arm. »Das hoffe ich. Wir wissen noch nicht einmal, warum man diesen Planet verlassen hat. Wahrscheinlich hat es etwas mit den Stimmen zu tun, aber was?«

»Fragen über Fragen«, murmelt Lilac. Bevor ich nachbohren kann, was sie damit meint, holt sie auf diese langsame, vorsichtige Art Luft, die verrät, dass sie ihre Gedanken sortiert, ehe sie anfängt zu sprechen. »Du hast gesagt, es gäbe Gerüchte, das Militär würde mit Gehirnwäsche und Telepathie experimentieren. Möglicherweise machen die Terraform-Unternehmen das auch. Vielleicht ist es das?«

Dass Lilac im Bett am besten nachdenken kann, irritiert mich etwas. Mein Gehirn schaltet unter den gleichen Bedingungen so ziemlich ab. »Du meinst, die Terraform-Unternehmen haben diese Wesen hier entdeckt und den Planeten dann vor dem Rest der Galaxie versteckt, um sie beobachten zu können?«

»Ich weiß nicht, was hier auf diesem Planeten ist, Tarver, aber was – oder wer – auch immer es ist, diese Wesen haben seltsame Fähigkeiten. Sie können in unsere Herzen sehen, unsere Träume verändern, uns bestimmte Sachen denken lassen. Sie können aus dem Nichts Gegenstände zaubern. Wer weiß, was sie noch alles können? Und für so eine Macht würden die Terraform-Unternehmen doch genauso wie das Militär vor nichts zurückschrecken.«

Ich versuche, das Unwohlsein in meinem Bauch zu ignorieren, aber sie hat Recht. Es gibt nicht viele Terraform-Unternehmen, die für ihr Mitgefühl und ihre Charakterstärke bekannt wären.

»Was auch immer hier vor sich geht«, fährt Lilac fort, »die Stimmen haben uns hierhergeführt. Die Antworten sind in dem Gebäude. Wir werden es morgen herausfinden.«

Ich bringe ein Lächeln zu Stande. »Morgen«, wiederhole ich und drücke sie.

Lilac schmiegt sich eng an mich, passt sich perfekt meinem Körper an. »Was machen wir, wenn wir gerettet sind? Wenn wir damit fertig sind, zu essen und zu trinken und in die Kameras zu lächeln?«

»*Du* wirst in die Kameras lächeln«, berichtige ich sie lachend.

»Du wirst schon auch deinen Teil abbekommen«, sagt sie. »Du bist derjenige, der Roderick LaRoux' einziger Tochter das Leben gerettet hat. Da wirst du so leicht nicht davonkommen.«

»Mein befehlshabender Offizier wird das regeln. Ich werde wahrscheinlich für eine Woche nach Hause dürfen, um meinen Eltern zu zeigen, dass ich noch ganz bin, und dann werde ich für eine Weile an einem ruhigen Ort stationiert werden. An einem sehr ruhigen Ort, falls wir Dinge gesehen haben, die wir besser nicht hätten sehen sollen.« Ihre Haut ist so unglaublich weich. Meine Hände fühlen sich dagegen ziemlich rau an, als ich ihr über die Seite streiche.

Für einen Augenblick sagt sie nichts und hält ganz still, statt sich an meine Hand zu schmiegen, wie sie es sonst tut. Ich warte, lasse sie darüber nachdenken. Schließlich fragt sie ganz zaghaft: »Du … verschwindest einfach? Was ist mit dir und mir? Was ist mit uns?«

Darauf fällt mir keine flapsige Antwort ein, nichts, womit ich ihrer Frage ausweichen könnte. Ich weiß nicht, was mit uns passiert. Die Frage habe ich jede Sekunde jedes einzelnen Tages zu vermeiden versucht, seit wir das Gebäude in der Ferne entdeckt haben und damit die Möglichkeit einer Rettung realistischer geworden ist.

»Ich bin keine vierzehn mehr.« Sie stützt sich auf einen Ellbogen und blickt mich an. »Mein Vater ist vielleicht so mächtig, dass er die Galaxie nach seinen Vorstellungen verändern kann, aber das zwischen uns wird er nicht ändern können. Er mag vielleicht stark sein, aber ich werde es mit ihm aufnehmen.« Der Blick ihrer blauen Augen ist ernst und entschieden – und ruhig. »Ich würde um dich kämpfen.«

Damit raubt sie mir den Atem. Ich drücke sie fest an mich, und erst als sie leise protestiert, merke ich, dass ich ihr wehtue. Ich würde sie gern so lange küssen, bis sie wie ich keinen klaren Gedanken mehr fassen kann. Ich habe das Gefühl, mein Herz füllt meine gesamte Brust aus.

Aber ich habe gesehen, was passiert, wenn die Leute in ihre Welt zurückkehren. Ich habe gesehen, was passiert, wenn sie wieder mit ihren Freunden und ihrer Familie zusammen sind. Wenn der Alltag sich wieder einschleicht und sie langsam wieder in den alten Trott hineingezogen werden. Jetzt ist es vielleicht das, was sie will, aber wenn sie erst einmal wieder zurück in ihrem Leben ist, wo es für jemanden wie mich keinen Platz gibt? Wenn ich ihr dieses Versprechen abnehme und dann zusehen muss, wie sie in ihr altes Leben zurückkehrt und mich und alles, was wir zusammen erlebt haben, einfach hinter sich lässt … Ich weiß nicht, ob ich das aushalten könnte.

Ich hole tief Luft.

»Lilac.« Meine Stimme klingt sogar in meinen Ohren wenig überzeugend. »So ein Versprechen sollte keiner von uns machen.«

Sie schluckt. »Sagst du das, weil du dir nicht sicher bist oder weil du denkst, ich wäre es nicht?«

»Ich sage nur, dass ich nicht glaube, dass es so einfach ist, wie wir beide es gern hätten.«

»Es ist die einfachste Sache der Welt«, flüstert sie, beugt sich zu mir vor und haucht mir einen Kuss auf die Lippen. »Aber es macht mir nichts aus zu warten, bis du dir sicher bist. Du wirst diesen Punkt schon noch erreichen.«

Ich würde ihr gern sagen, dass ich schon vor ihr an dem Punkt angekommen bin – dass ich einer Armee von Paparazzi und sogar ihrem Vater entgegentreten würde, wenn sie mich darum bitten würde.

Aber sie weiß nicht, wie sich das alles verändert, wenn man erst einmal zurück in der Zivilisation ist. Und ich will ihr keine Versprechen abnehmen, die sie nicht halten kann.

Am nächsten Morgen lässt sie sich Zeit mit den Vorbereitungen. Eins steht fest – sie weiß, was sie tut, wenn es darum geht, Dinge in die Luft zu jagen. Kein Wunder, dass diese Seite von ihr nicht an die Öffentlichkeit gelangt ist – für Leute aus gutem Hause ist das wohl kein salonfähiges Hobby.

Sie lässt mich die Benzinkanister sechsmal neu stapeln, misst mit Schritten Entfernungen, probiert verschiedene Zündschnüre aus. Sie schüttet etwas vom Benzin weg – um in den Kanistern genug Platz für die Dämpfe zu lassen, sagt sie. Ich entferne so lange alles von der Lichtung, was irgendeinen Schaden anrichten könnte, sollte es durch die Luft fliegen, bis ich nur noch Zweige und Kieselsteine finde und auch ich zugeben muss, dass die ihr nichts weiter als einen kleinen Kratzer zufügen könnten. Dann setze ich mich unter einen Baum und beobachte sie.

Lilac ist unglaublich. Sie ist so gefasst und entschlossen, wie sie die Zündschnur mit zwei Fingern umbiegt, um den Winkel noch einmal leicht zu verändern. In Momenten wie diesen kann ich sie mir richtig im Haus meiner Eltern vorstellen. Wie sie mit uns anderen Holz schleppt, Gemüse schnippelt, lange Spaziergänge macht und sie auch genießt. Meine Eltern würden sie mögen.

Ich glaube, sie wäre glücklich dort. Ich frage mich bloß, ob ich das nur so sehe, weil ich es mir so sehr wünsche.

Sie hockt am Ende der Zündschnur und lächelt mich über die Schulter hinweg an. Hilflos erwidere ich ihr Lächeln.

Dann sehe ich, wie sie den Kopf senkt, um ein Streichholz anzuzünden, und etwas in mir macht *klick*. Sie kann das nicht machen. Sie darf es nicht. Meine Tagträume zerfallen, während ich auf die Beine komme, zu langsam, unbeholfen – ich weiß nicht, woher ich es weiß, aber mein Instinkt schreit mich an, als sie sich herunterbeugt, um die Flamme an die Zündschnur zu halten.

Der kleine Funke rast die Zündschnur hoch, viel zu schnell. Der Wind nimmt zu, und die Zündschnur brennt noch schneller, der Funke springt regelrecht auf die Kanister zu.

Lilac sieht es auch und wirbelt herum. Ich stehe hilflos neben dem Baum. Ich kann mich nicht bewegen.

Sie läuft sieben Schritte, bevor die Benzinkanister explodieren.

Hinter ihr schlagen die Flammen in die Luft und eine Sekunde später macht es *bumm*. Das Gebäude wird aufgerissen wie eine Blechdose, und Lilac fliegt durch die Luft, als wäre sie vollkommen schwerelos. Mit einem dumpfen Schlag landet sie auf dem Boden und rollt noch ein Stück weiter, während um sie herum Trümmerteile herabregnen. Mein Körper versagt, ich stehe wie angewurzelt da und kann nicht zu ihr. Ich reiße einen Fuß vom Boden und dann laufe ich endlich los. Sie liegt mit dem Gesicht nach unten, rührt sich nicht. Die letzten kleinen Partikel aus der Luft setzen sich und stellenweise brennt das Gras.

Ich werfe mich neben Lilac, lege ihr eine Hand auf die Schulter, die andere auf die Hüfte. Mein Hals ist wie zugefroren, ich kann noch nicht einmal ihren Namen flüstern. Ohne zu protestieren, lässt sie sich von mir auf den Rücken drehen. Einen Arm hat sie um den Bauch geschlungen, mit der anderen Hand greift sie schwach nach mir.

Ihr Gesicht ist weiß, aber abgesehen von ein bisschen Dreck und dem Kratzer auf ihrer Wange scheint sie nichts abbekommen zu haben. Ich merke, wie ich die ganze Zeit die Luft angehalten habe, als ich zum ersten Mal wieder einen richtigen Atemzug nehme.

»Das war aufregend«, murmelt sie mit immer noch geschlossenen Augen. »Hat es geklappt?«

»Ich glaube, das hat man bis ins All gesehen«, flüstere ich, beuge mich vor und lehne meine Stirn an die ihre. »Geht es dir gut?«

»Schhh.« Ihre Stimme ist kaum zu hören. »Tarver, du musst –« Sie bricht mitten im Satz ab und stöhnt leise, ihr Gesicht ist schmerzverzerrt.

Mein Herz krampft sich zusammen. »Lilac, sag mir, wo es wehtut.«

Sie zieht an meinem Ärmel, so wie sie es normalerweise tut, wenn sie einen Kuss will. Mit sichtbarer Mühe öffnet sie die Augen und blinzelt, bis sie mich deutlich sehen kann. »Hör mir einfach zu, in Ordnung? Wenn du reingehst … da muss ein Generator sein. Du brauchst … Du brauchst genug Strom, um ein Signal zu senden.«

»Lilac, hör auf, das ist jetzt egal.« Sie hat Schmerzen, aber ich kann nicht sehen, wo. Mit zitternden Händen knöpfe ich ihr Hemd auf. »Darum kümmern wir uns, wenn wir drinnen sind.«

»Das glaube ich nicht«, flüstert sie mit rauer Stimme. Dann hebt sie die Hand von ihrem Bauch und ich sehe, was sie dort versteckt hat. Ihr Hemd ist blutdurchtränkt und zerfetzt, und im Fleisch darunter steckt ganz tief ein Metallsplitter.

Ich kann nichts mehr hören, nichts mehr sehen, nicht mehr denken.

Aber mein Körper weiß, was zu tun ist. »Leg die Hand wieder drauf, du musst Druck ausüben.« Ich belle die Befehle, als wäre ich auf dem Schlachtfeld. Ich haste zum Rucksack und hole die Erste-Hilfe-Sachen, die Lilac aus der *Icarus* gerettet hat. Ich werfe Medikamente und Verbandmaterial heraus, während ich nach dem einen Glasfläschchen wühle, auf das es ankommt. »Behalt die Hand drauf, wir haben ein Gerinnungsmittel.«

»Nicht«, sagt sie mit schwacher Stimme, presst aber weiter die Hand auf die Wunde. »Du brauchst es vielleicht selbst noch, bis Hilfe kommt.«

»Ich brauche es jetzt.« Endlich finde ich es, reiße die Nadel aus der Verpackung und krieche auf Händen und Knien wieder zu ihr. Einatmen – eins, zwei. Ausatmen – eins, zwei. Meine Hand wird ruhiger. Ich setze die Nadel auf die Flasche, sehe zu, wie die Flüssigkeit hineinläuft, und klopfe dagegen, um die Luftblasen zu entfernen.

Es wird nicht reichen. Ich weiß es, als ich mit der Nadel in ihre Haut steche. So eine Blutung kann ich nicht stoppen. Der Splitter ist mitten durch ihren Bauch gegangen. Die Injektion kann sie nicht wieder zusammennähen.

»Bitte«, flüstert sie und zuckt zusammen.

Ich werfe die leere Flasche beiseite, ziehe mir das T-Shirt aus und lege es ihr unter die Hand auf den Bauch. »Ich bin hier, Lilac, ich bin hier. Versprochen. Ich bin bei dir.«

Sie drückt leicht meinen Arm und ich sehe, wie der Schock die Oberhand über ihren Verstand gewinnt, als ihr Blick an mir vorbei in den Himmel abdriftet. »Deswegen ist es besser so. Ich würde durchdrehen, wenn du es wärst.«

*Ich* drehe *gerade durch, Lilac.*

Aber mein Körper bleibt in Bewegung und ich rede weiter. »Hör auf, ich habe schon ganz anderes miterlebt. Wir bekommen das wieder hin.« Ich presse auf die Wunde und fasse mit der anderen Hand nach ihrer Wange, versuche, ihren Blick wieder auf mich zu richten. Ich will, dass sie mich ansieht.

Sie wimmert und der Laut bricht mir das Herz. »Tarver, es ist in

Ordnung. Lüg mich nicht wieder an. Ich habe keine Angst.« Aber sie weint, die Tränen sammeln sich in ihren Augenwinkeln, laufen ihr über die Wangen und hinterlassen blasse Spuren im Staub.

Ich weiß nicht, was ich sagen soll. Die Worte lassen mich im Stich.

»Sag meinem Vater –« Sie muss husten und aus ihrem Mundwinkel läuft Blut. Ich sehe, wie die Verwirrung von ihr Besitz ergreift. Auch das habe ich schon vorher miterlebt.

*Nein. Bitte nicht.*

Sie hebt die Hand, um nach mir zu greifen, findet meinen Arm und umklammert ihn fest. »Tarver.« Ihr Flüstern ist ein Gurgeln, das Blut steht ihr im Hals. »Ich habe gelogen. Ich – ich will nicht sterben.« Sie hat die blauen Augen weit aufgerissen und blickt verängstigt an mir vorbei.

Zitternd lege ich mich neben sie, presse die Stirn an ihre Schläfe, flüstere an ihrer Haut. »Ich bin hier.« Ich kann kaum laut genug reden, aber ich glaube, sie hört mich. »Versprochen, ich bin hier, Lilac. Ich gehe nirgendwohin. Ich lasse dich nicht allein.«

Sie ringt nach Atem und fasst nach meinem Gesicht, fährt mir mit den Fingerspitzen über die Wange. »Ich dachte …«

Ihre Hand erschlafft und ich fühle, wie das Leben aus ihr entweicht. Für einen Augenblick liegen wir absolut still nebeneinander, keiner von uns beiden atmet mehr. Und dann zieht meine verräterische Lunge sich zusammen und ich muss nach Luft schnappen, wie sehr ich auch versuche, es zu verhindern.

Doch Lilac bleibt ganz still liegen. In ihren Augen sehe ich wie auf einer spiegelnden Wasseroberfläche die Bäume und Blätter und den Himmel.

»Geht es Ihnen gut, Major? Ihre Kehle scheint
ein wenig trocken zu sein.«
»Entschuldigung, könnten Sie die Frage
noch einmal wiederholen?«

# 32

## TARVER

Ich stehe unter Schock, das weiß ich aus meiner Ausbildung. Mein Mund ist trocken und meine Hände zittern. Mir ist kalt.

Ich blicke hinunter auf ihr Gesicht, aber es kommt mir vor, als wäre sie hinter Glas, weit entfernt. Auf einmal fallen mir lauter Kleinigkeiten auf – die Länge ihrer Wimpern, die neuen Sommersprossen, die sich von ihren blassen Wangen abheben. Sie hat sie selbst nie gesehen.

Aber ich habe sie gesehen und ich habe sie geliebt, ich habe sie –

Ich sollte ihre Augen schließen, ich weiß das. Es gibt Schritte, die man befolgen muss. Mein Körper versucht, sich zu bewegen, versucht zu tun, was er schon etliche Male zuvor getan hat, aber ich kann nicht aufhören zu zittern. Ich sehe auf meine schwarzen Fingernägel und die kleinen Kratzer auf meiner Hand und warte, dass meine Hand aufhört zu zittern, damit ich Lilac über die Augenlider streichen kann, aber sie hört nicht auf zu zittern. Es wird nur noch schlimmer und fasziniert starre ich sie an.

Das Gehirn stuft diese bedeutungslosen Kleinigkeiten als wichtig ein, um sich von dem überwältigenden Trauma abzulenken. Unter Gefahr fängt es instinktiv an, fieberhaft Details zu sammeln. Ich wurde auf solche Situationen vorbereitet.

Nein. Niemand hat mich auf *das* hier vorbereitet.

Ich weiß, da ist noch diese andere Sache, an die ich denken sollte, diese andere Sache, von der ich weiß, aber jedes Mal, wenn ich versuche, daran zu denken, wendet mein Verstand sich erschaudernd ab. Ich kann nicht daran denken. Ich kann es nicht wissen.

Auf einmal schießt mir die Galle den Hals hoch. Ich drehe mich schnell weg, stütze die Hände auf den Boden, huste würgend und schlucke hart. Ich keuche, aber ich schaffe es, mich nicht zu übergeben. Meine Ellbogen knicken ein und ich drücke die Arme durch.

Ich weiß mit absoluter Sicherheit, dass, wenn ich mich neben sie fallen lasse, ich für immer dort liegen bleibe. Die Lektionen, die man mir eingebläut hat, verbieten es.

Unbeholfen komme ich stolpernd wieder auf die Beine. Schwankend stehe ich da und blicke mich auf der Lichtung nach etwas – irgendwas – um, das mir sagen könnte, was ich jetzt tun soll. Die kleinen Feuer von der Explosion sind inzwischen erloschen. Es muss schon ganz schön viel Zeit verstrichen sein. Ich kann mich nicht erinnern.

Und ich weiß nicht, was ich tun soll. Hier ist ja nichts. Es gibt keine Vorschriften, keine Möglichkeit, ihre Verwandten zu benachrichtigen, keine Einsatzbesprechung, kein – gar nichts. Nur mich, der mitten auf der Lichtung steht, und Lilac zu meinen Füßen.

Das Gebäude qualmt noch immer, eine Wand ist nach innen gesprengt worden, Trümmerteile liegen herum und verbogenes Metall. Die Bäume um die Lichtung beugen sich zur Mitte hin, der Wald dahinter ist vollkommen still. Die kleinen Details der Szene benebeln meine Gedanken, ziehen meine Aufmerksamkeit ab von dieser Sache, die ich nicht verstehen kann.

Ich versuche wieder, gegen die Blockade in meinem Gehirn anzugehen.

*Lilac ist tot.*

Nichts.

*Lilac wurde verwundet. Lilac ist verblutet.*

Nichts. Ich kann es vor mir hersagen, kann die Wörter in meinem Verstand umherschieben, aber da ist keinerlei Reaktion. Es sind bloß Wörter. Blöde, unmögliche Wörter – so lächerlich, dass ich sie einfach ignoriere.

Ich versuche es noch einmal, mit etwas Kleinerem, so wie einem vielleicht ein loser Zahn Kummer bereiten würde.

*Lilac wird nie wieder mit mir reden.*

Ich spüre ein inneres Beben.

*Lilac wird mich nie wieder küssen. Ich werde sie nie wieder lachen hören.*

Meine Lunge krampft sich zusammen.

Warum tue ich mir das an?

Ich weiß nicht, wie ich trauern soll. Ich habe schon oft den Tod gesehen. Ich habe ihn hautnah miterlebt. Ich habe ihn aus einer sicheren, klinischen Distanz gesehen, in den Statistiken meiner Geheimdienstberichte. Ich habe ganze Züge von Soldaten sterben sehen, zu viele, um es irgendwie begreifen zu können.

Ich habe Freunde sterben sehen und die letzten Worte an die von ihnen geliebten Menschen mitgenommen, von denen sie niemals geglaubt hatten, dass sie sie verlassen würden.

Als Alec gestorben ist, hat meine Mutter mich gebraucht, und so konnte ich nicht in Kummer versinken. Aber das heißt nicht, dass ich mit dem Geschehenen nicht zu kämpfen gehabt hätte. Die Seele eines Dichters, sagte sie immer. Aber ich habe es im Stillen aufgearbeitet, den Kummer in mir drin gelassen, an einem sicheren Ort. Gefühle hatten bei meinen Einsatzbesprechungen keinen Platz. Im Gefecht waren sie schlichtweg gefährlich. Man schließt sie weg und trauert später im Stillen.

Doch das hier ist anders. Es ist betäubend, aufzehrend. Es gibt keine nächste Aufgabe. Keine anderen Soldaten, um die ich mich kümmern müsste. Keine Eltern, die mich brauchen.

Nur meine Lilac, der immer noch das Blut aus dem Hemd quillt, obwohl ihr Herz schon längst nicht mehr schlägt. Ihre Haut, immer noch warm, die Augen offen, die Gesichtsmuskeln erschlafft.

Das hier ist unbegreiflich. Es ist zu viel. Ich höre immer noch ihre Stimme.

*Wenn dir etwas zustoßen sollte, würde ich hier gerade mal zehn Sekunden ohne dich überleben. Wenn mir etwas zustößt, kommst du auch ohne mich zurecht.*

Und ich kann mich an meine Antwort erinnern. *Ich würde überhaupt nicht mehr zurechtkommen.*

Nein, ich werde gar nichts mehr. Ich existiere nicht mehr. Ich bin verloren.

Ich knie mich hin, um sie aufzuheben. Sie sackt entsetzlich gegen mich, ihr Kopf fällt zurück, der Arm baumelt schlaff herunter. Schon jetzt fühlt sich ihre Haut anders an.

Ich hebe sie ein Stück höher und drücke sie fest an mich, so dass ihr Kopf gegen meine Schulter fällt. Ihr Blut läuft mir über die Haut, während ich sie den Weg zur Höhle hinuntertrage.

Heute kann ich sie noch nicht begraben. Mir fehlt die Kraft, eine Grube auszuheben. Ein schrecklicher, pragmatischer Teil von mir weiß, dass ich graben werde, bis ich nicht mehr kann, und es trotzdem nicht tief genug sein würde. Es muss bis morgen warten.

Und ich bin auch noch nicht bereit, sie aus den Augen zu lassen.

Ich lege sie auf unsere Schlafstätte, richte vorsichtig ihren Kopf und falte ihr die Hände über dem Bauch.

Dann lasse ich mich neben ihr auf dem Steinboden nieder, drehe mich auf den Rücken. Durch die Spalte in der Höhlendecke, die uns als Rauchabzug diente, dringt das Tageslicht. Ich fasse nach Lilacs kalter Hand und umschließe sie mit meiner.

Später merke ich, dass das Tageslicht verschwunden ist.

Ich werde sie am Morgen begraben. Jetzt noch nicht.

Irgendwie fühlt es sich an, als würde ich diese Geschehnisse bloß beobachten, ohne selbst daran beteiligt zu sein. Ein Junge liegt neben einem Mädchen in einer Höhle. Im Dunkeln sieht es aus, als würden sie schlafen.

Schließlich drängt sich das Bild von dem Gebäude wieder in meine Gedanken. Ich sehe die von der Explosion eingefallene Wand vor mir. Durch den vielen Rauch und Staub ist das Dahinterliegende allerdings verdeckt. Auf eine stumpfsinnige Art weiß ich, dass ich es mir morgen ansehen sollte. Nur dass ich mir nicht vorstellen kann, durch die gesprengte Tür zu treten.

Ein paar Minuten später, oder vielleicht auch ein paar Stunden, spüre ich, wie sich mir die Gleidel in den Rücken bohrt. Ich ziehe sie hervor, schlinge die Finger um den vertrauten Griff, und sie rutscht an ihren Platz. Ich hebe die Pistole, setze den Lauf unter meinem Kinn an. Dann schiebe ich den Lauf ein Stück nach links, so dass er an genau der richtigen Stelle sitzt.

Die Versuchung ist groß, sie fängt irgendwo in meinem Bauch an, kriecht mir den Rücken hinauf, kribbelt in meinem Arm, bis meine Finger sich leicht anspannen. Es wäre so einfach, sie noch etwas mehr anzuspannen. Niemand ist auf dem Weg hierher. Niemand würde uns finden. Man hält uns ja bereits für tot.

Niemand würde jemals von meinem Entschluss erfahren.

Es ist dunkel, als ich aufwache, und kalt. Meine Glieder schmerzen, ich liege auf dem Steinboden, nicht auf der Decke. Wo zum Teufel ist Lilac? Hat sie mich weggestoßen und mir die Decke geklaut?

Ich muss lächeln. Unwahrscheinlich. Sie ist nachts geradezu aufdringlich, wenn sie sich an mich kuschelt und mir im Spaß androht, mir meine ganze Wärme zu rauben, mich auszusaugen. Sie presst ihren Rücken an meine Brust, und ich schlinge die Arme um sie und vergrabe das Gesicht in ihren Haaren, dann –

Die Erinnerung trifft mich wie ein Schlag. Die Kehle schnürt sich mir zu, sämtliche Muskeln verkrampfen sich, meine Gedanken rasen. Ich weiß nicht mehr, wie ich mich bewegen soll – meine Glieder sind völlig taub. Dann, langsam, widerstrebend, nehme ich von meinem Körper wieder Besitz ein.

Ich stütze mich auf einen Ellbogen, und mein Rücken protestiert vor Schmerzen, nachdem ich so lange auf dem kalten Steinboden gelegen habe.

Meine Augenlider sind schwer und widerspenstig, aber ich blinzele, bis ich klar sehen kann.

Vor mir sitzt Lilac im Schneidersitz und lächelt.

Mir stockt der Atem. Hustend und nach Luft ringend drehe ich mich auf die Seite.

Lilac liegt neben mir, tot.

Ich brauche bloß einen Moment, um festzustellen, dass der Körper neben mir kaum sichtbar und für meine nächtliche Sehkraft bloß ein Schatten ist.

Das Mädchen, das mir im Schneidersitz gegenübersitzt, ist dagegen sonnenbeschienen, lebendig, unmöglich. Wegen des metallischen Geschmacks im Mund muss ich würgen, und zitternd kämpfe ich mich in eine aufrechte Position. Während ich das Mädchen ansehe, breitet sich dahinter ein Bild auf der Höhlenwand aus. Das Haus meiner Eltern erscheint: die weißen Wände, die grünen Blätter und der Fliederbusch, der mich für immer an Lilac erinnern wird.

Ich sehe die Holztür, die Fenster und die Blumenkästen, die vor Kräutern und gelben Blumen nur so überquellen. Dann wird ein Weg erkennbar, zu dessen Seiten das Gras wogt. Er führt dorthin, wo Lilac sitzt, und dann um sie herum, so dass sie sich jetzt im Garten meiner Mutter entspannt.

*Ich halte das nicht aus.*

Erst als ich die Gleidel hochhebe und damit auf die Decke ziele, merke ich, dass ich sie immer noch in der Hand halte. Der Laser kreischt, als ich abdrücke, und für einen Augenblick ist die Höhle wie von einem Blitzschlag erleuchtet. Das Bild wackelt, dann ist es wieder voll da. Wie können sie es *wagen*, mir Lilac zu zeigen? Wie können sie es wagen, meine Erinnerung an sie anzurühren?

»Raus!« Meine Stimme ist rau und zittrig, meine Kehle fühlt sich an, als würde sie zerreißen. »Raus mit euch, weg von ihr. Verschwindet!«

Wieder hebe ich die Pistole, und erneut hallt das Kreischen von den Wänden wider, während Sand und Steinchen auf mich herabregnen. »Lasst sie in Ruhe. Wo war eure verdammte Warnung dieses Mal? Wozu habt ihr sie überhaupt aus der Höhle gelockt? Wozu habe ich sie überhaupt über diesen gottverlassenen Planeten geschleift, wenn ihr dann das hier passieren lasst? Um sie verbluten zu lassen? Wir hätten in unserer Kapsel sterben sollen, wie alle anderen auch. Ihr hättet uns einfach zusammen sterben lassen sollen.«

Ich habe keine Erklärung dafür, warum sie mir Lilac jetzt zeigen, was für ein Zweck hinter dieser Folter stecken soll. Meine Stimme versagt, der Hals tut mir vom Schreien weh. *»Haut ab.«* Ich schließe die Augen. »Ihr hättet sie retten können. Ihr hättet sie warnen können. *Ihr seid schuld daran.*«

Als ich die Augen wieder öffne, ist die Vision verschwunden und ich bin allein im Dunkeln.

Ich krieche zum Rucksack, ziehe die letzte Decke heraus und lege mich darin eingewickelt wieder hin. Ich schließe die Augen, atme langsam aus, warte, dass das Zittern aufhört.

Am nächsten Morgen bin ich ganz steif von der Nacht auf dem harten Stein, und stumm strecke ich meine verkrampften Glieder.

Ich gehe zur Lichtung, vermeide es aber, zum gesprengten Eingang zu sehen. Auf den blutgetränkten Boden zu sehen. Aus dem Schuppen, in dem die Benzinkanister lagerten, hole ich hinter den Farbdosen die Schaufel hervor, dann kehre ich zur Höhle zurück und fange in der

Nähe an zu graben. Anfangs ist der Boden noch sandig und das Loch fällt immer wieder zu, weil die aufgeschaufelte Erde vom Rand sofort wieder hineinrieselt. Weiter unten ist die Erde dann dunkler und dichter. Ich muss die Schaufel mit dem Fuß in den Boden rammen und brauche beide Hände, um die Erde mit meinem Körpergewicht hochzustemmen.

Eine Stunde später ist das Loch tief genug.

Ich wasche mir Hände und Gesicht im Bach, ehe ich zu Lilac zurückgehe. Manchmal ist der Leichnam einen Tag später noch steif. Die Totenstarre hat sich aber bereits gelöst, so dass ich Lilac ohne Probleme in eine Decke wickeln und hochheben kann.

Zurück beim Grab lege ich sie vorsichtig hinein. Dann hocke ich mich neben sie, blicke auf ihr Gesicht und wünschte, ich hätte Worte oder Tränen oder irgendetwas, das ich ihr mitgeben könnte. Aber ich fühle mich einfach nur vollkommen leer.

Behutsam ziehe ich die Decke über ihr Gesicht, damit sie keine Erde abbekommt. Dann steige ich aus dem Grab.

Ich war noch nie bei einem anderen als einem Militärbegräbnis, und die dort üblichen Worte würden jetzt nicht passen. Gebete kenne ich keine. Ich denke an Alec, und als ich ihn neben mir spüre, fange ich schließlich an, das Grab zuzuschaufeln, aber vor dem Geräusch der auf die Decke prasselnden Erde muss ich die Ohren verschließen.

Im Wald wachsen überall Blumen. Ich hatte eigentlich vor, welche zu pflücken und um unsere Schlafstelle zu legen, sobald wir es ins Gebäude geschafft hätten. Als Überraschung, wenn Lilac aufwacht.

Jetzt pflücke ich Unmengen davon und bedecke den kleinen Erdhügel damit, bis nicht das kleinste bisschen Erde mehr zu sehen ist. Es sieht eigentlich nicht anders aus als eine Wildblumenwiese im Wald. Man könnte am Grab vorbeigehen, ohne zu wissen, dass es da ist.

Nur, dass ich es weiß. Es ist jetzt mein Orientierungspunkt. Ich werde immer wissen, wie weit ich von diesem Fleck entfernt bin. Von ihr.

Ich schlafe auf meiner Seite der Decke, als läge dort nach wie vor ein anderer Körper neben mir. Lilacs Geruch hängt noch immer im Kissen und ich vergrabe die Nacht über das Gesicht darin.

Ich gehe auf dem Weg zwischen den Bäumen hindurch links, lasse neben mir Platz für sie.

Ich breche die Notfallriegel in der Mitte durch, bis ich merke, dass da niemand ist, der die andere Hälfte essen könnte.

Ich gehe zurück zum Blumenhügel, lege frische Blumen darauf und entferne die verwelkten.

Ich kann die Tage nicht zählen.

Ich kann nicht denken. Ich kann mich nicht konzentrieren.

Ich kann nicht in das Gebäude gehen. Ich kann hier nicht weg.

Ich schlafe wieder. Ich esse wieder.

Ich schlafe jeden Abend mit dem kalten Lauf der Gleidel an meinem Hals ein.

Das nächste Mal sehe ich sie, als ich aus der Nachmittagssonne in die Höhle trete. Ich zwänge mich in gebeugter Haltung mit einer Armladung Holz durch den Eingang, und da steht sie, mit dem Rücken zu mir, neben unserem Schlafplatz – auf dem für eine Nacht ihr Leichnam lag. Dieses Mal gibt es kein unechtes Sonnenlicht, keine Vision vom Haus meiner Eltern. Sie trägt das gleiche grüne Kleid, das sie beim Absturz anhatte, und es ist genauso zerschlissen wie an dem Tag, als sie es schließlich gegen andere Sachen aus dem Wrack gewechselt hat. In meiner Erinnerung trägt sie immer dieses Kleid.

Sie dreht den Kopf nach mir um und mich überkommt plötzliche Übelkeit. Sie machen es schon wieder. Ich bin nicht wütend. Nur müde und traurig. Ich will diese Vision nicht. Es kommt mir vor, als würden sie versuchen, mich in Bewegung zu halten, damit ich nicht aufgebe. *Lass ihren Tod nicht umsonst gewesen sein*, sagen sie. Aber er war umsonst. Ohne sie bin ich nichts.

»Ich habe gesagt, ihr sollt aufhören«, knurre ich heiser. Ich habe seit Tagen nicht gesprochen. Ich weiß nicht, wie viele Tage. »Ich mache nichts für euch.«

Beim Klang meiner Stimme zuckt sie zusammen und dreht sich abrupt zu mir um. Ich nehme ihr Gesicht bloß als blassen Fleck in der Dunkelheit wahr, aber ich höre, wie sie nach Luft schnappt. Sie sagt nichts. Sie sagen nie etwas, die Visionen. Die Stimmen hat nur Lilac gehört, wie sie vom Wind getragen wurden, körperlos, unverständlich. Ich habe sie nie gehört. »Bitte, nicht.« Ich weiß nicht, ob sie mich verstehen, wenn ich mit ihnen rede, aber vielleicht können sie den Kummer in meinen Gedanken lesen.

Sie taumelt rückwärts, stolpert über die Vorräte auf dem Boden, und die Feldflasche fliegt scheppernd gegen einen Stein. Erschrocken hält sie sich die Ohren zu. Als sie mit dem Rücken gegen die Wand stößt, schreit sie auf. Ihr keuchender Atem ist noch über das Echo zu hören.

Da stimmt etwas nicht. Irgendetwas ist anders. Mein Gehirn arbeitet nur langsam, als ich versuche zu begreifen, was genau anders ist. Die Feldflasche. Der Krach. Diese Vision ist körperhaft – sie kann Dinge berühren.

»Wie macht ihr das?«, frage ich an die Stimmen gerichtet, und die Vision von Lilac erschrickt wieder.

Langsam und vorsichtig gehe ich weiter in die Höhle hinein.

Bei jedem meiner Schritte zuckt sie zusammen und presst sich gegen die Wand. Sie sieht mich an wie ein Tier in der Falle, ihr Blick huscht ständig umher und kehrt dann wieder zu mir zurück – als könne sie mich nicht richtig ansehen, aber doch auch nicht wegschauen.

Ich würde am liebsten die Augen vor ihr verschließen. Ich will ihren Anblick begierig in mich aufnehmen. »Bitte.« Ich weiß gar nicht genau, worum ich bitte.

Ich bin nur noch ein paar Schritte von ihr entfernt, als sie auf einmal wie vor Schmerz aufschreit, zur Seite taumelt und vor mir wegläuft. Sie bleibt an einem Stalagmiten hängen und fällt auf die Knie – dann richtet sie sich in hastiger Verzweiflung wieder auf und verschwindet durch den Höhleneingang. Ich stürze hinter ihr her.

Und da sehe ich es, und es jagt mir einen gewaltigen Schrecken ein. Wo sie sich durch den schmalen Eingang gezwängt hat, ist ein Blutfleck am Felsen.

*Wie kann eine Vision bluten?*

Auf einmal bin ich hellwach, und von Adrenalin getrieben rase ich durch die Bäume hinter ihr her den Bach entlang. Erst als wir beinah da sind, merke ich, wo sie hinläuft.

Auf der Lichtung bleibt sie schließlich stehen, mitten auf der blutgetränkten Erde mit dem platt gedrückten Gras, wo Lilac gestorben ist, und lässt sich auf die Knie fallen. Ihre Brust hebt und senkt sich, während sie nach Luft ringend mit einer Hand die Augen gegen das blasse Sonnenlicht abschirmt.

Ich verharre am Rand der Lichtung, stütze mich mit der Hand gegen einen Baum. Die Borke ist rau, ganz anders als der glatte Griff der Gleidel in meiner anderen Hand. Ich kann mich gar nicht daran erinnern, sie gezückt zu haben. »Was bist du? Wo kommst du her?«

Wieder schnappt sie nach Luft, ihr langer Schatten zittert. Erst da fällt mir auf, dass meine Hände ganz ruhig sind. Das hier ist keine Vision.

Sie hebt den Kopf und sieht mich an. Ihr Gesicht ist vom Laufen gerötet und tränenüberströmt. Die Augen, die vor ein paar Tagen noch leblos in den Himmel gestarrt haben, sind vor Angst weit aufgerissen. Langsam, zögerlich bewegt sie den Mund, als wäre es eine große Anstrengung zu sprechen.

»T-Tarver?«

»Und Ihnen ist nichts Ungewöhnliches aufgefallen?«

»Ungewöhnlich.«

»Was das Gebäude angeht, Major.«

»Oh. Nein. Nichts.«

»Warum sind Sie und Miss LaRoux dann dort geblieben?«

»Sie dachte, dass die Rettungsteams wüssten, wo sich das Gebäude befindet, und dort nach uns suchen würden.«

»Und Sie?«

»Ich hatte keine Lust mehr, mir ständig etwas Neues einfallen zu lassen.«

# 33

# LILAC

Zu hell, zu laut. Rau auf meiner Haut. Die Welt schmeckt nach Asche und Säure und ich ertrinke an der Luft.

Er sitzt mir gegenüber, an die Felswand gelehnt. Er hat mich wieder hierhergebracht, in diese Höhle, und ich sitze jetzt da, wo er mich gut beobachten kann. Er starrt mich die ganze Zeit an, und inzwischen ist die Sonne draußen verschwunden und hat uns im Dunkeln zurückgelassen. Er hält immer noch das Ding in der Hand. *Pistole*, ergänzt mein Gehirn. Sein Blick durchbohrt mich.

Ich drücke die Schulterblätter an die Wand hinter mir und beiße vor Schmerzen die Zähne zusammen. Jeder Quadratzentimeter meines Körpers tut weh. Der Stoff auf meiner Haut brennt, als hätte ich gar keine Haut, sondern als bestünde ich nur aus Schmerzen.

Und er starrt mich an, starrt mich die ganze Zeit nur an und beobachtet mich, wartet auf irgendetwas.

*Tarver*, das weiß ich. Ich kenne ihn. Ich weiß –

Da bewegt er sich, und das Flüstern seines Stiefels auf dem Boden schreit zu mir herüber. Keuchend versuche ich, durch die Wand zu verschwinden. Aber ich bestehe aus Blut und Knochen, den Weg kann ich nicht nehmen.

Als er sieht, wie ich zusammenzucke, springt er auf und richtet die Pistole auf mich, ein kaltes, metallisches Auge in der Dunkelheit.

»Was bist du?«

Seine Stimme – sie klingt so anders. So verkehrt. Gar nicht –

»Antworte.«

Er ist so wütend. So verängstigt. Ich erinnere mich – ich will ihm die Angst nehmen. Aber ich weiß nicht, wie. Ich kann mich nicht bewegen. Sein Blick nagelt mich an die Wand. Ich fühle, wie er mich seziert, mich Schicht für Schicht auseinandernimmt, um mich zu verstehen.

Ich schlucke, versuche eine Antwort. »Lilac«, flüstere ich. Der Name klingt seltsam. Ich versuche es noch einmal. »Lilac.« Schon besser.

Er runzelt die Stirn und ich sehe, wie seine Kiefermuskeln sich anspannen, als er die Zähne aufeinanderbeißt. Er lehnt sich vor, gestikuliert mit der Pistole.

»Wir wissen beide, dass das nicht stimmt. Lilac ist tot.«

Tot.

*Tot.*

»Tarver.« Ich probiere wieder, seinen Namen auszusprechen, und er kommt mir leichter über die Lippen als mein eigener. »Ich –«

»Nimm meinen Namen nicht in den Mund!« Er ist ganz aufgebracht, funkelt mich in der Dunkelheit der Höhle wütend an. »Du klingst – du klingst wie sie, wenn du ihn sagst.«

Dann fällt es mir wieder ein. »Deine Lilac.«

Er rast auf mich zu, dass ich so schnell gar nicht mit den Augen hinterherkomme, und stößt mich zurück gegen die Wand. Er packt meine Schulter und die Schmerzen schießen mir in den Arm.

*»Sag das nicht.«*

Es tut mir weh, den Kummer und das Entsetzen in seinem Blick zu sehen. Als ich nach seinem Gesicht fasse, erkenne ich meine eigene Hand nicht.

»Tarver, ich bin es.«

Er löst die Finger, mit denen er meine Schulter umklammert hat, und berührt mich an der Wange. Feuer. Es kostet mich unglaubliche Anstrengung, den Kopf nicht wegzuziehen. Ich kann ihm ansehen, wie Trauer und Wut in ihm kämpfen und die aufflackernde Hoffnung immer wieder verbannen.

»Was bist du?«, wiederholt er flüsternd. Erst als er die Pistole sinken lässt, merke ich, dass er sie gegen mich gepresst hat. Jetzt fällt sie scheppernd zu Boden.

Ich wünschte, er hätte abgedrückt. Es wäre einfacher gewesen.

Ich zwinge mich, ihm in die Augen zu sehen, unterdrücke den Drang zu fliehen und einen Weg zurück in die Dunkelheit und Kälte und Stille zu finden.

»Ich weiß es nicht.«

»Haben Sie und Miss LaRoux sich gefragt,
warum das Gebäude verlassen wurde?«
»Schon, aber es gab nichts, was uns
diese Frage hätte beantworten können.«
»Wie kommt das?«
»Wir hatten keinerlei Informationen darüber.«
»Und keinerlei Theorien?«
»Wir hatten Besseres zu tun, als darüber zu spekulieren.«

# 34

# TARVER

Ich muss sie ruhig halten. Sie könnte alles Mögliche sein. Sie könnte alles Mögliche *tun*.

Ich habe sie zurück in die Höhle gebracht und jetzt kauert sie schon seit fast drei Stunden in der Ecke. Wenn ich ihr näher komme, zuckt sie zusammen. Wenn ich mich rühre, kneift sie die Augen zu. Was auch immer sie ist, sie scheint mir keine große Bedrohung zu sein.

Aber das ist auch nicht das Problem.

Das Problem ist, dass sie aussieht wie Lilac und klingt wie Lilac, und das ertrage ich nicht.

Ich nehme einen großen Schluck Wasser aus der Feldflasche. Als ich die Flasche wieder auf den Boden stelle, schreckt sie zusammen. Das Geräusch tut ihr in den Ohren weh. Ich versuche, mir ins Gedächtnis zu rufen, dass sie nicht echt ist, nicht das Original. Nicht sie. *Aber gibt es da wirklich einen Unterschied?*, flüstert mein Verstand.

»Tut dir etwas weh?« Ich kann sie nicht mit Namen ansprechen.

»Alles tut weh«, flüstert sie angespannt. Sie versucht, mit ruhiger Stimme zu sprechen, schafft es aber nicht. »Die Sonne, die Luft. Wie als wir aus den verschneiten Bergen kamen und so durchgefroren waren, dass wir gar nichts mehr gespürt haben, bis wir langsam aufgetaut sind und alles angefangen hat zu brennen.«

»Weißt du, was hier los ist?« Meine Stimme ist rau, gequält. Woher weiß sie das mit den Bergen?

»Nein.« Sie verschluckt das Wort beinah. »Was hast du getan?«

*Ich habe gar nichts getan. Das ist nur wieder einmal so ein Versuch dieses Planeten, mich in den Wahnsinn zu treiben.* »Woran erinnerst du dich?«

»Ich weiß nicht.« Sie flüstert immer noch. »An nichts.« Und kurz darauf: »Ich erinnere mich an dich. Dein Gesicht. Ein Foto von dir … und deiner Familie. Ich erinnere mich an Gedichte.«

Das ist unmöglich. Wie kann sie das wissen? Oh Gott, wenn sie nur nicht wie Lilac klingen würde. Mein Herz krampft sich zusammen. Sie kauert immer noch an der Höhlenwand, als würde sie am liebsten dadurch verschwinden, und dann fährt sie sich mit der Hand die Seite hinab und drückt die Finger auf die Stelle, wo die Wunde war. Jetzt ist da nur der kaputte Satinstoff des grünen Kleides.

»Schon in Ordnung«, flüstere ich, weil sie genau wie mein Mädchen aussieht und ich einfach nicht anders kann. Ich will nicht, dass sie Angst hat. »Ich verstehe es auch nicht, aber du bist hier, du bist in Sicherheit.«

*Aber ist sie das wirklich? Sie kam aus dem Nichts, vielleicht verschwindet sie ja auch genauso wieder?* Eine Feldflasche aus dem Nichts zu zaubern ist eine Sache. Das hier ist ein Mensch.

Ich kann wenigstens so lange, wie sie hier ist, nett zu ihr sein.

»Wie lange war ich weg?« Ihre Stimme ist immer noch leise, zittrig.

»Ein paar Tage.« *Ein paar Tage. Für immer. Ich weiß es nicht. Du bist immer noch weg.*

Wir schweigen und hängen beide unseren Gedanken nach. Die Müdigkeit überkommt mich, und als ich sie nicht länger ignorieren kann, sieht das Mädchen mir wortlos zu, wie ich meine Stiefel ausziehe und mich auf die Decken lege.

Ich kann mir einfach nicht vorstellen, dass sie gefährlich ist. Wenn die Stimmen mir etwas antun wollten, hätte es auch eine von diesen Riesenkatzen getan, von denen eine Lilac den Baum hochgejagt hat.

Was sie mir stattdessen gegeben haben, weckt in mir zwar auch das Bedürfnis zu sterben, aber das Mädchen selbst wird mich jedenfalls nicht umbringen. Ich weiß, dass man einer Fata Morgana folgen kann, bis man stirbt, und gerade scheint mir das gar kein schlechter Tod zu sein.

Sie bleibt zusammengerollt in ihrer Ecke liegen und im Dunkeln höre ich ihren Atem. Ich weiß nicht, wie viel Zeit so vergeht.

Sie ist diejenige, die zuerst wieder etwas sagt. Ihre leise Stimme hallt in der Finsternis. Sie klingt müde. »Es tut mir leid, dass ich dich alleingelassen habe.«

Diese Kreatur oder was auch immer sie ist, ist ihr so ähnlich, dass ich beinah vergesse, dass sie nicht echt ist. Wäre es so schlimm, wenn ich nur für einen Moment so tun würde, als wäre sie echt? In der Dunkelheit ist es einfacher, Dinge auszusprechen, die ich im Hellen nicht sagen kann. »Es tut mir leid, dass ich dich die Zündschnur habe anzünden lassen. Ich hätte das niemals zulassen dürfen.« Die Worte fühlen sich an, als würde mir jemand ein Messer in den Bauch rammen. Nichts anderes zählt, außer dass ich es so weit habe kommen lassen, dass sie dieses Streichholz zum Brennen gebracht hat.

Ich werde das Lilac nie sagen können, aber es jetzt zu sagen ist besser, als es gar nicht zu sagen.

»Oh, Tarver.« Kurz nimmt der Klang ihrer Stimme ein bisschen Farbe an. Es ist keine Belustigung, was ich höre, aber doch ein leichtes Aufwärtsziehen der Mundwinkel, die Andeutung eines Lächelns. Es ist noch herzzerreißender als ihre Angst. »Glaubst du wirklich, du hättest es mir ausreden können? Du hättest nicht die geringste Chance gehabt.«

Das glaube ich nicht. Ich hätte sie anschreien können. Ich hätte es ihr verbieten können. Ich hätte sie mit der Pistole bedrohen können. Sie hätte es wahrscheinlich trotzdem versucht. Mein dummes, dickköpfiges Mädchen. Aber irgendwie hätte ich sie aufhalten können. Doch es bringt nichts, jetzt darüber zu streiten. »Hast du Hunger?«

»Nein.«

Ich auch nicht, aber ich ringe mich trotzdem dazu durch, einen halben Notfallriegel zu essen. Seit Tagen schon breche ich die Dinger in Stücke, stecke sie mir in den Mund, kaue darauf herum und schlucke. Ich kann mich nicht daran erinnern, wann ich das letzte Mal etwas geschmeckt habe.

Als der Schlaf kommt, lasse ich mich von ihm übermannen. Sie bleibt in ihrer Ecke.

Einmal wache ich mitten in der Nacht auf, und ich höre an ihrem Atem, dass sie nicht schläft, aber sie sagt nichts, und ich auch nicht.

Als ich am Morgen die Augen öffne, ist sie bereits wach. Vielleicht hat sie auch überhaupt nicht geschlafen. Vielleicht ist Schlaf dem anderen Zustand zu ähnlich. Ich darf nicht darüber nachdenken. Das hier ist nicht *meine* Lilac.

Schweigend frühstücken wir. Ich breche den Notfallriegel automatisch in der Mitte durch und reiche ihr die Hälfte, und sie greift nach dem anderen Ende des Stücks, so dass unsere Finger sich nicht berühren. Sie sieht etwas besser aus – sie hat den Ansatz von Farbe im Gesicht und scheint auch weniger zu zittern. Ich esse ein bisschen, und sie knabbert an ihrer Hälfte des Riegels herum, und schließlich erheben wir uns, um uns auf den Weg zu machen.

Ohne ein Wort darüber verloren zu haben, wissen wir beide, wohin.

Als wir den Bach überqueren und auf die Lichtung zugehen, räuspert sie sich. »Ich dachte, ich würde das Kleid nie wiedersehen. Ich habe es doch weggeworfen.«

»Das dachte ich auch«, sage ich, ohne nachzudenken. Ich kann nicht anders, als ihr zu antworten – ich weiß, dass sie Angst hat, sich bemüht. »Wenn ich an dich denke, trägst du immer dieses Kleid.«

In meiner Erinnerung taucht kurz das Bild des Hauses meiner Eltern auf. Auch das haben sie mir inmitten eines Meers von Blumen gezeigt, so wie ich mich daran erinnere. Trägt sie deswegen das Kleid? Weil es das Bild von ihr ist, das ich in meinem Gedächtnis bewahre?

»Wirklich?« Sie klingt leicht amüsiert. »Wie peinlich.« Und dann schleicht sich Entsetzen in ihre Stimme, als sie leiser fortfährt: »Ich frage mich, ob es jetzt zwei davon gibt.«

»Denk nicht weiter darüber nach«, sage ich schnell, aber es ist zu spät. Wir tun es bereits beide.

Der erste Raum ist leer und durch die Explosion nach draußen hin offen. Unsere Stiefel knirschen auf dem Schutt, als wir durch die Öffnung steigen. Ich habe bestimmt schon hundert Außenposten-Eingänge wie diesen gesehen – Platz für einen Wachmann, wenn man einen braucht, oder die dreckige Ausrüstung, wenn man keinen braucht.

Durch eine Tür geht es in einen größeren Raum mit Überwachungsgeräten und Aktenschränken. Bis auf das Licht, das durch den gesprengten Eingang fällt, ist es dunkel. Irgendwann gab es hier mal ein Feuer, überall auf dem Boden liegen halb verbrannte Seiten aus Akten herum. Stapelweise Ausdrucke wurden in Papierkörbe geworfen, wo die Flammen erstickten, bevor die Seiten komplett in Asche zerfallen konnten. Ich frage mich, ob darauf die Antworten auf unsere Fragen zu finden sind, was den Spiegelmond angeht oder das katzenartige Tier in der Nähe unserer Absturzstelle – die Dinge, die hier irgendwie nicht hingehören.

»Die führen vielleicht zu einem Generator oder einer anderen Stromquelle.« Sie steht über einem Haufen Kabel, die im Boden verschwinden. Dann geht sie durch den Raum zu einem Sicherungskasten an der Wand, öffnet die Tür und legt die Schalter um. Für einen Augenblick sehe ich sie in der Kapsel, wie sie mit den Fingernägeln die Kabel freilegt, um die Kapsel kurzzuschließen, und uns so rettet.

Ich schließe die Augen und versuche, das Bild wieder loszuwerden. Das hier ist nicht sie. Ich beuge mich vor und lege die Wange auf einen der Monitore. Mit geschlossenen Augen kann ich, wenn ich die Luft anhalte, eine ganz leichte Vibration spüren.

Es gibt noch Strom hier. Meine Anspannung lässt etwas nach, und ich bleibe mit dem Gesicht auf dem Monitor liegen, lasse ihn mein Gewicht tragen. Strom bedeutet vielleicht eine Möglichkeit, ein Signal zu senden. Strom bedeutet, das Spiel ist noch nicht zu Ende.

Über uns springen eine nach der anderen flackernd die Lampen an, aber das Licht ist schwach, entweder weil es nicht genug Strom gibt oder die Lampen so lange nicht benutzt worden sind. Die Wände sind jetzt beleuchtet, und zuerst denke ich, dass sie seltsam tapeziert sind. Doch dann bleiben mir die Worte im Halse stecken.

*Es sind Zeichen.*

Sie dreht sich um und zusammen starren wir verständnislos auf die Wände. Wörter und Zahlen sind da zu sehen, rätselhafte Gleichungen und abstruse Halbsätze. Sie beginnen ganz ordentlich mit Filzstift in geraden Linien geschrieben, doch dann fangen die Buchstaben und Zahlen an, verrückt aus der Reihe zu tanzen und schief und krumm zu werden. Der Filzstift geht in mit den Fingern gemalte Bilder über. Tiere, Bäume – und Menschen. Handabdrücke. Hier und da hebt sich inmitten der erdigen Rot- und Brauntöne ein elektrisierender Wirbel in Blau ab – immer die gleiche Form, eine nach außen laufende Spirale. Die blauen Spiralen stehen eindeutig im Mittelpunkt, aber ich kann mir keinen Reim darauf machen. Die Farben leuchten so intensiv, als wären sie erst gestern auf die Wände gepinselt worden. Mit einem Mal wird mir bewusst, dass es sich um die gleichen Rot-, Blau- und Gelbtöne handelt wie auf den Farbdosen, die wir im Schuppen beim Hovercraft entdeckt haben.

Die Farbe ist von den Wänden hinunter auf die Monitore getropft. Einige der Bilder sind ordentlich, beinah kunstvoll und offenbar mit

Sinn und Verstand gemalt. Eindeutig erkennbar. Aber über diesen Wandgemälden sind primitive, wilde Darstellungen von Tod und Gemetzel, von kämpfenden und sterbenden Menschen und Tieren. Knalliges Purpurrot schießt aus einer aufgeschlitzten Kehle. Eine andere Person wird von einem dicken Strich schwarzer Farbe, einer Art Lanze, aufgespießt. Von einem Scheiterhaufen voller Leichen züngeln rote Flammen empor.

»Sie sind verrückt geworden«, flüstert sie beängstigt, und ich vergrabe die Hände in den Hosentaschen, um nicht nach ihrer Hand zu greifen.

Ich weiß, was sie denkt – etwas auf diesem Planeten hat die Leute, die hier stationiert waren, in den Wahnsinn getrieben. Wenn eine ganze Station von Überwachungsspezialisten, Wissenschaftlern und wer auch immer hierher entsendet worden war, dermaßen den Verstand verloren hat – was für eine Chance haben wir dann? Jedenfalls bekommen wir langsam eine Ahnung davon, warum dieser Ort verlassen wurde. Warum der gesamte Planet leer und dem Vergessen anheimgegeben wurde. Ich reiße den Blick von den Wänden und konzentriere mich auf die Lampen an der Decke. Wir müssen weitersuchen.

Ich räuspere mich und sie zuckt zusammen. »Wenn es einen Generator gibt, könnten wir ihn ausschalten. Den Stromfluss unterbrechen, und wenn er überwacht wird, dann kommt vielleicht jemand, um Wartungsarbeiten durchzuführen. Oder vielleicht werden auch Updates übertragen. Wir könnten versuchen, das System zu hacken, und Primzahlen senden, um zu zeigen, dass hier jemand ist.«

»Ich glaube, es gibt eine noch bessere Möglichkeit«, sagt sie und schluckt. Ihre Haut unter den Sommersprossen ist blass, aber ihre Stimme ist jetzt fester. Ich kann ihr ansehen, wie viel Mühe es sie kostet, gefasst zu bleiben. Über das Schaltsystem und die Stromquellen zu reden war der richtige Schritt – ganz wie meine Lilac interessieren sie solche Dinge. »Ich glaube, wir könnten vielleicht sogar ein richtiges Signal senden.«

Sie wendet den Blick von den Bildern ab und geht zurück zum Sicherungskasten. Langsam schließt sie die Tür, damit ich das Zeichen darauf sehen kann. Es sieht aus wie ein umgedrehtes *V*, aber jeder im Universum kennt dieses Symbol. Sogar ich, der ich draußen in den schmutzigen Gebieten der Galaxie unterwegs bin, kenne es. *Besonders dort kennt man es.*

Das Lambda. LaRoux Industries. Das hier ist nicht bloß ein verlassenes Terraform-Projekt – es war eins von Lilacs Vater.

Ohne ein Wort dreht sie dem Symbol den Rücken zu. Wir nehmen weiter den Raum unter die Lupe, sehen uns alle Klappen und Maschinen an und versuchen, das Gefühl abzuschütteln, von den Urmenschen an der Wand beobachtet zu werden. Auf einmal wenden wir uns beide gleichzeitig der Zimmertür zu, und wenn es meine Lilac wäre, würde ich jetzt nach ihrer Hand greifen und meine Finger mit ihren verschränken. Doch stattdessen stehe ich einfach nur bewegungslos da und lasse sie vorgehen.

Der Flur hinter der Tür führt zu einem Schlafsaal voller Etagenbetten und einem Raum mit einer Dusche – ich drücke den Knopf und warte, während die Rohre anfangen zu gurgeln und protestierend zu stöhnen, bis schließlich stotternd Wasser hervorsprudelt. Etwa eine halbe Minute später läuft das Wasser gleichmäßig und wird sogar langsam warm. Vollkommen fasziniert stehen wir davor, als hätten wir noch nie im Leben fließendes Wasser gesehen.

»Das kann nicht sein«, sagt sie. »Das Licht, das warme Wasser. Ein Generator würde dafür nicht reichen, vor allem nicht nach so einer langen Zeit. Es muss noch eine andere Stromquelle geben.«

Ich halte die Hand unters Wasser und sehe hypnotisiert zu, wie es über meine Finger läuft. Es ist so eine Kleinigkeit, eine Dusche – andererseits steht sie für alles, was wir bisher nicht hatten. Sauberkeit und

Essen auf Tellern, auf einem Stuhl statt auf Stein zu sitzen. Zivilisation, Sicherheit. Wobei die Sicherheit zu spät gekommen ist.

Wir gehen zurück in den Raum mit den Monitoren, um uns die Stromversorgung der Geräte genauer anzuschauen. »Die Kabel führen in den Keller«, sagt Lilac. »Wir sollten nachsehen, wohin genau.«

»In den Keller? Solche Stationen haben normalerweise keinen Keller. Meinst du nicht, dass die Kabel einfach unterm Boden verlaufen?«

»Das glaube ich nicht«, sagt sie und zerrt eine Bodenplatte hoch, um darunter zu sehen. »Es sind viel zu viele Kabel. Da muss noch mehr unter uns sein.«

Aufmerksam und überlegt, ganz wie Lilac. Ich kann sie kaum ansehen, und doch kann ich auch nicht wegsehen. Jedes Wort und jede Geste, wie sie mich anblickt … alles wie bei Lilac. Aber das hier ist nicht Lilac. *Ich habe gesehen, wie du gestorben bist*, schreit mein Verstand sie an. *Ich habe dich in den Armen gehalten, während du verblutet bist.*

Schließlich halte ich es nicht länger aus. Unter dem Vorwand, nach dem Kellereingang zu suchen, von dem sie überzeugt ist, dass es ihn geben muss, gehe ich ihr aus dem Weg. Zwanzig Minuten lang suche ich die kleine Grundfläche des Gebäudes ab, bis ich ihn schließlich finde. Der Boden auf dem Flur ist leicht abgenutzt, aber nur zur Hälfte. Als ich mich hinhocke und die Gummimatten hochnehme, wobei eine Wolke von Sand und Staub aufsteigt, entdecke ich darunter eine verriegelte Falltür.

Zuerst versuche ich, sie mit den Händen aufzubrechen, was nicht funktioniert. Dann eben die sanfte Methode, wie mein Hauptfeldwebel immer sagte.

Ich trete fest auf die Angeln, so dass ich die Vibrationen im ganzen Körper spüre. Das Plastin bekommt ein paar Risse, aber letztendlich muss ich doch hinaus in den Schuppen und die Brechstange holen. Im Hauptraum sehe ich gerade einen Schopf roter Haare unter einem der Monitore verschwinden, offenbar um herauszufinden, was sich darunter befindet. Sie blickt nicht auf, als ich vorbeigehe. Ich stemme die Falltürklappe auf. Darunter verschwindet eine Leiter im Dunkeln.

Nach den vielen Überwachungsstationen auf terraformierten Planeten, die ich bereits gesehen habe, kann ich sagen, dass diese eindeutig vom Standard abweicht.

Ich hole tief Luft. »Der Keller ist offen«, rufe ich, und ein paar Momente später steht sie neben mir und blickt hinunter in die Dunkelheit. Es gibt keinen Lichtschalter hier oben – das Licht muss unten angehen. Ich nehme den Rucksack – es wäre nicht das erste Mal, dass ich in einem halb zerstörten Gebäude festsitze, und ich habe nicht vor, den Keller ohne Wasser und Nahrung zu erkunden – und gehe voran. Unten angekommen strecke ich die Hände nach ihr aus und helfe ihr herunter. Ihr Atem geht schnell und flach.

Sie springt neben mich und macht einen Schritt zurück – sie lässt sich immer noch nur ungern von mir berühren. Es ist so dunkel, dass ich die Hand nicht vor den Augen sehe, und die Luft ist absolut still. Nicht stickig, aber das hat nicht viel zu sagen. Es ist bitterkalt hier unten.

Als wir im Dunkeln nach dem Lichtschalter tastend gegeneinanderstoßen, lässt mich ihr Keuchen zusammenzucken.

»Wo zum Teufel ist der Schalter?« Ich stolpere gegen die Leiter und fluche, als ich mit dem Ellbogen gegen das Metall stoße.

Wie zur Antwort geht über uns eine Lampe an. Es ist eine blass flackernde Neonröhre, die nicht viel weiter leuchtet als einen halben Meter. Wir scheinen uns am Ende eines Ganges zu befinden, der Rest ist in der Dunkelheit nicht auszumachen. Von dem plötzlichen Licht geblendet stehen wir da und sehen blinzelnd an die Decke.

»Warst du das?«, frage ich, obwohl sie in der Mitte des Ganges steht und ich nirgendwo in ihrer Nähe einen Schalter entdecken kann.

Sie schüttelt den Kopf. Im Neonlicht sieht sie noch blasser aus als sonst. »Irgendwas muss dich gehört haben.«

Das Licht erlischt und für eine Sekunde stehen wir in vollkommener Dunkelheit, bevor es langsam wieder angeht. Ich drehe mich um und suche erneut nach einem Schalter – doch sie entdeckt ihn zuerst.

»Der Schalter ist aus«, flüstert sie und blickt mich im schwachen, flackernden Licht mit weit aufgerissenen Augen an.

»Aber wie …«

Plötzlich atmet sie tief ein und richtet den Blick auf die Lampe. Ich kenne diesen Blick – er bedeutet, dass Lilac etwas eingefallen ist. Aber das hier ist nicht Lilac. Sie ist eine Kopie. Nicht echt.

»Wenn ihr uns hören könnt«, sagt sie langsam, »schaltet das Licht dreimal aus und wieder an.«

Wie auf Kommando geht das Licht aus und wieder an, einmal, zweimal – wir warten, Stille. Ich halte die Luft an. Dann geht das Licht ein drittes Mal aus und wieder an, und mir rutscht das Herz in die Hose.

»Ein Mal für Ja, zwei Mal für Nein.« Ich schlucke, mein Mund ist trocken. »Wollt ihr uns etwas antun?«

Das Licht geht zweimal aus und wieder an. *Nein.*

»Uns warnen?«

Eine kurze Pause, dann flackert das Licht dreimal. Ist das ein Vielleicht?

»Uns etwas anderes mitteilen?«

*JA.*

»Wo seid ihr? Warum kommt ihr nicht raus und redet mit uns?« Ich vertraue niemandem, der sich nicht zeigt.

Das Licht verändert sich nicht – auf die Fragen gibt es wohl keine Antwort. Ich reibe mir das Gesicht. »Seid ihr in der Lage, mit uns zu sprechen?«

*Nein.*

Ich sehe zu Lilac und sie erwidert meinen Blick. Ihr Gesicht hat alle Farbe verloren. Dann übernimmt sie wieder, ihre Stimme ist leiser als meine und hallt von den Wänden des Ganges wider.

»Habt ihr uns die Visionen geschickt? Und uns hierhergeführt?«

*Ja.*

»Habt ihr die Blume zurückgebracht?«

Pause. *Ja. Nein.*

Blume? Was für eine Blume? Ich will sie gerade fragen, aber Lilac ist ganz gefesselt von der Lampe und wartet auf weitere Zeichen.

»Das verstehe ich nicht«, sagt Lilac. »Ihr habt sie zurückgebracht … aber nicht wirklich? Nicht ganz?«

*Ja.* »Könnt ihr –« Sie schüttelt den Kopf und setzt noch mal neu an. »Könnt ihr euch zeigen? Habt ihr einen Körper?«

Es gibt eine lange Pause, dann flackert die Lampe zweimal. *Nein.*

Ihre Stimme ist nur noch ein Flüstern. »Seid ihr Geister?«

*Nein.*

Sie holt langsam, zitternd Luft. »Habt ihr mich zurückgebracht?«

Die Lampe flackert einmal. Dann stehen wir plötzlich in vollkommener Dunkelheit da.

Ich höre sie nach Luft schnappen. »Nein! Wartet – kommt zurück! Ich habe noch mehr Fragen – was bin ich? Warum habt ihr mich zurückgeschickt?« Sie haut auf den Schalter an der Wand und das Licht geht richtig an, gleichmäßig und kalt. Ich höre den Schalter mehrmals klicken, während sie das Licht wie wild an- und ausschaltet. Sie sieht aus, als stünde sie im Stroboskoplicht. »Bitte – kommt zurück!«

Schließlich ziehe ich sie vom Lichtschalter weg. Sie ist so außer sich, dass sie meine Berührung zuerst gar nicht wahrnimmt. Dann kommt sie auf einmal wieder zu sich, reißt sich los und zieht die Schultern hoch.

»Wovon hast du eben geredet? Was für eine Blume meintest du?«

Sie richtet sich auf. »Dein Rucksack – ist das Notizbuch darin?«

»Ja, aber –«

Sie nimmt mir den Rucksack ab, dreht ihn auf den Kopf und schüttet die Vorräte und meine Habseligkeiten aus. Die Schatulle mit meinem Familienfoto fliegt zusammen mit den Notfallriegeln und der Feldflasche auf den Boden – doch es ist das Notizbuch, nach dem sie greift.

»Die Blume von der Ebene – ich habe sie hier reingelegt, zwischen die Seiten.« Sie blättert das Notizbuch durch, aber als sie am Ende ankommt, erstarrt sie. Es ist keine Blume darin.

Sie fängt wieder von vorn an, die Seiten durchzublättern, immer und immer wieder. »Sie war hier drin, ich weiß es genau.« Sie hat Angst, ihre Stimme fängt an zu zittern.

»Du hast die Blume am Fluss zurückgelassen«, sage ich behutsam. Sie kann sich nicht daran erinnern, und wie soll sie auch? Sie ist schließlich nicht Lilac. »Sie ist verwelkt und du hast sie dagelassen.«

»Nein«, keucht sie. Ihre plötzliche Verzweiflung tut mir im Herzen weh – wenn ich doch nur wüsste, warum ihr das so wichtig ist. »Sie haben sie mir zurückgebracht. Als du krank warst, beim Wrack, sie haben sie zurückgebracht, wiederhergestellt, wie die Feldflasche. Eine exakte Kopie. Sie haben es getan, um mich bei Kräften zu halten, um mich daran zu erinnern, wie sehr ich –« Sie schluckt und schließt die Augen. »Ich habe es dir nie erzählt. Aber ich habe sie hier hineingelegt, um sie aufzubewahren, und jetzt ist sie weg.«

Als ich nach dem Notizbuch greife, lässt sie es mich aus ihren kraftlosen Händen nehmen. Ihr Blick geht an mir vorbei, sie fängt an zu zittern. Ich blättere durch die Seiten, aber auch ich sehe keine gepresste Blume darin. Sie täuscht sich, vielleicht haben ihr die Wesen, die sie kreiert haben, eine falsche Erinnerung eingepflanzt. Aber ich habe ein seltsames Gefühl im Bauch, und mein Instinkt wehrt sich gegen meinen Verstand, der sie auf Abstand halten will. Sie konnte sich daran erinnern, dass ich krank war, dass ich dieses Notizbuch besitze. Vielleicht hat die echte Lilac tatsächlich eine Kopie der Blume gefunden und in mein Notizbuch gelegt. Ihre Angst ist so echt.

Da fällt mir etwas ins Auge und ich halte beim Durchblättern inne, blättere wieder ein paar Seiten zurück. Auf der Seite mit einem Gedicht, das ich einmal auf Avon geschrieben habe, ist ein ganz leichter Abdruck zu sehen. Es könnte fast der Umriss einer Blume sein.

In ihrer Verzweiflung vergisst sie ihre Angst, mich zu berühren. Sie beugt sich zu mir vor und umklammert mit einer Hand meinen Arm. Mein Herz zieht sich zusammen, ich bekomme keine Luft mehr. Die Geste ist so vertraut, dass ich es kaum ertrage.

Sie nimmt mir das Notizbuch wieder ab, langsam diesmal, und dreht es um. Ein feiner Regen aus Staub rieselt auf unsere Arme, aber ich blicke nicht auf den Staub, unsere Arme oder das Notizbuch. Ich sehe ihr ins Gesicht. Ihre Gefühle sind so deutlich, wie ihre Unterlippe zittert, ihre Wimpern ihren Blick verschleiern.

»Sie haben die Blume wiederhergestellt, und doch auch wieder nicht«, flüstert sie. »Die Dinge, die sie erschaffen, sind nicht von Dauer.«

Mit einem Mal wird es mir klar, als hätte man mir kaltes Wasser ins Gesicht geschüttet. Vielleicht hat die Angst mich bisher davon abgehalten, es zu verstehen, oder der Kummer – vielleicht musste ich erst darum trauern, ehe ich erkennen konnte, was direkt vor mir steht. Ich weiß nicht, wie es möglich ist oder warum es passiert ist.

Aber das hier ist meine Lilac. Und ich werde sie nicht noch einmal verlieren.

Wir sitzen auf dem Gang, teilen uns einen Notfallriegel und trinken aus der Feldflasche. Nicht nur Lilac braucht eine Pause. Meine Gedanken rasen so schnell, dass ich überhaupt nicht mehr klar denken kann. Ich weiß nur, dass das hier meine Lilac ist und ich nicht mehr ohne sie leben kann. Wir untersuchen die Feldflasche, den anderen

Gegenstand, von dem wir wissen, dass die Stimmen ihn wiederhergestellt haben – neben Lilac. Aber sie scheint genauso solide, genauso real zu sein wie an dem Tag, als wir sie gefunden haben. Die Blume war nur von kurzer Dauer. Sie hat ihren Zweck erfüllt und jetzt ist sie verschwunden, weil sie nicht mehr gebraucht wird.

Lilac werden sie mir nicht wieder wegnehmen. Das können sie nicht.

Schließlich sind wir beide wieder ruhig genug, um fortzusetzen, weswegen wir hier hinabgestiegen sind – um die Stromquelle dieser Station zu suchen. Wenn wir Erfolg haben, können wir vielleicht die Kommunikationssysteme wieder zum Laufen bringen und ein Notsignal senden.

Der Gang macht einen Knick, und dahinter geht zu beiden Seiten eine Reihe von Türen ab. Jede Tür trägt das LaRoux-Symbol. Schweigend gehen wir den Gang entlang.

Ich öffne im Vorbeigehen einige Türen, aber die Räume dahinter enthalten nichts anderes, als was wir bereits oben vorgefunden haben – dunkle Monitore. Doch dann geht Lilac an mir vorbei in einen Raum und zeigt auf ein paar schwache orange Lichter, die ich übersehen habe – die Geräte sind im Standby-Modus.

»Die ganze Station scheint mit Notstrom betrieben zu werden. Die Leute von meinem Vater haben offenbar nicht alles runtergefahren, als sie die Station verlassen haben, jedenfalls nicht vollständig.« Sie macht einen Schritt zurück und folgt einem Strang Kabel, die in einer Ecke zur Decke hinauf- und dann auf den Gang hinausführen. »Wenn wir die Stromquelle finden und sie aus dem Standby-Modus holen, können wir vielleicht ein Signal senden.«

Wir folgen den Kabeln auf den Gang. »Bist du sicher, dass es nicht einfach nur ein Generator ist?«, frage ich.

Sie schüttelt den Kopf, ohne aufzublicken. »Dafür gibt es hier viel zu viele Geräte. Es muss noch etwas anderes geben, etwas, womit

Warmwasser und Licht betrieben werden. Und wie soll alles andere mit Strom versorgt worden sein, als diese Station noch besetzt war? Da ist noch mehr. Ich kann es fühlen.« Ihre Stimme ist leise und ich höre ein Zittern – aus Erschöpfung, oder Sorge.

»Was meinst du damit, du kannst es fühlen?«

»Soll das heißen, du kannst es nicht?« Sie bleibt stehen und schluckt. Dann hält sie sich einen Finger an die Schläfe. »Es ist da. Wie Kopfschmerzen – oder, nein, nicht wie Kopfschmerzen. Mehr, als hätte ich etwas da drin, was da nicht hingehört. Irgendwas stimmt hier nicht.«

»Du meinst, wie das Zittern, wenn du eine Vision hattest? Oder die Stimmen gehört hast?«

Sie schüttelt den Kopf. »So ähnlich, aber anders.« Ihre Stimme ist nur noch ein Flüstern. »Ich glaube, was auch immer hier unten ist, genau das ist es, was die Stimmen uns finden lassen wollen.«

Ich versuche, das unangenehme Gefühl abzuschütteln, dass unsere durch das Licht kommunizierenden Freunde, auch wenn sie jetzt still sind, uns weiterhin beobachten, während wir nach der Stromquelle suchen.

Lilac folgt den Kabeln durch die Räume und Gänge, und ich gehe ihr hinterher. Dieses Gebäude muss unterirdisch vier- oder fünfmal so groß sein wie ebenerdig. Allmählich verstehe ich Lilacs Logik, und zusammen folgen wir einem Kabelstrang durch eine Reihe von Räumen, die vom ersten Gang abgehen, und dann eine Metalltreppe weiter hinunter in einen zweiten Keller.

Als wir am Ende der Treppe um die Ecke biegen, finden wir die Tür.

Sie ist nicht rechteckig und kantig wie alles andere hier unten, sondern ein vollkommener Kreis, perfekt abgedichtet. Ich fahre mit den Fingerspitzen den Rand entlang – die Tür kann sich offenbar weiten wie die Iris eines Auges. Mit den ineinandergreifenden Teilen ist die Tür viel stärker als jede normale Tür.

Lilac betrachtet das bläulich weiß leuchtende Tastenfeld neben der Tür. »Kannst du es fühlen?«, fragt sie. Sie ist blass, zittert. Und jetzt weiß ich, was sie vorhin gemeint hat: Auf einmal habe ich einen metallischen Geschmack im Mund, und mein Körper wird zwar von keinem Zittern erfasst, wie es die Visionen mit sich bringen, aber mir läuft ein beinah unerträglicher Schauer über den Rücken. Sie scheint es noch viel stärker zu spüren – ich sehe, wie sie schwer schluckt und sich zwingt, langsam zu atmen.

»Es ist hinter der Tür.« Meine Stimme ist bloß ein Flüstern. »Du hast Recht. Deswegen haben sie uns hierhergebracht.«

Mit zitternden Fingern tippt sie auf dem Tastenfeld herum, gibt willkürlich ein paar Zahlen und Buchstaben ein. Der Tastenhintergrund leuchtet rot auf und ein wütendes, tiefes Brummen ertönt. »Und wir kennen das Passwort nicht.«

Ich könnte lachen, wenn unser Leben nicht davon abhinge. Das alles hier – der Kampf ums Überleben, es aus dem Wald zu schaffen, Schneestürme und den Höhlenzusammenbruch zu überstehen. In Anbetracht des Unmöglichen nicht verrückt zu werden. Das alles – hierfür. Uns zu einer Tür zu führen, die wir nicht öffnen können, die mit einem Passwort gesichert ist, das wir nicht kennen.

Aus den Augenwinkeln sehe ich, wie Lilac sich verstohlen mit der Hand übers Gesicht fährt. Es ist eine schnelle, unauffällige Bewegung, aber das Zittern macht sie unbeholfen, und so kann ich doch sehen, was sie vor mir verstecken will. Sie hat Nasenbluten, auf ihrem Handrücken ist ein roter Fleck. Sie beißt die Zähne zusammen und stützt sich mit einer Hand an der Wand ab, versucht gelassen zu tun, aber ich sehe, wie sie schwankt. Was auch immer sich hier unten befindet, es bewirkt, dass es ihr von Sekunde zu Sekunde schlechter geht.

Ich bemühe mich, nicht daran zu denken, was sie gesagt hat – dass sie die Blume zurückgebracht haben, so wie sie auch Lilac wieder zum Leben erweckt haben. Und dass diese Blume jetzt nichts weiter als Staub ist.

Ich stehe da und starre sie an, unfähig, mich zu rühren. Schließlich ist es Lilac, die mich wegführt. Jetzt, da ich weiß, dass sie es ist, reicht allein die Berührung ihrer Hand aus, um das Blut in meinen Ohren zum Rauschen zu bringen. Ich hätte nie gedacht, dass ich sie jemals wieder spüren könnte.

»Sie wirken abgelenkt, Major.«

»Ganz und gar nicht. Ich bin noch genauso konzentriert
wie zu Beginn dieses netten Gesprächs.«

»Wenn Sie etwas kooperativer wären,
könnten wir vielleicht schon fertig sein.«

»Ich bin so kooperativ, wie es geht. Ich will LaRoux Industries ganz
sicher keine Unannehmlichkeiten bereiten.
Wenn ich wüsste, worauf Sie hinauswollen –«

»Wir versuchen, herauszufinden, inwieweit Sie das
Gebäude und seine Umgebung erkundet haben.«

»Dann habe ich Ihre Frage bereits beantwortet.«

»Das könnte man meinen.«

# 35

# LILAC

Wir sitzen im Hauptraum des Gebäudes auf dem Boden und sehen auf der Suche nach Antworten die halb verbrannten Seiten durch. Die Übelkeit ist wieder vorbei und auch die Kopfschmerzen haben etwas nachgelassen. Und das Wichtigste: Meine Nase hat aufgehört zu bluten. Ich weiß nicht, ob Tarver bemerkt hat, was mit mir passiert ist, je näher ich dem verschlossenen Raum unten gekommen bin, er hat jedenfalls nichts gesagt, wofür ich ihm dankbar bin. Der Schlüssel zu diesem Planeten, den flüsternden Stimmen, dazu einen Weg nach Hause zu finden … er liegt hinter der runden Tür, und wir werden einen Weg hindurch finden, und wenn es mich noch einmal umbringt.

Ich kämpfe gegen das hysterische Lachen an, das in mir aufsteigt. *Und wenn es mich noch einmal umbringt.* Was würde das schon für einen Unterschied machen? Zum ersten Mal habe ich nicht das Gefühl, als würden die gewaltsamen Bilder an den Wänden mich anstarren. Bisher haben sie sich bedrohlich angefühlt, wie eine Vorwarnung, was mich noch erwarten könnte. Doch jetzt scheinen sie einfach die Gewalt meiner Gedanken widerzuspiegeln.

Die Akten lagen im ganzen Raum verteilt, wie in Stapeln fallen gelassen, als wäre dieser Ort überstürzt verlassen worden. Die Seiten sind angekohlt vom Feuer, das offenbar verloschen ist, als aller Sauerstoff im Betonbau aufgebraucht war. Wir haben so viel wie möglich zusammengesammelt und gehen die Blätter jetzt Zeile für Zeile nach irgendetwas Brauchbarem durch.

Oder wenigstens nach dem Passwort für die Tür unten. Tarver sitzt mit gekrümmtem Rücken da, den Blick auf die angesengte Seite in seiner Hand gerichtet. Entschlossen, fokussiert. Zielstrebig. Ich würde mich gern neben ihn setzen, ihm mit den Fingern durch die Haare fahren, ihn auf die Schläfe küssen und ablenken, bis die Anspannung verschwindet.

Aber stattdessen sitze ich einfach nur unbeweglich da. Egal wie sehr ich mich nach ihm verzehre, ich bin vor Kälte wie erstarrt, unfähig, ihn zu berühren. Dieses Halb-lebendig-Sein ist eine Qual – ich bin kaum mehr als eine Gefangene in dieser tauben, leblosen Hülle. Alles, was mir jetzt noch bleibt, ist dafür zu sorgen, dass Tarver nach Hause kommt. Ich konzentriere mich wieder auf die Unterlagen.

Jede Seite trägt das Lambda meines Vaters als Wasserzeichen. Ich starre darauf, und meine Gedanken schweifen ab zu dem Mann, von dem ich dachte, ihn so gut zu kennen. Ich würde gern glauben, dass er von diesem Ort nichts weiß, dass irgendjemand anders die Geheimnisse und Schrecken dieses Planeten irgendwo tief in LaRoux Industries vergraben hat. Aber ich weiß, dass mein Vater in seinem Unternehmen überall die Finger mit im Spiel hat. Er ist derjenige, der diesen Ort versteckt hält. Er muss es sein.

»Hier ist immer wieder von einem ›Spalt zwischen den Dimensionen‹ die Rede.« Tarvers Stimme reißt mich aus den Gedanken.

»Zwischen den Dimensionen? Wie im Hyperspace?«, frage ich zerstreut und blicke wieder auf das Blatt Papier in meiner Hand, versuche mich zu konzentrieren. Auf dem Blatt ist nur eine Auflistung von Vorräten und Bestellungen, nichts, was helfen würde.

»Vielleicht.« Tarver lässt den Blick seiner braunen Augen über das Dokument schweifen. »Die *Icarus* wurde von irgendetwas aus dem Hyperspace gerissen. Vielleicht gibt es da eine Verbindung.«

Das Licht der Deckenleuchten scheint durch das Blatt Papier in seiner Hand, und das Zeichen meines Vaters hebt sich als Silhouette ab. »Dann ist es also kein Zufall, dass wir auf einem terraformierten Planeten abgestürzt sind, einem Planeten von meinem *Vater*.«

»Sieht nicht so aus, oder?« Er beugt sich wieder über sein Blatt, dann sagt er auf einmal ganz aufgeregt: »Da steht: ›Versuche, mit Hilfe der außerorbitalen Reflektoren einen weiteren Spalt zwischen den Dimensionen zu erzeugen, sind sowohl hier als auch auf Avon gescheitert.‹ Was zum Kuckuck soll das denn heißen? Ich kenne Avon, ich war da ein paar Monate stationiert.«

Ich lege meinen Stapel Papier zur Seite und gehe zu Tarver hinüber, um ihm über die Schulter zu blicken.

»›Außerorbitale Reflektoren‹? Damit muss der Spiegelmond gemeint sein. Spiegel am Himmel, um die Terraformierung voranzutreiben. Schon ein Temperaturanstieg von ein oder zwei Grad kann die Terraformierung um Jahrzehnte beschleunigen.«

»Aber wie soll der Spiegelmond einen Spalt hervorrufen? Steht da irgendwo, was das für ein Spalt ist?«

Er nimmt eine weitere Seite, pustet die Asche herunter und liest. »Das Zusammenbrechen des Spalts zwischen den Dimensionen setzt unvorhersehbare Mengen an Energie frei, die potenziell tödlich sind. Vermeiden Sie direkten körperlichen Kontakt mit jeglichen Objekten oder Personen.«

»Dann ist es tatsächlich so etwas wie der Hyperspace.« Da macht es klick und vor Aufregung verhaspele ich mich, als ich versuche, es zu erklären. »Der Stromstoß, als die *Icarus* aus dem Hyperspace gerissen wurde – weißt du noch, wie ich dir erklärt habe, dass es immer eine gewaltige Energiewelle gibt, wenn ein Schiff in den Hyperspace eindringt oder ihn wieder verlässt? Normalerweise ist ein Schiff darauf vorbereitet und besser geschützt. Der Spalt, von dem hier die Rede ist, muss so etwas wie ein Hyperspace-Spalt sein. Eine Möglichkeit, in eine andere Dimension zu gelangen, aber ohne dass man ein Schiff dafür benötigt.«

»Die Leute hier haben einen Weg gefunden, eine andere Dimension zu betreten?«, fragt er leise.

»Und er ist instabil. Was das Reisen im Hyperspace so gefährlich macht, ist, dass die Spalten die Tendenz haben, sich gleich wieder zu schließen. Offenbar haben sie eine Möglichkeit gefunden, diesen Spalt zwischen den Dimensionen offen zu halten, aber wenn man ihn berührt, fällt er in sich zusammen. Dann gibt es einen gewaltigen Stromstoß wie den auf dem Schiff, bei dem die Schaltsysteme in der Kapsel durchgebrannt sind, oder noch schlimmer.«

Kopfschüttelnd blickt er wieder auf das Blatt Papier. »›Längere Entnahme von Versuchsobjekten hängt von der Spaltstabilität ab.‹ Der Rest ist verbrannt.«

»Sie ziehen etwas aus der anderen Dimension, um damit zu experimentieren? Aber was? Und wo ist dieser Spalt?«, frage ich.

»Ich wette, hinter der Tür. Aber die Versuchsobjekte finde ich viel interessanter.«

»Was meinst du damit?«

»Das hier.« Er nimmt ein Blatt von einem Stapel. Es ist kaum mehr als eine Viertelseite, der Rest ist verbrannt, aber die Schrift in der Ecke ist noch lesbar. Tarver hält es mir hin.

»Versuchsobjekte zeigen bemerkenswerte telepathische Fä–«, lese ich, der Rest der Zeile fehlt und ich springe zu den Satzfetzen weiter unten. »›… Stufe von Lebensformen … Energie-basiert … nichtkörperlich … vorübergehende Umwandlung von Energie zu Materie …‹«

Der übrige Text geht in der bröckelnden Asche verloren, die schwarze Spuren auf meiner Hand hinterlässt.

»Die Stimmen«, sagen wir beide gleichzeitig.

Mir schwirrt der Kopf. Es gibt Antworten hier drin, in den angesengten Überbleibseln des Geheimprojekts meines Vaters. Diese Wesen, Versuchspersonen für seine Forschungsteams, haben uns durch die Wildnis hierhergeführt. Wenn es stimmt, dann sind Tarver und ich gar nicht so anders als sie – wir sind alle Schiffbrüchige auf einem vergessenen Planeten.

»Wenn wir nur wüssten, was sie wollen. Vielleicht können sie uns hinter die Tür bringen.«

»Wir werden es herausfinden.« Er hebt den Blick und sieht mir in die Augen. Sein Mund zuckt, als wolle er noch etwas sagen, und ich weiß, was es ist. *Zusammen. Zusammen werden wir es herausfinden.*

Ich wende mich ab, bevor er die Worte aussprechen kann. Allein sein Blick reicht, um mir die Hitze in die Wangen schießen zu lassen. Er ist sich in so kurzer Zeit wieder so sicher geworden. Er denkt, ich würde es nicht merken, wie er mich beobachtet, wie er immer wieder nach mir fassen will und sich zurückhalten muss, nicht meine Hand zu nehmen. Er ist ungeduldig, doch er drängt mich nicht – er will mich zurück, wartet aber. Er denkt, wir hätten Zeit.

Ich muss daran denken, was mir die Stimmen auf dem Gang unten mitgeteilt haben. Sie haben die Blume zurückgebracht und doch auch wieder nicht – genau wie mich. Ich bin hier und bin es doch wieder nicht. Vielleicht hat die Anstrengung, das Licht flackern zu lassen, so viel Aufmerksamkeit gefordert, dass sie die Blume nicht länger erhalten konnten. Die Worte stehen da auf dem verkohlten Blatt Papier. *Vorübergehende* Umwandlung von Energie zu Materie. Wie lange werde ich wohl noch Bestand haben?

Lange genug, um Tarver nach Hause zu bringen? Ich stelle mir vor, wie ich in unendlich kleinen Teilchen im Wind dahintreibe, zu Staub zerfalle, wie es mit der Blume geschehen ist. Der Gedanke ist leichter zu ertragen, wenn ich mir vorstelle, dass ich ohnehin nicht echt bin – dass ich bloß eine Kopie bin, nur ein Rest des Mädchens, das ich einmal war. Ich erinnere mich an alles aus meinem Leben, aus Lilacs Leben. Aber ist die Erinnerung genug?

Die Sache mit dem Kleid lässt mir auch keine Ruhe. Ich weiß, dass auch er darüber nachdenkt. Ich habe das Kleid im Wrack der *Icarus* zurückgelassen, habe es gegen praktischere Sachen getauscht. Die Risse im Satinstoff des Kleides, das ich trage, sind identisch mit denen, die das echte Kleid hatte. Ich kann unsere beschwerliche Reise daran nachverfolgen – hier, der erste Riss, als ich an einer Dorne hängengeblieben bin, während wir zugesehen haben, wie die *Icarus* abgestürzt ist. Da, die aufgescheuerte Stelle, als ich den Baum hochgeklettert bin, um dem katzenartigen Tier zu entkommen. Jeder Fleck auf dem Kleid ist eine Erinnerung daran, was ich durchgemacht habe. Aber das eigentliche Kleid liegt in der *Icarus*.

Wessen Geschichte erzählt diese Hochstaplerin von einem Kleid also?

»Ich muss die Leiche sehen.«

Wir reißen beide erstaunt den Kopf hoch. Erst als ich das Entsetzen in Tarvers Blick sehe, wird mir bewusst, dass ich es war, die das gesagt hat. Der Bogen Papier fällt mir aus der kraftlosen Hand und wirbelt die Asche auf dem Boden auf.

»Die – was?«

»Die Leiche.« Ich nehme an, er hat sie begraben – mich begraben. Bei dem Gedanken müsste mir eigentlich schlecht werden, es müsste mich gruseln. Warum lässt der Gedanke mich so kalt?

»Lilac«, flüstert Tarver. »Nein. *Nein.* Was soll das denn bringen?«

»Du musst mich hinführen.« Meine Hände wissen auf einmal wieder, wie sie funktionieren, und ich presse sie zu Fäusten geballt gegen meine Oberschenkel. »Was ist, wenn da eine Leiche ist? Oder wenn da *keine* ist?«

Tarver ist ganz blass geworden, dabei dachte ich, ich würde ihn nie wieder so blass sehen wie während der Tage, als er krank war. Es zerreißt mir beinah das Herz, aber ich lasse nicht nach.

»Wo kommt dieses Kleid her?«, frage ich. »Wir wissen beide, dass ich es in der Wäscherei der *Icarus* liegengelassen habe. Tarver, ich muss es wissen.«

»Ich nicht«, antwortet er entschlossen. Er beugt sich zu mir vor, sucht meinen Blick. »Lilac, ich habe dich zurück. Das ist alles, was ich will. Ich will keine Fragen stellen.«

Wenn uns jemand sehen könnte, müsste er denken, Tarver wäre derjenige, der von den Toten wiederauferstanden ist. Vielleicht ist er das auch in gewisser Weise. So wie er mich jetzt ansieht, als wäre ich Wasser in der Wüste – wie kann ich ihm das wegnehmen? Ich nicke und Tarvers Anspannung lässt nach.

Er glaubt jetzt an mich.

Das Problem ist nur, dass ich nicht so genau weiß, ob ich es tue.

»Ich habe uns ein Bett hergerichtet«, sagt Tarver, als wir den Flur hinuntergehen. Als wir beim Schlafsaal ankommen, sehe ich, was er meint – er hat zwei Etagenbetten nebeneinandergeschoben, so dass es unten ein Doppelbett gibt und die beiden oberen Betten praktisch einen Himmel darüber bilden.

»Uns«, wiederhole ich und verharre an der Türschwelle.

Tarver bleibt nach ein paar Schritten ins Zimmer stehen und blickt sich nach mir um. »Lilac?«

Ich schlucke kopfschüttelnd. »Bitte. Nicht. Ich schlafe im anderen Zimmer.«

Tarver kommt auf mich zu und fasst nach meinen Händen. Ich schaffe es gerade so eben, sie nicht wegzuziehen, aber er spürt das Zucken in meinen Armen und lässt meine Hände gleich wieder los.

»Warum?«, fragt er leise, und sein Gesicht spiegelt all seinen Kummer und die Erschöpfung und den Schmerz wider.

Und warum *kann* ich ihm seinen Wunsch eigentlich nicht erfüllen? Ich erschaudere. Ich muss ihm so kalt vorkommen. Wie kann er denken, ich wäre die Gleiche wie seine Lilac? Er weiß nicht, woran ich mich erinnere. Er weiß nicht, wie schwer es ist, meinen eigenen Körper zu bewohnen, mich zum Sprechen, Gehen, Essen zu bewegen. Wie sehr ich mich wie eine Gefangene fühle, zwar sehen und hören zu können, aber unfähig zu sein, die Dinge zu tun, die die alte Lilac getan hätte.

»Ich kann nicht. Ich habe es dir doch erklärt – wenn du mich berührst … es brennt. Ich kann nicht, noch nicht.«

Er presst die Lippen aufeinander. Schmerz. Das Bedürfnis, zu ihm zu gehen, ist so groß, dass ich glaube, zu zerreißen. Ich kann es nicht so weitergehen lassen.

»Ich habe gelogen«, flüstere ich und lehne mich mit dem Rücken gegen den Türrahmen. Der Druck an meinem Rücken ist wenigstens ein körperlicher Schmerz und lenkt mich etwas ab. »Ich habe dich glauben lassen, ich könne mich an nichts aus der Zeit, als ich … weg war, erinnern.«

Ich höre, wie er die Luft einsaugt. »Was – wie –«

»Ich kann mich an alles erinnern.« Die Kälte lässt meine Stimme ersterben, sie sickert mir durch die Glieder, knistert in meiner Lunge.

»Du meinst … als es passiert ist?«

Er verdient es nicht, das zu erfahren. Es wäre netter, ihn glauben zu lassen, ich wäre einfach als ich selbst wieder aufgewacht. Vielleicht hätte die alte Lilac ihn hiervor bewahrt.

»Ich meine das Danach.« Ich schließe die Augen. Einen Moment lang ist es absolut ruhig und fast fühlt es sich so an, als wäre ich wieder verschwunden, in die Stille. »Kälte und Dunkelheit sind nichts dagegen. Kälte ist einfach nur die Abwesenheit von Wärme, Dunkelheit die Abwesenheit von Licht. Aber Licht und Wärme existieren dort überhaupt nicht, nie.«

Das Kratzen seines Stiefels auf dem Betonboden. Er muss sich zurückhalten, nicht zu mir zu kommen.

Ich fühle, wie das Eis in meiner Brust knirscht und etwas anderes sich hindurchzukämpfen versucht. »Ich kann mich daran erinnern, tot gewesen zu sein, Tarver.« Ich schlucke und mein Atem ist nur noch ein Schluchzen. »Wie soll man wieder leben, wenn man weiß, was am Ende auf einen wartet?«

»Sie klingen, als würden Sie mir nicht glauben.«
»Unsere Vorschriften in solchen Fällen sehen
ein gesundes Maß an Skepsis vor.«
»Haben Sie viele Präzedenzfälle von Überlebenden
mit ernsten Traumata, die sich irgendetwas ausdenken?«
»In Anbetracht der Umstände, unter denen Sie
gestrandet und später gerettet wurden,
haben wir überhaupt keine Präzedenzfälle.«
»Warum sollte ich lügen?«
»Das, Major, ist eine höchst interessante Frage.«

# 36

# TARVER

Als ich aufwache, dringt Licht durch die Fensterläden. Ich drehe mich um und sehe blinzelnd auf die von der Sonne angestrahlte Uhr in der Wand. Von ihr habe ich erfahren, dass der Tag hier sechsundzwanzig Stunden hat. Ich habe es Lilac gegenüber nicht erwähnt. Es käme mir zu sehr vor wie eine Bestätigung für jedes Mal, wenn sie gesagt hat, der Tag würde hier gar kein Ende nehmen.

Gestern Abend dachte ich noch, ich würde auf diesem verdammten Etagenbett niemals einschlafen. Die Matratze ist dünn und schmal, außerdem ist es mir unangenehm, so weit vom Boden entfernt zu liegen und zudem in fremder Umgebung zu sein. Ich habe die Betten gestern Abend wieder auseinandergezogen, wobei die Metallrahmen protestierend gequietscht haben, und mich ins obere Bett gelegt.

Laut der Uhr ist es bereits Zeit aufzustehen, also schiebe ich die Decke weg und beuge mich über den Bettrand, um nachzusehen, ob Lilac unten noch schläft.

Sie ist weg.

Das Blut gefriert mir in den Adern und mein Verstand setzt aus. Irgendwie schaffe ich es vom Bett hinunter. Als ich in den Raum mit den Rechnern laufe, stoße ich mich an der Tür. Kein Anzeichen, dass sie jemals hier war.

Der Abdruck der Blume in meinem Notizbuch taucht vor meinem

inneren Auge auf – der Blume, von der sie sagte, dass die Stimmen sie neu geschaffen hätten, der Blume, die zu Staub zerfallen ist. Warum habe ich nicht auf sie gehört?

Nein, *bitte nicht.*

Ich stürze beinah, als ich durch den gesprengten Eingang hinaus auf die Lichtung stolpere und mich panisch nach ihr umsehe. Sie kann nicht weg sein. Das dürfen sie nicht tun. Sie *können* es einfach nicht.

Ich bin erst ein paar Schritte weit gekommen, als sie zwischen den Bäumen hervortritt. Sie streicht sich das Kleid glatt, das sie sich weigert, gegen etwas anderes zu wechseln. Wie angewurzelt bleibe ich stehen, und einen Augenblick sehen wir einander über die Lichtung hinweg bloß an. Mein Brustkorb hebt und senkt sich, während ich versuche, die Panik wieder abebben zu lassen.

»Tarver?«

»Ich dachte … Ich bin aufgewacht und du warst …«

Als sie begreift, öffnet sie erstaunt den Mund, und da ich mich noch immer nicht von der Stelle bewegen kann, kommt sie auf mich zu und bleibt direkt vor mir stehen. Ich zögere, und da streckt sie die Hand nach meiner aus und fährt mir mit den Fingerspitzen über die Haut. Nachdem ich so lange nicht von ihr berührt worden bin, ist schon diese kleine Geste elektrisierend.

»Tut mir leid«, flüstert sie. »Ich bin da. Ich bin bloß spazieren gegangen. Nächstes Mal lasse ich einen Zettel da, oder ein Zeichen. Es tut mir so leid.«

Ich würde gern meine Hand umdrehen und die Finger mit ihren verschränken, sie nah an mich heranziehen, so dass ich die Arme um sie schlingen und das Kinn auf ihren Kopf legen kann, ich möchte hier an dieser Stelle stehen und sie halten, bis die Sonne untergeht und es wieder dunkel ist.

Stattdessen nicke ich bloß und räuspere mich und nicke wieder. Erst da merke ich, wie meine nackten Fußsohlen vom kalten Tau und vom Laufen über den Schutt im Eingangsbereich schmerzen. Ich zittere ohne mein Hemd.

Sie sieht mich noch einen langen Moment an, dann geht sie hinein.

Am nächsten Morgen ist sie wieder weg, als ich aufwache, und am Tag darauf auch. Ich liege nachts stundenlang wach und lausche auf die Geräusche ihres Aufbruchs, aber ich höre nichts. Nach dem ersten Morgen hängt jetzt immer die Feldflasche am Türknauf, ein stilles Versprechen, dass sie zurückkommt.

Jeden Tag probieren wir aufs Neue, durch die Tür zu gelangen und die Stromversorgung richtig in Gang zu bekommen, um ein Notsignal senden zu können. *Wir sind hier. Wir leben noch. Kommt uns holen.* Jeden Tag wird Lilac zusehends schwächer, versucht aber zu überspielen, dass das, was hinter der Tür ist, sie langsam vernichtet.

Wir haben versucht, das Wort *Lambda* ins Tastenfeld neben der undurchdringbaren Tür einzugeben, doch vergeblich. Lilac hat jedes Wort ausprobiert, das ihr im Zusammenhang mit dem Unternehmen ihres Vaters eingefallen ist. Wir sehen weiterhin die Unterlagen im Hauptraum durch, in der Hoffnung, doch noch einen Hinweis auf das Passwort zu finden. Wir haben auch schon vollkommen willkürliche Zahlenkombinationen und wahllos aus den Unterlagen ausgesuchte Wörter eingegeben, aber die Tür bewegt sich nicht einen Millimeter.

Am dritten oder vierten Morgen, nachdem Lilac mit ihren frühmorgendlichen Spaziergängen angefangen hat, klettere ich von meinem Bett, steige in meine Stiefel und nehme die Feldflasche vom Türknauf. Als ich die Lichtung betrete, blinzelt die Morgensonne durch die Wolken und der Spiegelmond steht kaum sichtbar am Himmel.

Wenn ich doch nur wüsste, was er mit dem Ganzen hier zu tun hat. Vielleicht hat ja der Spiegelmond die *Icarus* abstürzen lassen, vielleicht hat er auch den Spalt, von dem in den Unterlagen die Rede ist, erzeugt. Was auch immer dahintersteckt – da ist etwas faul. Es muss ein Vermögen kosten, einen ganzen Planeten vor der Galaxie zu verstecken – und LaRoux Industries würde das Geld nicht ausgeben, wenn es sich nicht um etwas handeln würde, das sich zu verstecken lohnt.

Wir haben mehrfach versucht, noch einmal über die Kellerlampe mit den Stimmen zu kommunizieren, aber zur Antwort bekamen wir nur Dunkelheit und Stille. Entweder können sie nicht antworten oder sie wollen es nicht. Vielleicht haben sie sich beim ersten Mal bereits verausgabt.

Wir haben sogar probiert, die Tür mit Strom zu überlasten, in der Annahme, dass sie sich öffnen müsste, wenn wir das elektronische Schließsystem zerstören. Doch obwohl Lilac jeden Stromkreis, der uns in den Sinn kam, umgeleitet hat, blieb die Tür verschlossen. Der Strom im gesamten Gebäude ist runtergefahren, aber die Tür ging nicht auf. Noch einmal wollte Lilac es nicht probieren, sie meinte, da wir nicht wissen, woher der Strom für das Gebäude kommt, wissen wir auch nicht, wie viel noch übrig ist. Wenn wir allen Strom aufbrauchen, um die Tür zu öffnen, ist nachher vielleicht nicht mehr ausreichend da, um ein Notsignal zu senden.

Ich drehe die Feldflasche in den Händen und denke über die Informationsfetzen auf dem verbrannten Blatt Papier nach, von dem Lilac vorgelesen hat. *Umwandlung von Energie zu Materie* stand darauf. *Energiebasierte Lebensformen.* Diese Wesen können also Energie manipulieren. Sie können es in unseren Gehirnen und mit dem Strom in den Lampen. Sie können Energie in feste Materie verwandeln, greifbare Dinge schaffen. Den Beweis halte ich gerade in den Händen. Sie haben die Feldflasche wiedererschaffen. Lilac sagt, sie hätten ihre Blume wiedererschaffen.

Ich schüttele den Kopf und strecke mich, dann werfe ich die Feldflasche in die Luft und fange sie wieder auf. Ich werfe sie noch einmal hoch und wie in Zeitlupe erreicht sie ihren Höhepunkt.

Und dann löst sie sich auf, zerfällt in feinen Staub, während ich wie gelähmt zuschaue. Der Staub regnet auf meine ausgestreckten Hände herab, rieselt mir durch die Finger und auf den Boden. Schockiert stehe ich da, drehe die Hände, so dass der restliche Staub hinunterfällt und auf der immer noch versengten Erde zu meinen Füßen verschwindet.

Als ich den Blick schließlich wieder hebe, sehe ich Lilac am Rand der Lichtung stehen. Sie starrt auf die Überreste der Feldflasche vor meinen Füßen.

Es ist vielleicht der fünfte Tag oder der sechste oder siebte, als ich aufwache und sie wieder einmal verschwunden ist. Meine Stiefel stehen an der Tür, als Zeichen, dass Lilac sich über Nacht nicht in Luft aufgelöst hat. Ich klettere vom Bett und steige in die Stiefel, dann gehe ich durch den Raum mit den Rechnern, nehme mir einen Notfallriegel und trete hinaus auf die Lichtung.

Es will mir einfach nicht gelingen, den Gedanken an die Feldflasche zu verdrängen, wie sie wie die Blume zu Staub zerfallen ist. Die Stimmen haben diese zwei Dinge irgendwie geschaffen, und jetzt ist Lilac das Einzige, was sie uns gegeben haben, das noch existiert. Sind die Blume und die Feldflasche zerfallen, weil es zu viel Kraft gekostet hätte, sie weiter zusammenzuhalten? Oder wollten die Stimmen uns dadurch etwas mitteilen?

Ich weiß nur, dass, das was sie schaffen, nicht von Dauer ist. Wenn diese Wesen, was auch immer sie sind, hinter dieser verschlossenen Tür auf uns warten, dann müssen wir da hinein. Die Quelle der Energie, aus der Lilac geschaffen wurde – vielleicht können wir sie uns irgendwie zu Nutze machen und damit verhindern, dass Lilac weiter an Kraft verliert. Wenn es eine Möglichkeit gibt, Lilac zu retten, dann dort.

Ich kaue auf dem Notfallriegel herum und stehe schon fast eine

Minute in der Tür und blicke verschlafen auf die Lichtung hinaus, als es mich auf einmal trifft wie der Schlag. Die Tür zum Schuppen steht offen. Was könnte Lilac dort wollen? Ich überquere die Lichtung und stecke den Kopf hinein. Etwas fehlt.

Die Schaufel.

Und einen schrecklichen Augenblick später weiß ich auch, warum.

Die frühmorgendlichen Spaziergänge trotz ihrer Schwäche; dass sie immer wartet, bis ich eingeschlafen bin, bevor sie sich hinausstiehlt; dass sie jeden Morgen bei Tagesanbruch zurückkehrt, bevor ich nach ihr sehen kann.

Sie sucht ihr Grab.

Der Notfallriegel in meinem Mund wird auf einmal zu Asche und ich werfe den Rest weg, während ich lossprinte. Ich laufe durch den Wald, bis ich schließlich am Rand des Baches stehen bleibe.

Ich komme zu spät. Mein Hügel aus Blumen – verwelkter Blumen – wurde bereits zur Seite befördert und noch mehr Erde obendrauf geschaufelt. Lilac kniet vor der Grube und blickt in ihr Grab. Von hier aus sehe ich nur die roten Haare, aber Lilac kann alles sehen.

Ich würde sie gern wegziehen, ihre Erinnerung daran löschen, es ungeschehen machen. Ich wünschte, ich könnte die Zeit zurückdrehen und sie aufhalten, bevor sie sich aufgemacht hat, das Grab zu finden.

Aber ich kann es nicht. Und jetzt wissen wir es beide.

»Sie können mich so lange anstarren, wie Sie wollen, Major.
Ich habe keine Eile.«
»Habe ich Sie angestarrt? Ich war wohl
mit den Gedanken woanders.«
»Wenn Sie die Frage beantworten würden,
könnte ich vielleicht nach etwas zum Abendessen
schicken und wir könnten eine Pause machen.«
»Was für eine Frage?«
»Was für einen Grund zu lügen Sie haben könnten.«

# 37

# LILAC

Ich lasse mich von Tarver zurück zur Überwachungsstation führen, und auch nachdem er mich losgelassen hat, kann ich immer noch seine Hand in meiner spüren.

Zurück im Schlafsaal stehe ich jetzt vor dem Spiegel. Darin sind Sommersprossen zu sehen, über die Nase verstreut, die frech nach oben zeigt und nicht wirklich als schön durchgehen kann. Diese Nase, die ich immer gehasst habe – jetzt kommt sie mir noch nicht einmal mehr wie meine eigene vor. Über den einen Wangenknochen verläuft eine kleine weiße Linie, eine Erinnerung an den Schlag, den Tarver mir im Delirium verpasst hat. Die Lippen sind aufgesprungen. Die Augen liegen tief in den Höhlen, darunter sind dunkellila Schatten. Die Haut unter den Sommersprossen ist blass.

Einen Moment lang bin ich wieder im Wald und blicke auf die durchscheinende graue Porzellanhaut in dem flachen Grab, die langen Wimpern, die auf den Wangen liegen, die leuchtenden Haare, in krassem Widerspruch zum stumpfen Grau der Erde. Ihre Lippen sind bläulich verfärbt und leicht geöffnet, als könnte sie jeden Moment einatmen. Mein eigener Atem stockt, ich höre das Blut in den Ohren rauschen.

Für einen schwindelerregenden Moment bin ich mir nicht sicher, welcher Körper meiner ist: der im Grab oder der im Spiegel.

Nein. Ich bin nicht sie.

*Ich bin nicht sie.*

Dann stehe ich wieder vor dem Spiegel im Schlafsaal und starre auf den viel zu dünnen, in ein Handtuch gewickelten Körper. Es ist nicht mein Körper – es ist etwas anderes. Etwas Erschaffenes.

Das Handtuch scheuert auf der Haut, ein qualvolles Gefühl. Ich lasse es fallen. Tarver ist eh nicht hier. Niemand außer mir kann diesen Körper sehen.

Ich schließe die Augen, verschließe sie vor dem Anblick des Gesichts im Spiegel. Bevor ich das Grab gefunden habe, war ich eine Gefangene in meinem eigenen Körper. Ich habe den Drang verspürt, die Hand nach Tarver auszustrecken, ihn zu berühren, zu lieben, aber ich war dazu nicht fähig. Jetzt komme ich mir vor wie ein Echo meiner selbst, als würde ich nichts weiter als eine Statue bewohnen. Ein Denkmal an die Lilac, die einst hier drinsteckte.

Die alte Lilac, die von Tarver geliebt wurde, hätte sich jetzt abgetrocknet und die Haare gekämmt, bis sie glänzend und seidig wären. Sie hätte so nah bei Tarver gestanden, dass er ihre Wärme hätte spüren können, dass ihr Arm den seinen hin und wieder berührt hätte und ihre Haare seine Schulter gekitzelt hätten, bis er es nicht länger ausgehalten und sie voller Sehnsucht an sich gezogen hätte. Sie hätte ihn geliebt.

Zum ersten Mal in einem Leben der Bälle und Salons, voller Designer- und Haute-Couture-Mode, Flirts und Intrigen war diese Lilac in ihrem eigenen Körper lebendig geworden. Wer bin ich jetzt?

Tarver ist sich so sicher, dass ich sein Mädchen bin – aber wie kann er das wissen? Ich würde ihm so gern glauben. Manchmal tue ich es beinah. Als ich mich schließlich anziehe, ist das Kratzen des Stoffes auf meiner empfindlichen Haut das Einzige, was mich davon abhält zu denken, ich wäre tatsächlich nichts weiter als eine Erinnerung.

Als Tarver in den Schlafsaal kommt, bin ich fertig angezogen und habe mir die Haare zu einem Knoten gebunden, aus dem es mir eisig in den Nacken tropft. Ich habe mir die Zähne geputzt und genug Wasser getrunken, um meinen aufgesprungenen Lippen ein wenig Farbe zu geben.

Tarver bleibt an der Türschwelle stehen und lächelt mich an.

»Lilac«, sagt er. Er denkt, ich würde es nicht bemerken, wie er den Impuls, mich zu berühren, unterdrückt. Es ist eine so kleine Bewegung, dass sie kaum sichtbar ist. In Gedanken schreie ich ihn an, nicht diesen Namen zu benutzen. *Lilac.* Ein Echo.

Würde er den Namen nicht aussprechen, könnte ich einfach zerrinnen.

Tarver beschäftigt sich damit, den kahlen Schlafsaal etwas gemütlicher zu gestalten. Er verhält sich seltsam häuslich. Ich weiß, dass er es meinetwegen tut, aber auch weil er es nicht aushält, nichts tun zu können. Er muss mit ansehen, wie ich langsam, aber stetig an Kraft verliere. Und so ist er hin- und hergerissen, denn einerseits hätte er gern meine Hilfe beim Durchsehen der Unterlagen und beim Kurzschließen der Türverriegelung, und zugleich will er mich nirgendwo in der Nähe des Kellers und seines mich schwächenden Einflusses haben.

Er weiß nicht, wie sehr ich mich danach sehne, von ihm berührt zu werden, dass ich nichts so sehr will, als mich ihm in die Arme zu werfen. Mein Körper ist immer noch sehr empfindlich, aber das ist mir inzwischen egal. Ich will seine Hände in meinen Haaren spüren und seine Lippen auf meinem Gesicht – ich sehne mich so sehr nach seiner Wärme und seiner Stärke, dass es wehtut. Ich will ihn jeden Moment, solange ich kann, bevor ich nicht mehr bin.

Aber ich bin nicht seine Lilac. Ich kann nicht darüber nachdenken, was ich bin oder wer ich geworden bin, und ich kann mich nicht von ihm berühren lassen – alles, was ich habe, ist das, was mich angetrieben hat, bevor ich auf der Lichtung gestorben bin. Alles, was ich habe, ist das Bedürfnis, Rettung zu finden und Tarver irgendwie nach Hause zu bringen. Wenn ich möglicherweise jeden Moment zu Staub zerfalle und ich nichts dagegen tun kann, dann will ich wenigstens zu Ende bringen, was ich angefangen habe, als ich die Tür gesprengt habe.

Ich will ihn retten.

Er kommt mit dem seltsamen Energiefeld im Inneren des Gebäudes besser zurecht als ich – den Strahlen, die durch die Tür dringen. Allerdings kennt er sich mit Elektronik nicht so gut aus, weswegen ich nach und nach die Wandpaneele abnehme und die Schaltsysteme dahinter inspiziere, um das Türschloss kurzzuschließen. Ich glaube, er hat mich nur noch nicht von der runden Tür im Keller weggezerrt, weil er das dahinter für unsere einzige Hoffnung hält. Alles, was hier bisher geschehen ist, hat uns zu dieser Tür geführt, und Tarver denkt, er kann das, was dahinter ist, nutzen, wenn wir nur hineingelangen. Er denkt, was auch immer dahinter verborgen ist, wird mich retten.

Aber wie soll man jemanden retten, der bereits tot ist?

So langsam glaube ich zu wissen, was sich hinter der Tür verbirgt. Das Zittern, der metallische Geschmack im Mund, der Schwindel, der mich jedes Mal überkam, wenn ich eine Vision oder einen Traum hatte – diese Empfindungen sind noch viel intensiver, wenn ich mich der Tür nähere.

Ich kann die Stimmen dahinter beinah spüren. Sie wollen etwas, unbedingt, aber sie können nichts weiter tun, als in unseren Gedanken danach zu greifen. Sie sind da drinnen gefangen. Und warten.

Allmählich wird mir klar, was sie von uns wollen.

Schließlich bin ich jetzt auch eine Gefangene, in einem Körper, der vergeht. Im Gegensatz zu Tarver kann ich verstehen, was für eine Qual das bedeutet.

Ich halte das nicht mehr lange durch. Es wird immer schwieriger, mich zu konzentrieren. Irgendwie glaube ich, ihr Leiden ist meinem ähnlich, sie sind wie ich zwischen Leben und Tod gefangen und nicht in der Lage, sich von ihrem Leid zu befreien. Wenn wir es durch die

Tür schaffen, muss ich alle dort verfügbare Energie dazu nutzen, ein Notsignal zu erzeugen. Ich darf ihnen auf keinen Fall geben, was sie von uns wollen.

Denn obwohl ein kleiner Teil von mir ihn will, und nur ihn, will der Rest von mir das, was die Stimmen wollen. Dem Ganzen ein Ende bereiten.

Er beobachtet mich, den ganzen Tag, die ganze Nacht, während wir essen, und ich kann nicht – ich kann keinen klaren Gedanken mehr fassen. Ich höre, wie er versucht, mich auf sich aufmerksam zu machen.

»*Lilac*, ist alles in Ordnung?«

Ich halte einen Löffel in der Hand. Vor mir steht eine Tasse rehydrierter Eintopf. Wir essen zu Abend. Ich hatte es vollkommen vergessen.

Verwirrt sehe ich ihn an.

»Lilac?« Seine Stimme wird sanfter. Er runzelt die Stirn. Seine linke Hand auf dem Tisch zuckt, als wolle er die Kluft zwischen uns überwinden und nach meiner Hand greifen.

»Nenn mich nicht so.«

»Was?«, fragt er perplex. »Aber so heißt du. Wie soll ich dich denn sonst nennen?«

»Das ist mir egal. Aber so kannst du mich nicht nennen. Ich bin nicht deine Lilac. Ich bin eine Kopie.«

»Ist das dein *Ernst*?« Seine Bestürzung verwandelt sich in Wut, Enttäuschung, Verwirrung. Seine Stimme ist rau. »Du bist *du*. Du hast deine Erinnerungen, deine Stimme, deine Augen, die Art, wie du sprichst. Es ist mir egal, wie es passiert ist, du bist du. Erklär mir mal, worin der Unterschied liegen soll.«

Atmen. Ich zwinge mich, ihn anzusehen. Lilac hätte den Blick abgewendet. Sie ist irgendwo in mir drin und will unbedingt raus, will zu ihm, will aufhören, ihn so zu quälen.

»Der Unterschied liegt darin, dass sie tot ist.«

Ich sehe ihm an, wie er mit sich ringt. Dass er gern zu mir herüberkommen würde. Mich gern anschreien würde. Dass er gern aufgeben würde, nur kurz. Ich hoffe, Letzteres gewinnt. Damit wir beide uns etwas ausruhen können. Nur kurz.

»Du bist du«, wiederholt er mit kummervollem Blick. »Du bist das gleiche Mädchen, das mit mir auf diesem Planeten abgestürzt ist, das ich durch Wälder und über Berge gezerrt habe, das durch ein Schiffswrack voller Leichen geklettert ist, um mir das Leben zu retten. Du bist das gleiche Mädchen, das ich geliebt habe, und ich liebe dich noch immer.«

Stopp. *Stopp.* Es reicht. Bitte.

Mir schnürt sich der Hals zu.

»Ich liebe dich, Lilac«, sagt er mit sanfter, eindringlicher Stimme. »Ich liebe dich, und ich hätte es dir sagen sollen, bevor du –«

Er kann nicht weiterreden, und es zerreißt mir das Herz. Ich schließe die Augen.

»Du bist meine Lilac.«

Ich schüttele den Kopf, versuche, meine Stimme wiederzufinden. »Ich weiß nicht, was ich bin oder warum ich hier bin, aber bis ich das herausgefunden habe, werde ich tun, was sie gewollt hätte. Nämlich hinter die Tür gelangen, ein Notsignal senden und dafür sorgen, dass du nach Hause kommst.«

»Dass wir beide nach Hause kommen. Ich werde nicht ohne dich gehen.«

»Mein Vater ist ziemlich einflussreich, aber wir reden hier von einem Unternehmen, das mächtig genug ist, einen ganzen *Planeten* verschwinden zu lassen. Vielleicht bekommt er noch nicht einmal Kenntnis hiervon, und wenn jemand anders erfahren sollte, was mit mir passiert ist – meinst du, man kann mich nicht auch einfach verschwinden lassen? Ich war *tot* … Glaubst du etwa, man wird mich mein normales Leben weiterleben lassen?«

Tarver beißt die Zähne aufeinander. »Es wird niemand erfahren, was hier passiert ist. Wir werden lügen.«

Es tut mir in der Seele weh. »Tarver«, flüstere ich. »Du kannst nicht lügen. Man wird mich untersuchen und es *herausfinden*. Man wird dich vors Militärgericht stellen und dann verlierst du alles.«

»Nicht alles.«

Er blickt mich ganz ruhig an. Seitdem er für sich entschieden hat, was ich bin – dass ich seine Lilac bin –, scheint für ihn nichts anderes mehr zu zählen. Er sieht so müde aus. Wenn er doch nur schlafen würde.

»Sie hat dich so geliebt«, wispere ich auf einmal. »Ich wünschte, sie hätte es dir gesagt.«

Später, als ich mich bereits für die Nacht umgezogen habe und er das Geschirr vom Abendessen abgewaschen hat, steht er auf einmal in der Tür zum Schlafsaal und sieht mir dabei zu, wie ich die Fensterläden öffne, um hinaus in die Nacht zu blicken.

»Meinst du wirklich, du wirst hierbleiben, wenn man mich holt?«, fragt er.

»Nein. Aber ich weiß, dass ich deinetwegen hier bin. Die Stimmen haben mich nicht zurückgeholt, weil sie uns einen Gefallen tun wollten – sie haben mich geholt, damit wir zusammen hinter die Tür kommen und das tun, wozu sie uns schon die ganze Zeit bringen wollen. Wenn du fort bist, wird es keinen Grund mehr für sie geben, mich zu erhalten.«

Ich blicke aus dem Fenster, damit er nicht sieht, wie viel Angst ich habe.

»Ich glaube nicht, dass ich hierbleiben werde, wenn du fort bist«, sage ich leise. »Ich glaube, ich werde einfach aufhören zu existieren. Du musst mich gehen lassen, Tarver. Du kannst dich nicht …«

»Ich kann was nicht?«, fragt er und seine Stimme ist so tief und angestrengt, wie ich sie noch nie gehört habe. Als ich mich nach ihm umdrehe, klammert er sich mit weiß hervortretenden Fingerknöcheln am Türrahmen fest, und jeder seiner Muskeln zeichnet sich ab.

Ich schlucke. »Dich an einen Geist verlieren.«

Einen langen Moment erwidert er nichts und die Stille zwischen uns ist angespannt wie ein Drahtseil. Es wird mich jeden Augenblick von meinem Platz am Fenster weg- und endlich zu ihm hinziehen.

Ich kann das nicht länger aufrechterhalten.

Doch dann wendet er sich ab und verschwindet durch die Tür. Ich höre seine Schritte, wütend und schnell, als er über den Schutt im Eingangsbereich nach draußen läuft. Die Anspannung verlässt mich und ich merke, wie ich falle und mit voller Wucht auf den Boden schlage. Meine Haut ist nur noch dünn wie Papier. Ich schaffe es gerade eben so, mich zum Bett zu schleppen.

Ich kann nicht –

Ich muss hinter diese Tür gelangen. Als ich das auf die Decke gestickte LaRoux-Lambda sehe, denke ich zum ersten Mal, dass ich weiß, wie. Ich muss es bald tun. Ich glaube, ich habe nicht mehr viel Zeit.

»Das ist doch verrückt. Sie sind derjenige, der meint, ich würde
nicht die Wahrheit sagen, und dann soll ich Ihnen erklären, warum?
Sagen *Sie* es mir.«
»Vielleicht können wir uns darauf einigen, dass
es – hypothetisch – einen Grund dafür geben könnte,
dass Sie die Wahrheit für sich behalten.«
»Hypothetisch.«
»Das bedeutet unter Vorbehalt, möglicherweise.«
»Ich weiß, was das Wort bedeutet.«

# 38

# TARVER

Es ist spät, als ich schließlich über die Lichtung zurückkomme. Ich bin jetzt klarer im Kopf, meine Schritte sind sicherer. Mir die Beine zu vertreten hilft mir meistens, meine Gedanken zu sortieren. Als ich in den Raum mit den Rechnern komme, ist er verändert.

Die Monitore, die sonst schwarz waren, leuchten wie eine Skyline, rote, unverständliche Zeilen von codierten Wörtern tanzen über die Bildschirme. Wir haben Strom. Richtigen Strom, nicht solchen, wie wir ihn bisher aus der Notstromversorgung gequetscht haben.

Ein Gefühl der Hoffnung durchströmt mich. Vielleicht hat sie es geschafft, durch die Tür zu gelangen, in den abgeschlossenen Raum. Jeden wachen Moment habe ich damit zugebracht, nach dem Passwort zu suchen, in der Hoffnung, dass sich hinter der Tür etwas befindet, das Lilac helfen könnte.

Aber wenn sie die Tür aufbekommen hat, warum hat sie mich nicht geholt? In meinen Gedanken spielt sich immer wieder die gleiche Szene ab: die zu Staub zerfallende Feldflasche.

*Ganz ruhig. Es geht ihr gut.* Aber mein Herz schlägt wie wild, als ich mich auf die Leiter in den Keller schwinge. Ich höre meinen alten Ausbilder, der mich anschreit, bloß nicht so unvernünftig zu sein und zu versuchen, mit einem waghalsigen Sprung in die Tiefe schneller bei ihr zu sein. *Pass auf dich selbst auf*, bellt er mich aus seinem Grab auf einem weit entfernten Planeten an. *Du kannst niemandem helfen, wenn du dir alle Knochen brichst. Überstürz es nicht.*

Aber ich kann nicht anders. Ich springe, und als ich unglücklich mit dem Fuß aufkomme, schenke ich dem stechenden Schmerz keine Beachtung. Das Licht ist an und ich renne über die Flure, dann die Metalltreppe hinab und um die Ecke.

Die runde Tür steht offen.

Lilac muss mich kommen gehört haben – sie steht hinter der Türöffnung, blickt hinaus und wartet auf mich. Ihre Haut ist nur noch ein mattes Grau, sie ist viel zu blass, ihre Augen verschwinden in den Höhlen. Sie zittert, als sie nach dem Türrahmen fasst. Langsam gehe ich auf sie zu.

»Ich habe das Passwort erraten«, flüstert sie mit rauer Stimme.

Ich würde nichts lieber als sie in die Arme schließen, aber ich weiß, dass sie es nicht will, und so halte ich mich mit großer Anstrengung zurück. »Wie hast du es geschafft?«

»Das hier ist die Überwachungsstation von meinem Vater – sein Zeichen ist überall. Er hat immer gesagt, ich bräuchte nichts weiter als meinen Namen, um überall in der Welt hinzugelangen. Also habe ich es ausprobiert. Ich habe meinen Namen eingegeben.«

»Lilac.«

Sie nickt und ich sehe, wie ihre Mundwinkel zucken. Ich verstehe den Kummer auf ihrem Gesicht. Wenn ihr Name das Passwort war, dann heißt das, ihr Vater steckt dahinter, nicht irgendeine gesichtslose Person bei LaRoux Industries. Dann ist es nicht so, dass er hiervon nichts gewusst hätte. Er ist dafür verantwortlich, was hier passiert ist, und dafür, dass es hinterher verschleiert wurde. Und er hat Lilacs Namen dafür benutzt.

»Ich konnte ein Notsignal erzeugen, aber es ist schwach.« Sie sagt es leise, mit gepresster Stimme. »Es wird nur Rauschen ankommen, es sei denn, es wird von genug Relais empfangen und verstärkt.«

Noch vor einiger Zeit wäre mir das als die beste Nachricht, die ich je gehört habe, vorgekommen, doch jetzt erscheint sie mir im Gegenteil ziemlich finster. Ich bin mir nicht sicher, ob ich überhaupt noch will, dass man uns holen kommt. Nicht, wenn ich nicht weiß, wie ich Lilac retten kann.

»Komm rein«, sagt sie. »Es gibt noch mehr, was ich dir zeigen muss.«

Sie macht einen Schritt zurück, und ich steige durch die Tür und greife automatisch nach ihrer Hand. Sie erwidert meinen Händedruck kaum spürbar. Auch meine Kraft lässt ziemlich schnell nach, als das Zittern mich erfasst. Es ist das gleiche Zittern wie bei den Visionen, nur zehn-, zwanzigmal schlimmer.

Der Raum brummt vor lauter Energie, an jeder Wand stehen Tische mit Monitoren, Bedienungsfeldern und Rechnern. Dicke Kabel führen von den Schaltpulten in die Mitte des Raums. Über uns ragt ein runder Stahlrahmen in die Höhe. Er ist so groß, dass er fast den gesamten Raum einnimmt. Träge blaue Blitze züngeln darin umher und erzeugen ein flirrendes Licht.

Ich kann meinen Herzschlag, meinen heftigen Atem gar nicht mehr hören – das elektrische Knistern und Zischen ist so laut, dass alle anderen Geräusche untergehen. Der Raum ist hinter dem Stahlrahmen ganz dunstig, die Luft ist dick und schwer und schmeckt nach Metall. Das Brummen tut mir an den Zähnen weh.

Am Stahlrahmen sind zwei große, gelb-schwarz gestreifte Warnschilder befestigt, eins oben, eins an der Seite. *Achtung! Bei Kontakt mit Objekten ist die Spaltstabilität gefährdet. Berühren strengstens verboten!*

*Objekte.* Die Versuchsobjekte, die auf den Unterlagen oben erwähnt waren.

Auf einmal höre ich die flüsternden Stimmen, sie werden immer lauter in meinen Ohren, hartnäckiger. Sie sind fast greifbar am Rand meines Bewusstseins – als ob ich nur den Abstand zwischen uns etwas verringern müsste, um sie richtig zu verstehen.

Ohne nachzudenken, gehe ich auf den Stahlrahmen zu, ich kann seinem Sog nicht widerstehen.

Einen Moment lang ist der Raum um mich nicht mehr da, von völliger Dunkelheit verschluckt, und ich sehe nur noch winzige Sterne blinken.

Dann reißt mich etwas zurück, und im nächsten Augenblick ist es auch schon wieder verschwunden – und Lilac ist da, die mich an der Hand hält.

»Bist du wahnsinnig?«, keucht sie. »Weißt du nicht mehr, was in den Unterlagen stand? Wenn man ihn berührt, kann es zu einem tödlichen Zusammenbruch kommen.«

»Was?« Ich stehe noch immer unter dem überwältigenden Eindruck der Sterne, von dem Gefühl, dass ich um Haaresbreite davon entfernt war zu verstehen.

Sie zeigt auf das hypnotisierend blaue Licht im Stahlrahmen. »Begreifst du denn nicht? *Das* ist der Spalt. Das muss er sein.«

Ich will gerade etwas antworten, doch plötzlich geht die Deckenbeleuchtung aus, und der Raum wird nur noch von der fließenden blauen Elektrizität erhellt. Dann geht das Licht wieder an. Einmal für *Ja*.

»Oh Gott«, flüstert Lilac, den Blick auf den Stahlrahmen gerichtet. Sie schwitzt, ihre Hand in meiner ist ganz feucht. Sie fühlt sich kalt an, viel zu kalt. In dem flackernden blauen Licht ist es schwer zu sagen, aber ich habe den Eindruck, als wären ihre Augen noch tiefer in den Augenhöhlen versunken und die Ringe unter ihren Augen noch dunkler geworden.

»Lilac.«

»Sie sind es.«

»Was –« Doch als ich sehe, wie sie den Rahmen anstarrt, verstehe ich, was sie meint.

»Die Wesen, die Objekte. Die Stimmen. *Sie* sind die Stromquelle der Überwachungsstation. Das Licht, die Energie – das ist der Spalt.

Eine Verbindung zwischen den Dimensionen. Und sie sind hier, gefangen von diesem Stahlring, den man darum gebaut hat.«

Das blaue Licht flackert wie verrückt. Einige der Deckenleuchten zerspringen und lauter Glassplitter regnen auf den Metallboden.

»Energiebasierte Lebensformen.« Meine Stimme ist nur noch ein Flüstern.

Plötzlich rutscht Lilacs feuchte Hand aus meiner, als sie stöhnend auf die Knie sinkt.

Mir bleibt das Herz stehen, schnell gehe ich neben ihr in die Hocke.

Ihre blasse Haut ist jetzt fast durchsichtig – ich kann die dunklen Venen sehen, die sich ihre Arme emporschlängeln. Angestrengt hebt sie den Kopf und schnappt nach Luft. Als ich ihr eine Hand auf die Schulter lege, fängt an der Stelle ihr Kleid an zu zerfallen. Wie die Blume, wie die Feldflasche.

Es bringt sie um, so nah an den Stimmen zu sein – ihre Symptome sind jetzt tausendmal schlimmer. Ich muss sie hier rausbringen. Ich umfasse sie mit einem Arm und ziehe sie auf die Beine, bei jeder Bewegung zerfällt ihr Kleid ein bisschen mehr. Stofffetzen treiben wie Asche durch die Luft. Hastig ziehe ich meine Jacke aus und lege sie ihr um, dann hebe ich Lilac hoch.

*Sie sind die Stromquelle*, höre ich ihre Stimme.

Und sie versiegt.

Ich kann nicht mehr klar denken. Ich weiß nur, dass ich sie hier rausbringen muss, und so drehe ich mich um und trage sie über die Türschwelle.

Als ich mit ihr die Leiter hinaufsteige, hat Lilac sich so weit erholt, dass sie sich daran festhalten kann. Oben angekommen setze ich sie im Raum mit den Rechnern auf einen Stuhl. Ich bin dabei so sanft wie möglich, aber sie zuckt trotzdem vor Schmerzen zusammen. Sie hat ganz offenbar eine Verbindung zu den Wesen im Spalt, die ich nicht habe. Die Energie, von der die Station versorgt wird, ist die gleiche, die auch durch Lilac fließt, die Lebenskraft, die sie noch hier bei mir hält.

Sie blickt an mir vorbei und mein Herz bleibt stehen, als sie sich auf einmal nicht mehr rührt. Doch dann merke ich, dass sie die brutalen Bilder an der Wand anstarrt, die wir die ganze Zeit zu ignorieren versucht haben.

Ich folge ihrem Blick und sehe auf eine rot gemalte Gestalt.

»Tarver, ich weiß, was hinter den Bildern steckt«, flüstert sie mit vor Aufregung zitternder Stimme. »Siehst du das?« Angestrengt hebt sie eine Hand, um auf die nächste Gestalt zu zeigen, auch in Rot, und dann die nächste. »Es ist derselbe Mann. Siehst du den Handabdruck daneben? Es ist immer derselbe. Beim ersten Mal bricht er sich das Genick. Dann kommt er durch den Speer um. Dann verbrennt er. Es ist derselbe Mann, immer wieder. Tarver, die Leute, die hier stationiert waren, haben sich selbst umgebracht«, stößt sie hervor. »Und dann wurden sie wieder zurückgeholt, so wie ich.«

»Verdammt – du hast Recht.« Mir schwirrt der Kopf, meine Gedanken rasen, während ich versuche, es zu begreifen. »Sie sind immer wieder zurückgekehrt.«

Die Gestalten sind eindeutig voneinander zu unterscheiden, auf einmal kann ich jede einzelne durch einen Tod nach dem anderen gehen sehen. Um die Bilder herum sind lauter Handabdrücke und das LaRoux-Lambda, das groß und dick danebengemalt wurde. Plötzlich erhalten die ständig zwischendurch auftauchenden blauen Spiralen eine völlig neue Bedeutung. Das ist der Spalt, mit seinen Gefangenen.

Lilac lässt den Blick weiter über die Bilder wandern. Sie werden immer wilder, immer fieberhafter, und allmählich zu primitiven Farbklecksen, in denen nichts mehr zu erkennen ist. Am Ende der einen Bilderfolge ist ein einzelner verschmierter Handabdruck.

Dann kommt nichts mehr.

Ich weiß, dass wir darin beide das Gleiche sehen. *Das* ist es, was die Leute hier gefunden haben.

Sie sind mehrfach gestorben und haben weitergelebt, und sind irgendwo dazwischen wahnsinnig geworden. Sie sind hergekommen, um die Wesen zu untersuchen, die mir Lilac wiedergeschenkt haben, oder vielleicht auch um sie umzubringen, und haben eine Art verquere Unsterblichkeit entdeckt.

Bis – was? Bis die flüsternden Stimmen zu schwach waren, sie noch einmal zurückzuholen und gleichzeitig die Station mit Strom zu versorgen, und die Forscher endgültig gestorben sind? Oder bis LaRoux Industries sie abgezogen und diesen Planeten versteckt hat?

Ich blicke immer noch an die Wand, als Lilac auf einmal mit der Hand auf den Tisch haut. »Warum sollte man sich so etwas aussuchen? In so einem Schwebezustand zu leben, mit der ständigen Angst, jeden Moment zu zerfallen?«, fragt sie mit rauer Stimme.

Ich wünschte, ich könnte sie in die Arme schließen. Doch die Distanz zwischen uns fühlt sich an wie eine unüberwindbare Schlucht. »Vielleicht war es für sie anders, als dieser Ort noch richtig betrieben wurde«, sage ich. »Wir sehen ja nur noch die Überbleibsel dessen, was das Unternehmen zurückgelassen hat.«

»Und wenn ich zerfalle, haben sie nicht mehr die Energie, mich zurückzubringen.«

Sie klingt, als wäre es genau das, was sie will. Mir verschlägt es den Atem und ich kann sie bloß schmerzerfüllt ansehen.

»Ich will nur schlafen«, flüstert sie und die Sehnsucht ist ihr anzusehen; ihre sonst blauen Augen wirken ganz dunkel. »Ich wünsche es mir so sehr – auch wenn du todunglücklich wärst und trauern würdest, aber du würdest – du würdest heilen. Das Signal wird irgendwann übermittelt werden und dann kannst du nach Hause. Du wirst deine Eltern haben und den Garten und … Dann kann die Überwachungsstation zur Ruhe kommen und die Stimmen können ruhen.

*Ich* kann ruhen. Das ist es, was wir wollen. Richtige Ruhe, nicht diese Kälte, diese –«

»Lilac, ich *brauche* nicht zu heilen. Ich will es nicht.« Meine Stimme ist genauso rau wie ihre. »Ich will *dich*. Wir finden einen Weg, wir finden irgendwie die Energie, dich am Leben zu halten. Ich werde dich kein zweites Mal verlieren.«

»Du verlierst gar nichts, Tarver. Ich bin doch schon längst nicht mehr da.« Ihr Kampf zeichnet sich auf ihrem Gesicht ab, sie schließt die Augen, presst die Lippen zu einer dünnen Linie zusammen, die nichts gegen die ihr jetzt über die Wangen laufenden Tränen ausrichten kann.

Zum ersten Mal sehe ich diese andere Sehnsucht – das Verlangen zu bleiben. Zum ersten Mal begreife ich, dass sie vielleicht die ganze Zeit darauf beharrt, dass wir uns nicht zu nahe kommen, weil sie Angst hat, dass *sie* das alles noch einmal verlieren könnte.

Ich lasse meine Hand ganz langsam, Zentimeter für Zentimeter, in ihre gleiten. Sie hält den Atem an, zieht die Hand aber nicht weg.

»Was auch immer sie mit mir getan haben, Tarver, was auch immer ich bin – ich liebe dich. Vergiss das nicht.«

Ich ziehe sie an mich, ihre Haare fallen über meine Brust, ihr Gesicht liegt an meinem Hals. Ich halte sie so, bis sie einschläft, ihr Atem warm an meiner Haut. Es müsste sich eigentlich anfühlen wie ein Sieg: Sie ist hier, bei mir, und wird langsam wieder sie selbst. Doch stattdessen fühlt es sich an wie ein Abschied.

Die Sprossen der Leiter sind kalt, als ich noch einmal hinunter in den Keller steige. Obwohl es Nacht ist, verströmen die Lampen hier wie immer ihr grelles Neonlicht. Meine Schritte hallen von den Wänden wider, während ich auf den vor Elektrizität summenden Raum zugehe.

Der Spalt wartet auf mich, das blaue Licht in dem runden Stahlrahmen züngelt.

Als die Stimmen anfangen zu flüstern, knistert der Rahmen vor lauter Energie. Die darin gefangenen Wesen müssen mir irgendwie helfen können, Lilac zu retten. Die Visionen, die sie uns gegeben haben, tauchen vor meinem geistigen Auge auf – ein Tal voller Blumen, das Haus meiner Eltern, so groß und bunt wie in Wirklichkeit, eine einzige Blüte, die Lilac in ihren dunkelsten Stunden Hoffnung gegeben hat. Ich kann mir nicht vorstellen, dass Wesen, die so viel Mitgefühl zeigen, so grausam sein könnten.

Ich blicke hinauf in das knacksende elektrisch-blaue Leuchten des Spalts. Irgendwie muss ich diese Wesen doch verstehen. Warum haben sie uns aus so weiter Ferne hierhergeführt? Ich merke, wie der Frust in mir aufsteigt, während ich in das sich ständig verändernde blaue Licht starre. Mir läuft die Zeit weg und ich habe immer noch keine Ahnung, wie ich Lilac retten soll.

Das Flüstern stürzt mir wieder in die Ohren und ich sehe undeutliche, flackernde Umrisse vor mir. Mein Herz rast.

Der weite Weg, die ganzen Schmerzen, und jetzt schaffen sie es nicht einmal, mir ihre verdammte Botschaft zu übermitteln?

»Was zum Teufel wollt ihr von mir?«, frage ich mit heiserer Stimme.

Wie zur Antwort steigt das Flüstern an, aber wie immer kann ich natürlich kein Wort verstehen. Es liegt keine Antwort darin. Keine Rettung für Lilac.

»Na los.« Ich unterdrücke den Impuls, mit bloßen Fäusten auf das Ding einzuschlagen, das Problem auf die einzige Art anzugehen, die mir liegt. »Ich bin hier. Ich bin den ganzen Weg über diesen verdammten Planeten hierhergekommen. Was wollt ihr von mir?«

Es folgt eine Stille, die nur durch das Knistern und Krachen der Elektrizität und das Summen der Maschinen unterbrochen wird. Wenn ich es nicht aufhalten kann, wird Lilac nicht mehr lange sein. Und diesmal wird es langsam voranschreiten, und ich werde zusehen müssen, wie sie noch einmal stirbt.

*Einen Teufel werde ich tun.* Plötzlich hakt es bei mir aus. Ich wirbele herum und schlage auf die Schalttafel am Stahlrahmen. Ich traktiere einen der spärlich beleuchteten Monitore, bis das Plasma Wellen schlägt. Wieder und wieder prügele ich darauf ein, bis das Plastik zerbricht und der Bildschirmrahmen sich verformt und mein Arm schmerzt, aber es ist immer noch nicht genug.

Jeder Schritt dieser Reise, jedes Quäntchen Schmerz, alles, was ich in ihr gefunden habe. Es kann hiermit nicht zu Ende sein. Auf einmal habe ich einen Stuhl in der Hand und Funken fliegen, als ich damit auf den Stahlrahmen einschlage. Ich habe Kupfergeschmack im Mund, um mich herum dreht sich alles. Irgendwo in der Ferne höre ich über dem Rauschen des Bluts in meinen Ohren jemanden voller Verzweiflung und Frust brüllen. Ich schlage weiter mit dem Stuhl zu, zertrümmere die Schalttafel und die Monitore, die an den Spalt angeschlossen sind, um mich herum Funken und Rauch, ich bin wie besessen, alles zu zerstören.

Dann höre ich eine andere Stimme rufen, die versucht, sich über meinen Kummer bemerkbar zu machen.

»Tarver. *Tarver.*«

Vor Wut und Hilflosigkeit zitternd drehe ich mich um. Alec lehnt an der Wand, die Hände in den Hosentaschen. Die Luft entweicht meiner Lunge.

»Alec, du kannst nicht –«

Dann sehe ich, dass er an den Rändern verschwommen ist.

Meine Hände zittern immer noch, ich lasse den Stuhl fallen, versuche, den metallischen Geschmack im Mund herunterzuschlucken.

Alec kommt auf mich zu. Sein Gang, die leichte Neigung des Kopfes, der nachdenkliche Gesichtsausdruck – es wirkt alles so vertraut, so erschreckend echt. Mein Herz krampft sich schmerzhaft zusammen. Er antwortet nicht, blickt stattdessen auf den Spalt, auf die wirbelnde Energie darin. Mit einem Schlag wird mir bewusst, dass seine Augen nicht braun sind, wie ich sie in Erinnerung habe. Sie sind blau – noch blauer als Lilacs, blauer als der Himmel. Sie sind genauso blau wie der Spalt.

»Du bist nicht mein Bruder.« Ich klammere mich an der kaputten Schalttafel fest.

»Nein.« Er hält kurz inne. »Wir sind herausgekommen.« Er sieht an mir vorbei auf das blaue Licht.

»Aus dem Spalt? Aber wie?«

Er deutet auf die zerstörte Schalttafel. »Du hast die Dämpfung außer Gang gesetzt. Wir können jetzt leichter in deine Gedanken eindringen. Wir können Wörter finden, und dieses Gesicht. Es ist immer irgendwo in deinen Gedanken.«

Langsam atme ich ein. »Was seid ihr?«

Alec – oder das Ding mit Alecs Gesicht – zögert auf eine so menschliche Art, dass ich mir ins Gedächtnis rufen muss, dass er nicht ist, was er zu sein scheint. »Wir sind Gedanken. Wir sind Energie. In unserer Welt ist das alles.«

»Warum seid ihr hier?«

Alecs Mund verzieht sich, als hätte er Schmerzen. »Neugierde. Aber wir mussten feststellen, dass wir hier nicht die Einzigen sind.«

»LaRoux Industries.«

Alec nickt. »Sie haben es geschafft, uns voneinander zu trennen.«

»Aber warum geht ihr nicht wieder?«, frage ich. »Warum kehrt ihr nicht nach Hause zurück?«

»Das ist der Käfig, den sie um uns errichtet haben. Wir können weder eure Welt richtig betreten noch in unsere zurückkehren.« Sein Gesicht – das Gesicht meines Bruders – ist von Kummer gezeichnet. Dann fängt das Bild auf einmal an zu flackern und Angst macht sich in mir breit. Ihre Kraft – *Lilacs* Kraft – lässt nach.

»Bitte! Wie kann ich euch helfen? Ich kann Lilac nicht noch einmal verlieren!«

Alecs Miene ist voller Mitgefühl. »Dieser Käfig hält uns hier gefangen und wir werden immer schwächer. Es bleibt nicht mehr viel Zeit. Jetzt sogar noch weniger. Wenn wir unsere – unsere Leben gegen ihres tauschen könnten, würden wir das tun. Um Ruhe zu finden, um zu schlafen.«

»Warum jetzt noch weniger?«

»Das Signal.«

»Das Notsignal? Das raubt euch Kraft?«

»Es wird bald nicht mehr genug übrig sein.« Alecs Erscheinung flackert wieder, dann verschwindet er. Jetzt bin nur noch ich im Raum. Ich habe mich noch nie so allein gefühlt.

Ich renne zu dem Tisch mit den Rechnern, mit denen Lilac das Notsignal erzeugt hat, und beobachte, wie das Signal leuchtend über die Bildschirme springt, während ich nach einer Möglichkeit suche, es abzustellen. Letztendlich reiße ich einfach die Kabel heraus. Die Bildschirme werden schwarz, und kurz leuchtet der Spalt ein bisschen heller.

Alecs Stimme – die Stimme der flüsternden Wesen – klingt mir immer noch in den Ohren. *Wir werden immer schwächer.* Lilacs einzige Hoffnung ist an diese Wesen geknüpft, und sie verschwinden.

Ich gehe zurück zur Leiter. Ich brauche Luft – ich brauche Platz, um mich zu bewegen. Tief in mir fühle ich die Last, die diese Wesen mit sich herumtragen.

Sie haben all ihre Energie dareingesteckt, uns zu erreichen, uns mit ihren Visionen und ihrem Flüstern herzulocken, uns zu geben, was wir brauchten – mir meine Lilac zu geben –, damit wir sie finden konnten. Und jetzt können sie Lilac kaum noch am Leben halten.

Ich weiß jetzt, warum sie mir Lilac zurückgebracht haben. Sie waren darauf angewiesen, dass ich weiter Nachforschungen anstelle und versuche, das Geheimnis der Überwachungsstation zu entdecken. Sie konnten es nicht riskieren, dass ich mir in der Höhle das Hirn wegpuste, als ich ihre einzige Hoffnung auf Befreiung war. Aber sie sind noch immer gefangen, und ich weiß nicht, ob ich ihnen das Ende bereiten kann, das sie sich wünschen. Mir schwirrt der Kopf.

Die frische Luft, die mir entgegenschlägt, als ich über den Schutt im Eingangsbereich hinaus auf die Lichtung trete, fühlt sich gut an. Ich lege den Kopf in den Nacken und sehe hinauf zu den inzwischen vertrauten Sternen, gehe mit dem Blick die Sternbilder nach. Ich blinzle, als mein Blick kurz verschwimmt und die Sterne sich leicht bewegen. Ich blinzle noch einmal und da weiß ich, dass, was ich sehe, echt ist.

Einer der Sterne bewegt sich. Nein, nicht nur einer – da ist noch einer. Und noch einer.

So etwas sehe ich nicht zum ersten Mal. Ich habe es bisher auf jedem Planeten gesehen, auf dem ich stationiert war. Das sind Schiffe im Orbit. Sie müssen Lilacs Notsignal empfangen haben und jetzt kommen sie, um dem nachzugehen.

Auf einmal werde ich von Panik erfasst. Wenn sie uns finden – wenn sie Lilac finden –, werden sie uns mit an Bord nehmen, und wenn sie Lilac von den sie erhaltenden flüsternden Stimmen wegzerren –

Mein Körper setzt sich in Bewegung, bevor ich den Gedanken beendet habe, und ich rase zurück ins Gebäude. Wir müssen uns verstecken. Wenn man uns von diesem Planeten holt, bevor ich herausgefunden habe, wie ich Lilac retten kann, wird sie sterben, und ich würde lieber für ewig mit ihr hierbleiben, als ohne sie zu leben. Ich würde mich für sie entscheiden. Für jeden Ort, an dem ich mit ihr leben kann.

Ich platze in den Schlafsaal, und eine Sekunde später sitzt sie kerzengerade im Bett und sieht mich erschrocken an. »Tarver?«

»Schnell –« Die Panik schnürt mir die Luft ab, ich keuche. »Da sind Schiffe im Orbit. Ich glaube, sie wissen noch nicht, wo wir genau sind. Wir müssen –«

Sie ist schon auf den Beinen, bevor ich überhaupt ausgeredet habe, und ich schnappe mir den Rucksack und die Pistole und wir laufen zur Falltür, die in den Keller führt. Ich bete, dass sie denken werden, dass, falls wir jemals hier waren, wir wieder weg sind.

Lilac fällt die letzten Stufen in meine Arme. Ich trage sie halb den Gang hinunter. Im Raum hinter der runden Tür angekommen löst sie sich von mir und stolpert am Stahlrahmen vorbei zum Tisch mit den Monitoren. Als sie sieht, dass das Notsignal aus ist, schnappt sie entsetzt nach Luft, doch im nächsten Moment tanzen ihre Finger auch schon über die Tasten. Kurz darauf geht ein schriller Alarm los und die Bildschirme leuchten rot auf.

»Lilac, was zum Teufel machst du da?«

Mit großen Augen und wildem Blick sieht sie mich an. »Ich habe es wieder in Gang gebracht. Ich kann das System überlasten. Vielleicht entsteht dadurch genug elektrische Aktivität, dass wir auf ihrem Radar auftauchen.«

Das Herz bleibt mir stehen. Sie versucht, ihnen zu zeigen, wo sie hinkommen müssen, um mich zu finden, und benutzt dafür die letzten Reste des bisschen Stroms, den wir noch haben. Die letzten Reste, die sie noch am Leben halten. Ich mache einen Satz auf sie zu. »Lilac, hör auf –«

Sie schlägt auf einen Bildschirm und ein weiterer Alarm ertönt. Blaues Licht flackert im Stahlrahmen auf, dann verblasst es beinah vollständig. Ich schlinge die Arme um Lilac, halte sie fest und ziehe sie von den Monitoren weg.

Die Bildschirme blinken und die Alarmtöne schreien um die Wette.

Ich werde versagen. Ich werde sie alle im Stich lassen. Lilacs Energie schwindet, und dann wird sie zu Staub zerfallen, und die flüsternden Wesen werden für immer im Spalt gefangen bleiben, weder tot noch lebendig sein.

Es muss doch einen Ausweg geben. Das blaue Licht im Stahlrahmen züngelt und pulsiert, es ist schon viel schwächer als zuvor, und im Käfig gefangen kann es nirgendwohin. Mein Blick fällt auf das am Rahmen befestigte Schild. *Achtung! Bei Kontakt mit Objekten ist die Spaltstabilität gefährdet. Berühren strengstens verboten!*

Und dann fallen mir die angekohlten Unterlagen wieder ein, als wir zum ersten Mal von der Existenz des Spalts gelesen haben. Das Zusammenbrechen des Spalts würde Energie freigeben, hieß es. Ich erinnere mich an das Wort *tödlich*.

Vielleicht tödlich für einen gewöhnlichen Menschen – aber das ist Lilac nicht mehr. Lilac ist etwas anderes, erschaffen von ebender Energie im Spalt. Die ganze Zeit über haben die flüsternden Stimmen uns geholfen – die ganze Zeit mussten wir nichts weiter tun, als ihnen zu vertrauen.

Von allen Menschen haben sie ausgerechnet Alec ausgesucht, um mit mir zu sprechen. Den einen Menschen im Universum, dem ich bedingungslos vertraut habe. Den einen Menschen, der immer wusste, was zu tun ist.

Ich umklammere Lilac noch fester und ziehe sie vom Tisch mit den Monitoren weg auf das blaue Licht des Spalts zu. Sie scheint zu spüren, was ich vorhabe, und wehrt sich mit aller ihr noch zur Verfügung stehenden Kraft. Doch es ist zu spät – mit ihr im Arm springe ich in den Spalt hinein.

»LaRoux Industries hat wegen dieser Geschichte
große Verluste gemacht, Major.«
»Ich bin nicht für den Absturz des Schiffes verantwortlich.«
»Aber für das Zerstören der Überwachungsstation.
Die Eigentum von LaRoux Industries war.«
»Was hat doch gleich der Bau der *Icarus* gekostet? Wie viele
Menschen sind gestorben? Und Sie beklagen den Verlust der
Überwachungsstation? Sie finden, das war ein großer Verlust?«
»Natürlich nicht. Aber wir nehmen jede
mutwillige Zerstörung unseres Eigentums sehr ernst.«
»Vielleicht können Sie Monsieur LaRoux darauf hinweisen,
dass ich versucht habe, seine Tochter zu retten.«
»Es ist Monsieur LaRoux' Wunsch, dass Sie befragt
werden. Ich glaube, er würde Ihnen antworten,
dass er seine Tochter ohnehin verloren hat.«

# 39

# LILAC

Ich werde von einer solch überwältigenden Dankbarkeit erfasst, dass ich nichts anderes mehr fühlen oder denken kann. Da ist keine Stimme, nur die Dankbarkeit, die mich umgibt und mich aus dem zuckenden blauen Licht trägt.

Die Welt wird still. Überall um mich herum ist Energie, und ich fühle, wie sie sich auf mich konzentriert, in mich fließt und mich erfüllt, mich heilt und regeneriert.

Ich befinde mich über den Dimensionen und sehe alles, weiß alles.

Ich erinnere mich an andere meiner Art, aus einer anderen Zeit. Alles, was ich bin, streckt sich nach ihnen aus, sehnt sich nach einem Ende.

*Noch nicht.* Sie klingen müde. Schwach.

Ich versuche es noch einmal, aber sie stoßen mich zurück. Sanft. Erschöpft. Hinter ihnen kann ich noch zahllose andere spüren, obwohl ich sie weder sehen noch berühren kann. Sie sind hinter einem Schleier, den ich nicht wegschieben kann, und verschwinden immer weiter.

Ich rufe ihnen hinterher, dass sie warten sollen, aber sie sind bereits fort. Alles ist kalt und dunkel und ich bin wieder allein. Auf einmal kehrt das Gefühl in meinen Körper zurück. Ich spüre, wie mich etwas berührt, sich um mich schlingt. Mir klingen die Ohren, das Blut rauscht an meinem Trommelfell vorbei. Etwas Warmes und Weiches berührt mein Gesicht. Das Klingen in meinen Ohren wird zu einer Stimme.

»Lilac?«

Mit Mühe tauche ich aus der Dunkelheit wieder auf.

Tarvers Hand liegt an meiner Wange. »Geht es dir gut? Kannst du dich bewegen?«, keucht er.

Ich schlucke, blinzle. Das einzige Licht kommt von einer Reihe von Monitoren an der Wand, deren Leuchtkraft langsam abnimmt. Auf einmal fällt mir wieder ein, wo wir sind: im Keller der Überwachungsstation. Ich liege auf dem Boden und blicke hoch zu dem leeren Stahlring. Der Spalt – Tarver hat mich hindurchgezogen. Die blaue Elektrizität ist verschwunden.

Was für ein Übergang zwischen den Dimensionen sich auch immer hier in diesem Raum befunden hat, er ist weg und wir sind allein.

Auf wundersame Weise ist er noch am Leben. Wir sind es beide.

Ich stütze mich auf die Ellbogen und blicke ihn benommen an. »Tarver?«

Er schlingt die Arme um mich, zieht mich an sich und presst die Lippen an meine Schläfe. »Einen Augenblick lang habe ich gedacht –« Ihm versagt die Stimme.

»Was hast du getan?«

Er lehnt sich etwas zurück, um mich ansehen zu können. »Du brauchtest einen Energieschub. In den Unterlagen stand etwas von gewaltigen Mengen Energie, die freigesetzt werden, wenn man mit dem Spalt in Berührung kommt. Ich habe gehofft, dass du dadurch bekommen würdest, was du brauchst – und sie wollten gehen. Sie wollten, dass es endet.«

»Bist du wahnsinnig?« Ich kralle mich an seinem Shirt fest. »Ich meine mich daran zu erinnern, dass in den Unterlagen auch etwas von ›tödlich‹ stand. Es hätte dich umbringen können!«

Tarver sieht auf meine Hände, die an seinem Shirt ziehen, und grinst mich an. Dieses Grinsen habe ich schon ewig nicht mehr gesehen, seit ich die Zündschnur angezündet habe. »Ich habe mich für dich entschieden. Und ich glaube nicht, dass sie wollten, dass ich sterbe – ich glaube, sie wollten, dass wir es beide hindurchschaffen.«

Ich blicke auf den Stahlring, der den Spalt umschlossen hat. Das blaue Licht ist fort, und das Gefängnis, welches das Unternehmen meines Vaters gebaut hat, um die flüsternden Stimmen in Schach zu halten, ist leer. Tarver folgt meinem Blick und sein Lächeln verblasst.

»Sie wollten ein Ende«, sagt er leise. »Sie waren zu schwach, um nach Hause zu gelangen.«

Ohne Strom sind jetzt auch die letzten Monitore erloschen und wir sitzen in vollkommener Dunkelheit. Ich sehe noch optische Nachwirkungen vor meinen Augen – aber nicht von den Bildschirmen. »Einen Moment lang habe ich sie gesehen. Sie alle. Sie waren einmal alle ein Teil voneinander, so wie wir es niemals sein könnten … Es war wunderschön, Tarver. Ich wünschte, du hättest es auch gesehen.«

Er drückt mich wieder fester an sich und küsst mich auf die Stirn. Dann steht er auf und zieht mich mit sich hoch.

Mir wird leicht schwindelig, als ich stehe, aber ich merke, dass meine Kräfte zurückkehren. Auf einmal erklingt ein tiefes metallisches Stöhnen, das den Gitterboden unter unseren Füßen vibrieren lässt.

»Was war –«

Erneut kreischt Metall und der Boden unter uns wackelt. Tarver umfasst meine Hand fester und wendet sich um.

»Das Gebäude muss von der Druckwelle – Komm!« Er reißt an meinem Arm, und ich mache mich schon auf den Schmerz gefasst, aber er ist gar nicht so schlimm, wie er noch vor ein paar Minuten gewesen wäre. Kaum sind wir losgelaufen, da höre ich, wie hinter uns etwas Großes – wahrscheinlich der Stahlrahmen – krachend umfällt.

Wir laufen die Treppe zum ersten Keller hinauf und rennen über den Gang. Es gibt nicht das geringste Licht, aber ich versuche trotzdem, mich an die Dunkelheit zu gewöhnen und die Umrisse vor mir zu erkennen. Tarver hält meine Hand ganz fest und mit jedem Schritt werde ich stärker. Das Blut schießt mir durch die Adern, mein Herz hämmert, meine Lunge arbeitet gefühlt zum ersten Mal seit Wochen.

Da stößt Tarver gegen die Leiter, und das Scheppern geht in einer Flut von Flüchen unter. Er drängt mich vor sich hinauf. Die Welt besteht nur noch aus den Geräuschen unseres heftigen Atmens und dem Aufprallen unserer Füße auf den Sprossen. Die Leiter unter uns wackelt, als eine weitere Erschütterung durchs Gebäude geht. Oben angekommen lasse ich mich auf den Boden fallen, aber Tarver zieht mich sofort wieder auf die Beine, als er hinter mir durch die Falltür kommt. Hier oben ist es gerade hell genug, dass wir den Schutt im Eingangsbereich sehen können, und die Lichtung dahinter ist so von Sternen erleuchtet, dass es mich blendet.

Wir laufen gerade durch die Tür, als der Boden unter uns einfällt, und einen schrecklichen Moment lang fühle ich mich wie in der Rettungskapsel, als die Schwerkraft draußen nicht mit der Schwerkraft drinnen übereinstimmte – in meinem Kopf dreht sich alles und ich weiß nicht, wo oben und unten ist. Tarver fasst mich unterm Arm, und dann finde ich Halt auf der Grasfläche, und wir ziehen uns hoch und über den Rand des unter uns wegbrechenden Bodens.

Eine ganze Weile sehe ich nur Pünktchen, während ich angestrengt nach Atem ringe. Tarver versucht ein paarmal aufzustehen, aber schließlich gibt er es auf, und wir liegen einfach nur da und hören zu, wie die letzten Teile des Gebäudes in sich zusammenkrachen.

Nach der Dunkelheit im Keller wirken die Sterne wie glühende Leuchtfeuer, hell und verheißungsvoll. Ich richte mich auf und sehe Tarver an, der immer noch ganz benommen ist und nur mühsam Luft bekommt.

»Du dummer, dummer Mann«, murmele ich und fahre ihm mit

dem Finger über den in Sternenlicht getauchten Nasenrücken. »Jetzt können wir kein Signal mehr senden. Wenn das da oben Schiffe sind, werden sie uns nie finden. Du wirst nie mehr nach Hause kommen.«

Tarver stützt eine Hand auf den Boden und setzt sich auf, um mich richtig ansehen zu können. »Ich bin zu Hause.« Als ich protestieren will, hebt er abwehrend die Hand. »Meine Eltern würden es verstehen. Wenn sie wüssten, was hier passiert ist, würden sie mir genau das sagen.«

»Trotzdem, wie konntest du nur? Das Signal wurde übertragen. Es hätte bemerkt werden können.«

»Es hätte dich umgebracht«, sagt er einfach.

*Ich bin doch bereits tot.* Die Worte liegen mir auf der Zunge, aber ich spreche sie nicht aus. Denn jetzt, hier, sind diese Worte zum ersten Mal nicht wahr. Ich hole tief Luft und beobachte, wie vor meinem Mund eine Dampfwolke entsteht, als ich wieder ausatme.

Tarver rückt näher an mich heran und fasst nach meiner Hand. Ich bin immer noch schwach, weil ich so lange kaum etwas gegessen und viel zu wenig geschlafen habe. Aber meine Muskeln gehorchen mir und meine Hand zittert auch nicht, als ich meine Finger mit seinen verschränke.

Zum ersten Mal, seit ich zurückgeholt wurde, fühle ich etwas in mir aufflackern, warm und lebendig. Hoffnung. Zusammen kommen wir stolpernd auf die Beine und entfernen uns von dem Erdloch, das einmal die Überwachungsstation war.

Als Tarver meine Hand loslassen will, halte ich seine umklammert und er sieht mich lange an. Ich lasse ihn nicht los. Dann hebt er unsere Hände, küsst meine Finger und schließt die Augen. Einen Moment lang verweilen seine Lippen auf meiner Haut.

Ich frage mich, was schlimmer ist: plötzlich das Mädchen, das man liebt, zu verlieren, oder es nicht berühren zu können, während man zusehen muss, wie es langsam dahinschwindet.

»Wie fühlst du dich?«, fragt er nach einer Weile und sieht mich gespannt an.

»Unglaublich. Lebendig. Tarver, woher *wusstest* du es?«

»Ich wusste es nicht.« Er blickt wieder auf unsere miteinander verbundenen Hände. »Aber ich … habe einfach gespürt, dass sie uns nicht wehtun wollen. Sie wollten bloß frei sein. Ich habe es vermutet.«

Auf einmal fährt mir die Kälte der Nacht in die Glieder, und als er sieht, wie ich zittere, legt Tarver mir seine Jacke um die Schultern. »Ganz schön waghalsige Vermutung«, sage ich.

»Ich musste daran glauben.«

»Du hast dir ja genau den richtigen Zeitpunkt ausgesucht, um anzufangen, an Vorahnungen und Gefühle zu glauben.« Ich ziehe die Jacke enger um mich und grinse ihn an.

Er drückt mich an sich, und für eine Weile hören wir einfach nur dem Wind in den Bäumen über uns zu.

»Was machen wir jetzt?«, frage ich nach einiger Zeit. Ich lege den Kopf zurück und sehe in den Himmel.

»Wenn ich das wüsste«, antwortet er gut gelaunt. »Ein Haus bauen, würde ich sagen.«

Ich lache und bin überrascht, wie leicht es mir fällt. Ich dachte, ich könnte es gar nicht mehr. »Mit Garten?«

»Mit einem Dutzend Gärten.«

»Und einer Badewanne?«

»Groß genug für uns beide.«

»Darf ich helfen?«

»Ich werde es garantiert nicht alleine bauen.«

Ich schmiege mich an ihn.

»Lass uns erst einmal ausruhen«, sagt er und dreht den Kopf, so dass seine Lippen meine Schläfe berühren. »Mit dem Haus können wir morgen anfangen. Sollen wir wieder in die Höhle gehen? Irgendein Idiot hat unser Schlafzimmer zerstört.«

»Irgendein Idiot«, wiederhole ich lächelnd. »Ich will nicht mehr in der Höhle schlafen. Können wir einfach hier draußen schlafen, unterm Himmel, so wie wir es vorher gemacht haben? Vor alldem?«

»Alles, was du willst.« Er küsst mich wieder auf die Schläfe, immer noch sanft, immer noch zögerlich, und löst seinen Arm von mir. »Ich hole die Decken aus der Höhle. Morgen fangen wir an, unser Leben als Schiffbrüchige zu planen.«

»Wir haben doch die ganze Zeit schon als Schiffbrüchige gelebt«, sage ich. »Ich denke, wir kriegen das hin.«

Er ist kaum mehr als ein Schatten, als er durch den von den Sternen beleuchteten Wald zur Höhle geht. Erst als ich ihn nicht mehr sehen kann, lehne ich mich gegen den Baumstamm hinter mir, schließe die Augen und stelle mir vor, ich könnte das sanfte Leuchten der Sterne auf dem Gesicht spüren.

Alles ist still. Die Luft ist kalt, und als ich tief einatme, sticht sie mich im Inneren der Nase.

*Lass uns erst einmal ausruhen.*

Ich denke an unsere verschwundenen Freunde, die nun endlich ihre Ruhe gefunden haben.

»Darum geht es Ihnen also?«

»Es geht uns um die Wahrheit dessen,
was auf dem Planeten passiert ist.«

»Ich habe Ihnen die Wahrheit erzählt.«

»Nichts von dem, was Sie uns erzählt haben, erklärt
die Anomalien in Miss LaRoux' medizinischen Untersuchungen.«

»Pardon, ich bin nicht so gut mit Fremdwörtern. Was meinen Sie?«

»Major, Sie wissen ganz genau, was ich meine.«

»Ich bin mir ziemlich sicher, dass ich es nicht weiß, Sir.«

# 40

# TARVER

Ich kann nicht einschlafen, aber das macht mir nichts aus. Gähnend ziehe ich Lilac noch etwas näher an mich. Sie murmelt leise im Schlaf – auf diese störrische Weise, die mich dahinschmelzen lässt – und kuschelt sich an mich.

Ich gucke die ganze Zeit schon zu den Sternen hinauf. Inzwischen kenne ich die Konstellationen ziemlich gut und habe sogar angefangen, ihnen Namen zu geben. Da oben ist das Sternbild, das ich die Leier nenne. Ich gehe noch einmal die einzelnen Sterne nach, da ist der ganz helle unten, dann der nächste darüber, und dann … der nächste Stern bewegt sich. Genauso wie der daneben. Ich blinzle und sie kommen näher.

*Es sind Landescheinwerfer.*

»Lilac, schnell, wach auf.« Ich sitze schon und greife automatisch nach der Gleidel, auch wenn ich nicht weiß, was sie ausrichten sollte. Mit der anderen Hand schirme ich die Augen ab, während das riesige Schiff langsam herabsinkt und die Triebwerke aufheulen. Es wird keine zwei Kilometer von uns entfernt landen.

Als Lilac aufwacht, schlägt sie mit einem Arm um sich, und ich halte sie sanft am Handgelenk fest. »Nein – nein, lasst uns in Ruhe! Wir haben getan, was ihr wolltet!«, ruft sie ängstlich. Blinzelnd sieht sie in den Himmel und versucht zu begreifen, was los ist.

»Nein, Lilac, es ist ein Schiff. Wahrscheinlich wurde die Explosion oder die Energiewelle bemerkt. Schnell, wir müssen hier weg.« Die Angst drückt mir auf den Magen. Wenn man uns findet, werden wir mit an Bord genommen, und dann werden mit Lilac bestimmt alle möglichen Untersuchungen angestellt. »Komm, wir verstecken uns in der Höhle. Die haben garantiert Nachtsichtgeräte.«

Sie sitzt noch immer da und starrt mit leicht geöffnetem Mund in den Himmel. »Ein Schiff?«, flüstert sie kaum hörbar.

»Sie dürfen uns nicht finden. Jetzt *komm* schon.« Ich fasse nach ihrer Hand, um sie hochzuziehen.

Doch sie widersetzt sich, mein dummes, dickköpfiges Mädchen. Wo hat sie so schnell ihre Kraft wieder her? »Tarver, wovon redest du? Du kannst endlich nach Hause! Wir müssen zum Schiff, sie müssen uns mitnehmen.«

Ich hocke mich neben sie, hole tief Luft und versuche, mich zu beruhigen. »Ich rede davon, dass wir keine Ahnung haben, was mit dir passiert, wenn die Leute von deinem Vater dich in die Finger bekommen. Wer weiß, was sie herausfinden, wenn sie irgendwelche Untersuchungen mit dir anstellen? Komm schon, wir haben Essen in der Höhle. Wir können uns dort verstecken, bis sie wieder weg sind.«

»Nein, Tarver.« Da ist eine Spur von der alten eisernen LaRoux-Entschiedenheit in ihrer Stimme, aber sie ist jetzt sanfter, wärmer. »Wir gehen auf das Schiff. Du kommst wieder nach Hause.«

»Lilac, ich habe meinen Entschluss gefasst, und wir haben keine Zeit für dieses Gespräch.«

Hinter mir sinken die Landescheinwerfer weiter herab und das Heulen der Motoren wird tiefer. Ich habe das schon tausendmal gehört. Normalerweise ist es ein willkommenes Geräusch. Das Schiff wird jeden Moment landen.

»Nein«, sagt sie immer noch sanft, aber bestimmt. »Ich komme mit dir. Du hast mir immer gesagt, du würdest mich mit nach Hause nehmen, und das wirst du auch tun.« Sie drückt meine Hand und steht auf.

Ich würde ihr so gern glauben, aber die bittere Angst in mir sagt, sie würde alles tun, um mich in Sicherheit zu wissen. Wenn es sein müsste, würde sie mich, ohne mit der Wimper zu zucken, anlügen.

Garantiert. Ich würde dasselbe für sie tun.

Sie legt mir eine Hand in den Nacken, zieht meinen Kopf zu sich herunter und legt ihre Stirn an meine. »Ich weiß, was du für mich aufgegeben hättest.«

Für einen Augenblick, ewig, stehen wir so da, und ich versuche, das Vertrauen in mir zu finden. Sie wartet, beobachtet mich, ist sich so sicher, dass ich ihr letztendlich folgen werde.

Schließlich richte ich mich auf und nehme ihre Hand, um mit ihr in Richtung unseres Rettungsschiffs zu gehen. Die Landegeräusche des Schiffes haben aufgehört. Da hören wir in der Ferne das Unterholz knacken, das Rascheln von Stiefeln im Laub, das immer lauter wird.

Sie sind da. Wir haben nicht mehr viel Zeit, bis man uns findet.

Lilac sieht mich eindringlich an. »Man wird uns Fragen stellen.« Sie verstärkt den Druck um meine Hand. »Wir müssen uns abstimmen, was wir ihnen erzählen.«

»Es ist zu gefährlich, wenn wir beide lügen. Erzähl nichts. Sei einfach so, wie sie es von dir erwarten. Verstört, genervt. Ruf nach deinem Vater, weine, wenn du kannst, aber beantworte keine Fragen. Benimm dich wie eine Prinzessin.«

Kopfschüttelnd sieht sie mich an. Jetzt sind die Lichtkegel von Taschenlampen zu sehen, aber es sind nur die Sterne über uns, die ihr Gesicht erhellen. »Ich will nicht, dass du dich ihnen ganz allein stellen musst. Du weißt nicht, wozu das Unternehmen meines Vaters fähig ist –«

»Ich werde nicht allein sein.« Ich lehne die Stirn an ihre, überzeugt von meinem Plan. »Du wirst deinen Teil genauso spielen wie ich meinen. Sag, du bist zu traumatisiert, um irgendwelche Fragen zu beantworten. Ich werde reden müssen, ich werde um ein Verhör nicht herumkommen, aber wenn wir einander widersprechen, werden wir nicht verheimlichen können, was hier geschehen ist.«

»Traumatisiert.« Sie ist nervös, aber da ist ein leichtes Lachen in ihrer Stimme. Es tut so gut, sie wieder lachen zu hören. »Das kann ich.«

Ich drehe mich nach den herannahenden Geräuschen im Wald um, aber sie bleibt stehen und zieht mich zurück.

»Tarver«, flüstert sie und blickt mich an. »Es werden ständig überall Kameras sein. Und es wird noch viel mehr Fragen geben. Jeder wird deine Geschichte hören wollen. Dein Leben wird anders sein, egal wie weit wir uns von Corinth entfernen.«

Der Strahl einer Taschenlampe bricht immer wieder zwischen den Bäumen hindurch, dann fällt er auf Lilacs Gesicht und erhellt ihre Augen einen kurzen, wunderschönen Moment lang.

Ich trete noch näher an sie heran. »Das ist mir egal.«

»Mein Vater wird versuchen –« Sie schluckt, dann hebt sie den Kopf und ihre Miene ist entschlossen. »Nein, ich werde schon mit ihm zurechtkommen.«

Ich kann nicht anders, als zu grinsen – diese eiserne Selbstsicherheit, durch und durch meine Lilac. »Den Showdown würde ich mir gern ansehen.«

Sie lächelt, ganz kurz, dann drückt sie wieder meine Hand und hält sie so fest, als hätte sie Angst, dass jemand kommen und uns für immer trennen könnte. »Du stehst es mit mir durch?«

Die Welt besteht nur noch aus ihr und mir, die Geräusche des auf uns zukommenden Suchtrupps verstummen, alles um uns herum verschwimmt, und unser Atem vermischt sich in der kalten Luft zu einer Wolke. Sie hat mich der Worte beraubt, dieses Mädchen in meinen Armen, und einen Augenblick lang kann ich gar nicht antworten. Ich muss wieder zur Besinnung kommen, mich daran erinnern, wie man atmet.

»Alles.«

Ihr Lächeln ist wie ein wunderschöner Sonnenaufgang. »Dann sollten Sie mich küssen, solange Sie es noch können, Major Merendsen. Es kann etwas dauern, bis Sie das nächste Mal Gelegenheit dazu haben.«

Ihr Gesicht ist immer noch etwas ausgemergelt, ich sehe ihr die Schwäche der vergangenen Zeit noch an, aber ihre Augen leuchten und die Wangen glühen. Sie klammert sich an mein Shirt, als könne sie es gar nicht abwarten, mich an sich zu ziehen.

Ich dachte, ich würde meine Lilac nie wieder berühren können. Sogar als sie wieder zurück war, dachte ich, ich hätte sie für immer verloren.

Eine Sekunde bevor die Leute vom Rettungstrupp auf die Lichtung platzen, löse ich mich von ihr. Ich würde ihnen am liebsten sagen, dass sie doch später noch mal wiederkommen sollen.

»Warum haben Sie die Station explodieren lassen, Major?«
»Ich habe die Schiffe im Orbit gesehen. Ich habe gehofft, dass jemand es bemerken würde. Ich wollte mir dieses kleine Treffen hier nicht entgehen lassen.«
»Der Schaden war erheblich.«
»Tja, ich hatte nicht den Eindruck, als ob das Gebäude noch von irgendwem gebraucht werden würde.«
»Diese Entscheidung hatten Sie aber nicht zu treffen.«

## 41

# LILAC

Das Schiff, das mein Signal zuerst empfangen hat, war ein Forschungsschiff auf dem Weg zu A243-Delta. Die Wissenschaftler konnten das Rauschen nicht entschlüsseln, aber sie haben es, so gut es ging, gefiltert und an den Rest der Galaxie weitergegeben. Ein paar Tage später wurde es von einem größeren Transportschiff empfangen, und dann von einem Haufen alternder Anhänger irgendeiner Alternativtheorie, die versuchen, im Hintergrundrauschen des Universums eine Struktur zu finden. Ihnen gelang es, das Signal weit genug zu entschlüsseln, um festzustellen, dass es sich um einen Hilferuf handelte. Letztendlich waren es Dutzende Schiffe, die ihre Bruchstücke an Informationen beigesteuert und zu einem Ganzen zusammengesetzt haben.

Das Schiff, das uns eingesammelt hat, war eins von meinem Vater. Es war mit einem Spähtrupp besetzt worden, weil das Signal noch nicht ausreichend entschlüsselt worden war, dass man hätte wissen können, wer das Signal gesendet hatte. Die Besatzung bestätigte uns, was wir bereits vermutet hatten – wir sind die einzigen Überlebenden der *Icarus*. Sich fünfzigtausend gestorbene Menschen vorzustellen ist unmöglich – und so sehe ich nur Annas Gesicht vor mir, und Swanns, und das Gesicht des müden Mannes mit dem alten Zylinder, der mich gebeten hat, meinem Vater seine Nachricht zu überbringen. Um mehr Leute trauern kann ich nicht.

Vier Tage nach unserer Rettung, wir befinden uns noch immer im Orbit des Planeten, erreicht uns ein weiteres Schiff meines Vaters. Tarver und ich werden in getrennte Räume gesteckt und ich bekomme ihn nicht mehr zu sehen.

Meine Mahlzeiten werden überwacht. Die ganze Zeit ist jemand an meiner Seite, sogar wenn ich schlafe. Auf meine Fragen nach Tarver bekomme ich höflich ausweichende Antworten. *Er ist in den besten Händen. Sie werden ihn bald wiedersehen. Es geht ihm gut.*

*Ihr Vater wird bald hier sein. Warum fragen Sie ihn dann nicht?*

Auf die Fragen, die mir gestellt werden, reagiere ich mit einer Flut von Tränen. Ich muss genauso meinen Part spielen wie Tarver und ich mache es gut. Doch den Ärzten kann ich mit meinen Tränen leider nichts vormachen, ich muss mich trotzdem ausziehen und mich untersuchen lassen. Sie nehmen mir Blut ab, schneiden mir eine Haarsträhne ab, entnehmen eine Probe des Drecks unter meinen Fingernägeln. Sie verbinden mich per Elektroden an den Schläfen und auf der Brust mit Maschinen, setzen mir Klemmen auf die Fingerspitzen und lesen mit großen Augen die Auswertung – die meinem Blick verborgen bleibt. Ich sehe nur die blassgrün angeleuchteten Gesichter der um die Monitore Versammelten.

Und dann werde ich zurück in den Untersuchungsraum gescheucht, wo eine neue Runde Ärzte mir noch mehr Blut abnimmt und noch mehr Haare abschneidet. Wieder und wieder überprüfen sie die Ergebnisse, und ich werde zurück in den Raum mit den Monitoren und Elektroden gebracht. Auf einmal platzt jemand herein.

»Was soll das bedeuten?« Eine Stimme wie aus Stahl schneidet durch das Summen der Maschinen.

Die Ärztin, die gerade dabei war, mich erneut an die Geräte anzuschließen, lässt meinen Arm so plötzlich los, als hätte sie sich verbrannt. Die Ärztin und die anderen weichen zurück, und von der Lampe geblendet liege ich blinzelnd auf meiner Liege.

»Sir«, fängt einer von den Ärzten an, »wir haben nur die Anweisungen befolgt.«

»Stellen Sie das ab«, sagt die Stimme und die Ärzte eilen zu den Geräten. Ich kenne die Stimme gut, und es gibt niemanden, der ihr nicht sofort Folge leisten würde. Von irgendwo reicht mir jemand einen marineblauen Bademantel, was eine angenehme Abwechslung zu dem papierdünnen Krankenhaushemd ist, das ich bislang tragen musste.

Jemand fasst über mich hinweg und schaltet die blendende Lampe aus, und während meine Augen sich langsam an die neuen Lichtverhältnisse gewöhnen, schiebt sich ein Kopf in mein Blickfeld.

»Liebes?«

Einen Moment lang kann ich nichts anderes tun, als ihn anzustarren. Die blauen Augen, rot geweint; die scharf geschnittenen Gesichtszüge, an denen ihm sein Alter nicht anzusehen ist; die kurz geschnittenen weißen Haare, die er noch nie hat färben lassen. Das Gesicht, von dem ich dachte, ich würde es nie wiedersehen – das ich nie wiedersehen wollte. Aber jetzt, wo ich ihm so in die Augen blicke, erinnere ich mich wieder daran, wie viel Sicherheit er mir gegeben hat. Wie leicht er alles für mich gemacht hat und wie viel Wärme er mir geschenkt hat. Ich erinnere mich daran, wie sehr ich mir wünsche, dass er alles wieder in Ordnung bringt.

»Daddy?«, flüstere ich.

Seine Lippen zittern und er presst sie zusammen, als könne er nicht glauben, dass ich es wirklich bin. Er drückt mich an sich, und da fällt mir wieder ein, dass ich ja weinen muss – und kaum dass ich angefangen habe, kann ich auch gar nicht wieder aufhören. Eine ganze Weile sitzen wir so auf der Liege des Untersuchungszimmers. Ich heule in sein Jackett und atme den vertrauten Geruch seines Rasierwassers ein. Ich bin wieder Kind, in einem parfümierten Wald, in den Armen meines Vaters geborgen. Ich würde am liebsten wie damals so tun, als würde ich einschlafen, damit er mich nach Hause trägt.

Doch schließlich versiegen meine Tränen und er hilft mir hoch. Er führt mich über den Flur in ein Besprechungszimmer mit einem langen Glastisch darin und setzt mich auf den ersten Stuhl auf der linken Seite. Dann lässt er sich auf den Stuhl an der Stirnseite fallen, rollt damit zu mir und fasst mit beiden Händen nach meiner Hand.

»Erzähl mir alles, mein Herz.«

Als ich meinem Vater in die geröteten Augen blicke, fällt es mir schwer, ihn mit dem Lambda-Symbol in Verbindung zu bringen, das überall in dem höllischen Gefängnis der Wesen prangte, die mir mein Leben wiedergeschenkt haben. Kurz verspüre ich das Bedürfnis, ihm alles zu erzählen, was uns widerfahren ist – was mir widerfahren ist, dass ich mich an Tod und Wiedergeburt und alles dazwischen erinnere.

Aber ich habe immer noch Tarvers Stimme im Ohr. *Erzähl nichts*, hat er gesagt. Ich darf ihn nicht im Stich lassen.

Also schniefe ich laut und blicke kopfschüttelnd auf meinen Schoß. »Ich weiß nicht«, stammele ich. »Ich kann nicht. Es ist alles so – ich kann mich nicht richtig erinnern.«

»Bist du sicher?« Er tätschelt mir beruhigend die Hand. Seine Haut ist kühl, weich und glatt. Er hat seine Hände schon immer sehr gepflegt. »Vielleicht hilft es, darüber zu reden.«

Ich schüttele abermals den Kopf. Die Tränen, die mich eben noch keinerlei Mühe gekostet haben, sind mit meiner wiedergekehrten Entschlossenheit getrocknet, und jetzt muss ich vorgeben zu weinen, also halte ich den Blick auf den Bademantel gesenkt.

Mein Vater schweigt eine Weile. Ich kenne ihn gut genug, um zu wissen, dass er mir nicht glaubt. Aber er würde es gern. Schließlich tätschelt er mir noch einmal die Hand und richtet sich auf. »Na gut. Dann werden wir das hinter uns lassen. Was du jetzt brauchst, ist Ruhe. Mir ist nur wichtig, dass du in Sicherheit bist.«

Es ist genau das, was ich wollte – dass er mich einfach wieder annimmt und mein Leben normal weitergeht. Und doch fühle ich mich unwohl. Ich spüre eine Spannung zwischen uns wie damals, als ich vierzehn war und ich herausgefunden hatte, dass Simon nicht mehr da war. Irgendwie weiß ich, dass mein Vater das nur sagt, weil ich es hören will.

Er räuspert sich. »Ich habe gehört, der junge Mann im anderen Zimmer ist zum Teil dafür verantwortlich, dass du heile wieder zurückgekommen bist?«

»Tarver Merendsen«, korrigiere ich ihn nickend mit gesenktem Kopf. »Nicht nur teilweise, Daddy. Er ist der Grund dafür, dass ich überhaupt hier bin.«

»Nun, wir werden ihn auf jeden Fall großzügig dafür belohnen.« Pause. »Die ganzen Berichte in den Zeitungen und den Holovids über euch beide –«

»Ja?« Ich reiße den Blick von meinem Schoß und sehe ihn mit klopfendem Herzen an. Ich weiß, was jetzt kommt. »Was ist damit?«

»Wenn wir Corinth erreichen, wirst du eine Erklärung abgeben, in der du die Vermutung der Medien, dass ihr ein Paar seid, zurückweist. Du wirst ihm für seine Hilfe danken und ihm eine gute Reise zurück zu seinem Heimatplaneten wünschen. Und das wird es dann gewesen sein.«

Mir wird schwindelig. »Vater –«

»Wir werden das zusammen durchstehen, Lilac.« Liebevoll blickt er mich an. »Du und ich, das weißt du doch. Du bist alles, was ich habe. Alles, was ich brauche. Mein Herz, du weißt ja gar nicht, wie glücklich ich bin, seit ich weiß, dass es dir gut geht.«

Schuldgefühle machen sich in mir breit und der Magen krampft sich mir zusammen. »Ich werde ihn nicht verlassen.«

»Oh, Lilac.« Er klingt so müde, so traurig. Er kann über den Planeten nicht Bescheid wissen, das ist unmöglich. Irgendein Mitarbeiter muss sich einen Scherz erlaubt haben, als er sich überlegt hat, meinen

Namen als Passwort für den Raum mit den gefangenen Stimmen zu verwenden. Mein Vater ist zu so einer Abscheulichkeit doch gar nicht fähig. »Das glaubst du jetzt. Aber in ein oder zwei Wochen – in einem Monat, einem Jahr wird sich das ändern. Ich will dich nur beschützen.«

»So wie du mich vor drei Jahren beschützt hast?« Die Worte sind aus mir heraus, bevor ich sie aufhalten kann. Mein Vater und ich haben nie über Simon gesprochen.

Das freundliche Glitzern, das ich immer in seinen Augen gesehen habe, ist verschwunden. Sein Blick ist stählern und kälter als Eis. »Du wirst mir eines Tages noch dankbar sein«, sagt er mit einer Stimme, die mir bis ins Mark geht.

Und da weiß ich es. Das ist der Mann, der Simon in den Tod geschickt hat. Der Mann, der das erste intelligente Leben abgesehen von unserem entdeckt und verborgen hat. Der Mann, der die ersten Gesandten eines anderen Universums versklavt hat, der sich eine so große Vertuschungsaktion geleistet hat, dass ein Schiff mit fünfzigtausend Menschen an Bord einfach so verschwinden konnte, bis ein kleines Notsignal die Aufmerksamkeit eines vorbeifliegenden Forschungsschiffs erregte.

Das ist der Mann, der siebzehn Jahre lang über mich geherrscht hat.

Und was noch schlimmer ist – auf einmal wird mir bewusst, dass er bloß deswegen über mich geherrscht hat, weil *ich es zugelassen habe*.

»Nein«, sage ich und stehe auf, als das Wort in meinen Ohren widerhallt. Etwas in mir sagt mir, dass ich so mehr Macht über ihn habe, dass ich im Stehen größer bin als er im Sitzen, dass ich dadurch, dass er zu mir aufschauen muss, die Oberhand habe. Aber in Wirklichkeit kann ich einfach nicht mehr stillsitzen; eine innere Unruhe hat mich erfasst, und ich muss mich zusammenreißen, nicht unruhig auf und ab zu gehen. Denn das wäre ein Zeichen von Schwäche. Das habe ich von ihm gelernt.

»Du wirst uns in Ruhe lassen. Für immer. Im Gegenzug werden wir dein Geheimnis für uns behalten.«

Der Blick meines Vaters ist ausdruckslos, er verrät nichts. »Für immer ist keine sehr lange Zeit für einen Soldaten.« Seine Stimme ist samtweich und dunkel. Das Herz zieht sich mir zusammen, wird vor Angst ganz klein.

Aber Roderick LaRoux ist nicht der Einzige, der scheinbar unverfänglich klingende Drohungen aussprechen kann, der Leute einschüchtern kann, ohne die Hand zu heben. Er hat mir das alles beigebracht.

»Du warst alles, was ich je im Leben gebraucht habe«, sage ich mit sanfter Stimme. Die Dynamik im Raum hat sich verändert. Ich kann es spüren. Und an dem kleinen Zucken seiner Wange erkenne ich, dass auch er es merkt. »Aber es gibt immer wieder Leute, die plötzlich vergessene Erinnerungen ausgraben, wenn sie sich von traumatischen Erlebnissen erholen. Ich weiß nicht, was passieren würde, sollte ich mich auf einmal daran erinnern, was ich auf dem Planeten gesehen habe.«

Mein Vater erhebt sich langsam. Er ist ein großer Mann, seine maßgeschneiderten Anzüge in kräftigen, dunklen Farben betonen seine Statur. Er legt eine Hand auf den Stuhlrücken und blickt mich ausdruckslos an. Er sagt nichts, doch ich weiß, was er denkt.

»Wenn wir auf Corinth ankommen, werden Tarver und ich zusammen eine Erklärung abgeben, dass wir eine abgestürzte Rettungskapsel dazu genutzt haben, ein Notsignal zu senden. Die Überwachungsstation werden wir nicht erwähnen. Tarver lügt wahrscheinlich genau in diesem Moment, um dein Geheimnis zu bewahren. Es wird nie irgendjemand erfahren müssen, was wir gesehen haben.

Aber, Vater – und das ist das Entscheidende –, ich werde dich persönlich für seine Sicherheit verantwortlich machen. Wenn ihm etwas passiert, dann weiß ich, wer dahintersteckt. Wenn er in den Kampf geschickt wird, wenn er eine seltsame Krankheit bekommt, wenn ihm auch nur ein Haar gekrümmt wird, weiß ich, wer dahintersteckt. Und wenn eines Tages jemand versuchen sollte, ihn zu erpressen, damit er mich verlässt, werde ich es erfahren.«

»Lilac, ich weiß nicht, wovon du redest.« Sein Ton ist kalt, aber dahinter kann ich noch etwas anderes hören – etwas, was ich noch nie zuvor bei ihm erlebt habe. Verunsicherung. »Ich weiß nicht, warum ich für seine Sicherheit verantwortlich sein –«

»Du bist genauso für seine Sicherheit verantwortlich, wie du es für Simons warst.« Zum ersten Mal tut mir die Erinnerung an Simons grüne Augen und sein Lachen nicht weh. Und als ich meinen Vater jetzt ansehe, schweigt er. »Wenn Tarver etwas zustößt, so wie es mit Simon geschehen ist, wird das das Ende von LaRoux Industries sein. Dann wird die gesamte Galaxie erfahren, was du getan hast. Und wenn das passiert, werden all deine Macht und alles Geld im Universum nicht genug sein, um dich zu retten.«

Ich kann nicht mehr klar sehen – nicht weil mir Tränen in den Augen stünden, sondern weil ich mich bemühe, nicht zu blinzeln. Das Gesicht meines Vaters ist verschwommen, also blicke ich an ihm vorbei. *Bring es einfach zu Ende. Du hast eine Wildnis mit Ungeheuern, ein Schiff voller Leichen und die Leere des Todes selbst überstanden. Du kannst das.*

»Und wenn Tarver Merendsen jemals etwas zustoßen sollte, wirst du auch mich verlieren. Und zwar für immer. Dann hast du niemanden mehr.«

Schließlich erlaube ich mir zu blinzeln, und als ich wieder klar sehen kann, wirkt mein Vater, wie er so dasteht, auf einmal ziemlich alt. Sein weißes Haar scheint dünner, seine Haut schlaffer zu sein. Ich sehe Falten um seine Augen, an die ich mich nicht erinnern kann. Die Hand auf der Stuhllehne ist keine Macht demonstrierende Positur. Er hält sich fest. Sein Mund zittert.

Ich verschließe mein Herz. Das habe ich auch von ihm gelernt. »Ich werde nie wieder mit dir reden. Hast du mich verstanden?«

Er seufzt tief und lässt den Kopf hängen. »Lilac …«

*»Hast du mich verstanden?«*

»Sie können gehen.«

»Wie bitte?«

»Die Tür ist offen, Major.«

»Das ist zu freundlich.«

»Major – Ihnen ist klar, dass Ihre Geschichte und unsere Untersuchungen nicht zusammenpassen.«

»Ich weiß nicht, was ich Ihnen noch erzählen sollte, Sir. Das ist alles, was passiert ist.«

»Es gibt absolut keine Beweise, die das bestätigen könnten.«

»Glauben Sie etwa, ich könnte mir so etwas ausdenken?«

# 42

# TARVER

Der Mann, der mich verhört hat, erhebt sich und deutet auf die Tür, die wie auf Kommando aufschwingt.

Ich sehe ihn noch einen Moment lang an und versuche zu verarbeiten, was er gerade gesagt hat. Ich kann es kaum glauben, dass ich tatsächlich gehen darf, und meine Gedanken überschlagen sich auf der Suche nach dem Haken. Was kommt wohl als Nächstes, was ist der nächste Teil des Spiels? Meine Augen brennen und ich habe hämmernde Kopfschmerzen. Der Hunger ist inzwischen vergangen und an seine Stelle ist eine Übelkeit getreten, die mir wie ein Stein im Magen liegt.

Mit protestierenden Knien und verkrampften Muskeln stehe ich auf. Ohne ihn noch eines weiteren Blickes zu würdigen, verlasse ich den Raum.

Draußen auf dem langen Flur mit den großen Fenstern wartet Lilac. Es muss Nacht sein, nach Schiffszeit, denn die Lampen sind gedimmt und Lilac wird hauptsächlich durch das Licht von dem Planeten hinter den Fenstern angestrahlt. Sie hat eine Art Bademantel an, aber es könnte auch ein Ballkleid sein, so wie sie ihn trägt. Er ist marineblau, genau wie das Kleid, das sie an jenem Abend anhatte, als wir uns zum ersten Mal begegnet sind. Aufrecht und souverän steht sie da, ihre Haut ist rein, und sie hat die Haare zu einem dieser kunstvollen Knoten hochgesteckt, die ich niemals verstehen werde. Das Einzige, was fehlt, ist ihr Gefolge. Offenbar wurde ihr Gesicht irgendeiner Behandlung unterzogen, denn die Sommersprossen verblassen bereits. Als ob die letzten Wochen überhaupt nicht geschehen wären.

Ich habe mich an unsere Abmachung gehalten. Hat sie es auch? *Konnte* sie es, nachdem sie einen Einblick in ihre Welt hatte? Mir fällt wieder ein, was ich einmal zum Thema Rückkehr in die richtige Welt zu ihr gesagt habe. Dass es besser ist, keine Versprechen zu machen, und es nicht so einfach ist, wie wir beide es gern hätten.

Einen unendlichen Augenblick lang sieht sie mich bloß an, von oben bis unten, und registriert meine Erschöpfung. Ich sehe keine Spur von der Lilac, die ich auf dem Planeten kennengelernt habe.

Das Herz bleibt mir fast stehen, und ich hätte gar nichts dagegen, wenn es tatsächlich so wäre.

Schließlich bricht sie das Schweigen. »Tarver, geht es dir –«

Ich kann mich nicht mehr zurückhalten und eile auf sie zu. Kurz vor ihr bleibe ich stehen. »Mir geht es gut. Was ist mit dir?«

»Mein Vater ist gekommen.« Sie sieht mich noch immer wie gebannt an. Ich muss schrecklich aussehen. »Was hast du ihnen erzählt? Ist es vorbei?«

Ich reiße den Blick von ihrem Mund und schlucke. Wir sind allein auf dem Flur, und doch kann ich die Anwesenheit der Reporter spüren, die nur darauf warten, uns zu fotografieren, die ungläubigen Blicke in Lilacs Kreisen, genauso wie die der Soldaten, und den Schatten, den ihr Vater auf uns wirft. Ist es zu viel für sie?

*Ist es zu viel für mich?*

»Was hätte ich denn erzählen sollen?«, sage ich leichthin und unterdrücke das Verlangen, die letzte Distanz zwischen uns auch noch zu überwinden. »Ich bin doch bloß ein dummer Soldat. Was weiß ich schon?«

Ihre Lippen zucken amüsiert und zum ersten Mal verspüre ich einen Funken Hoffnung. Da sind wieder ihre Grübchen. Ich betrachte ihr Gesicht, suche es nach den letzten Spuren des Veilchens ab, nach ihren verblassenden Sommersprossen, nach irgendeinem Zeichen, das sie mir gehört und nicht ihnen. »Was ist mit Ihnen, Miss LaRoux?«

»Mit mir?« Sie holt tief Luft, und da wird mir mit einem Mal klar, dass sie ebenso Angst hat wie ich. »Ich bin doch bloß eine verwöhnte Erbin, die viel zu traumatisiert ist, um sich an irgendetwas zu erinnern.«

Und dann lächelt sie, sie lächelt richtig, und genau wie an dem ersten Abend auf der *Icarus* ist es um mich geschehen. Doch an jenem Abend hätte sie mir niemals so ein Lächeln geschenkt wie jetzt; es ist schief und echt und voll banger Hoffnung. Sehnsüchtig strecke ich die Hände nach ihr aus. Einen Augenblick lang fühle ich ihr Lächeln an meinen Lippen, bevor das Verlangen uns überwältigt. Ich trete noch näher an sie heran, und sie klammert sich an mein Shirt, zieht mich mit sich, als sie sich nach hinten gegen die Wand fallen lässt. Sie hält mich fest, während meine Hände über ihre Hüften und ihre Seiten wandern, ihr Gesicht umfassen. Sie öffnet die Lippen, ich küsse sie und in meinem Kopf dreht sich alles, weil ich dachte, ich hätte sie verloren.

Aber sie ist hier, sie gehört mir. Und ich gehöre ihr.

Mein Herz hämmert wie wild, als wir kurz Luft holen und ich meine Stirn an ihre lehne. »Sollen wir von hier verschwinden?«

Sie schlingt mir die Arme um den Hals und ihre Lippen formen sich wieder zu einem Lächeln. »Meinst du, wir können den Kameras davonlaufen?«

»Ich habe eine umfassende Ausbildung in der Kunst der Tarnung genossen«, antworte ich hilflos lächelnd.

Sie öffnet den Mund, um etwas zu sagen, aber ein greller Blitz hinter den Fenstern lässt sie mit einem Aufschrei zurückstolpern. Ich drehe mich um und bin selbst halb blind, obwohl ich mit dem Rücken zu den Fenstern stand. Das Licht kommt vom Planeten, es breitet sich wellenförmig aus und fegt an unserem Schiff vorbei. Blinzelnd starre ich hinaus, versuche zu begreifen, was ich dort sehe.

Auf der Oberfläche des Planeten breiten sich Risse wie in einer Eierschale aus, als ob gleich eine riesige Kreatur aus den Tiefen des Planeten schlüpfen würde. Lilac greift keuchend nach meiner Hand. Die Risse werden breiter, und ganze Brocken Landmasse verschwinden im Feuer.

Im Vakuum des Alls ist kein Geräusch zu hören, und in absoluter, unheimlicher Stille stehen wir da und sehen der Zerstörung des Planeten zu.

Lilac erwacht als Erste aus ihrer Erstarrung. »Niemand wird jemals wissen, was dort passiert ist.« Sie schluckt und blickt weiter aus dem Fenster, während eine Reihe geräuschloser Explosionen ganze Ströme geschmolzener Steinmassen in Richtung des Spiegelmonds schleudern.

Auf dem dunklen Flur sehe ich die den Planeten verzehrenden Flammen in Lilacs Augen reflektiert. Ihr Gesicht spiegelt die Zerstörung des Planeten wider, den Verlust des letzten Beweises von all dem, was sie durchgemacht hat.

Ich schlinge die Arme um sie, auch um mich selbst zu beruhigen, und lasse den Kopf sinken, bis ihre Haare mich im Gesicht kitzeln. Ich hole tief Luft. »Wir werden es wissen«, flüstere ich.

Wir bewegen uns nicht von der Stelle, auch nicht, als die Triebwerke einsetzen. Wir sehen zu, wie der zerstörte Planet und die Fragmente des Mondes immer weiter in der unendlichen Dunkelheit verschwinden. Bis wir die Augen zusammenkneifen müssen, um überhaupt noch etwas zu erkennen, bis es nur noch unscharfe Pünktchen reflektierten Lichts sind.

Der Hyperspace-Antrieb heult auf, und Lilac lehnt sich an mich, bereit für den Sprung durch den Weltraum, um schneller nach Hause zu gelangen. Nach Hause zu den Kameras und den Reportern und den

Fragen von Leuten, die niemals verstehen könnten, was uns widerfahren ist. Ich habe es noch nicht aufgegeben, Antworten zu finden, noch nicht, auch wenn wir uns die Antworten bloß gegenseitig zuflüstern.

Aber jetzt, während wir darauf warten, dass die Motoren anspringen, ist das alles noch weit weg. Einen Moment lang ist das Bild vor uns wie eingefroren: unsere Welt, unser Leben, reduziert auf ein paar halb verlorene, zerbrochene Sterne im unerforschten All. Dann ist es weg, das Bild wird von den vorbeiziehenden Hyperspace-Winden verschluckt und blaugrüne Polarlichter löschen die in unsere Netzhaut gebrannten Eindrücke aus.

Bis nur noch wir übrig sind.

# DANKSAGUNG

Wir möchten unseren fabelhaften Agenten Josh und Tracey Adams für ihre Unterstützung und ihren Verstand danken – wir sind so froh, euch an unserer Seite zu haben! Vielen Dank auch an die Scouts und die Agenturen und Verlage im Ausland, die unser Buch in Teile der Welt bringen, an denen wir noch nie waren.

Wir bedanken uns bei unserer fantastischen Lektorin Abby Ranger, dafür dass sie sich auf Lilacs und Tarvers Geschichte eingelassen hat und uns so vieles beigebracht, uns immer wieder herausgefordert und unterstützt hat. Abby, jeder Schritt war uns ein großes Vergnügen (vielen Dank auch an Sylas, dafür dass er seine Mom mit uns geteilt hat!). Wir danken ebenso der wundervollen Laura Schreiber für ihre hervorragende Lektoratsarbeit und die tollen Gespräche unter Geeks.

Weiterhin danken wir Emily Meehan, dafür dass sie nach uns gefragt hat. Wir freuen uns, bei Disney Hyperion zu sein, und können es kaum erwarten, was als Nächstes kommt.

Vielen Dank an die ganze Disney-Hyperion-Familie – den Vertrieb, das Marketing, die Presse- und Öffentlichkeitsarbeit, unsere Korrektorinnen und das Design-Team, wir sind so froh, mit euch allen zusammenzuarbeiten. Besonderer Dank gilt Suzanne Murphy, Stephanie Lurie, Dina Sherman, Jamie Baker und Lizzie Mason, Lloyd Ellman, Elke Villa, Martin Karlow, Monica Mayper und Sarah Chassé. Danke, Whitney Manger und Tom Corbett, für das wunderschöne Cover!

Sarah J. Maas und Susan Dennard – wir sind so glücklich, euch als Freundinnen und Kritikpartnerinnen zu haben, und wir danken euch vielmals für beides! Alles Liebe euch beiden. Kat Zhang und Olivia Davis, danke, dass ihr immer da wart, wenn wir euch brauchten. Danke, Michelle Dennis, dafür dass du nie müde wurdest, etwas nur noch einmal zu lesen, und für deine unbegrenzte (und oft leckere) Unterstützung. Du bist unersetzlich.

Wir sind so froh über die Hilfe der anderen tollen Menschen in der Schreib-Community. Ellen Kushner und Delia Sherman, unsere Patinnen für diese Geschichte – danke für den Anstoß, den wir brauchten! Jeanne, Corry und alle bei Odyssey, eure Unterstützung bedeutet uns so viel.

Beth Revis, Marie Lu und Jodi Meadows: Danke, dass ihr euch für unser Buch starkgemacht habt und in all den richtigen Momenten unsere Cheerleaderinnen seid. Ihr seid großartig.

Wir danken unseren Leading Ladies: Alison Ward, Amanda Ellwood, Ben Brown (auch wenn er keine Lady ist), Dixie McCartney, Kacey Smith, Marri Knadle und Soraya Een Hajji, danke für die Lektionen im Geschichtenerzählen, die wir nirgendwo anders gefunden hätten, und für wertvolle Freundschaften.

Danke an unseren Schiffswissenschaftsoffizier Ben Ellis und an unseren Sprengmeister Nic Crowhurst, dafür dass ihr uns geholfen habt, Dinge abstürzen und in die Luft fliegen zu lassen (alle Fehler sind unsere eigenen), und an die Schiffsärztin Kate Irving für das Lesen, die Kritik, den ärztlichen Rat und die unzähligen Buschwanderungen (meistens ohne Überlebenstraining) und so viele Jahre außergewöhnlicher Freundschaft.

Danke an unsere hervorragenden, uns unterstützenden Netzwerke: die Mädels von Pub(lishing) Crawl, die Lucky 13s, das Team bei FOS, die Roti-Boti-Gang, Jay Kristoff, die TJ-/UVA-/erweiterten NoVA-Gruppe, die Plot Bunnies in Melbourne und die großartigen Jugendbuch-Autorinnen in Washington, DC. Wir danken unseren fabelhaften Freunden, die nie etwas dagegen sagen, wenn wir auf

Servietten herumkritzeln, überall unsere Laptops mit hinschleppen oder uns davonstehlen, weil unsere Co-Autorin gerade am anderen Ende der Welt aufgewacht ist.

Und schließlich möchten wir unseren Familien für ihre Liebe, ihre Begeisterung und Ermutigungen danken. Wir sind euch allen unendlich dankbar. Besonders unseren Eltern, die uns vorbehaltlos unterstützt und unsere Leben mit Büchern gefüllt haben, und Flic und Josie, dafür dass sie unsere ersten Anflüge von Fantasie mit uns geteilt haben. Wir danken unseren erweiterten Familien – dem Cousins-Clan, den Miskes und unserem Mr Wolf. Zu guter Letzt, danke, Brendan. Ohne dich hätte dieses Buch »Ein gewaltiger Absturz« geheißen.

# Von der Magie des Lesens

Traci Chee
**Das Buch von Kelanna, Band 1:**
**Ein Meer aus Tinte und Gold**
480 Seiten
Taschenbuch
ISBN 978-3-551-31728-5

Seit Sefias Vater ermordet wurde, kämpft sie mit ihrer Tante Nin ums Überleben. Aber dann wird Nin entführt und die einzige Spur zu ihr ist ein Buch: ein scheinbar nutzloser Gegenstand in einem Land, in dem fast niemand um die Existenz des geschriebenen Wortes weiß. Doch kaum berührt Sefia das makellose Papier, spürt sie eine magische Verbundenheit und lernt die Zeichen zu deuten. Das führt sie auf eine gefährliche Reise – und an die Seite eines stummen Jungen, der selbst voller Geheimnisse steckt.

CARLSEN

www.carlsen.de